Mary Horlock

Das Geheimnis von Little Sark

Aus dem Englischen von Birgit Salzmann

Oktopus

Die englische Originalausgabe erschien 2024 unter dem Titel
The Stranger's Companion im Verlag Baskerville, London.

Für den Blick hinter die Verlagskulissen:
www.oktopusverlag.ch/newsletter

Ein Oktopus Buch bei Kampa

Hegibachstrasse 2, CH-8032 Zürich
info@kampaverlag.ch
www.oktopusverlag.ch
GPSR-Kontakt: Schöffling & Co. Verlagsbuchhandlung GmbH,
Kaiserstraße 79, D-60329 Frankfurt am Main
info@schoeffling.de

Covergestaltung: Lara Flues
Covermotiv: © Neil Gower
Karten: Barking Dog Art
Satz: Tristan Walkhoefer, Leipzig
Gesetzt aus der Stempel Garamond LT / 1. Auflage 2025
Druck und Bindung: GGP Media GmbH, Pößneck
Auch als E-Book erhältlich
ISBN 978 3 311 30079 3

Für meine Mutter Paddy, die zugleich Nona ist.
Vielleicht auch eine Hexe, aber eine gute.

Personen der Handlung

Elise Carey	Postmistress auf Sark, Witwe von Phillip Carey
Phyllis (Phyll) Carey	einziges Kind von Elise und Phillip
Maud Pratt	Hebamme auf Sark (inzwischen in Rente), Phylls Patin. Albert Pratts Witwe
John de Carteret	Chief Constable auf Sark, Ehemann von Marie
Edith (Edie) de Carteret	jüngstes Kind von John und Marie
Major Ernest Hyde	lebt zeitweise in Beau Regard, Little Sark, Besitzer des Bungalow Hotel
Everard Hyde	Sohn von Ernest und seiner früheren Frau Hermione
Nancy Dolbel	Major Hydes Haushälterin, Ehefrau von Harry
William Toplis	Landschaftsmaler, langjähriger Anwohner auf Sark
Muriel (Mule) Toplis	Tochter von William Toplis
Reverend Louis Severy	Pfarrer auf Sark

Gilbert Baker	Fischer, Bewohner von The Barracks, Little Sark
Small George Vaudin	Sohn von Big George Vaudin, Fischer
Eric und Lisl Drake	Maler und Besitzer der Kunstgalerie von Sark
Paul und Ann Cecil	Maler und Sommergäste
Miranda Cecil	Tochter von Paul und Ann
Dr. Percy Stanhope	von 1899 bis 1932 Arzt auf Sark (verstorben)
Dr. Stephen Greener	neuer Arzt auf Sark
Dolly Bihet	Hausdame im Bel Air Hotel
Sarah Williams	Besucherin aus England, Witwe von Cyril Williams, verbrachte 1913 ihre Flitterwochen auf Sark, kehrte bis 1922 jedes Jahr zurück
Sylvie Price	Kunststudentin und ehemalige Mitarbeiterin der Cecils
Frederick de Carteret	Lehrer auf Sark, steht in keiner Beziehung zu John
Jim Remfrey	stellvertretender Constable

BUNGALOW HOTEL Spezialitä

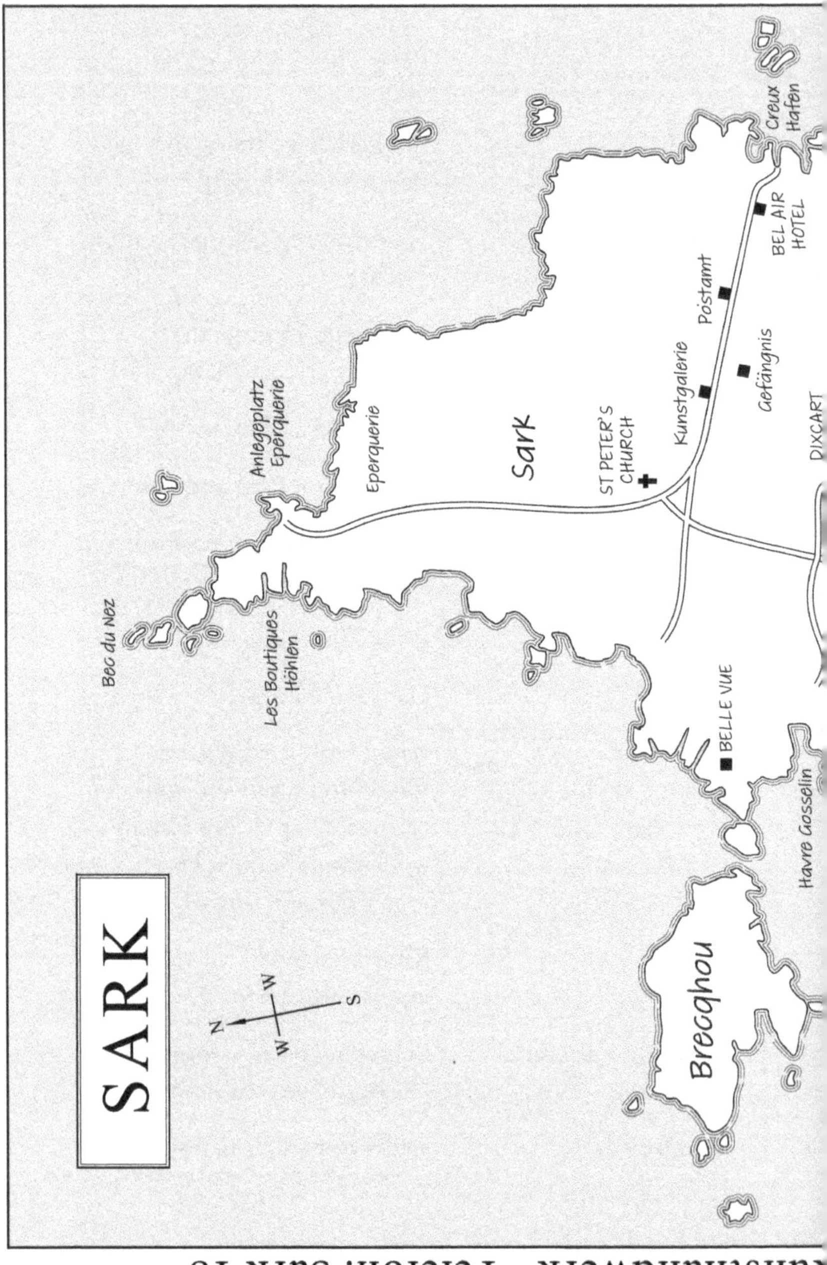

Kunsthandwerk Telefon: Sark 18

Afternoon Tea   Telefon: Sark 14

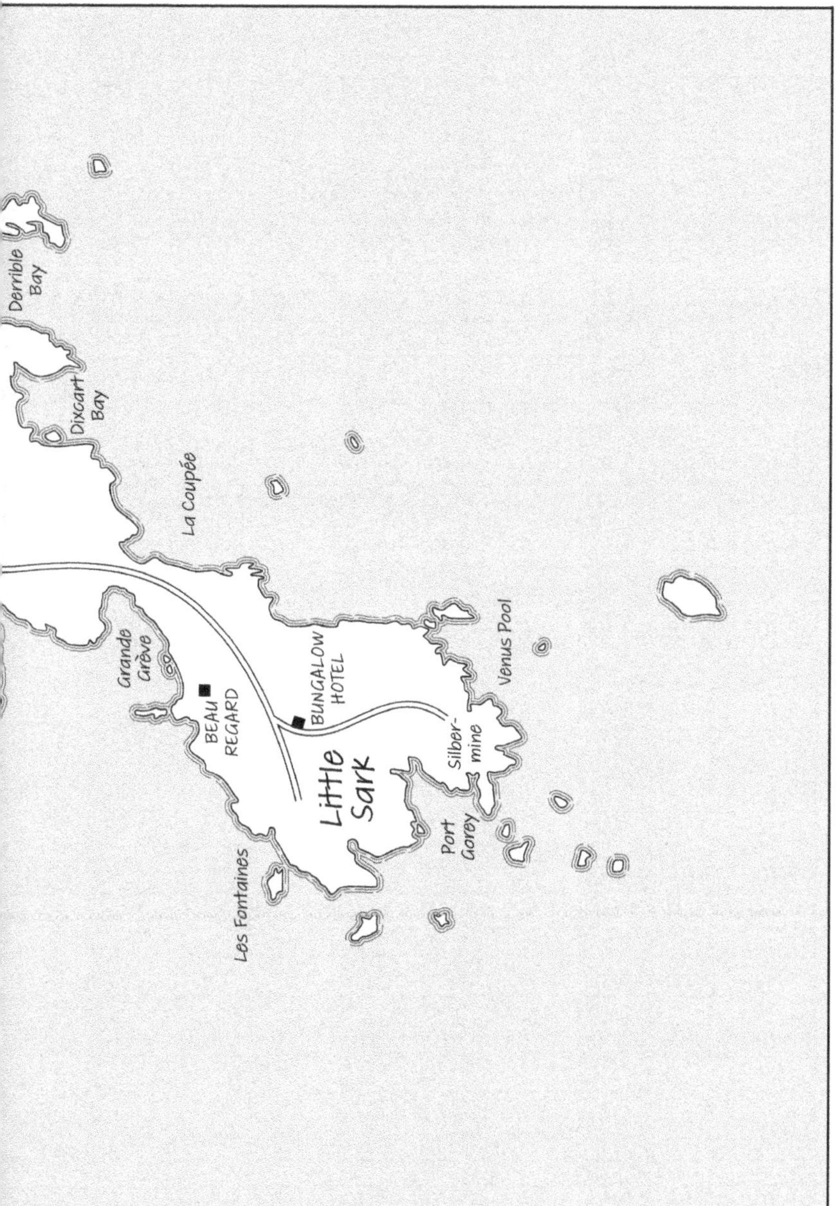

SARK KUNSTGALERIE   Sonderausstellung

Prolog

Das Wetter in jenem Sommer war besonders schön gewesen – seit 1919 hatte sich Sark nicht solch strahlenden Sonnenscheins und eines so wolkenlosen Himmels erfreut –, der September jedoch bescherte einen plötzlichen Temperatursturz, was man später als Warnung deutete.

Als der Mantel auf den Felsen entdeckt wurde, schlug zunächst niemand Alarm. Es sah aus, als hätte jemand ihn als Picknickdecke ausgebreitet, als hätte noch vor Kurzem ein Besucher darauf gesessen, sich ausgeruht, gelesen oder einfach den Ausblick bewundert.

Von Port Gorey, wo sich die Tragödie zutrug, gibt es etliche Postkarten. Der Ort ist seit jeher unter Künstlern sehr beliebt. Das war einer der Gründe, warum Gil Baker nicht beunruhigt war. Er schipperte in seinem kleinen Boot gerade einige Angler an der Küste entlang, als einem seiner Passagiere, während er durch sein Fernglas sah, die Jacke auffiel. Über die Gruppe Angler ist wenig bekannt, aber es waren Geschäftsmänner von Jersey, der größten der Kanalinseln, und sie hatten am Vorabend in Sarks diversen Wirtshäusern zu viel getrunken. Deshalb schenkte Gil ihnen nicht allzu viel Aufmerksamkeit. Zudem hatte er mit einer starken Strömung und dem Gezeitenwechsel zu kämpfen. Wer Sarks Südküste kennt, der weiß um die schroffen Felsen nahe der Wasseroberfläche. Gil ging davon aus, dass der Mantel wahrscheinlich einem der neuesten Inselbewohner gehörte, einem Mitglied der selbsternannten »Künstlerkolonie«. Diese Leute hatten den Sommer damit zugebracht, zu malen und nackt zu baden.

Also setzte die Flut ein, und der Mantel blieb dort liegen. Er war aus Harris Tweed, erfuhren wir später, und seine Farben fügten sich perfekt in die mineralgeäderten Felsen und den Farn mit den rostbraunen Spitzen ein. Er lag ausgebreitet auf dem Boden, die Ärmel nach rechts und links gestreckt, ein Bündchen flatterte verhalten im Wind. Einen Moment lang sah es so aus, als würde eine Böe ihn davontragen, doch dann öffnete der Himmel seine Schleusen.

Nach stundenlangem Regen kam ein junger Mann den Klippenpfad entlang. Er trug nur Pullover und Schal, aber der Mantel gehörte ihm nicht, und er schien ziemlich überrascht, ihn dort zu finden. Er blieb, die Hände in die Hüften gestemmt, stehen und betrachtete ihn einen Moment, bevor er weiter die Klippe hinabstieg und anfing, Hänge, Steilstellen und die Kammlinie abzusuchen. Es dauerte nicht lange, da hatte er die anderen Kleidungsstücke entdeckt. Sie lagen in zwei Stapeln, ordentlich zusammengefaltet und glatt gestrichen. Es handelte sich um eine Damenbluse, einen Blazer und einen Rock sowie einen Herrenmantel, ein Hemd und sogar ein Paar Manschettenknöpfe.

Die Kleider waren auf einem Felsrücken direkt über der Flutlinie liegen gelassen worden, warteten scheinbar noch auf die Rückkehr der Besitzer.

Anfangs bestand diese Hoffnung zumindest.

Teil eins

1

GUERNSEY EVENING PRESS

Montag, 2. Oktober 1933

EIN INSELMYSTERIUM

Sark, die ruhigste und beschaulichste unserer Inseln, wurde am Wochenende durch ein erschreckendes Geschehnis erschüttert. Nachdem man dort in den vergangenen Monaten den üblichen Strom an Besuchern willkommen geheißen hatte, sind zwei von ihnen jetzt offensichtlich spurlos verschwunden. Das Rätsel begann mit dem Auffinden zweier Sätze Kleider, den einer Frau und den eines Mannes, welche am Rand einer Klippe abgelegt worden waren. Wie berichtet wird, sind die Kleidungsstücke von guter Qualität und praktisch wie neu. Aber wer sind ihre Besitzer? Wie konnten zwei Personen, allem Anschein nach eine weibliche und eine männliche, einfach verschwinden? Was haben sie dort gemacht, und wo sind sie jetzt?

Und so kommt es, dass es Sark, die Insel, auf der nie etwas passiert, auf die Titelseiten geschafft hat.

Die Kleidungsstücke wurden sichergestellt und Chief Constable John de Carteret übergeben, der sich nun der ungewöhnlichsten Aufgabe seiner Laufbahn gegenübersieht.

Wir würden daher die Mitarbeit unserer Leser begrüßen, in der Hoffnung, einige Antworten liefern zu können.

Willkommen, Fremder, auf Sark, der skurrilsten und am wenigsten beachteten der Kanalinseln. Sobald du sie siehst, wirst du wissen, warum. Sie liegt ungefähr sieben Meilen östlich der größeren Insel Guernsey und ist auf allen Seiten von kahlen, steilen Klippen umgeben. Wenn Besucher in vergangenen Zeiten diese nackten Felswände erblickten, hielten sie die Insel für viel zu karg und unwirtlich, als dass irgendein zivilisierter Mensch dort leben könnte. Was, wie oft behauptet wird, auch niemand tut.

Heute jedoch gib bitte nicht auf. Umschiffst du nämlich die tödlichen Felsen an der nördlichen, passenderweise Bec du Nez genannten Spitze, erreichst du einen Hafen, den kleinsten der Welt. Er hat eine ordentliche steinerne Kaimauer, an der sich örtliche Fischer versammeln, um dich neugierig zu beäugen. Beachte sie einfach nicht. Steuere auf die Lücke zwischen den Klippen zu. Genau, um nach Sark zu gelangen, musst du dich förmlich von der Insel verschlucken lassen. Du steigst einen steilen, mit Sträuchern und Bäumen bewachsenen Hügel hinauf, dann erreichst du eine offene Hochebene und atmest erleichtert auf.

Hier befindet sich die Avenue, ein völlig unpassender Name für eine Art Feldweg, der von flachen Bruchbuden gesäumt wird. Achte darauf, wie unglaublich still es ist. Auf Sark gibt es keine Autos, was erklärt, dass die Straßen keine richtigen Straßen sind, und wir hoffen, dass du vernünftige Schuhe trägst. Zu deiner Linken befindet sich das Bel Air Hotel, teilweise reetgedeckt, mit einer öffentlichen Bar, die so feucht und so spärlich beleuchtet ist, dass sie einfach authentisch sein muss. Zu einem anderen Zeitpunkt würden wir dir empfehlen, hier eine Pause einzulegen und Dolly Bihets köstliche Scones zu probieren.

Möglich, dass sie es getan haben.

Doch bis jetzt weiß das keiner genau, denn es ist Montag, der 2. Oktober, und zwei Sätze Kleidung liegen, kürzlich entdeckt und tropfnass, im Inselgefängnis. Alle warten, also beeilst du dich besser. Gehe zügig, bis du zu einem Wegweiser kommst. Er deutet nach links zum Gefängnis und nach rechts zum Postamt. Darunter steht eine kompakt gebaute Frau mit Adlernase und kurzen grauen Haaren. Das ist Elise Carey, die Postmistress. Wie alle Frauen in den Vierzigern spricht sie nicht über ihr Alter. Sie trägt eine kleine Brille mit runden Gläsern, die sie nicht braucht, und eine feste Wollhose, die sie selbst genäht hat. Heute hat sie angesichts des Regens eine lange Öljacke übergezogen. Ein richtiger Sensenmann-Schick. Das Postamt ist geschlossen, und sie marschiert in die andere Richtung, bahnt sich einen Weg durch die überschaubare Menschenmenge, die sich vor dem Gefängnis gebildet hat.

Das Gefängnis von Sark ist klein, wie alle Gebäude hier, so als wäre es für ein Kind gebaut. Es gibt keine Verbrechen auf der Insel, denn jeder kennt jeden, seine Gewohnheiten und seinen Tagesablauf. Warum eine Straftat begehen, wenn man so leicht gefasst werden kann? Genau das lässt das Geschehene noch merkwürdiger erscheinen. Die Kleider sind auf einem Tapeziertisch ausgebreitet, ihr leicht modriger Geruch verteilt sich im Raum und vermischt sich mit den beißenderen Duftnoten von abgestandenem Qualm und frischem Schweiß. Im Verlauf weniger Stunden sind alle gekommen, um sich die Sachen anzusehen, und da sich das Schulgebäude gleich nebenan befindet, versammelt sich jetzt auch noch eine Schar Kinder. Es hat sich herumgesprochen.

John de Carteret blickt auf die Kleidungsstücke und kratzt sich am Kinn. Für die Zeitung ist er Chief Constable Carteret, aber wir nennen ihn einfach John. Er hat Wangen, die wie frisch gewienert glänzen, Brauen, die sich über der Nase treffen, und einen Schnurrbart, den seine Frau Maria verabscheut. Er hat ihn sich 1914 stehen lassen, um älter auszusehen, und inzwischen erzielt er die gewünschte Wirkung. John nickt Elise Carey zu, als sie eintritt, dann kratzt er sich weiter am Kinn.

Die Angelegenheit ist wirklich rätselhaft. Mittlerweile wurden die Passagierlisten der Fährboote gesichtet und die vier Hotels überprüft. Keine Besucher fehlen, niemand wurde als vermisst gemeldet. Sark hat eine Einwohnerzahl von fünfhundert Seelen, die zwischen Mai und September um mehrere Hundert anschwillt. Anschließend endet die Touristensaison, als legte man einen Lichtschalter um. Momentan sind die Leute dabei, sich vorzubereiten, weil Sark in den kommenden Wochen und Monaten wegen der heftigen Südwestwinde vom Rest der Welt abgeschnitten sein wird. Im Winter ist die Insel eine andere, das wird dir jeder bestätigen. Ihre Isolation macht einen Teil ihres Reizes aus, aber auch ihres Schreckens.

»Ich verstehe das nicht«, sagt John zu Elise. »Und Dinge, die ich nicht verstehe, gefallen mir nicht.«

Doch für die versammelten Insulaner bildet das Geheimnis um die Kleider und ihre verschwundenen Besitzer eine willkommene Abwechslung von den Gesprächen über das Wetter und das Wandern der Makrelen. Das kleine Gefängnis hat sich gefüllt, hat sich in einen aufregenden Ort verwandelt, in eine Bühne, auf der man sich einfinden kann, um seine Meinung kundzutun. Und wie typischerweise in solchen Situationen, haben diejenigen, die am wenigsten Bescheid wissen, das meiste zu sagen. Die staunenden Schulkinder sind sich schon einig, dass es Hexerei sein muss. Der Glaube an das Übernatürliche ist noch heute fester Bestandteil des Insellebens, und Samstagnacht war Vollmond, da sind die Hexen meistens am Werk. Angeblich trifft sich bei Ebbe eine große Gruppe am Grande Grève, dem längsten Strand der Insel, wo man hervorragend schwimmen kann.

Die Kleidungsstücke haben eine eigenartige Wirkung auf alle Anwesenden. Selbst so flach ausgebreitet scheinen sie eine Botschaft vermitteln zu wollen. An der Damenjacke fehlt ein Knopf. Der Herrenmantel ist voller Schlammflecken, und die Etiketten wurden herausgerissen. Was kann ihren Besitzern wohl zugestoßen sein? Vielleicht weiß Phyllis Carey es. Sie hat sich einen Weg ins Gefängnis gebahnt und steht nun neben ihrer Mutter. Wir dürfen sie übrigens nur Phyll nennen. Sie hasst ihren Namen und lastet ihn ihrer Mutter an. Sie lastet ihrer Mutter vieles an, aber dazu kommen wir später. Phyll ist zweiundzwanzig, gertenschlank und hat kräftige braune Haare, die sie kürzlich hat abschneiden lassen (ein Fehler, da sind wir uns alle einig). Sie ist gerade erst auf die Insel zurückgekehrt, nachdem sie einen äußerst respektablen Posten in Southampton aufgegeben hat; aus weniger respektablen Gründen, die sie noch nicht preisgeben will. Sie trägt ein narzissengelbes Kleid. Es hat kurze Ärmel und Perlmuttknöpfe auf der Vorderseite und ist zu luftig für Oktober. Das könnte ein Grund dafür sein, dass sie die zurückgelassenen Kleider so aufmerksam betrachtet. Der Damenblazer und der Rock sind aus beige meliertem Tweed und mit dem Etikett eines Schneiders aus Edinburgh versehen. Die Bluse ist aus pfirsichfarbener Seide und hat einen doppelrandigen Kragen. Phyll lässt die Hände über die Kleidungsstücke gleiten, dann nimmt sie die Bluse und hält sie vor sich in die Höhe. Einen Moment lang ist sie eine Frau in einem Geschäft, die sie anprobieren möchte.

Sie schaut John de Carteret nicht an, während sie seine Fragen beantwortet, doch sie versichert ihm, nein, sie habe in den letzten Tagen weder zwei Fremde mit einem Boot ankommen sehen, noch diese Kleider jemals zuvor zu Gesicht bekommen. Mit verträumten Blick wendet Phyll die Bluse auf diese und auf jene Seite, und ihre Mutter räuspert sich, als wäre ihr das peinlich. Elise hat John zuvor schon erklärt, dass sie das verschwundene Paar nicht gesehen habe. Das bedauert John sehr, denn Elise hat ein Talent dafür, Ereignisse vorauszuahnen, bevor sie passieren, und hätte sie die beiden gesehen, wären seine Probleme wahrscheinlich gelöst.

Phyll dreht sich um und zeigt die Bluse ihrer Mutter. »Ist sie nicht hübsch?«

Elise zieht die Brauen noch höher. Ihr gefallen elegante Kleider wie jeder anderen, aber weiblichen Inselbesuchern würde sie doch etwas Strapazierfähigeres empfehlen. Sarks Hecken sind genauso unsanft wie Sarks Felsen, und Sarks Ginsterbüsche gehören zu den dornigsten überhaupt. Wenn man unbedingt ein Kleid tragen muss, dann sollte es keinen überflüssigen Schnickschnack aufweisen, sonst hinterlässt man auf der ganzen Insel Andenken. Obwohl: Falls man verschwindet, könnte das ganz praktisch sein.

Der Regen prasselt aufs Dach, der Wind pfeift durch den Schornstein. Elise schaut auf ihre Uhr. Der *Courier* ist spät dran mit der Post, und jetzt befürchtet sie, er könnte noch etwas anderes mitbringen. Vertreter der Presse sind auf der Insel nicht mehr willkommen. Letzten Monat wurde in einem Artikel im *Daily Star* behauptet, die Leute auf Sark seien inzwischen darauf angewiesen, arglose Touristen übers Ohr zu hauen, um ihr Einkommen zu erzielen. Einfach unerhört! Unsere Anwälte werden sich einschalten. Damit eins klar ist: Das Leben für die Menschen hier, die nicht wie die englischen Teilzeitbewohner »von der niederen Verpflichtung, ihren Lebensunterhalt zu verdienen« befreit sind, ist hart. Außerdem neigen wir nicht dazu, »nackt zu baden und in Blechhütten zu schlafen« wie die Mitglieder der neuen »Künstlerkolonie«, die in der Juliausgabe der Zeitschrift *Studio* beschrieben werden.

Small George Vaudin hat die nackten Maler und Malerinnen nur das eine Mal gesehen, als er mit seinem Vater Hummerkörbe einholte. George, der knallrote Haare, hellblaue Augen und jede Menge Sommersprossen hat, befindet sich gerade vor dem Gefängnisfenster und rangelt mit einem aufgeregten Mädchen mit Bubikopf und Stupsnase um einen guten Platz. Es ist Edie de Carteret, die Tochter des Chief Constables, der sie bisher noch nicht bemerkt hat. Wenn John nicht damit beschäftigt ist, für Ruhe und Ordnung zu sorgen, arbeitet er als Hufschmied. Die meisten Insulaner haben mehr als einen Job. Frederick de Carteret zum Beispiel ist Lehrer und Inselrichter, beides Posten, die ihm allein seine Fähigkeit, leserlich zu schreiben, eingebracht hat. Obwohl John und Fred denselben Nachnamen tragen, sind sie nicht verwandt und können sich nicht leiden. Auf Sark gedeihen viele Feindschaften, besonders im Winter, wenn es wenig anderes zu tun gibt.

Phyll Carey stammt, wie schon erwähnt, von der Insel. Ihr dünnes Etwas von Kleid allerdings nicht. Das gehört Miranda Cecil. Die Cecils sind typische Sommergäste und leider Gottes ebenfalls Maler. Sie besitzen ein kleines Atelier an der Westküste. Mrs Ann Cecil, RA (Royal Academy), RSA (Royal Society of Artists) ist eine beeindruckende Erscheinung, und Mr Paul Cecil, RA (Royal Academy), RSPCA (Royal Society for the Protection against Cruelty to Animals) eine äußerst lebhafte Persönlichkeit. Ja, diese Beschreibungen sind bewusst unzutreffend, aber sie sind ja nicht hier, also spielt es keine Rolle. Phyll ist sehr eng mit Miranda, ihrer einzigen Tochter, befreundet, die auffallend hübsch ist und deutlich vernünftiger als ihre Eltern, was ehrlich gesagt nicht viel heißt.

Schon seit jeher zieht Sark Künstler an. Wir können einfach nichts dagegen tun. Sie steigen vom Boot und glauben, die Insel gehöre ihnen. Was nicht stimmt. Aber wozu widersprechen? Sie hören sowieso nie zu. Sarks berühmtester Maler hat gerade das Gefängnis betreten und stellt sich neben Elise. Mr William Arthur Toplis ist bekannt für seine detailgenauen Landschaftsbilder, die permanent von der Royal Academy abgelehnt werden, welche sein Genie nicht zu schätzen weiß. Er ist ein ernsthafter, älterer Künstler, keiner von der nackten Sorte, und weil er schwerhörig ist, brüllt er: »Sie sind tot! Ertrunken! Diese Narren!«

»Das wissen wir noch nicht«, erwidert Phyll ziemlich trocken.

Sie hebt mit ausgestreckten Armen den Damenblazer hoch und legt ihn sich vor die Brust. Sie klemmt sich den Kragen unters Kinn und streicht über die Knöpfe. Er würde mir perfekt passen, denkt sie, und sieht einen kurzen Moment eine andere Phyll vor sich, eine, die die Kleider auf der Klippe findet und sie mit ihren eigenen vertauscht. Es ist eine seltsame Vorstellung, und sie beißt sich auf die Lippe, um sie zu verdrängen.

»Die Frau hatte meine Statur«, sagt sie zu John und hebt das Kinn, sodass der Blazer vornüberfällt. Sie fragt sich, wie sehr eine Frau einen Mann lieben muss, um auf der Klippe ihre Kleider auszuziehen, und was er wohl mit ihr gemacht hat und warum. Während ihr das durch den Kopf geht, registriert sie am Rande ihres Sichtfelds eine Gestalt, größer als die anderen, die zum Fenster hereinschaut. Ihr stockt der Atem.

Edie de Carteret bemerkt den jungen Mann nicht, der hinter ihr steht. Drehte sie sich jetzt um, würde sie ein äußerst blasses Gesicht mit müden braunen Augen und hoch gewölbten Brauen erblicken. Doch Edie kann den Blick nicht von Phyll losreißen, die die Kleider angefasst hat, und das ist quasi ihr sicheres Todesurteil. Edie schließt die Augen und beginnt eine Art Schutzzauber zu murmeln, der offenbar wirkt, denn Phyll legt den Blazer zurück und reibt sich die Hände.

»Was für eine merkwürdige Sache«, sagt sie, während ihr Blick zum offenen Fenster zuckt, doch das Gesicht, das sie dort erwartet hat, ist fort.

»Tatsache ist«, verkündet John, »dass keiner auf der Insel die Kleider kennt und dass niemand irgendwen als vermisst gemeldet hat. Vorerst habe ich also nicht viel.«

»*Vorerst*«, wiederholt Elise. Auch ihr Blick ist zum Fenster gewandert, weil sie jemanden bemerkt hat. Eine Gefahr womöglich. Sie hat Mühe, ihre Aufmerksamkeit wieder John zuzuwenden. »Du musst die Klippen absuchen lassen.«

Allgemeines Aufstöhnen. Trotz Sarks geringer Länge von

gerade einmal drei Meilen erstreckt sich seine Küstenlinie über vierzig Meilen, die sich aus sandigen Buchten, gefährlichen Steilhängen, Felsspalten und Höhlen zusammensetzen. Man sagt, der größte Fehler, den ein Kind auf Sark machen kann, sei es, nahe dem Klippenrand rückwärts zu gehen – nun ja, es gibt noch anderes, aber fahren wir fort. Die Insulaner erzählen gerne Geschichten davon, wie jemand den Halt verloren hat oder von einer Welle mitgerissen wurde. Frag lieber nicht.

Aber wer unsere Insel besucht, stellt immer irgendwelche Fragen, über ihre Entdeckung und ihre frühe Besiedelung, und weil so wenig aktenkundig ist, können wir jedes Mal etwas erfinden. Bevor es eine Schule, ein Gefängnis oder einen Hafen gab, war Sark ein vom Meer geformtes Felsplateau. Auf der Landkarte sieht es aus wie zwei Inseln, die durch einen schmalen Grat namens La Coupée miteinander verbunden sind. Der nördliche, größere Teil heißt Grand Sark, das südliche Ende Little Sark. (Sehr originell, zugegeben.) Das erste offiziell dokumentierte Ereignis war die Gründung des Klosters durch einen walisischen Mönch namens St Magliore im Jahr 565. Danach ging's bergab, und die Insel stand lange unter der Kontrolle von Räubern, Schmugglern und Piraten, einer verbrecherischen Brut, die nicht selten durch gewaltsame Auseinandersetzungen dezimiert wurde. Das könnte erklären, warum es in vielen Gegenden angeblich spukt und dass es gefährlich ist, sich nachts dort aufzuhalten. Das Drama ging weiter bis 1565, als im Auftrag von Queen Elizabeth I Helier de Carteret anrückte, um die Insel zu kolonialisieren. Er gründete einen Feudalstaat und wurde der Feudalherr oder *Seigneur*, und die meisten Gesetze stammen noch aus dieser Zeit. Inzwischen haben wir allerdings eine Feudalherrin oder *Dame*, was eine enorme Verbesserung ist.

Laut Gesetz muss es immer zwei aktive Constables geben.

Angeblich damit sie sich gegenseitig verhaften können, um die Zeit totzuschlagen. Ein Witz, der nie alt wird. Seit 1919 ist John der Chief Constable. Bis jetzt hatte er es nur mit sehr unbedeutenden Vergehen zu tun, die ausnahmslos vom letzten Seigneur begangen wurden, aber das steht auf einem ganz anderen Blatt.

Der Punkt ist, dass er jetzt jede Hilfe gebrauchen kann, die er bekommt.

Leider ist Small George Vaudin der Einzige, der den Arm in die Luft streckt. »Ich kenne die Westküste besser als jeder andere. Ich kann sofort mit der Suche anfangen!«

Edie de Carteret verpasst ihm einen Knuff. »Ich auch! Ich auch! Ich übernehme den Osten!«

Die Schulkinder rufen jetzt alle durcheinander, und John, der endlich seine Tochter bemerkt, hebt entsetzt die Hände. Er will nicht, dass Edie beteiligt ist, wenn er aber sagt, es sei zu gefährlich, will sie es umso mehr.

Glücklicherweise dreht Elise sich in dem Moment um und stemmt die Hände in die Hüften. »Es reicht! Wir brauchen keine Hilfe von Knirpsen, die im Unterricht sein sollten.«

Ihre Stimme klingt hoch, aber entschieden, und die Knirpse, einschließlich Edie, die ihren typischen, ihrem Vater verhassten Schmollmund zieht, verstummen und zerstreuen sich. Vor der Postmistress fürchten sie sich mehr als vorm Polizeichef, und was das betrifft, liegen sie mit ihrem Bauchgefühl richtig. John würde gerne noch ein paar Worte mit Elise wechseln, aber während alle anderen sich nach draußen begeben, ist sie mit ihrer Tochter beschäftigt, flüstert ihr unentwegt etwas ins Ohr. Da will John nicht stören, denn er weiß, dass die Stimmung zwischen den beiden angespannt ist.

Elise hat Phyll, ihr kluges, ehrgeiziges Kind, immer unterstützt. Sie hat viel Geld für einen Sekretärinnenkurs und eine Pension in Southampton ausgegeben, um ihr einen Weg von der Insel zu bahnen. Das Letzte, was man hörte, war, dass

Phyll eine Anstellung als Assistentin der Assistentin bei einem Verlag gefunden habe, der sich auf schifffahrtskundliche Themen spezialisiert hatte. Das klang äußerst aufregend. Dann war Phyll plötzlich zurück, ein tropfnasses Geschöpf, das an der Anlegestelle stand und einen Koffer umklammerte, der, wie sich herausstellte, eine Schreibmaschine enthielt. Eine tragbare Bluebird, wie wir erfuhren. Phyll hatte sämtliches Geld, das sie verdient hatte, dafür ausgegeben. Sie wolle Schriftstellerin werden, sagt sie jetzt, und »es alleine schaffen«. Alles in allem ziemlich beunruhigend.

Elise wendet sich wieder John zu, und ihr Gesichtsausdruck ist so unerbittlich, dass er erschrickt. »Ich habe eine Idee. Wir lassen Phyll eine Beschreibung der Kleider tippen und schicken sie an die *Guernsey Press*. Auf diese Weise behalten wir die Kontrolle darüber, was behauptet wird. Und du hast einen Vorwand, um Informationen aus der Bevölkerung zu erbitten.«

Phyll bleibt der Mund offen stehen. Sie hat markante Züge: kräftige, gerade Brauen, eine lange Nase, einen großen Mund. Ein Gesicht, das die Leute schön nennen. Ein Jammer nur, findet ihre Mutter, dass sie ständig so mürrisch dreinschaut.

»Moment«, sagt sie. »Ich hab nicht …«

Doch John hält ihr schon seinen Notizblock hin. »Es wäre mir wirklich eine Hilfe, Phyll, wenn's dir nichts ausmacht? Du kannst besser formulieren als ich, und … äh … du kennst dich mit Kleidern aus.«

Phyll streicht ihr Sommerkleid glatt, ein abgelegtes von Miranda, das wie eine Gardine im Wind flattert. Sie fragt sich, ob sie wegen der letzten Bemerkung beleidigt sein sollte, aber sie war in letzter Zeit wegen so vielem beleidigt, dass sie nicht sicher ist, ob sie noch mehr bewerkstelligen kann. Sie wirft ihrer Mutter einen routiniert finsteren Blick zu und sieht dann John an, der grinst wie ein Honigkuchenpferd.

Sie nimmt den Notizblock. »Das ist nicht ganz das, woran

ich dachte, als ich gesagt habe, dass ich schreiben will ... Aber wenn es unbedingt sein muss.«

Ihr ist klar, dass sie wie ein trotziges Kind klingt, und sie versetzt dem Kies einen Tritt, was angesichts der Tatsache, dass sie Sandalen trägt, ein Fehler ist. Jetzt drücken sie Steinchen unter den Zehen, und ihr Blick verfinstert sich noch mehr.

Elise langt in die Tasche ihrer Öljacke. »Und das Atelier der Cecils kann Phyll auch überprüfen. Damit wir sicher sein können, dass die Kleider nicht Ann gehören ... oder dass nicht sonst irgendwer dort gewesen ist. Ich habe einen Zweitschlüssel.«

Phyll verschränkt die Arme vor der Brust. Ihre Mutter spricht in diesem ruhigen, vernünftigen Ton, der sie jedes Mal wütend macht, und sie spürt die vertraute Mischung aus Ärger und Enttäuschung, die eigens für Töchter gebraut wurde, deren Mütter sie nicht verstehen. Sie will nicht zum Atelier der Cecils gehen, aber sie weiß genau, was passiert, wenn sie sich weigert: Ihre Mutter wird hochmütig die Brauen hochziehen und fragen, was ihre werte Tochter denn sonst zu tun hätte. Und Phyll hat nichts sonst zu tun, was ganz allein ihre Schuld ist. Deshalb verdreht sie demonstrativ die Augen, nimmt den Schlüssel und stapft Richtung Gefängnis zurück. Doch plötzlich bleibt sie stehen. Sie schwankt auf der Türschwelle, den Kopf über Johns Notizen gebeugt. Sie hebt den Block näher ans Gesicht und sieht genau hin. Sie blinzelt. Und blinzelt noch einmal.

»Everard Hyde?«, fragt sie scharf und dreht sich wieder zu John. »Everard *Hyde* hat die Kleider gefunden?« Sie bemüht sich, jedes Wort deutlich zu artikulieren, dann senkt sie den Blick wieder auf den Notizblock.

John bestätigt es ihr.

Phyll hebt nicht den Kopf.

Sein voller Name ist eigentlich Everard George Hyde, und

wenige Augenblicke zuvor stand er am Gefängnisfenster. Noch viel früher war er der junge Mann, der über die Klippen bei Port Gorey kletterte. Phyll atmet tief durch und geht schnurstracks zu dem Herrenmantel, hebt ihn hoch und hält ihn auf Augenhöhe, als wäre er eine Person, die sie ansieht. Sie schließt die Augen und ist plötzlich wieder zwölf Jahre alt. Everard steht neben ihr. Er ist in den alten Mantel seines Vaters gehüllt und schwenkt eine Taschenlampe vor ihrem Gesicht.

»Bu-huu«, flüstert er. »Ich bin ein Gespenst, hörst du?«

Zum Glück ist auf Sark nichts weit entfernt, und Zeit ist relativ. Komm mit, tritt aus dem Gefängnis, wende dich nach rechts und drehe sie zehn Jahre zurück.

An der Avenue führt seitlich ein Tor in den Garten des Bel Air – hast du es bemerkt? Es quietscht noch heute, wenn du es aufmachst. Nur zu, lass deine Füße ins Gras sinken. Der Rasen erstreckt sich Richtung Hafen abwärts, und vor dir stehen, weil Sommer ist, sämtliche Rosen in Blüte. Spüre die Sonnenwärme und stelle dir zwei Kinder vor, die auf der Veranda sitzen. Einen Jungen und ein Mädchen, die sich die größte Mühe geben, einander zu ignorieren.

Bald schon wird eines von ihnen verschwinden.

Und ja, es war nur ein Spiel.

2

Bel Air Hotel und Public Bar, Harbour Hill

(Zentral gelegen mit herrlichem Garten und wundervollem Meerblick, komfortable Zimmer.)

August 1923

Die frisch gestrichene Veranda des Bel Air Hotel strahlte weiß in der Nachmittagssonne. Es schmerzte fast in den Augen, wenn man hinsah. Gerade fand eine Teeparty für Sommergäste statt. Wie gesagt gab es schon immer Sommergäste auf Sark, aber in den Nachkriegsjahren wurde es schlimmer. Es war eine Zeit, in der die Insel bei Leuten an Beliebtheit gewann, die der Welt entfliehen oder sich selbst finden wollten, was gleichermaßen schwierig war. Um einen Neuankömmling zu zitieren: »Wir sind alle ein bisschen verrückt.«

Major James Earnest Jolyon Hyde, MC, DSO, hätte sich nicht als verrückt bezeichnet. Er hätte die Beschreibung »ehrenwert, gebildet und im Besitz familiären Wohlstands« bevorzugt. Er war der Bewohner von Beau Regard, dem einzigen neu gebauten Haus auf Little Sark, wo ihm auch das Bungalow Hotel gehörte. Er saß freiwillig auf dem unbequemsten Stuhl und trank heißen, wässrigen Tee. Sein Sohn, von dem man insgeheim glaubte, er sei nicht sein Sohn, saß neben ihm. Everard Hyde trug das kurze braune Haar ordentlich zur Seite gescheitelt, so, wie es seiner Mutter gefiel, und er war noch in dem Alter, in dem man es seiner Mutter recht machen wollte. Er war über den Sommer nach Sark gekommen, den ganzen unerträglichen Sommer, weil sie sagte, es sei wichtig, Zeit mit seinem Vater zu verbringen, ungeachtet dessen, was sie sonst noch über ihn sagte. Everard wäre es lieber gewesen, gar keinen Vater zu haben. Oder einen toten, wie all seine Freunde.

Auf der anderen Seite des Tisches saß Phyll Carey, die sich jedoch weigerte, Everard anzusehen oder seine Anwesenheit überhaupt zur Kenntnis zu nehmen. Sie mochte keine Jungen, obwohl sie gern einer gewesen wäre, was die Kurzform ihres Namens erklärte. Ihre dunklen Haare waren ungewaschen und ungekämmt, und sie trug zerknitterte Shorts und Socken, die über ihren Stiefeln Falten schlugen. Sie war nur gekommen, weil Miranda sie eingeladen hatte. Miranda Cecil war zu dem Zeitpunkt vierzehn und ausgesprochen hübsch. Ihre Haare waren so blond, wie sie es mit Sicherheit nicht bleiben würden. Leider hatte man sie am anderen Ende des Tisches neben einer vornehmen Dame platziert, die Französisch sprach. Phyll war sauer: Sie hatte angenommen, die Einladung zum Tee hätte nur ihr gegolten. Sie machte oft den Fehler zu glauben, etwas sei speziell für sie organisiert worden, vor allem, wenn die Cecils beteiligt waren, weil die immer so viel Aufhebens machten. Wenn wir uns richtig erinnern, fand die Party statt, um die Fertigstellung ihres Ateliers zu feiern. Von nun an wollten sie jedes Jahr drei Monate auf der Insel verbringen, und wenn Paul nicht die Klippen malte, würde er ein wenig Geld damit verdienen, kleine Gruppen von Malschülern zu unterrichten. Paul war gut aussehend und humorvoll und bei den Frauen beliebt, was von Vorteil war, denn seit Kriegsende gab es einen Überschuss davon.

Phyll kamen die Cecils wie Romanfiguren vor. Sie las viele Bücher, und dank ihrer Angewohnheit, regelmäßig in eins der Inselhotels zu spazieren und mitzunehmen, was immer die Gäste zurückgelassen hatten, las sie auch solche, die sie eigentlich nicht lesen sollte. Ein rascher Blick über den Fußboden ihres Schlafzimmers würde einen Meeresalgen-Führer offenbaren, sieben Ausgaben des *Gentleman's Magazine*, einige Kriminalromane von fragwürdiger Qualität, eine ziemlich zerfledderte Ausgabe von *Wuthering Heights* und Emily Dickinsons Gesammelte Gedichte. Außerdem das *New Oxford Dictionary of British Artists*, ein Geschenk von Paul an ihre Mutter. »Um mir zu beweisen, dass er drinsteht«, murmelte Elise ein wenig mürrisch. Elise Carey, kürzlich verwitwet, hatte keine Zeit für Kunst und Literatur, aber Dolly Bihet, das Küchenmädchen des Bel Air, ließ sich beim Backen von Phyll laut vorlesen. Phyll träumte davon, die Welt zu bereisen, wie die Cecils, und einmal Bücher zu schreiben, die in Hotel-Lounges liegen bleiben könnten.

Phyll wusste es damals noch nicht, aber auch Everard Hyde besaß eine lebhafte Phantasie. Er stellte sich vor, die Veranda sei ein Boot, das auf einer glühend heißen Lavafläche gestrandet wäre. Er überlegte gerade, wie er entkommen könnte, als plötzlich und ohne Vorwarnung die Hölle losbrach. Phyll hatte sich einen dicken Schorf vom Knie gekratzt. Sogar sie war über die Blutmenge überrascht.

»Es war doch bloß ein bisschen Grind«, versuchte sie die Sache kleinzureden. Everard beeilte sich, ihr beizustehen. »Und Grind abpulen macht doch wirklich jeder«, sagte er, den Kopf gesenkt und die Hände tief in den Hosentaschen vergraben.

Nun ja, nicht jeder. Eine der anwesenden Damen, eine gewisse Sarah Williams aus Sunny Banks, Northhampton, war zusammengezuckt und hatte sich abgewandt, als würde sie jeden Moment ohnmächtig werden, was Ann Cecil veranlasste, in die Hände zu klatschen und Everard vorzuschlagen, Phyll doch die »Schönheiten der Gegend« zu zeigen.

Es gab keine Schönheiten. Es gab nicht mal eine Stadt, und Phyll wurde ziemlich ungehalten. Da fragte Everard, wie sie sich denn überhaupt am Knie verletzt hätte, worauf sie sich umdrehte und ihn richtig ansah.

»Ich bin eine Klippe hochgeklettert.«

Everard blähte, ehrlich beeindruckt, die Wangen. »Ich klettere auf Bäume, aber auf eine Klippe bin ich noch nie geklettert.« Er hielt kurz inne. »Ist es schwer?«

Das hielt Phyll für die dümmste Frage der Welt. *»Extrem!«*

Everard knöpfte unbeirrt seinen Hemdsärmel auf, streckte den rechten Arm aus und drehte ihn um. »Guck mal – vor zwei Wochen bin ich von einem Baum gefallen.«

Leider war der riesige Bluterguss, der noch vor Kurzem die Form Nordamerikas hatte, inzwischen geschrumpft und verblasst und von diversen Tönungen überreifer Pflaumen zu etwas übergegangen, was an welken Salat erinnerte. Everard, der sich bewusst war, dass der Fleck nicht richtig zur Geltung kam, würde später das grelle Sonnenlicht verantwortlich machen, doch Phyll nahm seinen Arm und drehte ihn hierhin und dorthin, als hätte sie vergessen, dass er noch am Rest von ihm hing. Sie war insgeheim fasziniert, jemanden zu sehen, der so blasse Haut hatte, und fragte sich, ob er wohl einmal an einer seltenen Krankheit sterben würde.

»Irgendwas gebrochen?«

Everard schüttelte den Kopf, und Phyll ließ seinen Arm fallen. Bevor sie jedoch weiterging, blickte sie über die Schulter, um sich zu vergewissern, dass er auch mitkam.

Es war Spätnachmittag, und die letzten Tagesausflügler eilten Richtung Hafen. Als Everard sich umdrehte und ihnen nachblickte, wurde ihm ganz anders. Er wusste nicht recht, wie er die kommenden Wochen füllen sollte.

»Glaubst du, ich könnte auch eine Klippe hochklettern?«

Phyll musterte ihn noch einmal unauffällig. Nein, wollte sie schon sagen, keine Chance, aber irgendetwas ließ sie zögern. Er sah sie an, erwartungsvoll, und ihr gefiel sein angespannter Blick. Sie hob eine Schulter und ließ sie wieder sinken.

»Wenn ich es kann, kannst du es bestimmt auch.«

Damit fing vielleicht alles an. *Wenn ich es kann, kannst du es bestimmt auch*. Ein paar Worte, wie ein Versprechen oder ein Pakt.

Niemand sah sie vorbeigehen. Die Tür des Gemischtwarenladens stand offen, aber der Laden war leer, und Arztpraxis und Postamt hatten an diesem Tag geschlossen.

»Hier arbeitet meine Mutter«, flüsterte Phyll. »Aber schau auf keinen Fall rüber. Sie findet es ziemlich merkwürdig, dass dein Vater behauptet hat, er wäre nicht verheiratet, als er herkam. Dann hat er gesagt, seine Frau sei gestorben, und dich hat er überhaupt nicht erwähnt.«

Everard verzog den Mund. »Meine Mutter wohnt in Frankreich. Sie ist mit Vaters bestem Freund durchgebrannt, und sie mussten sich scheiden lassen, und alle haben sich aufgeregt, und ich darf nicht von ihr reden, wenn er dabei ist.« Die Worte waren aus ihm herausgesprudelt. Dann verstummte er und sah hoch. »Bitte, bitte sag es niemandem.«

Phyll zeigte den gleichen ernsten Gesichtsausdruck, den sie während des Teetrinkens aufgesetzt hatte. Sie hob die linke Hand und machte eine Bewegung, als würde sie ihre Lippen verschließen. Inzwischen hatten sie die Avenue hinter sich gelassen und liefen eine schmale Gasse entlang, die auf beiden Seiten von Bäumen gesäumt war. Ihre Zweige trafen sich über ihren Köpfen und bildeten einen schattigen Tunnel. Everard blickte staunend auf die verschiedenen Grüntöne der Blätter.

»Du gehst also aufs Internat«, sagte Phyll. »Ist es sehr schlimm?«

Everard seufzte. »Nein. Mir gefällt es.«

Er hielt es für das Beste, ehrlich zu sein. Internate werden allgemein für schreckliche Orte gehalten, aber wenn man schreckliche Eltern hat, sind sie der Hafen im Sturm. Everard war schon mit vier fortgeschickt worden und hatte sich daran gewöhnt. Er mochte die täglichen Abläufe und den Lärm, und er hatte ein paar gute Freunde gefunden, die er oft in den Ferien besuchte. Als er erfahren hatte, dass er einen ganzen Monat bei seinem Vater verbringen sollte, war er panisch geworden und hatte den Plan gefasst, irgendetwas anzustellen, um in Ungnade zu fallen und weggeschickt zu werden.

Vielleicht fing auch damit rückblickend alles an. Aber wir können viel Zeit damit verbringen, nach dem Keim zu suchen, und ein Keim gedeiht nicht von selbst. Er braucht Wasser, Licht, fruchtbaren Lebensraum.

»Ich wäre lieber *dort*«, sagte Everard schließlich. »Ich mag meinen Vater nicht.«

Phyll zog eine Augenbraue hoch. »Die *besten* Männer sind einfach *alle* tot.«

Inzwischen hatten sie den Zugang zur Kirche erreicht. Der Friedhof erstreckte sich auf beiden Seiten des Weges und wurde von einer alten Steinmauer mit Torbogen umgrenzt. Phyll stellte sich darunter und sah sich um. Sie hörte Vogelgezwitscher, und irgendwo in der Ferne bellte ein Hund. Weit und breit kein Mensch. Sie waren ganz allein.

Sie lächelte. »Du kletterst also gerne«, sagte sie. »Ich wette, *da* hinauf schaffst du es nicht.« Sie streckte einen Arm in die Luft und zeigte auf die alte Ulme, die hinter dem Torbogen stand. Ihre knorrigen Äste erstreckten sich bis über die Straße.

Sie selbst hatte noch nie versucht, auf diesen Baum zu klettern – der Grund, weshalb sie ihn vorschlug. Sie wartete ab, während Everard ihn von unten bis oben musterte und tief Luft holte, als wollte er gleich in kaltes Wasser springen. Wortlos marschierte er durch den Torbogen. Phyll folgte ihm, bahnte sich den Weg durch die Hortensienbüsche zum Fuß des Baumes. Doch er hatte sich schon auf die Mauer gehievt und die Hände flach an den Baumstamm gepresst. Er taxierte die niedrigsten Äste, schlang die Arme um einen und schwang die Beine hinauf. Es schien ihm ganz leicht zu fallen, was ärgerlich war. Phyll wollte ihm schon sagen, er solle herunterkommen. Er war direkt über der Mauer, und sie befürchtete, er könnte fallen. Sie beobachtete, wie er sich auf den ersten Ast stellte, sich nach dem nächsten streckte und sich höher zog. Phyll hielt ungläubig den Atem an. Er würde jede Sekunde abstürzen und sich den Hals brechen. Sie sah es schon vor sich. Aber sie gebot ihm keinen Einhalt. Sie lief zurück auf die Straße. Noch immer war niemand zu sehen. Keine Zeugen, dachte sie. Sie war versucht, nach Hause zu gehen Hause und ihn dort im Baum zurückzulassen. Aber was dann? Sie starrte zwischen die Blätter, bis sie Kreise vor den Augen sah. Dabei schwitzte sie so sehr, dass ihr die Bluse an den Schultern klebte. Sie wackelte mit dem Oberkörper und trat von einem Fuß auf den anderen. Dann bückte sie sich, um das getrocknete Blut auf ihrem Bein zu inspizieren. Sie versuchte, mit Spucke und Reiben ihre Wunde zu reinigen, aber das machte es nur schlimmer. Jetzt hatte sie Blutgeschmack im Mund. Sie spuckte an den Straßenrand, erhob sich zu schnell und fühlte sich schwindelig. Plötzlich hatte der Baum grellgrüne Blätter und kam auf sie zu. Es war so still, dass sie sich fragte, ob Everard wieder heruntergeklettert war.

»Ich kann dich nicht sehen!« rief sie hinauf. »Everard? Wo bist du?«

Keine Antwort. Phyll lief zurück auf den Friedhof und umrundete den Baumstamm. Sie horchte nach einem Blätterrascheln oder einem Kichern, während das Warten ihr den Hals zuschnürte. Alles, was sie hörte, war entferntes Pferdegetrappel und das Summen einer Fliege, die um sie herumschwirrte. Sie senkte den Blick und verschränkte die Arme. Was, wenn er runtergeschlichen war, als sie nicht hingesehen hatte, und jetzt hinter einem Grabstein hockte, um jeden Moment hervorzuspringen? Sie ging an der Mauer entlang, drehte den Kopf nach links und rechts, machte sich auf einen Kampf gefasst. Was fällt ihm ein, mich zu täuschen, dachte sie, machte einen großen Bogen und lief zwischen den nächststehenden Grabsteinen hindurch. Ihr reichte es langsam. *Dann ist er eben weg*, sagte sie sich im Stillen.

Sie lief wieder zurück auf die Straße.

Ich gehe jetzt, wollte sie gerade sagen, da flatterten drei Blätter zu Boden. Sie fing sie auf und lachte. »Na schön.«

Aber sie konnte ihn immer noch nicht sehen. Phyll drehte sich ratlos einmal im Kreis, dann bemerkte sie eine Lücke in der Mauer gegenüber. Sie war dort etwas tiefer als auf der Kirchenseite und bestand aus ungleichmäßigen Steinen, die hervorstanden und als Tritthilfen dienen konnten. Phyll ging hinüber und begann hinaufzuklettern. Der Baum war auf dieser Seite mit Efeu bewachsen, und ein paar verkümmerte Zweige hingen tiefer herunter. Sie hielt sich daran fest und zog sich hoch, und kaum hatte sie Äste unter den Füßen, fühlte sie sich besser. Plötzlich hörte sie von irgendwo unten drei Stimmen. Es waren Major Hyde, Ann Cecil und Mrs Williams, die Frau, die so ein Trara wegen des Blutes gemacht hatte. Der Major wollte ihnen seine persönliche Kirchenbank zeigen.

»Sark ist inzwischen mein Zuhause. London könnte ich nicht ertragen. Das Hupen der Autos, das Kreischen der Bremsen. Ich brauche Ruhe und Frieden, und ich werde meine Zeit nutzen, um zu schreiben.«

»Schreiben, ach, wie wunderbar«, sagte Mrs Williams. »Ja, das müssen Sie unbedingt. Ich kenne keine Schriftsteller, aber ich bewundere sie …«

»Und du, Sara, musst unbedingt Unterricht bei Paul nehmen«, sagte Ann. »Es ist wichtig, Hobbys zu haben, jetzt mehr denn je.«

Phyll hielt die Luft an und beobachtete, wie sie durch den Mauerbogen traten. Plötzlich blieb Mrs Williams stehen, drehte sich um und fasste sich an die Schulter.

»Da war etwas«, sagte sie. Sie legte den Kopf in den Nacken.

»Merkwürdig – es hat sich angefühlt, als hätte mir jemand auf die Schulter getippt.«

Ann lief zurück und stellte sich neben sie. Beide Frauen sahen nach oben und dann die Straße hinunter. »Ein Schmetterling vielleicht«, meinte Ann. »Ich hab ein paar wunderschöne Rote Admirale in den Hecken gesehen.«

Sie gingen weiter, und Phyll hob den Kopf, um durch die Blätter zu schauen. Everard musste sich da drüben im Baum verstecken, aber warum konnte sie ihn nicht sehen? Sie schob einen Zweig zur Seite, legte sich flach auf den Bauch und spürte, wie ihr Herz gegen die Rinde pochte.

Die Kirchentür schlug zu, und man hörte eilige Schritte auf dem Kiesweg Richtung Straße. Phyll erkannte die Gestalt Marie de Carterets, John de Carterets Frau. Sie summte vor sich hin, als sie unter dem Torbogen hervortrat, stieß dann jedoch einen spitzen Schrei aus, als wäre sie von etwas gestochen worden.

Phyll lächelte. Jetzt hatte sie verstanden.

Hoch oben in der Ulme pflückte Everard noch eine Knospe und rollte sie zwischen Mittelfinger und Daumen. Ihm gefiel dieses neue Spiel. Wie ein Vogel blickte er auf alle herab, zielte sorgfältig mit seinen Geschossen. Sein nächstes Opfer war Percy Stanhope, der Arzt von Sark. Dem armen Mann fiel beinah der Hut vom Kopf, und er stolperte zurück an die Mauer. Everard musste ein Lachen unterdrücken. Er hatte so viel Spaß, dass er nicht bemerkte, wie der Himmel sich verfärbte und nach und nach dunkler wurde. Nach einer Weile fragte er sich allerdings, wo Phyll abgeblieben war. Vermutlich war es seine Schuld, denn er hatte sie nicht mitmachen lassen. Er war so sehr daran gewöhnt, alleine zu spielen, dass er ganz in seiner Welt versunken war. Er seufzte im Stillen. Er würde sie morgen suchen und sich entschuldigen. Einen Baum hinaufzuklettern, war bestimmt lange nicht so gut, wie eine Klippe hochzukraxeln.

In dem Moment knackste ganz in seiner Nähe ein Zweig, und etwas traf ihn an der Braue. Er zuckte blinzelnd zusammen und hob die Hand an den Kopf. Was für ein Schreck, sie direkt über sich zu sehen, von wo sie durch die Blätter auf ihn herabblickte. Sie musste irgendwie aus dem anderen Baum herübergeklettert sein und sah ihn nun, das Kinn auf die Hand gestützt, über den Zweig hinweg an. Sie versuchte, entspannt zu wirken, aber ihre dunklen Haare klebten ihr an den glühenden Wangen.

Sie warf ihm einen stolzen Blick zu. »Hab dich«, sagte sie.

Vor Erleichterung brach er in Gelächter aus. Dann nickte er. »Stimmt, du hast mich.«

Na, also. Da war er.

Der Anfang von etwas Geheimem, etwas Außergewöhnlichem, aber möglicherweise auch etwas Schrecklichem.

Das hängt wirklich ganz vom Standpunkt ab.

3

GUERNSEY EVENING PRESS (SPÄTAUSGABE)

Montag, 2. Oktober 1933

DAS RÄTSEL VON SARK: ZEUGENAUFRUF

Wie einige unserer Leser bereits wissen, wurde an diesem Wochenende die Bekleidung eines Mannes und einer Frau auf den Klippen von Sark gefunden. Da sich bisher noch niemand gemeldet hat, um Anspruch darauf zu erheben oder bei der Identifizierung zu helfen, veröffentlichen wir folgende Beschreibung der Kleidungsstücke:

Die Frau trug Blazer und Rock aus beige meliertem Tweed. Der Blazer hatte sieben Nickelknöpfe, von denen einer fehlt. Die pfirsichfarbene Bluse der Frau ist tailliert und hat einen doppelrandigen Kragen. Ihre Schuhe sind aus braunem Leder mit eckigem Absatz, Steg und goldener Schnalle.

Der Herrenmantel ist aus Harris-Tweed. Das Etikett wurde herausgerissen. Der Anzug stammt von Montague Burton und ist dunkelbraun kariert. Der Mann trug ein cremefarbenes Baumwollhemd mit Pin-Kragen und braune Budapester, Größe neun. Er war ungefähr 1,80 Meter groß.

Die Kleidungsstücke wurden auf einer Klippe in der Nähe von Port Gorey gefunden, an einer Stelle, die Trittsicherheit und ein wenig Vorsicht erfordert, wenn man sich ihr nähert. Diejenigen Leser, die sich auf Sark auskennen, werden das abgelegene Gelände der alten Silbermine erkennen, deren schroffe Schönheit im Sommer die Tagestouristen anzieht.

Die Inselbewohner sind natürlich in Sorge um die Sicherheit dieses Paares, und John de Carteret, der örtliche Chief Constable, ist jedem dankbar, der sich mit sachdienlichen Hinweisen bei ihm meldet.

Wirft man einen Blick auf die Karte von Sark, dann sieht man, dass die Hauptdurchgangswege von Norden nach Süden und von Osten nach Westen verlaufen und der Rest der Insel so glatt und unberührt ist wie ein Babypopo. Von der St Peter's Church führt eine ziemlich gerade Linie nach La Coupée im Süden, dann hinüber nach Little Sark, wo die Straße allerdings am Bungalow Hotel endet. Danach führen Fußwege über öffentliches Gelände zu den Klippen und nach Port Gorey.

Die Reiseführer beschreiben Port Gorey als »entzückend« und »malerisch«, was beweist, wie wenig die Autoren darüber wissen. Es liegt auf einer buckligen, kahlen Landspitze, auf der kein einziger Baum wächst. Im Juli kann man dort einen anregenden Spaziergang machen, versprochen, aber nicht jetzt. Jetzt kommt es einem vor wie das Ende der Welt.

Everard Hyde, inzwischen erwachsen, ist in Begleitung zweier Männer über den Pfad zu dem Felsvorsprung gelaufen, wo er die Kleider gefunden hat. Seine dunklen Haare sind lang und zerzaust und kleben ihm an den Wangen. Seine Augen sind gerötet, seine Lippen werden langsam blau. Das petrolblaue Meer vor ihm spuckt hohe Gischtwände aus. Der Wind drängt ihn zurück, doch er zieht die Schultern hoch und stemmt sich dagegen. John de Carteret folgt ihm mit gebeugtem Kopf. Er hat seinen stellvertretenden Constable Jim Remfrey zur Unterstützung mitgebracht. John sucht sich jedes Jahr einen neuen Stellvertreter aus. Jim hatte den Job nicht gewollt, konnte aber ohne ärztliches Attest nicht ablehnen, und da Dr. Stanhope sich zu Tode getrunken hatte, gab es niemanden, den er darum hätte bitten können.

Nahe dem Pfad, der sich entlang der Klippe schlängelt, wo sie gesprengt wurde, um einem Strand und einer Bootsrampe Platz zu machen, fällt die Klippe steil ab. Darüber befinden sich die verfallenen, efeubewachsenen Überreste eines Minenschachts. Die Mine hieß Sarks Hope, ein Name, der mittlerweile misslich erscheint. Vor einem Jahrhundert investierte Peter de Pelley, der damalige Seigneur, seine Ersparnisse in die Silbermine. Er holte Hunderte von Männern aus England herbei, um die Schächte zu graben, und ein paar Jahre lang lebten mehr Menschen auf diesem zerklüfteten Klippenstreifen als auf ganz Sark jemals zuvor. Es war eine ziemliche Touristenattraktion, aber dort Silber zu finden, schien so unwahrscheinlich, dass es vielleicht von Anfang an zum Scheitern verurteilt war. Die Mine brachte keinen großen Ertrag, und Le Pelley ertrank 1839 auf dem Weg nach Guernsey. Sein Bruder investierte noch mehr Geld, doch dann brach die Decke des Hope-Schachtes ein. Zehn Männer wurden eingeschlossen und ertranken.

Man munkelt von Geisterhäusern, als bräuchten Geister vier Wände und ein Dach über dem Kopf. Auf Klippen kann es spuken. Genauso wie auf ganzen Inseln. John bleibt, die Mütze tief ins Gesicht gezogen und den Kragen hochgeschlagen, stehen. Er ist ganz starr vor Kälte. Sie haben den halben Tag damit zugebracht, das Gelände abzusuchen, das hauptsächlich aus Heide und Ginster besteht, durch die ein paar Trampelpfade geschlagen wurden. In der Nähe der Straße steht ein verlassener Schuppen. Darin hatten sie Schutz gesucht, als der Regen stärker wurde, und ein Lager aus Farn und einen blauen Stoffstreifen gefunden, der auf einer Seite ausgefranst war. John hat ihn in die Hosentasche gesteckt und schaut ab und zu nach, ob er noch da ist.

Er blickt die Klippe hinunter. Das Schlimmste will er sich nicht vorstellen, aber jeder glaubt, die beiden wären ertrunken. Bei Port Gorey ertrinken alle, heißt es. Harry Dolbel könnte ihm allein drei Männer aus der jüngeren Vergangenheit aufzählen, darunter Phillip Carey, Elises Ehemann, obwohl darüber nichts Sicheres bekannt ist und nie eine Leiche gefunden wurde.

John blickt hinaus aufs Meer und denkt an die Strömung und die Gezeiten. Es ist ihm ein Rätsel, warum zwei Menschen bei diesem grauenhaften Wetter herkommen sollten, und er würde sich gern noch ein bisschen länger mit Elise darüber unterhalten. Er will sie auch nach Everard fragen, weil sie ein so mürrisches Gesicht gemacht hat, als sein Name fiel. John erinnert sich dunkel an den Everard von früher, und wenn er die Augen zusammenkneift, erkennt er noch den Jungen in dem Mann. Ist das wirklich derselbe Bursche, der ihm damals so viel Ärger bereitet hat?

Everard, der merkt, dass John ihn beobachtet, hebt den Blick. »Hätte ich sie liegen lassen sollen? Die Kleider, meine ich?«

John schüttelt den Kopf. »Natürlich nicht. Es war richtig, sie zu mir zu bringen.«

Everard nickt und runzelt die Stirn. Er sieht deutlich älter aus, wenn er die Stirn runzelt. »Warum hatte Phyll Carey sie? Ich habe sie im Gefängnis gesehen. Sie hat sie in die Höhe gehalten …«

John dreht sich mit dem Rücken zum Wind. Er erinnert sich, wie Phyll die Finger nicht von den Kleidern lassen konnte, mit diesem merkwürdigen Ausdruck im Gesicht. Er fragt sich, was passiert ist, das sie so unglücklich gemacht hat. »Sie hat dieselbe Größe. Das ist alles.«

Everard nickt wieder, und John sieht ihn an. Er würde ihn gern fragen, warum er nach all dieser Zeit wieder zurückgekehrt ist, aber er war noch nie gut in Smalltalk, und der Regen schmerzt wie Nadelstiche in seinem Gesicht. Er dreht sich um, wirft noch einen letzten Blick auf die Felsen dort unten, wo bei Ebbe ein Strand ist.

»Wir müssen morgen wiederkommen«, sagt er seufzend. »Ich habe keine Ahnung, was das zu bedeuten hat. Wäre es Juni oder Juli, würde ich sagen, sie waren schwimmen … Aber jetzt?« Er schüttelt den Kopf. »Auf keinen Fall.«

Wie schon gesagt, im Sommer ist Sark ein reizender Ort, aber kaum wird es September, verwandelt sich die kühle Brise in beißende Kälte. Die Hotels und Pensionen schließen nach und nach, und die Saisonkräfte kramen die Schutzhüllen für die Gartenmöbel hervor und eilen Richtung Hafen. Fremde fragen uns oft, wie wir die strengen Wintermonate aushalten. Unsere Standardantwort lautet, dass wir unser Fell wachsen lassen, die Klauen schärfen und anfangen, uns auf allen Vieren fortzubewegen.

Dann fragen sie garantiert nicht weiter.

Im Postamt kann man zurzeit eine hübsche Ansichtskarte von Port Gorey kaufen: das Aquarell eines nicht namentlich genannten Künstlers, das die Überreste der Silbermine und die Klippe dahinter zeigt. Elise hat sie an die Pinnwand neben ihrem Schalter geheftet, aber die Touristen bevorzugen gewöhnlich die Ansicht von La Coupée oder die mit der alten Frau beim Kühemelken. Das Postamt ist jedenfalls geschlossen, und Elise ist wieder im Gefängnis, das John niemals abschließt. Sie nimmt den Damenblazer und hält ihn sich unter die Nase. Sie riecht Erde und Ginster, Salz und billige Seife. Sie schließt die Augen und versucht, die Stimmen der Kinder auszublenden, die ihre Stundenpläne herunterbeten.

Das Gefängnis und das Schulhaus von Sark wurden beide mit dem Geld der Silberminen gebaut. Die alten Grabsteine von St Magliore's Chapel dienten als Baumaterial für die Mauer des neuen Spielplatzes. Vielleicht ist das der Grund, warum die Le Pelleys verflucht wurden. Oder sie wurden gar nicht verflucht, sondern hatten einfach nur Pech. Es ist praktisch, das Gefängnis gleich neben der Schule zu haben.

Fred de Carteret droht ungezogenen Schülern öfter mit einer Nacht Haft, und weil es im Gefängnis angeblich spukt, hat das die gewünschte Wirkung. Es heißt, eine Dienstmagd, die ihre Herrin bestohlen hatte, sei hier drei Tage eingesperrt worden und durchgedreht, weil sie jede Nacht einen Geist hatte schluchzen hören.

Die Geschichte stammt von Reverend James Cachemaille. Zur Zeit der Silbermine war er der Pastor und schrieb Artikel über das »wildromantische Sark« für das *Guernsey Magazine.* Was die Inselbewohner betraf, war er allerdings weniger schmeichelhaft, und einige seiner schillerndsten Anekdoten tauchen immer wieder in diesen Reiseführern auf, denen man nicht trauen kann. Sie vermitteln den Eindruck, die besten Familien von Sark wären tölpelhafte Pantoffelträger, die Zaubersprüche wirkten und Warzen heilten.

Was für ein Unsinn.

Wir tragen keine Pantoffeln. Aber wir respektieren die Natur und ihre Kreisläufe. Außerdem vertrauen wir auf Zeichen, und wenn ein Tier krank wird, befolgen wir bestimmte Rituale. Häufig sieht man Feuersteine an Schlüsselbünden baumeln, zum Schutz vor Einbrechern, und es ist weithin bekannt, dass die Schornsteine auf Sark noch immer mit einer Hexenbank versehen werden, für den Fall, dass eine von ihnen sich ausruhen möchte; denn wer will schon, dass sie den Kamin herunterkommt?

Lach ruhig, aber der gute Reverend Cachemaille entwickelte eine solche Angst vor dem Meer, dass er Routen für seine täglichen Spaziergänge ausarbeitete, damit er es nie zu Gesicht bekam. Das war natürlich, nachdem er Peter Le Pelley hatte ertrinken sehen, aber was wir damit sagen wollen, ist, dass aus einer Gewohnheit leicht ein Ritual wird, und von da aus ist es nicht mehr weit bis zum Aberglauben. Wenn's hilft? Ist das Leben schwer, brauchen wir alle ein paar Regeln, um das Schicksal zu mäßigen.

Vergiss also nicht, dass es Unglück bringt, jemandem Petersilie zu schenken, während es überhaupt kein Problem ist, welche zu stehlen; und wenn der erste Mensch, den du triffst, sobald du das Haus verlässt, eine Frau ist, mach ihr Platz und lass sie vorbei. Für Elise ist das schlicht und einfach gutes Benehmen. Elise ist keine Hexe – bitte vermeidet dieses Wort –, aber sie besitzt, was einige »den siebten Sinn« nennen. Angeblich stammen solche Kräfte vom Teufel, doch wenn es auch richtig erscheint, einen Mann dafür verantwortlich zu machen, glauben wir, sie hat es von ihrer Mutter, einer reizenden Dame namens Alice Tanquerel, die tragischerweise jung starb.

Elise kann nicht erklären, warum, aber als Harry Dolbel am Delville Wood in die Luft flog, sackten ihr bekanntlich die Beine weg, genauso, wie sie die Kugel spürte, die John de Carteret aus Frankreich nach Hause brachte. Dummerweise erzählte sie allen, er sei tot, und Johns Frau Marie wurde vor Trauer fast wahnsinnig, bevor sie ganze drei Wochen später die Nachricht von seiner Rückkehr auf einem Lazarettschiff erreichte. Dazu kam der verstörende Vorfall, als Elise eine Touristin vor drohender Gefahr warnte, und die arme Frau so erschrak, dass sie auf die Straße rannte und von einem Pferd niedergetrampelt wurde.

Aber erzählen wir weiter. Elise verlässt das Gefängnis, bleibt einen Moment stehen und blickt die Straße entlang. Dann geht sie Richtung Postamt, dessen Rollläden noch geschlossen sind. Früher war es das Pfarrhaus, und die beiden Rückwände stammen noch aus dem 16. Jahrhundert und sind mindestens einen Meter dick. Die Bewohner von Sark sind sehr stolz auf ihre dicken Wände. Dank dieser Wände kann jemand in seiner Küche ermordet werden, ohne dass es draußen irgendwer hören würde. Albert Pratt, über fünfunddreißig Jahre Leiter des Postamts auf Sark, ließ eines der vorderen Fenster zu einem ausklappbaren Schalter umbauen.

Außerdem ließ er den Hof pflastern und versah ihn mit einer Einfassung aus rosa und roten Geranien. Sonderbarerweise liebte Albert Geranien. Elise war seine Mitarbeiterin und nahm nach seinem Schlaganfall seinen Platz ein. Noch immer ist sie seiner Witwe Maud eng verbunden, und Maud liebt Elise wie eine Tochter. Aufgrund des vererbten »Fluches von Schwermut und Erkenntnis«, wie sie es scherzhaft nennt, fühlt sich Elise inzwischen, was ihre richtige Mutter betrifft, recht zwiegespalten.

Maud wohnt in der Rue de Sermon, in einem kleinen Haus, das Albert hergerichtet hatte, bevor er starb. Die Regale brachten ihn um. Es handelt sich, da sind wir uns alle einig, um großartige Regale. Sie erstrecken sich über eine ganze Küchenwand und sind voll mit Kräutern, Pulvern und Säften. Auf Sark setzt man immer noch großes Vertrauen in Naturheilmittel, denn lange Zeit gab es keinen Arzt auf der Insel. Dann hatten wir Dr. Stanhope, und darüber verliert man am besten möglichst wenig Worte. Maud kann jede beliebige Pflanze nehmen und sagen, wozu sie gut ist. Andere Dinge vergisst sie, aber daran ist die Insel schuld. Schließlich ist Sark »Die Insel, auf der die Zeit stillsteht«, und wenn sich um dich herum nichts ändert, erwartest du, dass auch du dieselbe bleibst.

Aber wir alle altern, und wir alle sterben, und ein paar von uns grauenvoll.

Elise stapft ins Postamt und bleibt stehen, um einen Blick in den Flurspiegel zu werfen. Wie immer ist sie entsetzt. Sie hat zwei tiefe Furchen zwischen den Brauen, und rund um den Mund überall Falten. Sie nimmt sich vor, die Stirn weniger oft zu runzeln, aber, ehrlich gesagt, wozu eigentlich? Nach dem Tod ihres Mannes hatte sie angefangen, eine Brille zu tragen, und ließ sich auch die Haare abschneiden. Phillip Careys Tod war der dritte von »drei tödlichen Unfällen rund um die Küste«, von denen im *Guernsey Magazine* vom

18. Januar 1920 berichtet wurde. Er soll während eines Sturms nach seinem Boot gesehen haben und fortgerissen worden sein, wenngleich auch Gerüchte über Selbstmord aufgrund seines Kriegstraumas aufkamen.

Elises Gedanken wandern zu den Kleidungsstücken im Gefängnis zurück. Angeblich bringt es Unglück, die Kleider von Ertrunkenen aufzubewahren. Es heißt, sie kehrten zurück, nähmen sie wieder in Besitz und verfolgten dich. Elise hat alle Kleider ihres Mannes aufgehoben. Sie hätte nichts dagegen, Phillip wiederzusehen. Sie hätte ihm noch einiges zu sagen.

Es klopft dreimal laut, sie hastet zur Tür und reißt sie so schnell auf, dass der Mann davor erschrocken zurückweicht. Es ist Peg Godfray. Matt zuckt er mit den Schultern und deutet auf den durchnässten, halb gefüllten Sack, den er gerade auf der Türschwelle abgestellt hat. Die Post von Sark wird von Guernsey herübergebracht und trifft oft in zweifelhaftem Zustand ein, entweder patschnass oder von irgendwelchem Nutzvieh zertrampelt. Genervt nimmt Elise den Sack und marschiert in ihr Büro, um den Inhalt zu sortieren. Bei geschlossenem Schalter ist es dort gerade hell genug, dass man den kleinen Schreibtisch erkennen kann, auf dem ein Kassenbuch liegt und eine Waage steht. An der Rückwand dahinter steht eine alte Schiffskommode, die Albert restauriert hat.

Elise kramt in dem Sack. Es sollte betont werden, dass ihre Gabe, von Ereignissen zu wissen, bevor sie passieren, sich schon einstellte, bevor sie diesen Job antrat, aber jetzt ist sie besonders nützlich. Sie liest eine Postkarte an Nancy und Harry Dolbel, die von ihrem Sohn stammt, registriert etwas, das eine Rechnung für Eric Drake in der Kunstgalerie sein muss, und schüttelt eine Schachtel, die sicher Tabletten für Major Hyde enthält. Bevor John nach Port Gorey aufgebrochen ist, hat er sie gebeten, nach ungewöhnlichen Sendungen Ausschau zu halten. Elise findet nichts dergleichen, doch zur Sicherheit kehrt sie den Sack von innen nach außen und schüttelt ihn aus. Ein cremefarbener Umschlag flattert heraus. Mit zusammengekniffenen Augen bückt Elise sich und hebt ihn auf. Das feste Papier wirkt teuer, die Adresse ist handgeschrieben. *Phyll Carey*. Nicht *Phyllis Carey*, nicht *Miss Phyllis Carey*. Widerwillig wendet Elise den Brief in der Hand, streicht mit dem Daumen über die Kanten. Dann geht sie zur Tür und hält ihn ins Licht. Jetzt, denkt sie, jetzt, jetzt.

Alle fragten sie ständig, warum Phyll zurückgekommen sei, und Elise hatte keine Antwort für sie. Erst gestern hat Mr Toplis sich über die Theke gebeugt und gerufen: »Es ist doch nicht etwa ein Mann?«

Elise sagte ihm, er solle keinen Unsinn reden. Natürlich nicht – das könne gar nicht sein. Dafür sei ihre Tochter viel zu intelligent. Aber es ist schwer, eine intelligente Tochter zu haben, wenn man sich selbst nicht für klug hält. Elise denkt an Everard Hyde. Ein merkwürdiger Zufall, dass auch er zurück ist, und es beunruhigt sie. Sie hält weiter den Brief in der Hand, während sie in der Tasche ihrer Öljacke nach ihrem Schlüsselbund greift. Sie hat viele Schlüssel, sie mag ihr Gewicht und wie sie sich anfühlen. Unter den Schlüsseln ist auch ein zierlicher silberner, der zur obersten Schublade der alten Schiffskommode gehört. Ein spezieller Platz für ›persönliche Angelegenheiten‹. Elise steckt den Schlüssel ins Schloss, dreht ihn um und zieht. Die Schublade kommt nur halb heraus, bleibt an einem Bündel Postkarten und Briefen hängen. Sie greift hinein, um sie herunterzudrücken, woraufhin die Schublade sich löst.

Elise selbst bekommt kaum Post. Phillip war kein Mann des geschriebenen Wortes. Was bedauerlich ist, wenn man bedenkt, wie viel Zeit er in der Ferne verbrachte. Über diese Enttäuschung ist Elise hinweg, aber was sie noch immer nicht verzeihen kann, ist das Ausbleiben von Briefen ihrer Tochter. Phyll hat stundenlang in ihr Tagebuch schreiben, ganze

Seiten an Miranda und diesen Jungen füllen können, den sie kaum kannte, aber sie hat sich selten einmal die Mühe gemacht, ihrer lieben Mutter ein paar Zeilen zu schicken.

Elise blättert in dem Bündel. Würde sie die Schreiben nebeneinanderlegen, könntest du sie überfliegen und sehen, wie Phylls Handschrift sich verbessert hat, von etwas unbeholfenen, krummen Linien zu einem gleichmäßigen, eleganten Schriftzug. Jedes Jahr hat sie an Everard geschrieben, Postkarten und Briefe. Sie hat die Postkarte von Port Gorey geschickt, die Elise vorrätig hat, und eine hübsche Ansicht von Derrible Bay.

Phyll wollte den Kontakt halten. Wahrscheinlich glaubt sie immer noch, sie hätte es getan.

Elise nimmt den neuen, noch verschlossenen Umschlag und sieht ihn an. Wenn sie sichergehen wollte, könnte sie im hinteren Teil der Schublade kramen und ein paar von Everards Briefen herausnehmen, um die Handschrift zu vergleichen, aber die Küchentür schlägt zu, und sie erschrickt. Sie legt den Umschlag auf das Bündel und schiebt alles zurück in die Schublade.

»Bist du das, Phyll?« Sie dreht den Schlüssel im Schloss.

»Wer soll's denn sonst sein?« Phyll erscheint im Türrahmen, die Haare nass vom Regen. »Ich hab nach Maud gesucht. Sie ist nicht da.«

Elise verschränkt die Arme. »Und hast du sonst jemanden gesehen?«

Phyll antwortet ihrer Mutter mit einem finsteren Blick. »Nein, natürlich nicht.«

Sie stampft die Treppe hinauf, während Elise sich nicht rührt und auf das Zuknallen der Schlafzimmertür wartet. Unwillkürlich presst sie die Hand auf die verschlossene Schublade. Sie senkt den Kopf und starrt sie an.

Everard Hyde, denkt sie. Everard Hyde. Diesen Toten möchte sie nicht zurückhaben.

4

St Peter's Church

(Erste Straße rechts am Ende der Avenue.)

3. August 1923

Die St Peter's Church wurde 1820 von zwei Peter Le Pelleys, Vater und Sohn, in dem Versuch erbaut, die Einwohner von Sark zu zivilisieren. In einem der frühen Reiseführer wird sie als »hässlich in jeder Hinsicht« beschrieben, und dem widersprechen wir nicht. Obwohl sich dort nur wenige interessante Gedenksteine befinden, spazieren wir gerne über den Friedhof, der so reich an Wildblumen ist wie an Geschichte.

Phyll hatte Everard in den ältesten Teil gelotst, an die bröckelnde, moosbewachsene Mauer, wo die Grabsteine langsam in der Erde versanken. Mit theatralisch erhobenen Armen schilderte sie gerade den Tod Peter Le Pelleys III, des Mannes, der für die Silbermine verantwortlich war. »Das Boot krachte ins Wasser und tauchte nie wieder auf! Die Fahrt war dem Untergang geweiht!«

Wie sehr sie es später auch bestritt, mit zwölf Jahren wollte Phyllis Carey genau wie ihre Mutter sein. Sie wollte sich die Haare kurz schneiden lassen und gewichtige Erklärungen abgeben. In ihrem Tagebuch beschrieb sie sich selbst als »überaus hässlich« und als jemanden, der »dauernd starrt«. Hässlich war sie nicht, aber das mit dem Starren stimmte. Sie richtete gerne ihre ganze Aufmerksamkeit auf eine Person und prophezeite, was diese sagen würde, und da sie diese Experimente heimlich durchführte, betrachtete sie sie als äußerst erfolgreich. Falls sie ein merkwürdiges Kind war, dann spielte das keine Rolle, es gab ohnehin kaum Kinder ihres Alters zum Vergleich. Das war ein weiterer Grund, warum sie viele Bücher las, aus denen sie manchmal lange Passagen kopierte und als ihre eigenen ausgab.

Außerdem interessierte Phyll sich sehr für den Tod. Bei Kindern halten wir das für normal und nicht ungewöhnlich, vor allem in den Nachkriegsjahren, als der Tod stets präsent war wie ein direkter Nachbar, nur kein befreundeter.

Sie suchten sich ein bequemes Plätzchen auf der Grabstelle der Familie Baker, wo der Wiesenkerbel hoch wuchs und sie verdeckte. Phyll atmete den süßlichen Duft ein, legte sich auf den Rücken und schob die Hände unter den Kopf. Everard rollte sich auf den Bauch und erhaschte einen Marienkäfer, den er mit den Händen umfing. Er bildete eine Öffnung zwischen Daumen und Zeigefingern, damit Phyll ihn sich ansehen konnte.

Was immer die Leute später über Everard Hyde behaupteten, er gehörte nicht zu den Jungen, die kleine Tiere quälten oder Insekten die Beine ausrissen. In seinen Schulzeugnissen wurde er als gewissenhaft und aufmerksam beschrieben, ja sogar als »Teamplayer«. Das hätte man natürlich über alle Schüler sagen können, und genau das war vielleicht der Punkt. Während es Phylls größter Wunsch war hervorzustechen, wollte Everard sich einfügen.

Sie beugte sich zu ihm und legte ihre Hände um seine. Everard erschrak darüber, wie nah sie ihm kam, aber das Kitzeln ihrer Haare auf seiner Wange gefiel ihm. Er wagte es nicht, sich zu bewegen, für den Fall, dass sie es tun würde, und so wartete er und wartete, mit angehaltenem Atem. Als sie zurückwich, öffnete er die Hände, und der Marienkäfer flog davon.

Sie blickten ihm nach, bis Everard sich umdrehte und Phyll ansah. »Ist eigentlich dein Vater hier begraben?«

Phyll streckte sich flach auf den Bauch und stützte den Kopf auf ihre Arme. »Sie haben seine Leiche nie gefunden.« Sie hielt kurz inne. »Keine Leiche, kein Grab …«

Everard machte ihre Haltung nach, legte sich auf seine angewinkelten Arme. »Wie … wie ist es passiert?«

Phyll nahm einen Grashalm und hielt ihn vor sich. »In jener Nacht gab es ein schreckliches Unwetter«, sagte sie – ein Satz, mit dem viele gute Geschichten beginnen.

Obwohl sie geschlafen hatte, behauptete Phyll stets, sie würde sich noch ganz genau an diese Nacht erinnern. Der Lärm habe sie geweckt. Wie Nägel, die mit Wucht ans Fenster geschleudert wurden, habe der Regen geklungen. Oder vielleicht war es auch der der Wind. Sie dachte, das Dach wäre weggeweht worden oder das ganze Haus. Sie sprang aus dem Bett und rannte auf den Treppenabsatz, aber dort blies der Wind noch heftiger. Er fuhr ihr mitten ins Gesicht. Sie glaubte, die Haustür wäre aufgeflogen. Doch während sie am Rand des Treppenabsatzes verharrte, sah sie selbst im Dunkeln ganz deutlich, dass die Tür geschlossen und sogar die Riegel vorgeschoben waren. Es ergab keinen Sinn. Sie fragte sich, ob das Ganze nur ein Traum war, weil die Zeit sich verschob und schrumpfte, so wie es in Träumen passiert. Dann hörte sie unten Geräusche – Klirren und Klappern – und tappte eine Stufe hinunter. Sie musste sich an die Wand pressen, weil das Haus zu schwanken schien. Sie schob sich in Richtung der nächsten Stufe, zog die Zehen ein, tastete nach der Fußleiste. Doch da passierte es. Sie hörte eine Stimme. Ganz nah und deutlich. »Komm nicht nach unten!«

Phyll richtete sich auf und raunte es Everard zu. *»Komm nicht nach unten!«*

Everard zuckte zurück. »Nein.«

Phyll nickte. Sie konnte ihn beinah spüren, den tödlich kalten Atemzug im Ohr. Sie sah ihn an, genoss sein Entsetzen.

»Und was hast du gemacht?«

Phyll verzog die Lippen. »Na ja, ich bin nicht nach unten, Dummerchen!« Sie sank zurück ins Gras. »Ich bin zurück in mein Zimmer gerannt und hab mich wieder ins Bett gelegt.« Sie hielt kurz inne. »Aber *am nächsten Morgen*. Ach! Das Haus war verwüstet. Ein Ast hatte ein Loch ins Dach gerissen und zwei unserer Fensterläden und ein Fenster zertrümmert. Überall war waren Wasser und Scherben. Meine Mutter ging als Erste runter und rief etwas zu mir hoch, und weißt du, was sie gesagt hat?« Phyll setzte sich ein wenig auf und beugte sich wieder näher zu ihm. »*Komm nicht nach unten*!«

Everard blinzelte sie ungläubig an. »Moment mal, *sie* hat es gesagt?«

»Ja, aber nicht vorher.« Phyll zögerte. »*Vorher* hatte sie eine *Vorahnung*. Die hat meine Mutter dauernd. Alle haben gesagt, das Wasser sei durch den Sturm reingekommen, aber …«, sie senkte die Stimme, »Es war kein Regenwasser … es war salzig wie das Meer, und es gab Fußspuren. *Männliche Fußspuren*.«

Everard schien das einen Moment zu bedenken. »Dann … war es dein Vater?«

Everard sah sie so bohrend an, dass sie wegschauen musste. Phyll drehte sich auf den Bauch und ließ den Blick abschweifen. Sie dachte an die Gewitternacht zurück, sah sich wieder im Nachthemd auf der Treppe stehen. Wäre sie hinuntergegangen, wäre sie ihrem Vater vielleicht begegnet.

»Du könntest geträumt haben«, sagte Everard einen Augenblick später.

Phyll sah ihn nicht an. »In einem Traum friert man nicht so.«

Aber um ehrlich zu sein, war sie sich nicht sicher. Am nächsten Morgen war sie im Bett ihrer Mutter aufgewacht, eingekuschelt und warm und ohne jede Erinnerung, wie sie dort hingekommen war. Vielleicht hatte sie wirklich geträumt, oder sie verwechselte es mit dem Morgen danach.

Als sie ihrer Mutter von der Stimme erzählte, hatte Elise sie merkwürdig angesehen und geantwortet, es sei durchaus möglich, dass sie etwas gehört habe. Sie wirkte nicht im Entferntesten überrascht oder beunruhigt, aber sie war auch vollauf damit beschäftigt, das Wasser aufzuwischen. Erst später ließ sie sich von Phyll die Stelle auf der Treppe zeigen, stellte sich selbst dorthin, schloss die Augen und hob die Nase wie ein Jagdhund, der einer Fährte folgt. Es war unklar, ob Elise etwas spürte, aber sie schüttelte den Kopf und runzelte die Stirn, als könnte sie es nicht verstehen. Dann sagte sie zu Phyll, sie solle es niemandem erzählen.

»Du bist noch ein Kind. Am Ende behaupten die Leute, du verbreitest Lügen.«

Phyll versprach ihrer Mutter, es für sich zu behalten, und Elise strich ihr sanft übers Haar und sagte, sie solle sich nicht sorgen. Sie werde ihr immer glauben.

Das war ein schöner Moment. Phyll vermisste ihren Vater nicht wirklich, denn er war nie viel für sie da gewesen, aber ab und zu lief sie mit geschlossenen Augen und geballten Fäusten durch die Zimmer im Erdgeschoss. Manchmal hörte sie nach Einbruch der Dunkelheit Geräusche – Schritte oder das Zuschlagen einer Tür –, aber meistens war es Maud. Maud war immer in ihrem Haus, weil es einmal ihr Haus gewesen war, und sie kannte jeden Zentimeter. Eines Abends, nachdem Phyll von den Geräuschen erzählt hatte, hob sie auf dem Treppenabsatz eine lose Diele an und zog einen Schuh darunter hervor. Schuhe im Haus zu verstecken, diene dazu, die Bewohner vor Unheil zu bewahren, erklärte sie. Das fand Phyll bemerkenswert, und sie fing an, sich ihre eigenen Rituale zu überlegen. Sie bastelte eine Schachtel für Glücksbringer und füllte sie mit Dingen wie dem alten Rasierpinsel ihres Vaters, einem Schilling aus seiner Jacke, drei wunderbar glatten Kieseln, die er ihr geschenkt hatte. Und sie legte eine verrostete Armbanduhr hinein, die um eins stehen geblieben war, zu der Zeit, als ihrer Vorstellung nach ihr Vater starb. Später kamen eine verdorrte Orange, eine römische Münze und ein Silberring dazu, alle nach irgendwelchen Unwettern gefunden. Jeden Abend berührte sie die Gegenstände und zählte von zehn abwärts.

Die Sonne versank hinter den Bäumen und streckte alle Schatten ringsum. Phyll überlegte, welche Geschichten sie Everard sonst noch erzählen könnte. Sie würde Maud fragen. Maud würde sich freuen zu hören, dass sie einen neuen Freund gefunden hatte.

»Wusstest du, dass alle Gräber in Kreuzform ausgehoben werden müssen? Wenn nicht, erheben sich die Särge und verfolgen dich.«

Everard hatte sich auf die Ellbogen gestützt. »Laufende Särge?« Er blickte sich um.

Phyll rollte sich auf den Rücken. »Es spukt auf der ganzen Insel. Das liegt daran, dass die Toten keinen Ort haben, an den sie gehen können.« Sie ließ die Hand durch die Luft kreisen. »Sie wandern immer rundherum.« Sie wartete einen Moment. »Es gibt einen Geist im Gefängnis und einen Geist auf dem Schulhof und einen Geist in der Seigneurie.« Sie wollte hinzufügen, dass es auch auf Little Sark einen gab, aber das sparte sie sich für eine andere Gelegenheit. Sie drehte sich auf die Seite und legte die Hand unter den Kopf. »Vor ein paar Jahren haben einige Sommergäste sogar steif und fest behauptet, sie hätten Gesang gehört.«

Everard hob den Blick. »Gesang?«

Phyll nickte. »Früher gab es hier Mönche.« Sie setzte sich auf und faltete die Hände. »*Requiem dona ei, Domine …*«

Everard antwortete mit einem herrlich ernsten Blick und begann ebenfalls zu singen: »*Et Jesum, benedictum fructum ventris tui …*«

Keiner von ihnen hatte Reverend Severy bemerkt, der von seiner Runde zurückkam. Louis Severy war Mitte fünfzig, ein großer, gebückt gehender Mann mit fülligen grauen Haaren und Hakennase. Ganz in Schwarz gekleidet, schwitzte er heftig und war erschöpft von einem Nachmittag mit Nancy und Harry Dolbel. Harry hatte im Krieg beide Beine verloren, verbrachte seine ganze Zeit auf einem Platz am Küchenfenster und beschimpfte die Vorbeigehenden. Jedes Mal, wenn er ihn so dort sah, mit den Stümpfen, wo seine Beine hätten sein sollen, fühlte Severy sich schwach. Es war, als würde er die Kraft in den eigenen Beinen verlieren oder sich ihrer schämen. Er wischte sich übers Gesicht. Während des Krieges hatte es etwas gegeben, wofür man beten konnte, aber jetzt? Was gab es noch? »Tut mir leid, Herr Pfarrer«, hatte Harry ihm rundheraus gesagt, »aber mich haben sie verloren.« Severy schüttelte den Kopf. Verloren war bestimmt niemand. Er holte tief Luft und blickte sich um.

Das durch das Laub dringende Licht der untergehenden Sonne bildete helle Streifen, die quer über Grabsteine fielen. Die Luft war still und warm, und alles war ganz ruhig. War es je so still auf der Welt gewesen? Severy verschränkte die Hände hinter dem Rücken und verharrte in einer Art stummer Trance. Da wurde ihm bewusst, dass er Gesang hörte. Sanfte Stimmen schwebten durch die Luft. Er neigte den Kopf und drehte sich langsam um. Es kam nicht aus der Kirche, sondern von der Wiese dort hinten. Es war Latein, da war er sich sicher, und es klang zugleich nah und entfernt. Langsam ging er durchs Gras, setzte bedächtig einen Fuß vor den anderen. Sein ganzer Körper pulsierte, es war, als besäße sogar der Boden einen Herzschlag. Das Gras wurde dichter und höher, und kurz darauf streiften seine Hände Fingerhut, doch er lief weiter, bis er die Friedhofsmauer erreichte. Hier war die Luft kühler, und er beugte den Kopf, legte die Hand flach auf die Brust und spürte sein Herz pochen. Der Gesang war allerdings verstummt, jetzt hörte er nur noch das Zwitschern der Singvögel. War das alles, was er gehört hatte? Er atmete zweimal tief durch und spähte auf die angrenzende Wiese, wo ein paar Schafe grasten. Nichts. Da war niemand.

Seufzend drehte Severy sich um und machte sich auf den Rückweg zur Kirche, doch als er aufblickte, sah er plötzlich zwei Schatten, zwei aufrecht stehende Gestalten. Fast wären ihm die Beine weggesackt, und er hob die Hand, wie um sie abzuwehren. Dann sah er, dass es Kinder waren. Nur Kinder. Die Sonne hatte ihre Schatten in die Länge gezogen. Seine Augen hatten jetzt Mühe mit der Tiefenschärfe, mit dem splitternden Licht der Sonne, das durch die Blätter fiel.

»Ach!« Er stieß ein verwundertes Lachen aus. »Kinder! Ach! Was war das für eine Melodie? Habt ihr es auch gehört?«

Everard war zu verdutzt, um zu antworten. »H-hallo, Reverend. Verzeihung, welche Melodie?« Seine Worte überschlugen sich fast, und er wandte sich zu Phyll, deren Blick ganz starr war.

Severy blinzelte nervös und sah Phyll matt lächelnd an. »Jemand hat gesungen, auf Latein.«

Phyll schüttelte entschieden den Kopf. »Nein, das hätten wir gehört.« Mit ernster Stimme wandte sie sich an Everard. »Ich hab nichts gehört. Du? Latein würde ich wahrscheinlich gar nicht erkennen.«

Everard überlegte angestrengt. »Nein, tut mir leid«, sagte er dann. »Mir ist auch nichts aufgefallen.«

5

JERSEY POST

Mittwoch, 4. Oktober 1933

DAS RÄTSEL VON SARK: BEGINN DER ERMITTLUNGEN AUF GUERNSEY

Bisher hat sich niemand gemeldet, um die Kleidungsstücke zu beanspruchen, die an diesem Wochenende auf den Klippen von Sark gefunden wurden. Auch wurde niemand als vermisst gemeldet. Eine Suchaktion an der umliegenden Küste ist weiter im Gang. Die Kleider wurden indessen nach Guernsey gebracht, wo Chief Inspector James Langmead von der örtlichen Polizei die Ermittlungen aufgenommen hat.

Da sämtliche Mitglieder der Bevölkerung von Sark befragt wurden, müssen wir davon ausgehen, dass die Kleider Besuchern gehören. Höchstwahrscheinlich kamen sie von Guernsey, ob sie jedoch dort wohnten oder zu einem früheren Zeitpunkt aus England angereist waren, bleibt noch zu klären.

In Anbetracht der Tatsache, dass von den regulären Passagierschiffen niemand vermisst wird, vermutet die Polizei, dass sie ein gechartertes Boot benutzt haben. An der Küste in der Nähe des Hafens von Creux gibt es eine Reihe von Anlegeplätzen, sie könnten also von einem anderen Teil der Insel gekommen sein.

Jeder, der Hinweise zu diesem Fall geben kann, wird gebeten, sich bei den Inselbehörden zu melden.

Auf allen Seiten von schützenden Steilklippen umgeben, wirkt Sark gerne unbezwingbar, doch eine Bootstour rund um die Insel wird dir das Gegenteil beweisen. Es gibt eine ordentliche Anlegestelle bei L'Eperquerie im Norden und gute Ankerplätze auf der Ostseite, bei Dixcart und Derrible Bay.

Anfangs, als Sark als Ausflugsziel langsam an Beliebtheit gewann, gingen die Touristen in Havre Gosselin an den westlichen Klippen von Bord. Hier mussten sie eine Leiter hinaufsteigen, die über die Felsen ragt, und den Rest des Weges mithilfe eines Seils weiterklettern. Alles Teil des Nervenkitzels, da sind wir uns sicher. Junge Leute kamen, um zu fischen und zu jagen, was vielleicht eine beschönigende Umschreibung ist. Die Gasthäuser der Insel hatten immer geöffnet, auch am Sonntag, und so entwickelte Sark einen Ruf für Heidentum und Ausschweifung – was, Ehrenwort, nicht dasselbe ist. Es kursiert die Geschichte über einen Mann aus Guernsey, der zum Jagen kam, dem es aber trotz exzellenter Treffsicherheit und obwohl er zahlreiche Wildenten sichtete, bei seinem ersten Besuch nicht gelang, einen einzigen Vogel zu erlegen. Er zog einen Weisen zurate, der ihm sagte, das sei Hexenwerk. Also besorgte er sich Silberkugeln, denn Silber ist angeblich das einzige Material, das auch bei Hexen wirkt. Und es wirkte, denn es gelang ihm, hier von diesen Klippen aus einen Vogel zu schießen, der irgendwo draußen in der Bucht landete. Dummerweise fand er ihn nie. Vielleicht hatte er es sich nur eingebildet, vielleicht war er betrunken gewesen, aber auf dem Boot zurück nach Guernsey bemerkte er eine junge Frau mit einer verbundenen Hand, die ihn böse ansah. Als er versuchte, mit ihr zu sprechen, wandte sie sich ab. Später erfuhr er, dass die Frau einen ›gewissen Ruf‹ hatte, und schloss daher, dass sie der Vogel sein musste und dass sie natürlich eine Hexe war.

Eine verblüffende männliche Logik: Es ist leichter, eine Frau für eine Hexe zu halten, als zu akzeptieren, dass sie sich nicht für einen interessiert.

Edie de Carteret mit ihren zwölf Jahren würde schrecklich gerne fliegen. Sie schlägt mit den Armen und stellt sich vor, wie es wäre, über die Landzunge zu gleiten. Es ist heller Nachmittag. Wenigstens hat der Regen aufgehört, und am perlmuttweißen Himmel ziehen kleine Wolken entlang. Edie flattert bis zum Atelier der Cecils, einem schlichten, etwas vom Weg zurückgesetzten kleinen Holzhaus. Im Sommer ist es ein perfekter Ort. Die großen Fenster lassen Licht und Meer herein, und die Sonnenstrahlen tanzen auf den Dielen. Doch Paul hat den Fehler gemacht, sämtliche Bäume zurückzuschneiden, sodass es jetzt im Oktober kahl und schutzlos wirkt.

Edie presst ihren imaginierten Schnabel an eins der Fenster und sieht Phyll Carey, die kniend den Inhalt einer alten Teekiste durchwühlt. Im Profil betrachtet hat Phyll ein interessantes kantiges Gesicht, so wie ein Maler es wohl gerne porträtieren würde. Sie trägt noch immer das gelbe Kleid, das aber inzwischen unter einer ordentlichen blauen Strickjacke verschwindet. Edie beobachtet sie einen Moment, dann klopft sie ans Fenster, und Phyll erschrickt. Sie steht schnell auf und klappt die Kiste zu. Sie wirkt müde, ein wenig verlegen, wie eine Einbrecherin, die auf frischer Tat ertappt wurde.

Sie hat ihre Gründe, nehmen wir an. Nachdem sie eine sehr detaillierte Beschreibung der Kleider verfasst hatte, fügte sie eine kurze Notiz für den Herausgeber der *Press* hinzu, in der sie sich als Journalistin auf Familienbesuch vorstellte, und bot an, weitere Lageberichte zu übersenden. Sie unterschrieb mit *P. Carey*, sodass man sie für einen Mann halten kann.

Für diejenigen, die es interessiert: Phyll war niemals mehr als eine recht langsame Verlagsassistentin, die die Worte anderer Leute abgetippt hat. Sie ist noch nicht so weit, darüber zu reden, was passiert ist, aber sie hat so lange davon geträumt, nach England zu gehen, dass es schwerfällt zuzugeben, was für ein Reinfall es war. Später wird sie vielleicht sagen können, dass sie sich nicht an die grauen, von Menschen überfüllten Straßen gewöhnen konnte oder an die hohen Häuser, die den Himmel verdeckten, oder sie wird sich über den stumpfen Büroalltag beklagen oder den pingeligen kleinen Mann, der das Büro leitete. Wenn es so weit ist, wird sie die richtigen Erklärungen finden, aber im Moment lässt sie den Blick durch das Atelier schweifen und stößt einen wehmütigen Seufzer aus. Sie denkt daran, wie Miranda ihr das Kleid geschenkt hat, das sie jetzt trägt, und stellt sich Paul vor, wie er auf dem Schlafsofa liegt und seine langen Beine ausstreckt. Er verzieht seitlich den Mund und nennt sie »mein Schätzchen.« Er war immer nett. Sie habe genug Grips, um alles zu tun, was sie will, sagte er zu Phyll. Sie presst die Augen zu. Es kommt ihr vor, als wäre es eine Ewigkeit her.

»Da bist du ja!« Edie schwebt durch die Tür. »Ich hab mir schon Sorgen um dich gemacht.« Sie bläst die Wangen auf und überlegt, warum eigentlich, dann weiten sich ihre Augen. »Ach, ja! Du hast diese Kleider angefasst.« Sie zieht ihre Finger zurück. »Was, wenn sie *verflucht* sind?«

Phyll schüttelt den Kopf. »Ach, Edie, im Ernst?«

»Klar!« Edie läuft quer durch das Atelier und freut sich über das Geräusch, das ihre neuen Schuhe auf den Dielen machen. Sie fährt mit der Hand durch die Luft. »Vielleicht haben sie mal Hexen gehört.«

»Hexen?«

»Ja!« Edie faltet die Hände hinter dem Rücken und nickt vielsagend. »Hexen verwandeln sich, *wie du sicher weißt.*«

Phyll verdreht die Augen und verschränkt die Arme. Das weiß sie in der Tat. Sie kennt all die Geschichten. »Aber … wenn Hexen sich verwandeln … brauchen sie doch keine Kleider.«

Ein äußerst zutreffendes Argument, worauf Edie, die Nase in der Luft, herumschwenkt. Sie sieht Phyll an, dass sie die Sache nicht ernst nimmt. Sie mustert sie langsam von oben bis unten. »Oder sie machen einfach das, was du machst, und nehmen Miranda Cecils Kleider.«

Das saß. Phyll merkt, wie ihr die Röte in die Wangen steigt. Am liebsten würde sie klarstellen, dass sie Mirandas Kleider nicht genommen hat. Miranda schenkt ihr die Sachen, aus denen sie herausgewachsen ist oder die sie nicht mehr leiden kann. Das war schon immer so, seit sie befreundet sind, und wiederholte sich über Jahre. Wahrscheinlich wird es nie mehr dazu kommen, aber das will Phyll noch nicht zugeben. Sie wendet sich ab, und ihr fällt wieder ein, wie sehr sie Kinder hasst. Früher wollte Elise unbedingt, dass ihre Tochter Lehrerin wird, und sie musste für die Hälfte der Inselsprösslinge Babysitter spielen. Unter uns gesagt, es ist ein Wunder, dass sie alle überlebt haben. Marie de Carteret fand Edie einmal an einen Baum gefesselt im Dixcart Valley und sprach hinterher ein paar ernste Worte mit Elise über das Thema.

Aber Edie gefiel das Abenteuer, und sie glaubt, dass Phyll sie insgeheim mag und es sich nur nicht anmerken lässt. Sie bleibt bei den Regalen stehen und fängt an, etwas von dem merkwürdigen Schnickschnack herauszunehmen und wieder hineinzustellen, wie eine Kundin in einem Laden, die sich nicht entscheiden kann, was sie kaufen soll. Zuerst betrachtet sie eine Muschel, dann ein Stück Meerglas, dann eine leere Flasche. Sie schlendert zu den Leinwänden, die sich in der Ecke stapeln. Da steht auch ein Gemälde von Miranda: helle Haut, helle Haare, große blaue Augen. Schon immer eine Schönheit.

Edie dreht sich wieder um und sieht Phyll fragend an. »Also, was machst du eigentlich hier?«

Phyll steht kerzengerade da. »Dieselbe Frage könnte ich *dir* stellen.«

Es entsteht eine Pattsituation, und da beide ziemlich stur sind, könnten wir noch eine Weile hier verweilen. Zum Glück klopft es an der Tür, und Edie hastet hin, um zu öffnen.

»Du!«, ruft sie. »Du spionierst mir nach, ich wusste es!«

Small George steht blinzelnd im Türrahmen. Er hat Edie verdammt noch mal nicht nachspioniert. Er hat lediglich seine Erkundungstour über die Klippen fortgesetzt, ist von Port Gorey in nördlicher Richtung den Gezeiten und Strömungen gefolgt, die im *Channel Islands Pilot* seines Vaters angegeben waren. Small George glaubt, die vermissten Personen wären ertrunken und hofft deshalb, einen toten Menschen zu finden, wie es nur jemand hoffen kann, der noch nie einen toten Menschen gefunden hat. Er stellt sich eine Leiche mit bleicher Haut vor, so bleich und kalt wie Marmor. Lieber wäre es ihm, die Frau zu finden, aber der Mann täte es natürlich auch. Das wäre besser als sämtliche Abenteuergeschichten in seinem *Boy's Own Paper*, die offen gesagt ziemlich albern sind.

Doch während Small George die Klippen nach jemand Totem abgesucht hat, ist er jemand Lebendem begegnet. Hinter ihm steht eine große Frau mit weißen Haaren vor der Tür, die sich aus ihrem Knoten gelöst haben. Sie hat die Hände vor sich gefaltet, ein verhaltenes Lächeln im geröteten Gesicht und einen aufmerksamen Blick. Obwohl sie alt ist, steht sie bemerkenswert aufrecht da, als würde sie strammstehen, und springt fast ins Atelier. Das ist natürlich Maud. Jeder kennt Maud. Sie ist die Frau, die die Strickjacke gestrickt hat, die Phyll jetzt trägt, und die Phyll an den meisten Abenden ihrer Kindheit ins Bett gebracht und ihr die lateinischen Namen der Pflanzen auf Sark beigebracht hat. Sie hat sie auch gelehrt, wie man Napfschnecken kocht, was allerdings unsinnig war, denn die sind widerlich. Keine Sorge, sie kennt noch andere Rezepte. Maud ist eine hervorragende Köchin, eine viel bessere als Elise, die immer alles zu Tode kocht.

Maud dreht eine majestätische Runde durchs Atelier, ihr graues Kleid schwingt ihr um die Knöchel. »Hier bist du also gelandet!«

Es ist unklar, wen sie meint, und Small George wirkt ziemlich verlegen. Er habe Maud ohne Jacke bei Port és Saies getroffen, murmelt er. Maud schnalzt mit der Zunge und macht eine wegwerfende Handbewegung. Sie braucht keine Jacke, sie hat eine ausgezeichnete Konstitution und ist bekannt dafür, dass sie jeden Tag kilometerweit zu Fuß geht. Aber ihre Finger sind vor Kälte ganz rot, und sie beugt und streckt sie und presst die Hände zusammen.

»Ich hab dich gesucht«, wendet sie sich an Phyll, »um dir zu sagen ...«

Ihr Blick huscht über sämtliche Oberflächen. Sie wollte etwas über Jacken sagen, aber jetzt hat sie es vergessen. Sie runzelt die Stirn. Das kommt immer wieder vor, und das Einzige, woran sie sich erinnert, ist, wie die Leute sie hinterher ansehen.

Sie blicken sie erwartungsvoll an, und sie muss sich sammeln und etwas anderes aufbieten wie ein Zauberer, der ein Kaninchen aus dem Hut zieht. Das hat sie einmal gesehen, als Chapman's Circus auf Guernsey gastierte. Danach wollte sie sich Ohrlöcher stechen lassen. Sie blickt durch den Raum, versucht, ihre Erinnerung auf Trab zu bringen – Gegenstände helfen oft – und geht näher zu den Regalen am Fenster. Dort steht ein Schwarz-Weiß-Foto von Paul und Ann auf ihren Fahrrädern.

»Der Mann«, sagt sie, »war ziemlich ungehobelt.«

Einen Moment lang denkt Phyll, Paul wäre gemeint, aber dann ruft Small George, der stocksteif dasteht: »Der vermisste Mann und die Frau! Maud sagt, sie hat sie gesehen. Sie sind über La Coupée gelaufen. Sie wollten nach Little Sark!«

George ist so rot geworden, dass seine Sommersprossen verschwunden sind.

Phyll verschränkt die Arme und sieht zuerst ihn, dann Maud an. »Stimmt das, Maud? Du hast den vermissten Mann und die vermisste Frau gesehen?«

Maud hebt die Hand und tatscht sich verlegen auf den

Kopf. »Sehe ich schrecklich aus? Meine Haare … sind sie sehr zerzaust? Der Wind wahrscheinlich …«

»Es macht Sinn!«, platzt George heraus. Er sieht Edie an. »Dein Dad, ich meine Chief Constable de Carteret, er hat ein Bett gefunden … Na ja, kein richtiges Bett … Aber da steht doch dieser alte Schuppen auf der Gemeindewiese von Port Gorey. Jim, also Deputy Constable Remfrey, hat gesagt, jemand hätte Farn und Ginster auf dem Boden ausgebreitet, und er war ganz zerdrückt, also müssen der Mann und die Frau da geschlafen haben.«

Edie ist außer sich, dass George das vor ihr wusste.

»Wie schrecklich«, sagt Phyll. »Sie haben in dieser Bretterbude übernachtet?«

Small George nickt. »Und am Morgen sind sie sich waschen gegangen und am Strand vom Wasser mitgerissen worden.«

Maud versucht noch immer, sich die Haare zu richten. »Nein, Albert war pitschnass, aber er ist zurückgekommen.«

Small George wirbelt herum. »Was?«

Phyll unterdrückt den Drang, sich die Hand vor den Mund zu schlagen. Sie stellt sich zwischen George und Maud und überlegt genau, was sie als Nächstes sagen soll. Albert ist schon seit über zwanzig Jahren tot, also kann er nicht vor Kurzem irgendwo gewesen sein.

Es ist Edie, die das Schweigen bricht. Sie schnappt theatralisch nach Luft und stellt sich auf die Zehenspitzen. »Albert? Dein Mann Albert? Aber der ist doch tot. Hast du etwa seinen Geist gesehen?«

Maud dreht sich um und blickt auf Edie herab.

»Sah er denn tot aus?«

Phyll packt Edie am Ellbogen und zieht sie zur Seite. »Sei still«, zischt sie. »Maud ist manchmal verwirrt … sie ist schon alt.«

Edie gibt ein Schnauben von sich. »Wie meine Eltern, meinst du? Meine Eltern sind uralt.«

Phyll verzieht das Gesicht. »Nein, so ist das nicht gemeint.« Aber sie hat nicht die Geduld zu erklären, *wie* es gemeint ist, und wendet sich wieder Maud zu, die sich die Knöchel vor den Mund presst.

Sie legt Maud die Hand auf die Schulter und sagt ihr, sie brauche sich keine Sorgen zu machen, fragt sich allerdings, ob sie das wirklich nicht sollten. Es ist auf jeden Fall möglich, dass Maud das vermisste Paar gesehen hat, weil Maud ständig über die Insel streift und die Leute anhält, um mit ihnen zu reden. Jetzt, wo sie älter ist, sind die Touristen nicht mehr so geduldig mit ihr.

Phyll sieht Edie an. »Wir sollten es wohl deinem Dad erzählen.«

Edie nickt zufrieden. Es gibt nichts Besseres, als ihren Vater zu nerven.

Phyll schiebt alle zur Tür, zögert kurz auf der Schwelle und wirft einen letzten Blick ins Atelier. Sie kommt nicht darüber hinweg, wie verlassen es wirkt, nur noch ein leeres Gerüst. Oder vielleicht ist sie das selbst.

Draußen ist der Himmel aufgewühlt wie trübes Wasser und mit grauen Wolken überzogen, aus denen es jeden Moment zu regnen droht. Es scheint, als wäre der Nachmittag vorbei, bevor er angefangen hat. Phyll schließt die Ateliertür ab und bleibt einen Moment mit den Rücken zu den anderen stehen. Sie macht eine Bewegung, als wollte sie den Schlüssel in die Tasche ihres Kleides stecken, aber zuvor zieht sie noch ein Foto aus der Tasche ihrer Strickjacke. Rasch schiebt sie es zusammen mit dem Schlüssel in die Tasche ihres Kleids und zieht die Strickjacke aus, um sie Maud zu geben. Maud schüttelt den Kopf, aber Phyll besteht darauf, dass sie sie nimmt.

Während sie Richtung Straße gehen, bleibt Edie zurück und sieht Phyll verstohlen an. »Du bist doch traurig«, sagt sie. Für ein egozentrisches Kind ist sie ärgerlicherweise ziemlich aufmerksam. »Ist es, weil du lieber mit den Cecils in Frankreich wärst?«

Phyll senkt den Kopf, sodass ihr die Haare übers Gesicht fallen. Sie stößt einen langen Seufzer aus. Jeden Sommer sagen Paul und Ann, es wäre schön, wenn Phyll sie begleiten könnte, und sie sprechen davon, wie nett es wäre, wenn Miranda Gesellschaft hätte. Sie beschreiben ihr all die Dinge, die sie anschauen würden und wie viel Spaß sie dabei hätten. Aber jedes Mal ist es dann zu kompliziert oder passt von der Zeit her nicht, oder ihre Unterkunft ist zu klein.

»Das wollte ich nie«, antwortet Phyll.

Ihre Mutter hatte es schon immer gesagt und das Ganze als Wunschdenken abgetan. Sie hatte Phyll davor gewarnt, sich auf Leute zu versteifen, die kein festes Einkommen hatten. Nein, nach Elises Willen sollte ihre Tochter ihre Energie in etwas stecken, das respektabel war und verlässlich und so weiter und so fort.

Der Rat einer Mutter ist immer richtig, vor allem, wenn er nicht angenommen wird, was meistens der Fall ist.

»Also *ich* würde mit ihnen fortgehen wollen.« Edie dreht eine kleine Pirouette auf dem Weg. »Aber jetzt, wo du zurück bist, kannst du wenigstens diesen Everard Hyde treffen.« Sie hört auf, sich zu drehen. »Mein Dad sagt, er *kennt* dich.«

Den letzten Teil des Satzes spricht sie langsam aus, den Blick auf Phyll gerichtet. Aber Phyll tut so, als wäre sie vom Wind abgelenkt. Er bläst ihren Kleidersaum hoch, und sie schiebt die Hände in die Taschen und presst sie flach an die Oberschenkel. Doch eigentlich versichert sie sich nur, dass das Foto noch da ist. Erst später, wenn sie allein in ihrem Zimmer ist, wird sie es herausholen und es noch einmal ansehen. Sie wird es in beide Hände nehmen, sich direkt vors Gesicht halten und es wie eine Reliquie betrachten, eine Kostbarkeit, die lange verschollen war. Sie hat es in der Kiste bei Pauls Zeichnungen entdeckt und herausgenommen, bevor Edie es bemerkte. Nachdem es jetzt bei ihr ist, wird sie es behalten.

Es ist noch nicht mal ein gelungenes Foto, wie Paul euch bestätigen würde. Es ist überbelichtet, denn die Sonne schien zu hell und wurde vom Sand reflektiert. Außerdem befinden sich die drei Kinder nicht im Zentrum und sind zu dicht zusammengedrängt. Phyll und Everard hocken in ihren Badesachen vorne, Miranda steht hinter ihnen und hält ihren Rock zur Seite, als machte sie einen Knicks. Everard kneift die Augen zusammen, weil ihn die Sonne blendet, und Phyll beugt sich so nah zu ihm, dass ihre Unterarme verschmelzen.

Phyll kann sich nicht mehr erinnern, worüber sie gesprochen haben. Sie wünschte, sie könnte es. Sie dreht sich um und sieht Edie an. »Wir haben einen Sommer lang zusammen gespielt«, sagt sie nur, »und ich würde ihn nicht mal erkennen, wenn ich ihn jetzt sehen würde. Auf keinen Fall.«

6

Derrible Bay

(Vom Hafen in Creux aus nimmst du den ersten Weg nach links und gehst weiter über die Gemeindewiese, bis du an ein Tor gelangst.)

6. August 1923

Jeder denkt, Derrible enthalte einen Tippfehler, dass es eigentlich *terrible* heißen soll. Terrible Bay! Was für ein Gedanke. Tatsächlich stammt der Name aus dem Französischen und beschreibt einen trichterförmigen Bergsturz, einen natürlichen Schacht oder Einschnitt in den Fels. Der Strand selbst gehört zu Sarks schönsten, wenngleich der Pfad über die Klippen extrem steil ist und die unteren Abschnitte nur mithilfe eiserner Ringe zu bewältigen sind, die in den Stein getrieben wurden. Aus diesem Grund schlug Major Hyde vor, sein Boot zu nehmen.

Betrachte das Foto einmal näher, das Phyll mitgenommen hat: Everard blinzelt nicht wegen der Sonne, sondern neigt den Kopf und wendet sich ihr zu. Allein Miranda hat sich für die Kamera in Pose gestellt. Sie hat die Schultern zurückgenommen und ist zum Lächeln bereit. Aber sie sind nicht die Einzigen auf dem Bild. In der Ferne hinter Miranda steht eine Frau in einem langen weißen Kleid. Es hat einen eckigen Ausschnitt und lange Ärmel und lässt die Frau fast schon viktorianisch wirken. Ihre dunklen Haare sind zu einem Zopf geflochten, und sie neigt den Kopf, sodass wir nicht ihr ganzes Gesicht sehen können. Das ist Sarah Williams, die den

Kindern keine Beachtung schenkt, sondern das Wort an Everards Vater richtet, den Major, der nicht einmal weiß, dass er auf dem Foto ist.

Es war einer dieser Tage, an dem der Himmel so hell strahlte, dass man nicht hinaufblicken konnte, und das Meer glitzerte wie Tausende Diamanten. Paul Cecil war aufgeregt, weil er eine neue Kodak Kamera hatte, und verbrachte die ganze Bootsfahrt damit, durch den Sucher zu spähen und über »herrliche Effekte« zu faseln.

Phyll hatte nicht mit aufs Boot gedurft. Der Major schien konsterniert, als sie am Hafenkai auftauchte, und sagte Nein, es sei einfach kein Platz. Phyll war umsichtig genug, nicht verärgert zu reagieren, und Ann Cecil schlug vor, sich später zum Lunch zu treffen.

»Mule bringt uns ein Picknick zur Derrible Bay«, sagte sie. »Du kannst auf halber Strecke zu ihr stoßen.«

Mule war Muriel Toplis, die jüngste Tochter von William Toplis und Anns enge Freundin. Sie war schon über dreißig und wohnte noch immer bei ihren Eltern. Paul beschrieb sie in seinem Tagebuch als ›ehrliche und sittsame Erscheinung‹ und scherzte, dass, wenn nicht die Tatsache, William Toplis' Tochter zu sein, ihr die Männer verleidet hätte, es Sarks männliche Inselbewohner erledigen würden.

Phyll traf sich um elf Uhr mit ihr und half ihr das Essen hinunterzutragen, sodass sie bereits warteten, als das Boot in die Bucht einfuhr. Everard war als Erster im Wasser, watete zum Ufer und hielt sich sein Handtuch über den Kopf. Und Phyll, die schon ihren Badeanzug anhatte, rannte ihm entgegen. Sie lachte, als er sein Hemd auszog, denn es war ihr noch immer ein Rätsel, wie jemand so blass sein konnte. Als hätte er nie die Sonne gesehen. Sie nahm seinen Arm und hielt ihn an ihren.

»Sieh dir das an! Du siehst aus, als wärst du direkt einem Dickens entsprungen.«

Das sagte Phyll laut, denn jeder sollte es hören. Bisher hatte sie nur *Oliver Twist* gelesen, aber bald schon würde sie mit *David Copperfield* anfangen, und wenn jemand gefragt hätte, hätte sie das geantwortet. Nachdem Major Hyde sie für die Bootsfahrt hatte abblitzen lassen, war sie die Klippen hinaufspaziert, durch die Fenstertür des Beau Regard geschlüpft und hatte sein eigenes Exemplar mitgenommen. Alle erinnerten sich noch daran, wie Major Hyde seine Bücherkisten an den Hafen geliefert bekam. Die Bände waren sämtlich mit Goldschnitt versehen und in rotes Leder gebunden, meterweise bei Whiteley's gekauft. Er würde sicher keins vermissen, dachte Phyll. Außerdem war es ihr gleich.

Sie zog Everard am Arm und rannte mit ihm über den Sandstreifen. Da hielt Paul sie an.

»Ein Foto!«, bat er. »Nur eins.«

Sie hockten sich kurz hin, Miranda stellte sich hinter sie, und Mrs Williams, die mit dem Boot gekommen war, merkte, von leichter Übelkeit überkommen, nicht, dass sie auch aufs Bild kommen würde. Sie wandte sich an den Major und sagte: »Wunderbar, so glückliche Kinder zu sehen.«

Sie waren glücklich. Phyll versuchte, Everard zurück ins Wasser zu ziehen. Zuerst wehrte er sich, doch dann sprang er plötzlich hinein, und Phyll kreischte und fiel zurück. Er schwamm schnell und sie hinterher, und sie schnappte nach seinen Knöcheln. Er drehte sich um und bespritzte sie mit Wasser, und sie tauchte unter, und so ging es eine ganze Weile. Sie machten eine Menge Lärm, aber die Erwachsenen nahmen keine Notiz davon. Miranda war stolz auf ihr neues Kleid und blieb deshalb am Strand und tanzte über kleine Wellen. Sie tat so, als wäre sie eine Tänzerin in Covent Garden, und nachdem sie zwei perfekte *petit jetés* vollführt hatte, fing Paul an zu klatschen und warf ihr einen imaginären Blumenstrauß zu. Die Französin von der Teeparty war auch da. Ihr Name war Sylvie Price, und sie hatte angeboten, Miranda im Tausch gegen Malstunden bei Paul Unterricht zu geben. Sie war jünger als die anderen Frauen und hatte kurz geschnittene Haare und volle, rot geschminkte Lippen. Sie trug ein ärmelloses Musselinkleid, und Paul ließ sie vor der Klippe posieren und sagte, sie sehe »herrlich modern« aus vor dem Hintergrund der uralten Felsformation.

Ann und Mule blieben nahe der Klippe im Schatten und begannen, das Picknick herzurichten. Außer einer Pastete, Brot und Äpfeln hatte Ann einen Korb frisch gepflückter Erdbeeren mitgebracht, doch am meisten waren alle über den Beitrag des Majors erfreut: eine Fleischpastete, die seine Haushälterin Nancy Dolbel zubereitet hatte, und zwei Flaschen Champagner, die er seitlich seines Bootes im Wasser schwimmen ließ, um sie kühl zu halten.

Everard fand es erstaunlich, dass die Leute seinen Vater mochten. »Es tut mir wirklich leid, dass du nicht mit aufs Boot kommen konntest«, sagte er. Phyll trieb auf dem Rücken und lächelte in den Himmel. »Keine Sorge, beim Mittagessen werde ich die schlimmsten Bootsunfälle von Sark aufzählen, mal sehen, ob Mrs Williams wieder schlecht wird.«

Die Flut ging rasch zurück, und Paul lief umher und erkundete den Strand. Er legte Sylvie den Arm um die Hüfte und führte sie zur nächsten Bucht. Lächelnd winkte er Ann zu. »Ich will Sylvie The Creux zeigen, und der andere Eingang ist leichter zugänglich.«

Phyll lehnte sich an einen sonnenerwärmten Felsen zurück und legte den Arm über die Augen. »Wenn das Wasser ganz niedrig steht, könnte ich dich zu ein paar noch schöneren Höhlen mitnehmen«, sagte sie. »Sie heißen The Boutiques, weil die Schmuggler dort ihre Schätze gelagert haben.«

Everard kletterte zu ihr hinauf und setzte sich neben sie. Sie warteten, während Miranda über die Felsen sprang, um zu ihnen zu kommen. Sie bewegte sich leichtfüßig, als wären ihre Beine gefedert. Zwischendurch drehte sie sich einmal um und winkte ihrem Vater. Paul hob die Hand, während er Sylvie seitlich um die Klippe führte. Miranda sah ihnen nach gesellte sich dann zu Everard.

»Wie ist deine Mutter so?«, fragte sie.

Everard schlug die Augen auf und kniff sie wegen der Sonne zusammen. »Sie ist schön … Amerikanerin. Meine Großeltern wohnen in einer Stadt namens Boston.«

Phyll wandte den Kopf. »Du *warst* schon mal in Amerika?«

Everard stützte die Ellbogen auf die Knie und bildete eine Ablage für seinen Kopf. »Ja. Irgendwann ziehe ich vielleicht sogar einmal hin. Nach der Schule, meine ich.«

Miranda balancierte auf einem Bein. Sie hob die Arme über den Kopf und setzte ein strahlendes Lächeln auf; ein Lächeln, das sie einige Zeit vor dem Spiegel geübt hatte. »Du kommst schneller in die weite Welt als wir«, sagte sie. »Jungen haben es leichter.«

Alle drei Kinder drehten sich um und sahen zum Strand. Der Major lief neben Mrs Williams her, aber sie hatte »Bitte nennen Sie mich Sarah« gesagt, also tun wir das auch. Sie unterhielten sich über die Armee und den Krieg und wen sie alles kannten, der gefallen war. Auf gewisse Weise erleichterte es die Sache, diese gemeinsamen Themen zu haben. Sarah und Cyril Williams waren zu ihren Flitterwochen nach Sark gekommen. 1916 wurde Cyril als vermisst gemeldet, ein Jahr später für tot erklärt. Seine persönlichen Sachen waren verloren gegangen, aber Sarah fand etwas Trost darin, die Orte zu besuchen, an denen sie gemeinsam gewesen waren.

»So viele sind gestorben«, sagte sie und seufzte. »Ich kann es noch immer nicht fassen.«

Alle sagten, je mehr Zeit vergehe, desto besser werde sie sich fühlen, aber in ihrem Unterbewusstsein drehte sich ständig ein Rädchen. Sie stellte sich immer wieder dieselbe Frage: Wo waren sie hin? Sie hatte Bücher über das Leben nach dem Tod gelesen, und Cyrils Mutter hatte an Treffen mit einem

Medium teilgenommen. Der Himmel war nur ein anderes Land, und sie mussten einen neuen Weg finden, in Kontakt zu treten. Sarah gefiel der Gedanke nicht, dass Cyril weit weg war, sie wollte sich ihn lieber hier vorstellen. Die Toten sind noch immer unter uns, dachte sie immer, und sie sah oft sein Gesicht auf der Straße.

»Wäre es nicht schön, wenn es eine Insel wie diese wäre, ein Ort, an dem all unsere Jungs zusammen sein könnten?«

Hyde blieb stehen und wandte sich um, um ihr Profil zu betrachten. Er fand den Gedanken überaus seltsam, aber er erinnerte sich an Abschnitte aus der *Odyssee*, einem der Bücher, die er als junger Mann gelesen hatte. »Wie eine Art Unterwelt, meinst du?«

Sie umrundeten die Klippe und standen vor dem Eingang der Höhle. Der Major ging hinein und wartete, dass sich seine Augen an die Dunkelheit gewöhnten. Es war hier kühler, was eine ziemliche Erleichterung war, und die Geräusche vom Strand – das Rauschen der Wellen – rückten in die Ferne. Hyde nahm seinen Hut ab und strich sich die Haare glatt. An der Stelle war die Decke der Höhle ziemlich hoch, und Sarah drehte langsam den Kopf und musterte die zerklüftete Gesteinsfläche. Mit ihren dunklen Augen, die sich von ihrem blassen Gesicht abhoben, wirkte sie sehr attraktiv im Halbdunkel. Sie gingen weiter, aber es war schwierig, sicheren Tritt zu finden, denn der Boden der Höhle bestand aus Kies und größeren, unregelmäßig geformten Steinen.

Sarah beklagte sich über ihre Schuhe, aber der Major nahm sie am Ellbogen. »Das musst du dir unbedingt anschauen«, sagte er.

Ein kurzes Stück vor ihnen sah man einen hellen Lichtstrahl, wie ein Scheinwerferlicht auf einer Bühne. Dort war die Decke der Höhle eingebrochen und einem Kreis aus strahlend blauem Himmel gewichen.

Hyde deutete nach oben. »Siehst du es?«

»O ja!«, rief Sarah.

Ihre Stimmen hallten von den Felsen wider, während sie darauf zugingen.

»Weißt du«, sagte Hyde, »als Odysseus in die Unterwelt hinabstieg, begegnete er dem Geist seiner Mutter, doch als er versuchte, sie zu umarmen, entglitt sie seinem Griff.«

Sarah drehte sich plötzlich um und verlor beinah den Halt, aber er streckte die Arme aus stützte sie. Sie lächelten sich an, und Sarah trat vor ihn und tastete sich an den scharfkantigen Felsen entlang. Das Licht reichte gerade aus, um sie zu führen, und kurz darauf erreichten sie einen schmalen Sandstreifen. Sarah lief unter den Lichtstrahl und sah nach oben, blickte direkt in den freien Himmel.

»Das ist ja unglaublich! Mein Gott!«

Ihr weißes Kleid nahm alles Licht auf, als würde es phosphoreszieren. Hyde wollte sich neben sie stellen, aber die Sonne blendete zu sehr. Er nahm sein Taschentuch heraus und tupfte sich das Gesicht ab. »Weißt du, ich habe meinen Bruder gesehen, in der Nacht, in der er starb ...«

»Wirklich?« Sarah hatte sich zu ihm umgedreht, aber er hielt den Kopf gesenkt.

»Ich lag im Krankenhaus. Ich war mit dem Bein im Stacheldraht hängen geblieben, und das verdammte Ding hatte sich entzündet.« Er hielt inne. »Ich hatte sehr hohes Fieber, und Evelyn kam und setzte sich zu mir ans Bett. Ich phantasierte und fragte ihn, was er hier mache, und ich dachte, das hieße, ich würde sterben.«

»Das bist du aber nicht?«

»Nein.« Hyde fuhr sich mit der Hand durch die Haare und spürte, wie ihm der Schweiß über den Rücken rann. Plötzlich roch er Jod und Desinfektionsmittel. Krankenhausgerüche. Evelyn war da und beschützte ihn. Er richtete sich auf. »Nein, ich bin nicht gestorben, aber er. Er wurde aus nächster Nähe erschossen, während er dabei half, einen Stacheldraht zu reparieren. Er ... hätte nicht rausgehen dürfen. Es war Vollmond, und er hätte es wissen müssen. Es war ein Uhr, als er getötet wurde. Eine der Schwestern sagte, jemand sei gekommen, um mir die Nachricht zu überbringen, das war wohl der Grund, weshalb ich geträumt habe, mein Bruder wäre da. Trotzdem, irgendwie frage ich mich immer noch ... der Zeitpunkt, die Tatsache, dass uns beide Stacheldraht erwischt hat ...«

Paul war mit Sylvie aus dem Schatten getreten und staunte, wie wunderbar melodramatisch Ernest Hyde jetzt erschien. Selbst Sylvie war fasziniert. Hyde lockerte seinen Kragen und betrachtete die schräg abfallenden Höhlenwände.

»Ich meine, wie groß ist die Wahrscheinlichkeit?«, murmelte er. »Ich bin in Stacheldraht hängen geblieben, und er wurde praktisch davon umgebracht.«

Es folgte verlegenes Schweigen, und als Hyde hinter sich sah, stellte er überrascht fest, dass alle ihn anstarrten. Er stellte sich sehr aufrecht hin und faltete die Hände hinter dem Rücken. Irgendetwas war merkwürdig an dieser Höhle, irgendetwas an dieser stehenden Luft. Sie schien ihn festzuhalten. Als er noch etwas sagen wollte, tauchten seitlich zwei dunkle Gestalten auf, und Sylvie und Sarah drehten sich erschrocken um.

Es waren nur Everard und Phyll, die, vom nächstgelegenen Eingang kommend, über die Felsen kletterten. Everard richtete sich auf, verschränkte die Arme vor der Brust und schob die Hände unter die Achselhöhlen. Er zitterte ein wenig, verlegen, weil alle ihn ansahen.

Phyll jedoch grinste.

»Zeit fürs Mittagessen«, verkündet sie. »Fast schon eins. Mrs Cecil sagt, wir sollen kommen.«

7

THE TIMES

Donnerstag, 5. Oktober 1933

INSELGEHEIMNIS NOCH IMMER UNGELÖST – VERMISST ODER ERMORDET?

Ein rätselhaftes Ereignis hat sich kürzlich auf der abgeschiedenen, kleinen Kanalinsel Sark zugetragen. Letztes Wochenende wurden die Kleider eines Mannes und einer Frau auf den südlichen Klippen gefunden, aber bisher hat sich weder jemand gemeldet, um sie abzuholen, noch werden irgendwelche Inselbewohner vermisst. Sarks Teilzeitpolizeikräfte haben um Unterstützung von den Nachbarinseln ersucht, sind aber der Lösung des Rätsels noch nicht näher gekommen.

Der Anzug des Mannes trug ein Etikett der Marke Montague Burton Ltd, alle anderen Etiketten waren, was die Sache noch rätselhafter macht, herausgerissen worden. Der Filialleiter von Montague Burton auf Guernsey hatte vorige Woche einen Anzug an einen englischen Herr verkauft, war jedoch nach der Begutachtung der zurückgelassenen Kleider nicht in der Lage zu bestätigen, dass es tatsächlich derselbe war.

Wahrscheinlich hat das Paar in einem verlassenen Schuppen geschlafen, während es sich auf Sark aufhielt, denn dort war der Boden zum Teil mit Farn ausgelegt. Außerdem wurde ein silberner Knopf gefunden, der zu denen des Damenblazers passt, sowie ein blaues Stück Stoff, das von einem Unterrock stammen könnte.

Eine Suchaktion in Sarks zahlreichen Höhlen und Buchten

blieb erfolglos, aber eine Anwohnerin hat sich gemeldet, der am vergangenen Samstag ein Mann und eine Frau begegnet sind. Sie hat sie auf La Coupée angesprochen, einer schmalen Felsbrücke, welche eine der bekanntesten Sehenswürdigkeiten der Insel ist. Der Mann war von stämmiger Statur und größer als die Frau, viel mehr ist nicht bekannt.

Die Polizei bittet noch immer um Hinweise, die bei der Lösung dieses Rätsels helfen könnten, aber mit jedem Tag, der vergeht, schwindet die Hoffnung, diese Personen noch lebend zu finden.

Wäre Sark ein Tier, dann wäre La Coupée sein Rückgrat: ein Felskamm aus mineralischer Ader, der sich durch den Körper des Tieres zieht und sich zu einer klingenartigen Brücke verengt, welche die ungleichen Hälften zugleich trennt und verbindet. Mit der Zeit werden Wind und Meer das Ihre tun, und Little Sark wird befreit, fürs Erste jedoch strömen die Tagestouristen, um La Coupée zu betrachten und zu staunen, dass sie existiert. Doch nicht jeder, der so weit kommt, wagt es auch hinüberzugehen. Der Grat ist nur knapp einen Meter breit und erhebt sich ungefähr neunzig Meter hoch aus dem Meer. Auf der östlichen Seite befindet sich ein todbringender Steilhang, der auf messerscharfe Felsen und zu einer Höhle abfällt, während am westlichen Rand unzählige Treppenstufen zum Grand Grève führen.

Fremde sollten sich stets in Acht nehmen: La Coupée führt anfangs nach unten, gefolgt von einem steilen Aufstieg, und bevor im Jahr 1900 Geländer angebracht wurden, krochen die Leute bei starkem Wind manchmal auf allen vieren hinüber. Bei schlechtem Wetter hält man sich von Little Sark am besten fern – und nachts sollte man auf keinen Fall versuchen hinüberzukommen.

Abgesehen davon spukt es auf La Coupée angeblich, obwohl viel darüber spekuliert wird, von wem es heimgesucht wird oder warum. Worüber wir uns alle einig sind, ist der Schrei. Man hört ihn nur an stürmischen Tagen: ein qualvoller Laut, der ganz oben einsetzt und sich nach und nach zum Meer hinunter bewegt. Im Winter 1731 wurde er von einem Inselbewohner zum ersten Mal bemerkt, der glaubte, jemanden in den Tod stürzen zu hören. Am nächsten Tag stürzte tatsächlich ein Mann ab. So etwas nennen wir »avertissement«, die Warnung vor einer Tragödie, die noch bevorsteht. Vor einem Geist aus der Zukunft, wenn man so will.

Es ist ein Fehler, sich Geister als Teil der Vergangenheit vorzustellen, denn ihre Rückkehr beeinflusst Gegenwart und Zukunft. Maud glaubt, sie hätte den vermissten Mann und die vermisste Frau auf La Coupée gesehen, aber möglicherweise war es auch ein anderes junges Paar zu einem anderen Zeitpunkt. Zeit ist verdichtet wie die Luft in einer Höhle, was übrigens die Erklärung für diesen furchterregenden Laut ist. Es sind die Wellen, die in die Höhle tief unter der Klippe auf der Ostseite brausen. Dadurch wird die Luft so schnell hinausgepresst, dass sie schreit. Man hört es zuerst einmal, dann wiederholt es sich, ein entsetzliches Echo.

Die junge Frau, die gerade hinübergeht, bleibt mehrmals stehen, um sich über das Geländer zu lehnen. Sie blickt die Klippe hinunter auf den Sandstrand von Grand Grève, dann dreht sie sich um und späht über den östlichen Rand. Es ist ein bitterkalter Tag, deshalb sind wir froh, dass Phyll sich für eine zweckmäßige Hose und einen Tweedmantel entschieden hat. Auch wenn der Mantel schon alt ist und mehrere Knöpfe fehlen, sodass sie ihn am Kragen fassen muss. Die Posttasche, die sie über der Schulter trägt, scheint leer zu sein, aber die Menschen, die auf Little Sark wohnen, bekommen auch nicht sonderlich viel Post.

Little Sark gilt allgemein als Ort jenseits des Zumutbaren. Die Bewohner der Hauptinsel schütteln meist den Kopf und sagen, es sei allzu verschwiegen, allzu leer und allzu merkwürdig. Doch Phyll ist nicht ohne Grund hier. Sie folgt dem letzten bekannten Weg des vermissten Paares. Also wird sie La Coupée überqueren und die Straße bis zum Bungalow Hotel nehmen, anschließend über den Gemeindeanger laufen und die verlassene Hütte finden. Falls sie auf der Straße jemandem begegnet, ist sie vorbereitet. Sie hat absolut keine versteckten Absichten.

Während Phyll gegen den Wind ankämpft, befindet sich Major Hyde in seinem warmen Wohnzimmer in Beau Regard. Das Haus ist noch immer ein einsamer weißer Leuchtturm auf der den Klippen, obwohl das französische Fenster, durch das Phyll einst geschlüpft war, neu verglast wurde und der Schreibtisch des Majors davorgeschoben, sodass man es nicht öffnen kann. Außerdem liegt eine dicke Staubschicht auf dem Kaminsims. Nancy Dolbel ist noch immer die Haushälterin, aber bestimmte Dinge darf sie nicht sauber machen.

Der Major hat einen Gast. John de Carteret hat sich ein großes Glas Sherry genommen und sich auf dem zweiten Sessel neben dem nicht angezündeten Kamin niedergelassen. Er hat das Gefühl, diesen Drink verdient zu haben. Nachdem er seine Runde durch sämtliche Wohnhäuser der Insel beendet hat, ist er jetzt mit Fenchelsalbe gegen Zahnschmerzen und frischen Tintenfisch fürs Abendessen versorgt, nicht aber mit weiterführenden Hinweisen über das vermisste Paar. Phyll war bei ihm, hat ihm berichtet, was Maud gesagt hat, aber inzwischen ist sich Maud nicht mehr ganz sicher.

Der Major nimmt etwas Zeitungspapier, zerreißt und zerknüllt es, um damit ein Feuer anzumachen. Angesichts einer Schlagzeile hält er kopfschüttelnd inne. »Kein gesunder Menschenverstand, diese Regierung!« Major Hyde ist ein großer Bewunderer Sir Oswald Mosleys, wie alle fortschrittlich denkenden Leute zurzeit. Er kann stundenlang über britische Außenpolitik reden, worauf wir lieber verzichten, also fahren wir fort.

»Vielleicht war es Selbstmord, weißt du.« Er sieht zu John hinüber. »Die Zeiten sind hart.«

John schließt das nicht aus, aber er hat schon viele Berichte über Selbstmorde gelesen, weiß, dass Menschen, die sich ertränken wollen, ihre Kleider anlassen, um schwerer zu sein. Er bildet sich ein, in den letzten paar Jahren hätte es mehr Selbstmorde gegeben als früher, aber vielleicht hat er zu sehr danach gesucht. Er nimmt eine lose Seite und liest sechs Zeilen über das »Inselgeheimnis von Sark«. Noch nie hat Sark es in die Schlagzeilen geschafft. (»Mann stürzt von Barhocker und bricht sich den Daumen« nicht mitgezählt.)

John beschleicht das kalte Grauen bei der Vorstellung, dass Horden von Journalisten über seinen Tatort trampeln. Wobei er nicht einmal weiß, ob es überhaupt ein Tatort ist. Ein paar abgerissene Farnzweige in einem alten Schuppen, ein Knopf und ein Stückchen Stoff sind kaum eindeutig.

Er trinkt einen großen Schluck von seinem Sherry und schmeckt der Süße auf den Lippen nach. »Wir haben uns gefragt, ob sie vielleicht bis zum Bungalow gekommen sind und festgestellt haben, dass geschlossen ist ...«

Der Major leert sein Glas fast in einem Zug. »Wohl kaum meine Schuld.«

Hyde hat das Bungalow Hotel, gleich nachdem er nach Little Sark gezogen ist, gekauft. Es bietet sieben Doppelzimmer und wird als »Paradies für Hochzeitsreisende« beworben, aber es hat nur das halbe Jahr über geöffnet. Bald schon wird Hyde nach Alassio aufbrechen, wo er noch ein weiteres Haus und Freunde hat, mit denen er sich gut versteht. Mit Italien verbindet ihn eine besondere Beziehung, die auf seine Kindheit zurückgeht. Wenn er auf die Ereignisse damals zurückblickt, scheint immer die Sonne. Oder vielleicht blickt er hinab, denn es ist, als blickte er durch Wasser. Die kleinen Wellen sorgen für Verwirrung. Er starrt in sein Glas.

»Ich verstehe immer noch nicht, warum Everard die Kleider nicht zu mir gebracht hat.«

John runzelt die Stirn. »Er hat das Richtige getan. Er wollte mich erreichen, bevor es dunkel wird. Für den Fall, dass wir ein Boot hätten rausschicken können.«

»Ich habe ein Boot«, entgegnet Hyde mit einer gewissen Gier. »Ich hätte eine Suchaktion organisieren können.«

Achtzehn Jahre im aktiven Militärdienst – musste er jeden daran erinnern? Earnest Hyde war Herz und Seele seines Regiments und hätte keinen seiner Männer rausgeschickt, um etwas zu tun, das er nicht auch getan hätte. Wenn ihr etwas Verdächtiges seht, lasst es mich wissen. Macht immer Meldung an den verantwortlichen Offizier. Er besitze das Herz eines Jungen, sagten seine Männer, und den Mut eines Löwen, oder vielleicht war das auch der Bruder, der in Zypern ums Leben kam. Wir müssten in Hydes Memoiren nachsehen, *Der Krieg, wie ich ihn erlebt habe*, an denen er sieben Jahre geschrieben hatte und die schließlich im Selbstverlag und auf Drängen ahnungsloser Freunde erschienen waren. John lässt den Blick über den Kaminsims schweifen, wo er auf Fotos von jungen Männern fällt, groß und stolz in ihren Schirmmützen und Uniformen. Jeder von ihnen hätte eine jüngere Ausgabe von Major Hyde sein können, wahrscheinlich aber eher von dem Bruder, der in den Kriegsberichten auftaucht.

Hyde erhebt sich aus seinem Sessel und schreitet zum Schreibtisch. Zurzeit arbeitet er an einer Abenteuergeschichte, wie die, die er als Kind gelesen hat.

»Vielleicht sollte ich einen Kriminalroman schreiben. *Die vergessenen Kleider*. Wir sollten uns an Agatha Christie wenden, was?«

John hört anscheinend nicht zu, und der Major, der rasch die Geduld verliert, dreht sich um und blitzt ihn an.

»Habe ich Ihnen eigentlich ein Exemplar meines Buches gegeben, John?«

»Aber ja.« John, plötzlich hellwach, richtet sich auf.

Hyde ist beruhigt und lächelt zufrieden. Er ist kein großer Schriftsteller, besitzt aber wie viele große Schriftsteller ein überhöhtes Selbstwertgefühl und ein ständiges Bedürfnis nach Bestätigung. Er hat gelesen, dass Schriftsteller Routinen brauchen. Deshalb steht er jeden Morgen in aller Frühe auf, wäscht sich mit eiskaltem Wasser und trinkt schwarzen Tee, bevor er seine sämtlichen Uhren aufzieht und einen Rundgang über sein Anwesen macht. Erst danach setzt er sich an seinen Schreibtisch und starrt mit leerem Blick auf die Aussicht.

Genau das tut er jetzt auch: aus dem Fenster blicken. Dann konzentriert er sich auf sein Spiegelbild in der Scheibe. An guten Tagen versichert Earnest Hyde sich, dass er noch gut aussieht. Er hat diese klassischen Züge, die vorteilhaft altern. Seine Haare werden langsam grau, aber wie bei den meisten Blondhaarigen fällt es nicht so sehr auf. Sie sind noch immer dick und voll, seitlich gescheitelt. Er hat blaue Augen und noch alle seine Zähne. An schlechten Tagen allerdings hat er den Eindruck, sein Gesicht fiele in sich zusammen. Dann muss er sich immer wieder vergewissern und hat sogar schon einmal Nancy gefragt, ob sie findet, dass irgendetwas damit nicht stimmt.

Hinter ihm räuspert sich John. »Es ist sicher schön, dass dein Sohn dich besucht.«

Hyde dreht sich nicht um. »Nicht wirklich.«

Er senkt den Blick auf die Unterlagen auf seinem Schreibtisch. Seit Everard einundzwanzig ist, ist er berechtigt, von mehreren Familienfonds zu profitieren, und er hat Verträge zur Unterzeichnung mitgebracht. Hyde befindet sich in einer interessanten Zwickmühle: Er will, dass Everard abreist, aber um das zu erreichen, muss er die Papiere unterzeichnen, und dadurch wird sein Sohn eine Menge Geld bekommen. Alles ziemlich schwierig. Hyde schlendert zur Sherrykaraffe und schenkt sich noch ein Glas ein.

»Wir verstehen uns nicht gut. Daran ist seine Mutter schuld. Sie wissen, wie das ist mit den Frauen.«

John lehnt einen weiteren Sherry ab und blickt auf seinen Schoß. Er weiß in der Tat, wie das ist. Er empfindet große Achtung vor allen Frauen, er hat Verständnis für sie und glaubt, sie sind den Männern überlegen. Er ist nämlich ein vernünftiger Mensch. Wir alle haben Edith de Carteret, seine Mutter, bewundert, sein erstes großes Vorbild. Sie war jung verwitwet, zog aber drei Söhne groß und vermietete im Sommer Zimmer an Touristen, während sie gleichzeitig für die Reitställe von Sark zuständig war. Wir hören sie noch sagen, dass Mütter immer für alles verantwortlich gemacht werden, weil die Väter nie da sind. Womit sie wohl recht hatte.

John denkt über Everard nach. Er wirkt wie ein netter Bursche, ein wenig seltsam, aber sehr hilfsbereit, was man von seinem Vater nicht behaupten kann. John kann sich nur noch vage an das letzte Mal erinnern, als Everard hier war. Damals war Edie noch ganz klein und schrie die Nächte durch. Er schüttelt den Kopf, während ihn ein sanftes Lächeln überkommt. John hatte zwei Söhne, dann kam Edie hinzu, gezeugt in den Wochen, nachdem er aus dem Krieg zurückgekehrt war. Sie überrascht ihn noch immer. Seit die Kleider gefunden wurden, murmelt sie ständig etwas von Hexen.

Von Little Sark wird tatsächlich behauptet, es gäbe dort Hexen. Im siebzehnten Jahrhundert wurde eine ganze Familie beschuldigt, ein Mitglied nach dem anderen. Die Frauen wurden nach Guernsey geschafft und erhängt und verbrannt, die Männer verstümmelt und größtenteils verbannt. Das Ganze war natürlich eine Farce. Weder trafen sich diese Menschen mit dem Teufel noch flogen sie durch die Nacht. Sie waren nur ein bisschen anders als ihre Nachbarn.

Was beweist, dass es nicht ungefährlich ist, am Rand der Gesellschaft zu leben. Vielleicht sollten wir Major Hyde warnen.

Vielleicht auch nicht.

John hat sich schon wieder über La Coupée auf den Rückweg gemacht, als Phyll Beau Regard erreicht. Sie hat eine hoffnungslose Stunde damit verbracht, durch Port Gorey zu laufen, und bleibt einen Augenblick stehen, um die Fenster, die Veranda und den Garten zu betrachten. Es sieht nicht so imposant aus, wie sie es in Erinnerung hat – die Bäume überwuchern das Haus, und in den Blumenbeeten wächst überall Unkraut. Sie lässt den Blick über die Fenster im Obergeschoss schweifen und denkt nach, denkt so angestrengt nach, dass sie nicht bemerkt, wie zwei Gestalten den Weg heraufkommen. Als sie sich umdreht, ist es zu spät.

Sie war auf den Moment vorbereitet. Trotzdem. Er sieht überhaupt nicht so aus wie auf ihrem Foto. Keine Spur mehr von dem kleinen Jungen, der blinzelnd in den Sand schaut. Everard geht weiter auf sie zu, und sie ist erstaunt, wie groß er ist und wie sich die Haare in seinem Nacken kringeln. Seine Gesichtszüge sind ruhiger geworden, aber seine Augen sind noch dieselben: dunkelbraun mit bläulich-lila Ringen darunter und in ihnen ein trauriger Blick. Nachdem sie das alles registriert hat, bemerkt sie einen Streifen in seiner rechten Braue, wie eine Linie im Sand. Und auf seinem Kinn wachsen Bartstoppeln. Der kalte Wind schüttelt sie, und sie merkt, dass sie starrt.

Inzwischen ist er ganz nah.

»Guten Tag, Fremder«, sagt sie, und da lächelt er und ist ihr gar nicht mehr fremd. Sein Mund verzieht sich, auf jeder Wange erscheint ein Grübchen, und sie muss beinah lachen. Sie kennt dieses Gesicht. Jahrelang ist es ihr nicht aus dem Kopf gegangen. Sie hat viel Zeit damit verbracht, diese Züge auf andere Menschen zu projizieren. In jedem Gesicht das richtige zu suchen, exakt die gleiche Ausprägung. Da ist es, sagt sie sich und atmet auf. »Du bist es also wirklich.«

Everard nickt und öffnet den Mund, aber ihm fehlen die Worte. Er ist sprachlos, so stark sieht sie aus.

Small George wartet neben ihm, dann räuspert er sich höflich. »Hallo, Phyll«, sagt er »Kennst du meinen Freund?«

Phyll stößt ein Lachen aus. »*Dein* Freund ist er also?«

Everard sieht verlegen zu Boden und legt die Hand auf das Tor. »Hallo, Phyll«, sagt er, und sein Lächeln schwankt. »Nennen sie dich immer noch Phyll?«

Phyll kann ihn unmöglich ansehen. Sie richtet den Blick auf das Tor, auf das Schild, auf dem *Privatgrundstück* steht. Sie verschränkt die Arme. »Wie sollten sie mich denn sonst nennen?«

Small George weicht zurück und legt den Kopf etwas schief. Er versteht nicht recht, was hier vor sich geht. Er hat Everard an dem Tag kennengelernt, als die Kleider gefunden wurden, und seitdem haben sie viele Sandwiches zusammen gegessen und die Klippen nach dem vermissten Paar abgesucht. Sie haben über alles Mögliche geredet, aber nicht über Phyll. Warum also, fragt George sich, verhalten die beiden sich so vertraut? Ein paar Sekunden vergehen, und niemand sagt etwas. George seufzt und richtet seine Aufmerksamkeit auf eine hohe Brombeerhecke.

Phyll beobachtet George und weiß, dass Everard sie beobachtet. Der Wind zaust ihre Haare, und sie versucht, sie hinter die Ohren zu schieben. Sie schaut in den Himmel und den Weg hinunter. Sie wartet darauf, dass Everard etwas sagt, und als er das nicht tut, ist sie verärgert. Sie greift in ihre Tasche und befördert ein zerknittertes Bündel zutage.

»Ich bringe die Post … für deinen Vater.«

Sie will klarstellen, dass sie nicht nur gekommen ist, um ihn zu sehen, dass sie viele andere wichtige Dinge zu tun hat, wie die Post auszutragen zum Beispiel, was zugegebenermaßen nicht wirklich wichtig ist. Sie öffnet den Mund und schließt ihn wieder. Sie sollte jetzt erklären, dass sie nach Port Gorey gekommen und die Klippen abgelaufen ist, weil sie über das vermisste Paar berichtet.

Everard blickt, die Brauen leicht hochgezogen und die Arme schlaff herunterhängend, auf das Bündel.

Sie drückt es ihm an die Brust. »Hier.«

Sie will entschieden und geschäftsmäßig wirken und sich nicht anmerken lassen, dass sie innerlich aufgewühlt ist. Everard hebt die Hände, und einen kurzen Augenblick berühren sich ihre Finger. Phyll zuckt zurück. Sie hat das Gefühl, sie könnte anfangen zu weinen. Tränen steigen ihr in die Augen. Sie wendet sich zu George und blinzelt und schnieft.

»Gibt's irgendwas Neues?«, fragt sie schroff.

George erstarrt und wirbelt herum, wischt sich Brombeersaft vom Mund. »Nee.« Er schluckt. »Das heißt aber nicht, dass ich glaube, *du* hast recht.«

»Ach?« Everard wendet das Gesicht zu Phyll. »Recht mit was?«

Phyll zieht die Hände in ihre Jackenärmel, um sie zu wärmen. Noch immer steht sie George zugewandt, weg von Everard und vom Haus.

»Ich habe die Theorie, dass der Mann und die Frau nicht tot sind.« Sie dreht sich zu Everard. »Vielleicht waren sie verliebt, durften aber nicht zusammen sein.« Sie schluckt und blickt unter sich. »Also … haben sie ihren Selbstmord vorgetäuscht, um zu entkommen …«, sie hält inne, »um der Vergangenheit zu entkommen, die sie gefangen hielt. Sie sind geflohen, um ein neues Leben anzufangen.«

Sie hält das für eine gute Theorie, und Everard neigt den Kopf. »Ach, Phyll«, sagt er. »Du hast dir schon immer die verrücktesten Geschichten ausgedacht.«

Es sagt es locker dahin, aber Phyll empfindet es wie eine Ohrfeige. Sie erstarrt und wirft den Kopf in den Nacken. Sie sieht ihn wütend an. Der Ärger brodelt in ihrem Brustkorb, ist immer stärker geworden, bis zu diesem Punkt.

»Früher mochtest du meine Geschichten«, sagt sie verbittert. »Hast du vielleicht eine plausiblere Vermutung?« Sie wartet einen Moment. »Vielleicht tauchen die beiden ja auch nach zehn Jahren wieder auf und erzählen uns, was passiert ist. Wie klingt das?«

Everard blinzelt heftig und presst die Lippen aufeinander. Small George macht große Augen und tritt einen Schritt zurück. Phyll blickt von einem zum anderen und würde am liebsten losschreien. Stattdessen schwingt sie sich jedoch ihre Tasche über die Schulter und stürmt den Weg hinunter davon.

»Vergiss es!«, ruft sie. Dann bleibt sie stehen und dreht sich um. »Aber wir sollten besser nicht zusammen gesehen werden, Everard.« Sie hebt die Hände und zuckt theatralisch mit den Schultern. »Sonst glauben die Leute noch, wir spielen wieder die Streiche von früher!«

8

Les Fontaines, Little Sark

(Folge der einzigen Straße auf Little Sark bis ans Ende, dann biege rechts ab auf die Klippen vor Port Gorey.)

6. August 1923

Les Fontaines ist eine reizende, abgeschiedene Ecke auf Little Sark, die ihren Namen den nahe gelegenen natürlichen Quellen verdankt. Bei Flut kann man dort gefahrlos baden, bei Ebbe kann man über die zerklüftete, mit Felssteinen übersäte Küste nach Grand Grève klettern. Im Sommer liegen die Boote etlicher Fischer hier, also war es für Earnest Hyde ein bequemer Spaziergang bis nach Hause.

Statt den steilen Pfad zum Bungalow Hotel zu nehmen, entschied er sich für den schattigen Weg, der um die Klippe herum zum Haus führte. Hier ließ man die Brombeersträucher hoch wachsen, um die Winterstürme abzuhalten. Er war froh, dass der Tag vorbei war. Normalerweise konnte er Menschengruppen und lange Unterhaltungen im Freien nicht ertragen, aber es war alles sehr gut gelaufen, und alle hatten sich überschwänglich bei ihm bedankt.

Earnest Hyde wollte, dass die Leute zu ihm aufblickten. Paul Cecil fand er amüsant und harmlos. Hyde war ein bisschen neugierig, was die Absprachen innerhalb der Ehe der Cecils betraf, aber er hatte kein besonderes Interesse an Ann. Er war sich sicher, dass er nie mehr heiraten würde. Er verstand die Frauen nicht, und das brauchte er auch nicht. Manchmal dachte er an Sex, aber dafür konnte man zahlen wie für alles andere auch. Er hatte schon früher dafür bezahlt, im Krieg, und er schämte sich nicht dafür.

Schlicht und einfach ein Geschäftsvorgang.

Plötzlich spürte er ein heftiges Ziehen im Knie und blieb stehen. In Gedanken versunken, war er zu schnell gegangen. Er atmete ein paarmal tief durch und blickte sich um. Das Sonnenlicht fiel in Tupfen auf den Weg, sodass er gesprenkelt wirkte. Fast wie unter Wasser. Er ging weiter, machte langsame, wohlüberlegte Schritte. Er wusste nicht, wie weit er gelaufen, wie viel Zeit vergangen war. Die Luft hatte sich abgekühlt, und seine Gedanken wanderten zurück zur Höhle. Er war etwas beunruhigt, weil er so viel gesagt hatte. Normalerweise versuchte er, nicht über seinen Bruder zu sprechen, und jetzt hatte er alles preisgegeben. Gewiss, jeder hatte eine Kriegsgeschichte, aber Schwäche zu zeigen war ein Risiko. Earnest Hyde hatte nie vorgegeben, seinem Bruder nahezustehen. Evelyn war der jüngere Lieblingssohn gewesen, derjenige, den alle mochten, und Earnests früheste Erinnerung galt dem Gefühl, verdrängt zu werden. Deshalb hatte er nicht zugelassen, dass er sich demselben Regiment anschloss, seine Wohnung in der Duke Street mit ihm teilte oder gar seine Verlobte kennenlernte. »*Das* ist also dein berühmter Bruder!«, hatte Hermione an ihrem Hochzeitstag gesagt. Hyde zuckte zusammen, als er daran dachte, und blieb wieder stehen. Er holte sein Taschentuch hervor, presste es sich an die Lippen. Es roch nach Salzwasser, wie die Höhle. Er hatte eine Lichtung erreicht, und das Sonnenlicht fiel jetzt in breiten, hellen Strahlen vor ihm auf den Boden. Er hob den Kopf und sah in den Himmel. Als er erfahren hatte, dass Evelyn umgekommen war, hatte er es nicht glauben können. Wie hätte er? Es kam ihm noch immer vor wie ein Traum, ein Wunsch aus Kindertagen, der in Erfüllung gegangen war.

Er senkte den Blick auf den Weg. Dieses durchbrochene Licht gefiel ihm, nicht hell, aber keine völlige Finsternis, irgendetwas dazwischen. Und was für eine Erleichterung, alleine zu sein. Er hatte es Gil Baker überlassen, das Boot zu vertäuen. Gil war einer der hiesigen Fischer, das Salz der Erde, und absolut zuverlässig. Dem Jungen hatte Hyde aufgetragen, noch dortzubleiben, um zuzusehen, und ihm gesagt, er könne etwas lernen. Hyde nannte Everard immer »den Jungen«, niemals seinen Sohn. Wären sie sich nur ein bisschen ähnlich gewesen, hätte das vielleicht etwas Zuneigung in ihm geweckt, aber Everard hatte Hermiones Augen und denselben schlaffen Mund. Es kam ihm vor wie ein weiterer Betrug.

Er ging weiter den Weg hinauf und zwang sich, an etwas anderes zu denken. Er rief sich in Erinnerung, dass der Tag reibungslos verlaufen war und dass wahrscheinlich alle noch von ihm sprachen. Ann Cecil würde sicher versuchen, ihn zu verkuppeln. Er fand Sarah natürlich attraktiv – er war fasziniert von ihren zierlichen Handgelenken und ihrem zarten Hals –, aber es erschien ihm so mühsam.

Jetzt war er müde, spürte die ersten Anzeichen von Kopfweh. Der Champagner war großartig angekommen, aber er bevorzugte Whisky, und morgen würde er den alten Dr. Stanhope aufsuchen und wieder eine Behandlung mit seiner Elektrotherapie bekommen. Hyde hatte einige Zeit in einer bekannten Londoner Klinik verbracht und war inzwischen stolz darauf, wie viel Schmerz er ertragen konnte. Er legte sich die Elektroden gern selbst an, verteilte sie von oben bis unten am Bein. Es war kein völlig unangenehmes Gefühl, ein bisschen so, wie von einer Qualle gestochen zu werden.

Gleich bin ich zu Hause, dachte er. Da rief jemand nach ihm, und er drehte sich unsicher um.

»Ich hab dir doch gesagt, du sollst noch da bleiben!«

Er rechnete damit, den Jungen zu sehen, aber der Weg war leer. Hyde kniff die Augen zusammen und wartete, aber niemand kam. Er war sich sicher, Everard gehört zu haben, und überflog mit dem Blick die hohen Hecken. Er war überwältigt von den intensiven Farben, besonders vom Goldgrün der Blätter. Er lauschte aufmerksam, doch alles, was er hörte, war das schrille Kreischen einer Möwe. Es kreiste hoch über seinem Kopf und erinnerte ihn an das Pfeifen einer Bombe. Er spürte seine Anspannung und stand ganz still. Weit unten an der Klippe erklang das leise Saugen und Seufzen der Wellen, die auf Felsen trafen. Möglicherweise hatte er eine Stimme in der Ferne gehört. Ihm fiel wieder ein, dass Geräusche an der Küste manchmal weit getragen wurden. Nicht selten war er in seinem Garten und hörte die Passagiere auf einem vorbeifahrenden Boot. Das musste es gewesen sein.

Er setzte seinen Weg fort, nur dass es ihm jetzt zu still vorkam: keine summenden Bienen, keine zwitschernden Vögel. Er ging ein bisschen schneller, obwohl sein Knie schmerzte. Ein Zittern überkam ihn, er spürte ein Pochen im Hals. Die Stille schien immer tiefer zu werden, und er ließ den Blick bewusst über den Boden gleiten, als suchte er nach Fallen. Als das Dach und der Schornstein von Beau Regard vor ihm auftauchten, hätte er erleichtert sein müssen. An dieser Stelle wurde der Weg flacher und breiter, aber nun gelangte er unter freien Himmel, und das ließ ihn zögern. Ihm war ganz eng in der Brust, und er blieb stehen. Er sah sich aufmerksam um, ließ den Blick über den weißen Zaun und das Tor und die Bäume dahinter streifen. Alles war ihm vertraut, und doch erschien es fremd. Seltsam.

Er fingerte in seinem Jackett nach der Taschenuhr seines Vaters, um nach der Uhrzeit zu schauen, sehnte sich nach dem vertrauten Gefühl, sie in der Hand zu halten. Er spähte auf das Glas und erkannte sein eigenes Gesicht im Kleinformat, dann sah er auf die Zeiger. Es war ein Uhr. Kaltes Entsetzen überkam ihn. Er presste sich die Uhr ans Ohr. Er hatte sie heute Morgen aufgezogen, als er alle Uhren aufgezogen hatte. Sie war noch nie stehen geblieben. Sie hatte ihn noch nie im Stich gelassen. Er schwankte, fühlte sich, als hätte man ihn ausgetrickst. Plötzlich war er wieder bei Ebbe in der Höhle und hatte die Maserung der Felsen vor Augen.

»Major Hyde!«

Nancy Dolbel kam auf ihn zu und wischte sich die Hände an ihrer Schürze ab. Sie war herausgekommen, um zu sehen, was sie fürs Abendessen gefangen hatten. Hyde wollte ihr gerade sagen, dass sie kein Glück gehabt hatten, da verzog sie entsetzt das Gesicht. Sie taumelte vorwärts, und Hyde sah ihre rauen, roten Hände auf sich zukommen. Instinktiv wich er zurück, abgestoßen von dem Gedanken, sie könnte ihn berühren, aber dann merkte er, dass sie auf etwas zeigte. Er wirbelte herum, nahm Kampfhaltung an, machte sich bereit zuzuschlagen. Da war eine Frau. Sie beobachtete ihn durch die Zweige des Farns. Ihr mageres, bleiches Gesicht war so starr, als wäre es aus Marmor. Ihre Augen waren eingesunken, ihr Blick dennoch aufmerksam und durchdringend. Kräftige schwarze Haare hingen ihr dicht an den Wangen. Sie schien dort zu schweben.

Hyde verspürte einen Druck auf der Brust. Er konnte weder atmen noch sprechen noch sich vom Fleck rühren. Er hatte große Angst, und er spürte noch etwas tief in sich: eine klamme Kälte, die sich in seinem ganzen Körper ausbreitete. Er versuchte, den Arm zu heben, um sie zu berühren, denn sie erschien ziemlich nah, aber unsichtbare Gewichte hielten ihn fest, und Furcht und Kälte erregten das Gefühl, zu Eis zu erstarren. Er war gelähmt. Die Zeit zersplitterte und zersprang. Er und diese Frau waren aneinander gekoppelt, und ihr leerer Blick entzog ihm alle Kraft. Dann bemerkte er, dass Nancy vor ihm zusammengebrochen war, und ihr Stöhnen holte ihn in die Wirklichkeit zurück. Er sah seine ausgestreckte Hand, die sich im Farn verfangen hatte. Mit einem Ruck wollte er sie zurückziehen, doch sie blieb an spitzen Dornen hängen, die ihn in die Haut stachen. Er zog fester, aber die dornigen Zweige hielten ihn fest. Er verstand nicht, wie das sein konnte, und schrie vor Schmerz und Verzweiflung laut auf. Mit einem weiteren festen Ruck befreite er seinen Arm, aber die Haut war zerfetzt und blutete, und in seiner Handfläche steckten Dornen. Ungläubig starrte er sie an. Sein Herz pochte heftig und schnell wie eine Faust, die ihm gegen die Rippen hämmerte.

Als er hochsah, war die Frau verschwunden. Nur noch Leere, nichts als Schatten, Zweige und Blätter, wo sie gestanden hatte.

»Um Gottes willen!« Gil Baker, das alte Gesicht vor Schweiß glänzend, hastete auf sie zu. Als er bei Nancy ankam, beugte er sich über sie, dann sah er den Major an. »Was haben Sie mit ihr gemacht, Mann?«

Hyde blinzelte. Was *er* mit ihr gemacht hatte? *Er*? Die Worte hätten ihn kränken können, doch er wandte sich nach rechts und links, um den Weg entlang und ins dichte Brombeergebüsch zu blicken.

»Komm zurück!«, rief er. »Komm zurück!«

Gil erhob sich, um ihm ins Gesicht zu sehen, aber er war bestimmt dreißig Zentimeter kleiner als er. »Was ist hier los?«

Hyde packte ihn an den Schultern. »Hast du sie gesehen? Hast du sie gesehen?«

Gil war zwar klein, aber er war stark. Er stemmte sich dem Gewicht des Majors entgegen. »Wen gesehen?«, fragte er. »Ich seh bloß Nancy vor Ihnen auf dem Boden liegen.«

Wie aufs Stichwort stöhnte Nancy. Gil stützte sich auf ein Knie und versuchte ziemlich unbeholfen, seinen Arm unter ihren Kopf zu schieben. »Nancy, Liebes?«, flüsterte er. »Sprich mit mir.«

Nancy blinzelte und starrte einen kurzen Moment ins Leere, dann rang sie nach Luft. »Oh, mein Gott, sie war hier, Gil! Es war die Lady!«

Gil zog Nancy an sich. »Die Lady?«

Nancy nickte aufgeregt, und Gil hielt sie fest und wiegte

sie sanft, während er mit seinen kleinen geröteten Augen die Gegend überflog.

Hyde sah ungeduldig auf die beiden herab. »Eine Frau! Irgendeine Frau.« Er wiederholte die Worte mehrfach. »Sie war hier, sie sah … na ja, ich weiß nicht …« Er starrte den Weg hinunter. Inzwischen war es dunkler geworden, und ein Schwarm winziger Insekten trübten ihm den Blick. Er schlug nach ihnen. Die Frau. Wie würde er sie beschreiben? Weißes Kleid, dunkle Haare. An ihr Gesicht erinnerte er sich nicht mehr, und einen Augenblick lang war er sich nicht sicher, ob sie überhaupt eines hatte.

»Was macht sie her?«, fragte er. »Was will sie?«

Nancy hatte sich aufrechter hingesetzt. »Ach, Sir. Sie war schon seit Jahren nicht mehr hier. Wir wissen nicht, warum sie erscheint.«

Hyde wich zurück, schluckte schwer. Er musste seinen Herzschlag beruhigen. »Was meinen Sie damit?« Er breitete die Hände aus. »Ich habe sie noch nie gesehen, und trotzdem war sie hier und hat auf mich gewartet!«

Gil schüttelte den Kopf. »Sie ist nicht von dieser Welt, Major.«

Hyde stieß einen ungewollten Lacher aus. *Nicht von dieser Welt.* Am liebsten hätte er gesagt, sie sollten keinen Unsinn reden, aber er war zu wütend. Nicht von dieser Welt! Natürlich war die Frau real. Was sollte sie sonst sein?

»Tickt ihr nicht richtig? Es war eine Frau.« Er wandte den Kopf und starrte ins Dickicht, konzentrierte sich auf kleine Details, um zu überprüfen, ob er noch richtig sah. »Ihr müsst sie doch kennen. Ist sie von hier? Was wollte sie?«

Doch während er auf die Brombeerbüsche blickte, wurde ihm klar, dass sie dort nicht gestanden haben konnte. Die dornigen Zweige wuchsen dicht und kreuz und quer, waren praktisch undurchdringlich. Er wollte etwas sagen, aber seine Zunge klebte ihm am Gaumen. Er schluckte. Er befahl seinem Herzen, langsamer zu schlagen, und seinem Puls, sich zu beruhigen. Vergiss nicht, wer du bist, Mann. Du warst im Krieg. Du hast Menschen sterben sehen. Du warst Zeuge, wie Leiber zerfetzt wurden, Städte zerstört. Er zog die Schultern zurück und atmete zweimal tief durch.

»Sie stand im Gebüsch«, sagte er ruhig. »Ganz in Weiß. Ein Hochzeitskleid.«

»Ein Nachthemd«, murmelte Nancy. »Sie hat sich versteckt. Wir haben sie gestört.«

»Ich glaube, sie ist harmlos.« Gil nickte. »Ich selbst hab sie noch nie gesehen.«

Hyde zog sein Taschentuch hervor, presste es sich auf die Handfläche und beobachtete, wie das Blut durchsickerte. Dann versuchte er es zusammenzuknoten. Er dachte über die Frau nach, wie bleich sie ausgesehen hatte, und starrte ins Gebüsch, unfähig zu begreifen, was das zu bedeuten hatte. Er zitterte und schwitzte, die Furcht drang ihm aus den Poren. Als er sich zu Nancy hinunterbeugte, zuckte ihm der Schmerz durchs Knie. »Wir müssen Ruhe bewahren«, flüsterte er. Er war wieder im Schützengraben, unter Beschuss.

Er sah Gil fest an und ließ seine Stimme ruhig und entschieden klingen. »Bringen wir sie ins Haus.«

Gemeinsam halfen sie Nancy auf die Beine und führten sie den Weg hinauf.

»Die Lady hat früher in dem Haus gewohnt«, sagte Gil. »In dem Haus, das vor Ihrem hier stand. Davon haben Sie sicher gehört.«

Hyde kramte in seinem Gedächtnis. War das ein Trick? Das Haus, sein Haus, war neu, und er war sehr stolz darauf. Er sah auf die glatten weißen Wände und die glänzenden Fenster, dann senkte er den Blick über die gestufte Veranda auf den Rasen. Alles klare Linien und gepflegt. Er würde keine Angst haben.

»Das … das alte Haus ist schon vor vielen Jahren abgebrannt«, stammelte er. »Ich erinnere mich noch.« Und die Mühe, sich zu erinnern, strengte ihn an.

Gil nickte. »Man hat das Feuer meilenweit sehen können.« Er neigte den Kopf und schnupperte. »Gerade … kam es mir vor, als könnte ich es riechen.«

Hyde roch nur seine Rosen. Der Himmel verfärbte sich rosa, und die Wolken verflüchtigten sich. Er schüttelte blinzelnd den Kopf. Das war alles zu viel. Nancy war hysterisch, plapperte unzusammenhängendes Zeug, und Gil war nicht besser. Angewidert wankte Hyde zurück.

»Ich gehe zurück und suche den Weg ab«, sagte er. »Ihr geht ins Haus und schenkt euch einen Brandy ein. Ich muss nur sichergehen.«

Die Panik, die er empfunden hatte, war etwas anderem gewichen. Er war aufgedreht, außer sich, angetrieben durch Adrenalin und Zorn.

»Du hast nichts zu befürchten, aber ich fordere dich auf herauszukommen!« Er steuerte den Weg hinunter und drehte sich nach rechts und links.

Er fühlte sich besser, weil er gebrüllt hatte. Er würde dieses Wesen schon vertreiben. Die Frau war real, daran bestand kein Zweifel, und er würde sich nicht zum Narren halten lassen. Er würde sie finden und zur Rede stellen. Eine Frau auf seinem Grund und Boden, bei *seinem* Haus, halb nackt. Wie konnte sie es wagen! Wer war sie? Er lief den Weg entlang. Er würde seinen Gehstock holen und auf die Brombeerbüsche einprügeln. »Komm schon!«, rief er. »Komm zurück!«

9

DAILY MAIL

Freitag, 6. Oktober 1933

DAS VERMISSTE PAAR VON SARK: IHRE LETZTE REISE

Voriges Wochenende löste das Auffinden der Kleider eines Mannes und einer Frau auf einer Klippe der abgeschiedenen Insel Sark eine Suchaktion aus, die sich auf den gesamten Ärmelkanal ausweitete. Wer die Besitzer dieser Kleidungsstücke sind, bleibt weiterhin fraglich, obwohl es inzwischen mehrere sachdienliche Hinweise aus der Öffentlichkeit gibt. Ein wichtiger Augenzeuge ist ein gewisser Gilbert Baker, ein älterer Fischer von Little Sark. Mr Baker, der einige Tage nicht auf der Insel war, ist inzwischen zum Polizeihauptquartier auf Guernsey gefahren, um die Kleider zu begutachten. Auch wenn Mr Baker sich erst unsicher war, identifizierte er die Kleider letztlich als jene, die ein Mann und eine Frau getragen hatten, denen er am Samstag zuvor begegnet war. Wie Mr Baker dem Lokalreporter P. Carey berichtete, suchte er während des Wolkenbruchs kurzzeitig Schutz in einem Schuppen, wo er das Paar antraf. Er vermutete, sie seien ebenfalls vom Regen überrascht worden.

Am Tag darauf fuhr Mr Baker eine Gruppe Angler um die Küste, als einer seiner Passagiere erwähnte, er habe einen Mantel auf der Klippe entdeckt. Mr Baker stellte keinen Zusammenhang zum Vortag her, ist sich aber sicher, dass in dem Moment niemand am oder im Wasser war, denn zu dem Zeit-

punkt herrschte rauer Seegang. Er hatte die Sache vergessen, bis die Hafenbehörden von Jersey ihn mit einer Nachricht von Sarks Chief Constable über zwei vermisste Personen kontaktierten.

Mittlerweile wurden noch weitere Personen von der Polizei verhört. Ein gewisser Colonel J. L. Forrester fuhr am Freitagmorgen mit seiner Frau auf der Joybell von Sark nach Guernsey und glaubt, das Paar im Hafen von Creux gesehen zu haben. Der Mann hatte kurze dunkle Haare und einen Oberlippenbart. Die Frau war kleiner als er und sehr attraktiv. Außerdem glaubt eine Servierkraft aus einem der Hotels von Sark, das vermisste Paar am Samstagnachmittag bedient zu haben. Ein ausführlicher Bericht folgt in der Abendausgabe.

Das »Rätsel von Sark« wächst sich immer weiter aus. Ihm sind Gliedmaßen gewachsen und viele Köpfe. Es sucht nach Aufmerksamkeit, es verschlingt Geld. Es ist aus den regionalen in die überregionalen Zeitungen gesprungen, von Seite vier auf Seite eins, und weckt großes Interesse bei der englischen Leserschaft, das Verlangen nach etwas, von dem sie nicht wusste, dass sie es brauchte. Jeder glaubt zu wissen, was passiert ist, obwohl alle zugeben, sie könnten sich irren. Es gleicht einen Kriminalroman, wie sie zurzeit so beliebt sind. Ein Mann und eine Frau, namenlos und unbekannt, kamen auf eine Insel und verschwanden von einer Klippe.

Für uns Inselbewohner klingt das stark nach Legende.

Und wir lieben unsere Legenden.

Jahrhundertelang war es Brauch, sich an langen Winterabenden in den Häusern zur sogenannten *Veille* zu versammeln, bei der alle sich die Wärme einer Feuerstelle teilten, Wolle kämmten und filzten und wir uns, um die Langeweile zu vertreiben, Geschichten erzählten. Unerwiderte Liebe war ein beliebtes Thema, genau wie Erzählungen über Verschwinden und Verwandlung. Stets gab es eine unerwartete Wendung, es war schwer, einen Mord zu überbieten, wobei es keine Rolle spielte, ob jemand starb, denn er kehrte jedes Mal zurück.

Liebt nicht jeder Geistergeschichten? Sie zeigen uns, dass das Ende nie endgültig ist, denn das Leben geht weiter, nur in neuer Gestalt oder Form. Jede Geschichte ist eine Geistergeschichte, könnten wir nun sagen, denn einmal erzählt, ist sie vorbei, gehört der Vergangenheit an. Uns bleibt nichts, als sie noch einmal durchzugehen, vom Ende zurück an den Anfang zu springen.

Also. Zwei Menschen. Ein Mann und eine Frau. Glaubt man Maud, sind sie am Samstagnachmittag über La Coupée gelaufen, aber Gil behauptet, er habe sie am Morgen gesehen. Armer Gil. Zeitungen sind für Zugunglücke und Regierungsskandale zuständig, und er kann immer noch nicht begreifen, wie all das irgendetwas mit ihm zu tun haben kann. Er ist ein schüchterner Mann von inzwischen fünfundsechzig Jahren, mit Wangen in der Farbe gekochter roter Beete und Augen, die stets zusammengekniffen sind.

»Ich will nicht fotografiert werden«, sagt er unwirsch. »Es ist schon schlimm genug, dass dieser Mr Drake und seine Künstlertruppe mich ständig malen wollen.«

Momentan sitzt Gil im Postamt am Küchentisch und trinkt eine Tasse von Elises zu lange gezogenem Tee. Er ist nicht der Typ für ausführliche Unterhaltungen, aber Elise ist eine der wenigen, denen er vertraut, weil er viele Jahre mit Phillip fischen gegangen ist.

»Ich war bloß unterwegs, um mich um Major Hydes Boot zu kümmern. Auf Little Sark müssen die Boote ab Oktober aus dem Wasser geholt werden.« Er seufzt. »Dann wird es zu stürmisch. Aber Major Hyde hat es aufgeschoben. Er wird langsam nachlässig.«

Phyll, die am Kopfende des Tisches sitzt, notiert sich alles gewissenhaft, und Gil dreht sich erschrocken zu ihr um. »Nein, nein. Schreib das nicht in deinen Artikel!«

Gil weiß noch, wie Phyll, als sie jünger war, immer zum Hafen kam und von der Mole aus Steine ins Wasser warf. Sie war stets allein und machte ein finsteres Gesicht, und Gil wusste nicht recht, was er sagen sollte, um ihr zu helfen. Wahrscheinlich vermisste sie ihren Vater. Bis zum heutigen Tag hat Gil ein schlechtes Gewissen wegen Phillip und wie er gestorben ist. Ein paarmal war er kurz davor, Phyll auf dem Boot mit rauszunehmen, aber ein weibliches Wesen an Bord bringt Unglück. Sie sind ebensolche Pechvögel wie Priester. Gil hat bestimmte Grundsätze, an die er sich hält, wie alle Fischer auf Sark. Erwähnt ihm gegenüber niemals Kaninchen oder bietet ihm Früchtebrot an. Keine Ahnung, warum.

Gil hat sich die beiden Personen nicht genau angesehen. Er ist nicht gerade kontaktfreudig. Sie waren vor ihm in dem Schuppen gewesen, also dachte er, er würde stören. Er weiß noch, dass die Lady lange dunkle Haare hatte, weil sie nass waren und sie sie ausbürstete. Der Gentleman war elegant und vielleicht ein wenig jünger, außerdem hatte er einen Oberlippenbart.

»Das ist alles?«, fragt Phyll sichtlich enttäuscht. »Denk nach, Gil. Wie haben sie sich gegenüber einander verhalten? Haben sie nach Alkohol gerochen? Hatte die Frau geweint? Wirkte der Mann wütend?«

Elise bläht die Nasenflügel und sieht ihre Tochter finster an. Es gefällt ihr nicht, dass Phyll für die Presse schreibt (auch wenn es ihre Idee war, wie John sie freundlich erinnert hat). Natürlich soll Phyll eine Aufgabe haben, aber das hier, sagt ihr ihr Bauchgefühl, ist gefährlich. Phyll steigert sich leicht in etwas hinein. Sie war schon immer eine Träumerin – dieses ganze Romanelesen als Kind hat nicht gerade geholfen –, und jetzt kommt sie mit der Realität nicht zurecht. Elise ist sich sicher, dass das der Grund ist, warum Phyll ihren Job in Southampton aufgegeben hat. Sie weiß, dass sie nicht entlassen wurde, denn sie hat diskret Erkundigungen eingezogen. Laut der Firma hat sie einen guten Eindruck gemacht, wenngleich sie die Angewohnheit gehabt habe, manchmal »ihre Grenzen zu überschreiten«. Elise presst die Lippen zusammen. Ach, was soll man da machen? Im Prinzip könnte Phyll alles Mögliche tun: Sie ist klug und mutig und besitzt einen großartigen Wortschatz, aber zugleich ist sie ungeduldig, aufbrausend und schrecklich taktlos.

Hier ein Beispiel: Gerade hat Phyll Gil gefragt, ob er glaubt, dass der Mann und die Frau ein Liebespaar waren. Als könnte Gil das wissen!

»Also, Phyll.« Sie seufzt. »Das reicht jetzt. Lass Gil in Ruhe, er ist müde.«

Sie will, dass Phyll mit Bedacht vorgeht – es ist nicht gut, nur auf Sensation aus zu sein –, aber kaum ist sie mit Gil fertig, schlüpft ihre Tochter schon in ihre Jacke.

»Ich muss mit Dolly reden«, sagt sie. »Sie hat sie im Bel Air bedient, vielleicht weiß sie mehr.«

Elise schüttelt den Kopf. Sie hält Dolly Bihet für eine Frau, die jedem einfach alles sagen würde, nur damit ihr Name in der Zeitung steht.

»Du weißt, dass das Ganze auch gar nichts sein könnte.« Sie versucht, unbeteiligt zu klingen. »Außerdem sind Journalisten aus England auf dem Weg, es wird ziemlich viel Konkurrenz geben …«

Phyll wirbelt herum und blitzt sie an. »Du traust es mir nicht zu?«

»Das ist es nicht«, antwortet Elise (obwohl es das teilweise doch ist). Am liebsten würde sie Phyll bei den Schultern packen und ihr tief in die Augen sehen. Sie wartet einen Moment. »Findest du es nicht ein bisschen zu praktisch, dass Everard die Kleider gefunden hat? Dass das alles gerade jetzt passiert, wo *er* hier ist?«

Phyll blinzelt heftig. »Nein«, antwortet sie. »Ich denke, das ist reiner Zufall.« Sie dreht sich um. »Und ehrlich gesagt ist es mir auch egal. Everard ist unwichtig. Ich habe ihn seit Jahren nicht gesehen. Warum sollte er mich interessieren?«

Elise sagt nichts, aber sie weiß, dass Phyll lügt. Sie weiß, dass sie vorgegeben hat, die Post auszuliefern – wie offensichtlich! –, um Everard zu begegnen. Und sie hat das Foto von Derrible Bay in Phylls Tasche gefunden. (Ja, Elise hat die Taschen ihrer Tochter durchgesehen – das macht sie schon seit Jahren, und sie hält das für völlig normal.) Das Foto hat ihr einen Stich ins Herz versetzt. Sie hat die Kinder im Sand lange und eindringlich betrachtet, aber dann verweilte ihr Blick auch auf den Personen im Hintergrund – auf der Frau in dem weißen Kleid, die so jung und so hübsch war und lächelte. Diese arme Frau, die sie nie vergessen würde.

»Das hat nichts mit Everard zu tun«, sagt Phyll und nimmt ihren Notizblock. »Es geht um diese beiden Menschen … Als Gil sie getroffen hat, waren sie noch am Leben, und Dolly hat sie auch gesehen.« An der Tür bleibt sie kurz stehen und wendet den Kopf ein wenig nach hinten. »Es geht nicht nur darum, eine Story zu schreiben oder meinen Namen in irgendeiner Verfasserangabe zu sehen. Das sind Menschen aus Fleisch und Blut. Vielleicht hatten sie Schwierigkeiten und brauchen unsere Hilfe. Das ist keine Finte oder Falschmeldung«, sie zögert einen Moment, »sie sind keine *Geister.*«

Oder vielleicht doch. Zwei Menschen. Ein Mann und eine Frau. Sie waren hier, und jetzt sind sie fort, einige Inselbewohner haben sie gesehen, andere nicht. Es ist wie ein Versteckspiel, in ganz naher Vergangenheit, einer Vergangenheit, die noch in Reichweite ist. Wenn sie den Hinweisen folgt, glaubt Phyll, wird sie sie finden. Das Rätsel wird gelöst, und sie bekommt das Ende, das sie braucht.

Noch so ein Merkmal von Geistergeschichten: Es besteht immer die Möglichkeit, in die Vergangenheit zurückzukehren.

Doch Everard und Phyll können nicht wieder zu den Kindern werden, die sie einmal waren. Nie wieder werden sie auf diesen knarzenden Korbstühlen auf der Veranda des Bel Air sitzen. Es ist das einzige Hotel, das über den Oktober hinaus geöffnet ist, und auch jetzt sind wir wieder dort. Die Stühle draußen sind schon lange verschwunden, obwohl Dolly einen gerettet und speziell für Phyll in die Küche gestellt hat. Dort hat sie an all diesen dunkeln Abenden gesessen und laut gelesen. Die Veranda ist nicht mehr weiß gestrichen. Mr Frith, der Besitzer, hat sie abgebeizt und das Holz braun lasiert. Heute ist es ziemlich nass. Phyll kommt durch das Seitentor herein und nimmt den Fußweg durch den Garten. Das Gras ist zu hoch, aber hier neben den Stufen saß Miranda immer, während ihrer Französischstunden bei Sylvie Price.

»*Je m'appelle* Miranda«, säuselte sie und zwirbelte ihre Haare zwischen den Fingern. »*Il fait chaud aujourd'hui, n'est-ce pas?*«

Phyll geht in großen Schritten die Treppe hinauf und legt ihren Notizblock auf den Tisch. Sie steht genau da, wo einst der kleine Everard in seinem blauen Hemd und mit glatt gekämmten Haaren saß, doch sie wendet sich von dieser Erinnerung ab und blickt hinaus aufs Meer. Der Garten ist weitläufig und führt schräg nach unten bis zu einer mit Buschwerk bewachsenen Begrenzung. Dahinter führt ein Fußweg zum Hafen. Im Sommer flitzen Kinder herauf und hinunter und verstecken sich zwischen den Sträuchern. Auf der rechten Seite hinter einem vergitterten hölzernen Torbogen befindet sich ein Gemüsegarten mit Karotten, Kartoffeln und grünen Bohnen, die in gepflegten Reihen angeordnet sind. Außerdem steht dort ein altes steinernes Nebengebäude, aber darüber reden wir später.

Jetzt ist Oktober, und alles muss zurückgeschnitten werden, und man sieht Mr Frith häufig in Hemdsärmeln eine rostige Gartenschere schwingen. Nächsten Sommer, sagt er, wird er sich von ein paar Blumenbeeten trennen und noch einige Tische aufstellen, um weitere Tagesausflügler bewirten zu können. Aber das sagt er jedes Jahr. Phyll lässt den Blick weiterschweifen. Er fällt auf einen runden, schmiedeeisernen Tisch, der zu schwer ist, um ihn zu bewegen. Er steht abseits am Ende des Gartens, zusammen mit vier passenden Stühlen, die wegen des vielen Regens nach vorne gekippt wurden und mit der Rückenlehne an der Tischplatte lehnen. Sie sehen aus wie Menschen mit gesenkten Köpfen.

Der Geruch nach Erde ist scharf und kräftig, frisch wie Blut. Die Frau ist inzwischen fort, aber dort hat sie gesessen. Diesen Tisch hat sie sich ausgesucht, den Tisch, der vom Regen sauber gewaschen war. Vielleicht hat der Mann sie auch dorthin geführt. Sie sind nicht hineingegangen, um einen Blick in die Lounge zu werfen oder nach einem wärmeren, angenehmeren Platz zu suchen. Sie wollten es nicht gemütlich haben. Stattdessen haben sie sich mit dem Rücken zum Hotel gesetzt, damit niemand sie bemerkte. Beinah hätte es geklappt.

Dolly hatte keine freie Minute, um zum Gefängnis zu gehen und sich die Kleider anzusehen, aber sie hatte Phylls Beschreibung in der *Press* gelesen.

»Ich konnte es kaum glauben«, sagt sie mit belegter Stimme. »Ich kann es immer noch nicht.«

Dolly ist klein und stämmig und hat braune Haare, die sich rund um ihr Gesicht kringeln. Obwohl sie nur fünf Jahre älter ist als Phyll, verhält sie sich ihr gegenüber schon immer mütterlich. Sie steht vor ihr und schüttelt den Kopf. »Es war Sonntagnachmittag gegen drei, als sie kamen. Ich erinnere mich, weil ich gerade ein Blech frische Scones gebacken hatte und vorne vor dem Haus saß. Da sind sie plötzlich aufgetaucht.« Dolly deutet auf den Tisch. »Ich hab nur mit dem Gentleman gesprochen. Er kam zu mir und hat schwarzen Kaffee bestellt. Ich hab ihnen welchen rausgebracht.«

Phyll nimmt ihren Notizblock zur Hand und beginnt zu schreiben. »Wie hat er ausgesehen?«

Dolly denkt kurz nach. »Ende zwanzig. Braune Haare.« Sie fährt sich mit der Hand ums Kinn. Ein Bart, aber ein richtiger, nicht wie dieser Hitler.« Dolly liest selten Zeitung, aber sie betrachtet die Bilder. »Durchdringender Blick«, sagt sie plötzlich und nickt, als würde ihr der Ausdruck gefallen. Sie durchforstet ihre Erinnerung. Was noch, überlegt sie, was noch. Sie sieht die Umrisse der beiden vor sich, die Rücken zu ihr gewandt. »Die Frau hatte schöne lange Haare und war dabei, sie festzustecken. Sie haben runter Richtung Hafen geschaut, als würden sie auf das Fähre warten, aber es war ein ganz schön stürmischer Tag, und ich hab mich gefragt, ob sie vielleicht deshalb nur Kaffee wollten.« Sie nimmt die Schultern zurück und blickt ins Leere. »Da war irgendwas an der Art, wie sie miteinander umgegangen sind. Gestritten haben sie nicht, aber …«, sie hebt das Kinn und hat Mühe, die richtigen Worte zu finden, »wirklich miteinander geredet haben sie auch nicht. Sie wirkten irgendwie deprimiert.« Sie dreht den Kopf ein klein wenig. »So wie du.«

Phyll hört auf zu schreiben und sieht hoch. »Ach, Dolly, ich bin nicht deprimiert.«

Aber was immer die Leute denken, Dolly ist nicht dumm. Sie lässt die Mundwinkel sinken. »Du warst ganz aus dem Häuschen, als du nach England gegangen bist, und jetzt machst du ein Gesicht wie ein begossener Pudel. Was ist passiert? Oder sollte ich besser fragen, *wer*?«

Phyll schließt kurz die Augen und inspiziert dann ihre Schuhe. »Nichts. Niemand. Es spielt keine Rolle.«

Dolly beugt sich zu ihr. »*Mir* kannst du es erzählen, das weißt du.«

Dolly könnte Phyll es tatsächlich erzählen, denn Dolly würde sie besser verstehen als irgendwer sonst. Sie hat einen Hang dazu, die falschen Männer anzuziehen und zu glauben, was sie sagen. Das würde ihr nie wieder passieren, sagt sie sich jedes Mal, und dann passierte es doch. Zuverlässig wie ein Uhrwerk.

Phyll schüttelt schnell den Kopf und streicht sich die Haare aus den Wangen. »Das ist jetzt nicht wichtig. Ich muss dieses Manuskript für die Spätausgabe abliefern. Sprich ja nicht mit diesen englischen Journalisten. Sprich nur mit mir.«

Dolly errötet. »Das ist mein Mädchen«, sagt sie. »Aber ich kann nicht *nicht* mit ihnen reden. Sie wohnen hier. Sie wirft einen Blick über die Schulter. »Aber ich erzähle ihnen nicht viel, wenn du nicht vergisst, dass ich hier jetzt die Hausdame bin, nicht das Hausmädchen.« Sie hebt die Hände, schreibt kleine Anführungszeichen. *»Dolly Bihet, Hausdame.«*

Dolly arbeitet schon im Bel Air, seit sie vierzehn ist. Zwei Sommer lang hatte sie es im Bungalow versucht – Major Hyde bot ihr mehr Geld und ein eigenes Zimmer –, aber sie kam nicht zurecht. Die Nächte waren ihr zu unheimlich, und obwohl sie gut schlief, hatte sie Albträume. Sie träumte davon, lebendig begraben zu werden, was ihrer Meinung nach mit den Minenarbeitern zu tun haben musste. Und wenn sie aufwachte, hatte sie Kopfschmerzen. Ihre Mutter nannte sie eine dumme Gans, aber sie kehrte ins Bel Air zurück, und Mr Frith war so erfreut, dass er sie beförderte.

»Warum sind sie bloß nach Little Sark gegangen?« Dolly schaudert. Nicht für Geld und gute Worte würde ich dorthin zurück. Diese Stimmung. Ich habe mich dort nie wohlgefühlt, in der ganzen Zeit, in der ich dort gewohnt habe … Little Sark ist verflucht.«

Phyll stellt sich auf ein Bein und betrachtet den zerschlissenen Schnürsenkel ihres linken Schuhs.

Dolly verengt die Augen. »Hörst du mir überhaupt zu?«

Phyll richtet sich auf. »Natürlich höre ich dir zu.« Sie fährt mit der Hand durch die Luft. »Aber wir müssen uns an die

Fakten halten. Ich lasse mich nicht in das ganze Fluch-und-Geister-Gerede reinziehen.«

Phyll glaubt nicht mehr an Hexen, Geister oder Flüche, und der Gedanke, dass sie es je getan hat, ist ihr peinlich. Ihre »kindische Phase« nennt sie diese Zeit. Sie strafft die Schultern. »Wir müssen uns auf diesen Mann und diese Frau konzentrieren. Sie waren offensichtlich ein Paar, und sie waren auf der Flucht. Vielleicht waren sie mit den falschen Leuten verheiratet, und das war die einzige Möglichkeit, frei zu sein. *Ich* glaube, sie haben ihren Tod vorgetäuscht.«

Dolly reißt die Augen auf. »Ach, das ist eine Idee! Wie in einem guten Buch!« Sie hebt den Kopf und tippt sich mit dem Zeigefinger an die Lippen. »Moment mal. Haben wir schon jemals so eins gelesen?«

Phyll räuspert sich. »Nein, Dolly, haben wir nicht.« Aber sie fragt sich, ob sie das vielleicht doch haben. Das wäre jedenfalls eine großartige Geschichte. Sie wünscht sich nichts mehr, als dass die beiden noch am Leben sind. Sie will sie finden und retten und alles besser machen. Für sich selbst bekommt sie das nicht hin, aber vielleicht kann sie es für jemand anderen versuchen.

Dolly sieht auf ihre Uhr. Sie muss wieder zur Arbeit, doch als sie sich zum Gehen wendet, legt sie Phyll die Hand auf den Arm. »Schade, dass deine Mutter sie nicht gesehen hat. Elise würde wissen, was passiert ist, oder?« Sie bläst die Wangen auf. »Ich habe keine Ahnung, wie sie das macht.«

Phyll hebt den Kopf und reagiert nicht. Sie weiß genau, wie ihre Mutter das macht, würde sie am liebsten sagen und ist äußerst versucht, Dolly zu raten, sich nicht für dumm verkaufen zu lassen. Sie beißt sich jedoch auf die Zunge und kräuselt die Nase, als würde sie schnuppern. Jenseits der Bäume sieht man einen glänzenden Streifen Meer. Sie geht die Stufen hinunter und tritt auf den Rasen, lässt die Füße in den weichen Untergrund sinken. Die Wolken am Himmel ziehen schnell. Es wird ein Gewitter geben, da ist sie sich sicher. Sie geht zu dem Tisch, an dem der Mann und die Frau gesessen haben, und stellt sich hinter den Stuhl der Frau. Am unteren Ende des Gartens ist eine Lücke zwischen den Sträuchern, und ein Pfad führt hinunter zum Hafen. Wenn der Mann und die Frau bis hierhin gekommen sind, dann haben sie auf ein Boot gewartet. Phyll stellt sich die Frau vor, wie sie hier gesessen, ihre Haare gerichtet und sich für die Reise zurechtgemacht hat.

Unwillkürlich fasst sie sich an den Nacken. Er fühlt sich noch immer erschreckend nackt an. Phyll lässt den Blick abschweifen und bemerkt eine dunkle Gestalt. Vom Hafen kommt ein Mann herauf. Er trägt einen offenen Mantel und hat einen Hut tief ins Gesicht gezogen. Einen Moment lang denkt Phyll, er sei der Vermisste. Es kommt ihr vor, als hätte die Woche eine Schleife gemacht und ihr ein Bein gestellt.

Würde sie aber genau hinsehen, würde sie erkennen, dass das Gesicht des Mannes faltig ist und er dunkle Ringe unter den Augen hat. Er kommt näher und lüftet zum Gruß den Hut, aber Phyll ist schon abgelenkt. Sie hat die Hände in die Taschen gesteckt und bemerkt, dass das Foto nicht mehr da ist. Ihr wird ganz eng in der Brust, und sie kehrt, um sich zu vergewissern, beide Taschen von innen nach außen. Wie kann das Foto weg sein? Wo ist es hin? Sie schaut suchend aufs Gras und dreht sich um, um nachzusehen, ob es herausgefallen ist.

Der Mann steht auf der anderen Seite des Tisches und wirkt amüsiert. »Guten Tag. Haben Sie etwas verloren?«

Phyll sieht ihn an. »Ach, es ist nichts.«

Der Mann greift in seine Manteltasche und befördert etwas zutage, das wie eine Visitenkarte aussieht. Er murmelt seinen Namen. »Ich sammele Informationen über die vermissten Personen …«, sagt er.

Phyll fühlt sich in Alarmbereitschaft versetzt.

»Unsere Leser können gar nicht genug davon bekommen«, fährt der Mann fort. »Sind Sie von hier? Irgendwas, das sie mir berichten könnten? Ein hübsches Mädchen wie Sie weiß doch sicher, was man sich so erzählt.«

Mit einem Mal scheint alles ganz düster und still. Phyll schüttelt den Kopf. »Nein, tut mir leid«, antwortet sie. »Ich bin hier selbst eine Fremde.«

10

»Ein berühmter Geist von Sark«

8. August 1923

»Wir nennen sie die fremde Lady«, sagte sie, und alle verstummten.

Die Sonne fiel durch die Lücken zwischen den Bäumen und kam ihr wie Rampenlicht vor. Ich bin auf der Bühne, dachte sie, es ist die Eröffnungsszene. Phyll sah zu Major Hyde, der, sein verletztes Bein ausgestreckt, dasaß, dann lächelte sie Ann Cecil und Mule Toplis an, die sich um ihn herum platziert hatten. Sie hatten die Bank so hingestellt, dass sie im Schatten von St Peter's stand. Etwas entfernt hielt Paul einen seiner Malkurse ab, mehrere Damen hatten sich auf Klappstühlen niedergelassen. Alle waren hier, um zuzuhören, und Phyll fand das mehr als brillant.

»Die fremde Lady. Was für ein Name!« Ann hob das Knie und umfasste es mit den Händen. »Und *warum* wird sie so genannt?«

Phyll faltete die Hände. »Niemand hat je ihren Namen in Erfahrung gebracht.« Sie stellte sich auf die Zehenspitzen. »Sie lebte nur ein paar Monate auf Little Sark, bevor sie starb.«

Sie war der berühmteste Geist von ganz Sark, und Phyll brannte darauf, ihnen ihre Geschichte zu erzählen. Langsam konnte sie gut Geschichten erzählen und hatte sogar ein paar in ihr Tagebuch geschrieben. Sie öffnete den Mund, die Lippen leicht geschürzt, doch dann überkam sie ein Anflug von Zweifel. Vielleicht wäre es besser, Maud zu holen. Maud hatte die Geschichte direkt von der Frau des letzten Seigneur gehört, der noch gelebt hatte, als es passierte. Außerdem wusste Phyll, dass Erwachsene nur anderen Erwachsenen zuhörten, und Maud, musste sie zugeben, war so etwas wie eine Erwachsene.

Maud wusste natürlich darüber Bescheid, was sich kürzlich bei Beau Regard zugetragen hatte. Innerhalb eines halben Tages kannte die halbe Insel irgendeine Version der Geschichte. Dass sowohl der Major als auch Nancy die fremde Lady gesehen hatten, war zu einer kleinen Sensation geworden, und Nancy war eine leicht erregbare Person und gab sich gern wortreichen Tiraden hin. Maud war gerade dabei, ihr einen Beruhigungstrank zu mixen, als die Kinder klopften. Maud machte die Unterbrechung nichts aus. Es freute sie, Everard kennenzulernen, den Jungen, von dem sie schon so viel gehört hatte. Wenn ihr mich fragt, mochte Maud ihn.

»Wie geht es Ihnen, Mrs Pratt?«, fragte er und neigte tief den Kopf, bevor er ihr den Arm reichte, den sie scherzhaft schmollend ablehnte.

»Schon gut, junger Mann«, antwortete sie. »So alt bin ich nun auch nicht. Gehen kann ich alleine.«

Zu dem Zeitpunkt war Maud achtundsiebzig, für diejenigen, die mitzählen. Aber Alter war ein Gemütszustand, und ihr Gemütszustand war gut. Sie war in Form und bei bester Gesundheit und sah mit ihren rosa Wangen und den dichten Haaren, die sie wie ein Schulmädchen zu einem Zopf geflochten hatte, bestimmt jünger aus. Vielleicht verrieten sie ihre Hände – sie waren schmal, voller Pigmentflecke, und die Adern standen hervor –, aber deshalb trug sie Handschuhe, vor allem beim Gärtnern.

Sie wollten also etwas über die fremde Lady hören? Nun, das war eigentlich eine Geschichte für dunkle Abende am warmen Kamin, aber man konnte sie auch auf dem Friedhof erzählen. Dorthin machte Maud sich jedenfalls später auf den Weg. Albert hatte eine hübsche Grabstelle im westlichen Teil mit reichlich Platz drumherum, genau wie sie es verabredet hatten. Kürzlich hatte sie Vergissmeinnicht, blaue Chrysanthemen und Iris dort gepflanzt. Sie machten sich prächtig vor der dicht mit Fingerhut bewachsenen Böschung.

Als sie auf dem Friedhof ankam, schämte sie sich jedoch plötzlich. Sie trug noch ihre Schürze und hatte die Ärmel hochgerollt, und jetzt waren hier diese ganzen Menschen. Hätte sie gewusst, dass sie ein so großes Publikum erwartet, hätte sie etwas Besseres angezogen. Zu spät.

»Guten Tag, Mrs Pratt!«, rief Paul und kam auf sie zu. »Sie wissen bestimmt alles über den Geist des Majors.«

Maud sah den Major im Schatten sitzen. Er wirkte ziemlich benommen und hob die verbundene Hand.

»Entschuldigen Sie, dass ich nicht aufstehe«, sagte er und deutete matt auf sein Bein.

Maud lächelte. Sie kannte den Major nicht gut, aber sie wusste von dem, was höflich als »seine Beschwerden« bezeichnet wurde. Sie hatte einmal erlebt, wie er einen Hund quer über die Avenue getreten hatte, nur weil er bellte. Sie hätte ihm einen Beruhigungstrank anbieten können, aber er gehörte zu denen, die sie auslachen und es Gift nennen würden. Die reine Ironie angesichts der Whiskymengen, die er zu sich nahm.

Aber wie auch immer, wo war sie stehen geblieben?

»Ich weiß nicht mehr als jeder andere«, sagte Maud, was genau genommen nicht stimmte. »Es ist lange her.« (*Das* stimmte). »Die Frau erscheint sehr selten. Sie kam mit ihrem Mann, und sie mieteten ein Haus auf Little Sark. Das Haus befand sich auf demselben Grundstück wie das Beau Regard. Es trug den Namen Petit Regard und wurde an Feriengäste vermietet.«

Diese Worte richtete sie direkt an den Major, der dankbar nickte.

»Der Mann war Maler. Er ließ seine Frau die ganze Zeit alleine, um durch die Klippen zu streifen. Sie war offensichtlich unglücklich, und sie hatte Angst. Wenn jemand versuchte, mit ihr zu sprechen, lief sie verzweifelt davon. Man nahm an, dass sie Ausländerin war und kein Englisch sprach. Einige behaupteten, sie sei verrückt.«

»Der Maler und seine geisteskranke Frau«, sagte Paul und streckte die Arme über dem Kopf. »Was für ein Klischee. Maler sind natürlich die *schlimmsten*.«

»Jähzornige Egomanen«, warf Mule mit hochgezogenen Brauen ein. »Sie glauben, die Welt dreht sich nur um sie.

Paul schmunzelte und wandte sich an den Major. »Ist aber schon ein merkwürdiger Zufall … am selben Tag hatten wir unten bei Derrible Bay über Geister gesprochen, stimmt's Ernest?«

Hyde warf ihm einen verärgerten Blick zu. »Da besteht kein Zusammenhang.«

Mehrere von Pauls Schülerinnen waren gekommen, um zuzuhören, und Maud erkannte Mrs Williams, die junge Witwe, die so oft alleine war und traurig aussah. Auch das französische Fräulein mit dem starken Parfum war da. Sie nickte ihnen lächelnd zu und machte ein bisschen Platz zwischen sich und Paul.

»Also, was ist nun mit der Lady passiert?«, fragte Mrs Williams.

Maud neigte den Kopf. »Wir glauben, ihr Mann hat sie umgebracht.«

Es folgte Schweigen, und Maud registrierte den Schock in ihren Gesichtern. Sie wartete. Es war, als wendete sich das Schweigen gegen sie.

»Der Ehemann behauptete, seine Frau sei im Schlaf gestorben, und es gab keinen Arzt auf der Insel.« Maud zuckte kaum merklich mit den Schultern. »Man beauftragte eine alte Frau, die Leiche aufzubahren, und am nächsten Tag wurde die Lady begraben. Es ging alles sehr schnell, und weil niemand sie kannte, stellte niemand Fragen.«

Paul spitzte die Lippen und verschränkte die Arme. Er hätte genauso gut noch mit dem Fuß auftippen können. »Es gibt also keinen wirklichen Beweis dafür, dass er sie umgebracht hat?«

Maud runzelte die Stirn. Sie mochte keine Unterbrechungen, das zerriss ihren Redefluss.

»Na ja, Mr Cecil ...« Sie seufzte. »Eigentlich war am seltsamsten, was hinterher passierte. Der Mann ließ ein Kreuz auf ihrem Grab aufstellen – ein hässliches, aufwändig gemachtes Ding –, aber man fand es Morgen für Morgen weit vom Grab entfernt vor. Jemand hatte es herausgerissen und fortgeschleudert. Die ganze Sache war äußerst merkwürdig.«

Sarah Williams sah sich um. Ihr Mann hatte gar kein Grab, und das machte ihr schwer zu schaffen. »Aber wie kann man einen Grabstein herausreißen?«

»Das fragt man sich in der Tat.« Maud seufzte. »Und *danach*«, sie hielt kurz inne, »danach ist sie zum ersten Mal erschienen.«

Sarah warf den Kopf herum. »Oh.«

Maud sah sie an und nickte. »*Oh*, genau. Sie wurde in der Dämmerung gesehen, jedes Mal in Weiß, genau so, wie sie auf ihrem Sterbebett gekleidet war.« Maud wandte ihre Aufmerksamkeit wieder dem Major zu. »Angeblich wirkt sie immer unglücklich, und sobald sich ihr jemand nähert, verschwindet sie.« Maud hörte auf zu sprechen und senkte den Blick. »Es ist schlimm. Im Leben und im Tod wiederholt sich derselbe Ablauf.«

»Erstaunlich«, sagte Ann mit halb geschlossenen Augen. »Als wäre sie in diesem einen Moment gefangen.«

Maud nickte.

»Nun ja, nette Geschichte.« Paul unterdrückte ein Gähnen. »Aber wer war dieser Maler?« Er schnipste mit den Fingern. »Kennen wir überhaupt seinen Namen, Mrs Pratt?«

Maud schüttelte den Kopf. »Niemand erinnert sich an den

Namen des Mannes, und er taucht in keinerlei Unterlagen auf. Entweder hat er ihn selbst entfernt, oder es war jemand anderes. Er hat die Insel schnellstens verlassen und ist kurz darauf gestorben.« Sie sah ernst in die Runde. »Das ist alles, was ich weiß.«

Paul schüttelte den Kopf. »Dann wissen wir also nicht mal, ob der Ehemann sie wirklich umgebracht hat?«

»Doch, das wissen wir!« Phyll hatte den Arm in die Luft gestreckt, als wäre sie in der Schule. »Die alte Frau, die die Leiche aufgebahrt hat, räumte später ein, Würgemale am Hals der Frau gesehen zu haben … Seinerzeit hatte sie zu viel Angst, um es zu sagen.«

»Wirklich?« Paul hob das Kinn. »Wie praktisch.«

Phyll machte ein finsteres Gesicht. Es war nicht praktisch. Es war einfach das, was passiert war. Sie wollte noch etwas hinzufügen, aber ihr fiel nicht das Richtige ein, und ihr Hals war ganz trocken. Warum lachte Paul?

Der Major erhob sich. »Das Problem ist, Nancy: Mrs Dolbel hat sich darauf versteift, dass es im Haus spukt. Sie beklagt sich über offen stehende Fenster, zuschlagende Türen, wenn niemand zu Hause ist, und heute Morgen ist in der Küche ein Glas zu Bruch gegangen. Sie meint, es müsse an die Wand geworfen worden sein, um so zu zersplittern.« Er schüttelte den Kopf.

»Sehen Sie sich lieber vor«, sagte Paul. »Das könnte teuer werden.«

Alle lachten, und Sylvie hob die perfekt geformten Brauen. »Dieser Ehemann«, sagte sie und zuckte mit den Schultern. »Ein guter Maler war er offensichtlich nicht. Wenn keiner sich an ihn erinnert.«

Erneutes Gelächter, und Phyll zog sich in den Schatten der Bäume zurück. Sie war ganz durcheinander. Es war so gut gelaufen, und jetzt hatten sie es vermasselt. Der Major machte Nancy verantwortlich, und Ann sagte: »Nach allem, was ich gehört habe …« Phyll kaute an ihrem Daumennagel, während Paul begann, eine Geschichte über Italien zu erzählen. Sie zupfte an einem dünnen Hautstreifen. Sie wollte mit Maud reden, aber Maud war verschwunden. Auch Everard sah sie nirgends. Sie zog sich noch weiter unter die Bäume zurück, wo es überraschend kühl war, und blendete sämtliche Stimmen aus.

»Hör mal!«, rief da Miranda. Sie saß in einem Fleck Sonnenschein neben dem Torbogen, flocht eine Gänseblümchenkette und sah Phyll grinsend an. »Hoffentlich siehst du jetzt ein, dass Maud komplett verrückt ist.«

Phyll verschränkte fest die Arme und machte ein finsteres Gesicht. Maud sei nicht verrückt, hätte sie am liebsten geantwortet, und dass viele die fremde Lady gesehen hätten, einschließlich ihrer Mutter, aber sie kam zu dem Schluss, dass diese Auskunft bei Miranda verschwendet wäre. Sie wartete im Schatten, bis der Major fort war, und warf dann Paul böse Blicke zu, ohne dass der es merkte. Sie sagte sich, ihr sei es egal, was die Leute dachten, aber Maud war ihr nicht egal.

Sie fand sie bei Alberts Grab, wo sie sich gerade um die Blumen kümmerte.

Sein Grabstein war sehr schön – eine dicke Platte heimischen Granits. *Albert Adolphus Pratt* stand darauf. *Sohn Sarks. Geliebter Ehemann und erster Leiter des Postamts.*

Phyll hockte sich vor den Fingerhut. »Es tut mir leid, dass ich es dich habe erzählen lassen.« Sie umschlang ihre Knie. »Sie verstehen es einfach nicht.«

Maud hockte sich hin und beschirmte die Augen mit ihrer kleinen Blumenkelle. »Wenn die Leute sich über dich lustig machen, dann haben sie Angst. Aber *er* nimmt es ernst. Sie deutete mit der Kelle auf Everard, der zwischen den älteren Grabstätten umherlief und sich immer wieder herunterbeugte, um die Inschriften zu lesen. »Er hat mich gefragt, wo das Grab war. Sagte, er wolle nicht drauftreten. Sehr respektvoll. Ich *mag* ihn.«

Phyll fühlte sich plötzlich besser, so als wäre sie krank gewesen und nun geheilt. Sie rannte zu Everard und strahlte übers ganze Gesicht. Natürlich hätte sie ihm sagen können, er solle sich die Mühe sparen – jeder Zentimeter auf dem Friedhof von St Peter's sei schon von den Kindern sämtlicher Einwohner abgesucht worden, das Grab der Lady bleibe weiter verschollen –, aber Phyll dachte, sie könnten ein Spiel daraus machen. Sie gingen nebeneinanderher, und sie wartete darauf, dass er etwas sagte. Als er stumm blieb, fragte sie sich, ob er Angst hatte. Er war heute stiller gewesen – abwesend –, und sie nahm an, dass es etwas mit dem Geist zu tun hatte. Sie fand es verständlich, dass er sich fürchtete. Schließlich wusste er nicht so viel über Geister wie sie. Sie pflückte einen langen Grashalm, schwenkte ihn und versetzte einen Schwarm Mücken in Aufruhr.

»Du brauchst keine Angst zu haben«, sagte sie mit deutlicher Überzeugung. »Die fremde Lady ist harmlos, sie tut dir nichts.«

Everard warf Phyll einen gequälten Blick zu, und sie bemerkte zum ersten Mal einen roten Fleck auf seiner Wange. Sie hob die Hand, um ihn zu berühren, doch er zuckte zurück.

»Das ist nichts.«

Phyll erstarrte, die Hand noch erhoben, und Everard ging weiter, ohne sich noch einmal umzudrehen. Ihr blieb fast das Herz stehen. Sie brauchte nicht zu fragen, was passiert war, denn sie wusste es sofort. Ihr Vater hatte ihre Mutter geschlagen, noch so etwas, worüber sie nicht reden durfte. Sie stemmte die Hände in die Hüften und versuchte, den Zorn zu zügeln, der unter ihrem Rippen brodelte. Er war schon ganz nah an der Oberfläche, und sie starrte aufs Gras und erinnerte sich, wie sie zu Hause auf der Treppe stand. Sie hörte, wie ein Stuhl auf dem Boden aufschlug, und dann ein dumpfes Keuchen. Sie zwang sich, an etwas anderes zu denken.

»Wusstest du«, begann sie, »dass das Wasser in den Brunnen am Silvesterabend zu Blut wird? Wirklich! Und ein Silberstück im Butterfass kann es wieder richten.« Sie holte Everard ein und schwenkte weiter ihren Grashalm. Was noch, was noch? Ach! Wenn du runter zum Strand gehst, nimm einen Kiesel mit, das bringt Glück.«

Everard drehte sich um und grinste. »Willst *du* mal was Lustiges hören?« Er senkte den Kopf und beugte sich zu ihr. »Ich dachte, du warst der Geist.«

Phyll lachte, obwohl sie nicht genau wusste, warum. »Du dachtest, das war ich?« Sie hörte auf zu schwenken. »Wie kommst du darauf?«

Everard zuckte mit den Schultern und ging weiter, aber Phyll blieb stehen und starrte auf seinen Rücken. »Moment mal. Hast du den Geist gesehen? Sah er etwa so aus wie ich?«

Er drehte sich um und blinzelte in die Sonne. »Nein«, sagte er und senkte den Blick. »Nein. Ich hab gar nichts gesehen.«

Phyll schlug eine Fliege weg. Die Sonne brannte ihr auf dem Kopf. »Dann hast du also gedacht … dass ich einen Streich spiele?«

Everard kam zurück und stellte sich vor sie. »Ja. Ich dachte, das würde zu dir passen, und hab gelacht.« Er grinste wieder. »Und dann …«, das Grinsen verschwand, er blickte zur Seite und zuckte mit den Schultern, »hat Vater mich geohrfeigt, weil er dachte, ich lache über ihn.«

Phyll ließ ihren Grashalm fallen. »Das tut mir leid.« Es kam ihr vor, als wäre es ihre Schuld. »Oh, es tut mir so leid.«

Sie waren eine ganze Runde um den Friedhof gegangen und standen jetzt nahe bei Alberts Grab. Maud war fort, also sank Phyll auf die Knie, als wollte sie beten. Dann setzte sie sich im Schneidersitz hin und klopfte neben sich aufs Gras. Nach kurzem Zögern ließ Everard sich nieder. Er stütze die Ellbogen auf die Knie und legte die Fäuste an die Schläfen.

»Ich weiß, es war dumm.«

Ein Schmetterling flatterte zwischen ihnen hindurch, und Phyll sah ihm nach. »Nichts, was du mir erzählst, wird jemals dumm sein.«

Keiner von beiden sagte mehr etwas, bis Miranda, eine Gänseblümchenkette an den Fingern baumelnd, sich zu ihnen gesellte. Miranda war die beste Gänseblümchenkettenflechterin überhaupt, denn sie kaute nicht auf den Nägeln, und die Gänseblümchen auf dem Friedhof hatten rosa Spitzen und waren einfach perfekt. Sie kniete sich neben Phyll, die ein paar Blumen pflückte und sie sich halbherzig in den Schoß fallen ließ.

Miranda wusste, dass sie Phyll verärgert hatte, aber manchmal war sie einfach so kindisch. Sie seufzte und lächelte zu Everard hinüber. »Ich hab wirklich mal einen Geist gesehen, wisst ihr. Wollt ihr die Geschichte hören?«

Everard sah Miranda ausdruckslos an, dann wanderte sein Blick zu Phyll.

Miranda schloss die Augen und neigte den Kopf Richtung Sonne. »Ich war für zwei Schulhalbjahre in einem Kloster in der Nähe von Venedig.« Sie schloss die Augen. »Ein ziemlich gruseliger Ort. Da gab es angeblich eine tote Nonne, die durch die Korridore zog.« Sie schlug die Augen wieder auf. »In Schulen muss es natürlich von traurigen Geistern wimmeln … all diese unglücklichen Kinder und ihre noch unglücklicheren Lehrer.« Sie strich über ihre Gänseblümchenkette. »An diesem Tag musste ich der Mutter Oberin nach dem Morgengebet eine Nachricht bringen. Ihr Büro lag am Ende einem langen Ganges, wo lauter Heiligenstatuen aufgereiht waren. Es war ein heller, sonniger Tag, aber als ich hindurchgelaufen bin, wurde es plötzlich dunkler.« Sie hielt kurz inne, machte ein ernstes Gesicht und ließ den Blick zwischen Everard und Phyll hin- und herwandern. »Mir war schrecklich kalt, und mein Puls fing an zu rasen, aber ich bin immer weiter gegangen, und dann, als ich am Ende ankam … huschte direkt vor mir ein dunkler Schatten vorbei.« Miranda beugte sich vor und wedelte ihnen mit der Hand einen Lufthauch zu. »Genau so«, sagte sie und blinzelte. »Ich war starr vor Schreck.« Sie schüttelte sich. »Der Gedanke daran jagt mir jetzt noch Angst ein.«

Everard presste die Knie zusammen. »Stimmt das wirklich?«

Miranda hob langsam den Kopf, und ihre Blicke trafen sich. Sie prustete los. »Nein. Natürlich nicht. Ich mache Witze.«

Es dauerte einen Moment, dann fing auch Phyll an zu lachen, und Everard lachte leicht hysterisch mit. »Was für ein Glück«, sagte er.

Miranda beugte sich zu ihm und stupste ihn ans Knie. »Wir veranstalten, wenn das Licht aus ist, immer Wettbewerbe, wer die unheimlichste Geschichte erzählen kann.« Sie legte den Kopf schief. »Macht ihr das etwa nie?«

Everards Wangen liefen hellrot an, sodass der Fleck, den sein Vater verursacht hatte, verschwand.

»Klar doch«, log er. »Aber mein Vater war wirklich wütend. Er ist kreidebleich geworden, und ich hab ehrlich gedacht, seine Augen springen ihm gleich aus dem Kopf. Er hat sogar seinen Degen aus dem Haus geholt und angefangen, auf die Büsche einzudreschen.«

Everard sah das Gesicht seines Vaters vor sich, während seine gewaltige Hand ihn festhielt und er ihn anschrie. Er schlang die Arme um seine Beine und sah auf die Erde unter sich. Niemand sagte etwas, und das Schweigen tat gut.

Dann ertönte Ann Cecils glockenhelle Stimme über ihren Köpfen. Sie rief Miranda zu ihrer Französischstunde, und Miranda verdrehte demonstrativ die Augen, sprang jedoch einigermaßen bereitwillig auf. Bevor sie sich zum Gehen wandte, legte sie Everard die Gänseblümchenkette auf den Kopf. Wieder wurde er rot, und auch Phyll war es unangenehm. Kaum hatte Miranda sich umgedreht, schnipste Phyll ihm die Blümchen vom Kopf.

»Ich hasse deinen Vater«, sagte sie.

Everard atmete langsam aus. »Schon gut … Ich hab's ihm heimgezahlt.«

Phyll runzelte die Stirn. »Wie denn?«

Everard warf einen Blick über die Schulter und sah wieder zu Phyll. »Ich hab die Fenster aufgemacht, nachdem Mrs Dolbel sie geschlossen hatte, *und* mit der Tür geknallt, und ich hab den Spiegel zerbrochen.« Er grinste. »Das fand ich nur gerecht. Ich wollte sie erschrecken. Na ja, nein … Ich wollte meinen Vater erschrecken … Mrs Dolbel mag ich.« Er runzelte die Stirn. »Sag es aber niemandem.«

Phyll biss sich auf die Lippe. Natürlich würde sie es niemandem sagen. Sie dachte kurz nach. »Ich könnte dir helfen.«

Everard war baff. »Was?«

Phyll beugte sich zu ihm und senkte die Stimme. »Leute zu erschrecken ist ganz einfach«, sagte sie, während sich ein Lächeln über ihr Gesicht breitete. »Was die fremde Lady betrifft … Manche behaupten, die Inselbewohner selbst hätten das Kreuz herausgerissen, weil sie wussten, dass der Ehemann sie umgebracht hat. Sie wollten ihm Angst machen und ihn vertreiben.«

Everard antwortete nichts, und Phyll zupfte ein paar Blütenblätter von einem Gänseblümchen. »Wir müssten natürlich vorsichtig sein. Wir würden es niemandem sagen, nicht einmal Miranda.« Sie runzelte die Stirn. »*Auf keinen Fall* Miranda. Sie könnte es ihren Eltern erzählen.«

Plötzlich fühlte Phyll sich besser. Ihr gefiel der Gedanke, ein Geheimnis zu haben, denn Geheimnisse stellten Verbindungen zwischen Menschen her. Sie waren der Grundpfeiler jeder echten Freundschaft, da war sie sich sicher.

»Aber wir müssen uns an einen Grundsatz halten.«

»Einen Grundsatz?«

Phyll nickte und sah ihn an, und weil sie lächelte, lächelte auch er.

Sie stand auf und legte die zerdrückte Gänseblümchenkette auf Alberts Grabstein. »Wir müssen den echten Geistern Respekt erweisen.«

11

THE DAILY RECORD

Samstag, 7. Oktober 1933

ÜBERRASCHENDE WENDUNG BEIM INSELMYSTERIUM VON SARK

Im ungelösten Fall um die Entdeckung der Kleidungsstücke eines Mannes und einer Frau auf den Klippen von Sark kam es gestern Abend zu einer dramatischen Wendung. Nach einer Woche intensiver Suche und unterschiedlicher Spekulationen drangen Berichte über eine im Meer treibende Frau an die Öffentlichkeit. Gesichtet wurde sie in der Nähe der Felsen beim Leuchtturm, weiterführende Nachforschungen waren jedoch aufgrund des schlechten Wetters nicht möglich.

Das Gebiet dort ist besonders gefährlich und war bereits Schauplatz etlicher Schiffbrüche. Der Chief Constable weigerte sich, jemanden hinauszuschicken, wegen des Wellengangs sei das Risiko zu groß.

Die Entdeckung der Leiche, die die Fischer von Sark eindeutig mit dem Rätsel um die aufgefundenen Kleider in Verbindung bringen, wäre ein tragischer Ausgang der Geschichte.

Bis sich das Wetter bessert, wird weiterhin aufmerksam Ausschau gehalten.

Wer Sark vom Boot aus betrachten will, braucht zwingend einen einheimischen Führer, und selbst dann sind die versteckten Felsen und die unberechenbaren Strömungen eine dauerhafte Gefahr.

Man denke nur das traurige Ableben von Seigneur Peter Le Pelley, dem Besitzer der Silbermine. Sein Schiff ging mit Mann und Maus unter, und das gleiche Schicksal ereilte 1868 eine weitere Mannschaft. Eine gewisse Mrs Jane Pilcher, eine der trauernden Witwen, gab einen eindrucksvollen, aber grässlichen Granitobelisken in Auftrag, der auf den Klippen oberhalb von Havre Gosselin steht. Er trägt dir Inschrift: *Vorsicht und Warnung!* Wir möchten allerdings anmerken, dass es immer Warnzeichen gibt. Die meisten Geschichten über Schiffsunglücke folgen diesem Muster: Die Einheimischen schütteln die Köpfe und murmeln etwas über ein aufziehendes Unwetter, und irgendwer, der nicht mehr lange leben wird, sagt: »Ach, nein, das weiß ich besser.«

Als ortskundige Führer empfehlen wir Christmas Vibert, Peg Godfray und Gilbert Baker. Was jedoch den heutigen Tag betrifft, könnte sogar Gil sich geirrt haben.

Sie hängen in der Luft, schweben frei im Raum. Ein Moment der Stille und Reglosigkeit, der den Atem stocken lässt, dann kippen sie und stürzen abwärts. Der Rumpf trifft mit solcher Wucht aufs Wasser, dass er hochspringt. Everard ringt nach Atem, als ihn eine eiskalte Welle überspült. Sein Vater, der über die Reling späht, rührt sich nicht. Everard glaubt, dass er sterben muss, vielleicht denkt er aber auch an das letzte Mal, als er mit seinem Vater auf diesem Boot war, blutend im Heck zusammenbrach und mit einem Auge nichts mehr sehen konnte.

Aber konzentrieren wir uns darauf, was jetzt passiert. Wie kam es dazu? Warum sind sie überhaupt hier? Im Grunde ist es Gils Schuld. Er war nach Beau Regard marschiert und hatte dem Major gesagt, sie müssten das Boot wegbringen. Und zwar sofort, denn sie hätten nur noch ein paar Stunden, bis der Sturm losbreche. Gil war wirklich beunruhigt, weshalb er Everard bat mitzukommen und zu helfen. Die Drei hält Gilbert für eine Glückszahl. Das ist ein weiterer seiner Grundsätze.

Major Hyde stimmte nur zu, weil er nicht wollte, dass Everard allein im Haus blieb. Es ist einer der Tage, an denen Nancy zum Saubermachen kommt, und er will nicht, dass die beiden miteinander sprechen. Er hatte sich vorgenommen, ein ernstes Wörtchen mit Nancy zu reden. Sie musste an den Ärger erinnert werden, den Everard verursacht hatte. Da hieß es Abstand halten, großen Abstand.

Wieder trifft eine Welle auf, überflutet das Deck, während Everard blinzelnd den Kopf schüttelt und nach Luft ringt. Die Kälte lässt ihm den Atem stocken, aber er zwingt sich, an etwas anderes zu denken. Es wird nicht mehr lange dauern, sagt er sich, sie müssen das Boot nur noch rüber zum Hafen bringen, und dann wird er zu Phyll gehen. Er will sich dafür entschuldigen, dass er sie verärgert hat. Kaum hat er das Wasser aus den Augen geschüttelt, trifft sie die nächste Welle. Er klammert sich an den Bootsrumpf, aber seine Hände sind Eisbrocken in Handschuhen. Sein Vater deutet auf die Landspitze und sagt etwas. Gil nickt, als wäre alles in Ordnung, als wäre das nichts, was sie nicht schon gesehen hätten.

Die pechschwarze See ist viel zu nah, schwappt bis zu ihnen hoch. Sollte sie so nah sein? Gil weiß schon, was er tut, sagt sich Everard. Die Tatsache, dass er dabei ist, war der einzige Grund für ihn, mitzukommen. Gil bringt sie nicht um. Gil bringt uns nicht um, wiederholt er bei sich. Das Boot erhebt sich. Dieses Gefühl der Schwerelosigkeit macht Everard nichts aus, aber das, was anschließend passiert, wenn sie wieder absacken. Seine Füße prallen aufs Deck, und es fühlt sich an, als würde sein Innerstes nach außen gekehrt.

Sie haben es an La Coupée vorbeigeschafft, doch jetzt kämpfen sie gegen Wellen von allen Seiten. Gil steuert das Boot näher an die Felsen, das muss sein. Schlingern ist besser als Stampfen, sagt er, und Everard nickt, denn er versteht. Die Kälte beißt. Die Nässe gelangt überallhin. Er richtet den

Blick auf das hölzerne Deck und spürt den Druck des Wassers darunter, das jeden Augenblick durchzubrechen droht.

Vor ihnen liegen der Hafen und die weiße Säule des Leuchtturms, aber es ist schwer, die Entfernung einzuschätzen, während das Boot sich dauernd hebt und senkt. Es ist, als wäre man in einer Schiffsschaukel gefangen.

Bald hört es auf, sagt Everard sich, dann sind wir sicher, und vielleicht sollte ich die Augen schließen. Nein, das macht es nur schlimmer. Er überfliegt die Wasseroberfläche.

Auf Sark und Guernsey glaubte man bis zum letzten Jahrhundert fest an Sirenen – jene Frauen, die auf den Felsen saßen und sangen, bevor ein Unwetter aufkam. Auf Sark waren sie angeblich jung und schön, auf Guernsey waren es runzelige alte Weiber. Sie lockten die Schiffe zu den Felsen, dann erledigte der Sturm den Rest. Ob jung oder alt, hässlich oder hübsch – die Frauen holten sich die Seeleute, zogen sie hinunter zum Meeresgrund und verschlangen sie. Viele Fischer lernen niemals schwimmen, weil das den Todeskampf verlängert. Sie bergen auch keine Toten aus dem Meer. Sie halten sich wirklich an unglaublich viele Grundsätze. Samson Baker, Gils Vater, war ganz besessen von solchen Dingen.

Sie nähern sich gerade dem Hafen, da passiert es. Everard klammert sich an die Bootswand, als eine bleiche Gestalt in der Gischt auftaucht. Einen Moment lang sieht er einen menschlichen Kopf und ein Wirrwarr schwarzer Haare. Es ist eine Frau, mit dem Gesicht nach unten. Die wogende See schüttelt sie, ein Arm streckt sich nach oben, und Everard sieht, wie ihr ganzer Körper im anschwellenden Wasser emporsteigt, kurz auf dem Kamm einer Welle schwimmt, dann verschwindet. Er ruft etwas, doch seine Stimme verliert sich im Wind. Das Boot schnellt in die Höhe, und er stürzt auf den Rücken, das Gesicht zum grauen Himmel gewandt. Er ist unfähig zu denken, schafft es aber, sich auf die Knie zu hieven und umzudrehen. Er presst sich mit der Brust an die

Bootswand. Eine weitere Welle erhebt sich, und das Meer steht wie eine Wand vor ihm. Wieder ist die Frau da, wird hin- und hergeworfen wie eine Puppe.

Everard wirbelt herum. »Da ist eine Leiche!«, ruft er. »Da ist eine Leiche im Wasser!«

Aber Gil hört ihn nicht. Er befindet sich im Auge des Sturms, konzentriert sich voll darauf, sie auf Kurs zu halten. Über das Steuerrad gebeugt, richtet er den Blick auf den Hafendamm und wünscht ihn näher herbei. Das ist alles, was ihn im Moment kümmert.

Everard schlittert übers Deck und packt ihn am Arm. »Mr Baker! Da ist eine Leiche. Ich hab eine Leiche gesehen!«

Gil dreht sich zu ihm um, blinzelt langsam, scheint aber nicht zu begreifen. Das Boot stampft, und er muss es auf Kurs halten. Er beißt die Zähne zusammen und wendet all seine Kraft auf.

»Major Hyde!«, ruft er. »Der Junge sagt, er hat was gesehen.«

Soll der Major sich darum kümmern, denkt er, während Hyde, der direkt neben ihm steht, sich umdreht, ohne etwas zu verstehen.

»Eine Leiche!«, schreit Everard. »Ich habe eine Leiche gesehen.«

Alles geht so langsam. Everard ist verzweifelt. Sie müssen hinschauen, sie müssen es sehen.

Gil hält die Hände fest am Steuerrad. »Seetang!« Er wiederholt das Wort langsamer: »See-tang.« Dann schüttelt er den Kopf, als wollte er *kein Grund zur Sorge* sagen.

Everard hebt die Hand, um sich vor der Gischt zu schützen, schiebt sich an Gil vorbei, sodass er vor seinem Vater steht, dichter als in dieser ganzen zurückliegenden Woche.

»Da drüben! Ich hab was gesehen. Dunkle Haare, einen Kopf! *Es ist eine Leiche*!«

Eine kleinere Welle erwischt sie, sie stolpern und stürzen

aufs Deck. Hyde schlägt heftig mit dem Ellbogen auf und stöhnt vor Schmerz. Everard hievt sich hoch und kriecht zu ihm, um zu helfen.

Sein Vater verliert die Beherrschung. »Du!«, brüllt er. »Da ist nichts, da draußen! Verdammt noch mal, was stimmt nicht mit dir?«

Darauf läuft es jedes Mal hinaus. Auf die Frage, was mit ihm nicht stimmt. Irgendetwas muss mit ihm nicht stimmen. Everard weiß nicht, was es ist, aber er weicht zurück, und seine Schuhsohlen rutschen übers nasse Deck. Er zittert am ganzen Körper, und er hat das Gefühl, ihm wird gleich schlecht.

»Ich habe eine Leiche gesehen«, sagt er verzweifelt. »Da draußen! Ich habe sie gesehen!«

Aber Gil kann nicht umdrehen. Er muss sie sicher in den Hafen bringen. Für diese Aufgabe wird er bezahlt, und das Boot des Majors ist nicht für dieses Wetter gebaut. Das kann er gar nicht oft genug wiederholen, als er später wohlbehalten an der Bar im Bel Air sitzt.

»Es wäre Selbstmord gewesen, umzukehren.«

Dolly poliert ein Glas und starrt ihn an. »Aber was, wenn Everard recht hat? Peg und Big George meinen beide, sie hätten draußen beim Leuchtturm etwas gesehen. Sie waren vorhin hier und haben es den Reportern erzählt und ganz schön für Aufregung gesorgt.«

Gil zieht sich die Mütze in die Stirn. Er hält es eigentlich nicht für möglich. Aber was, wenn doch? Er sollte Everard suchen und sich entschuldigen. Die Wahrheit ist, er hat Angst gehabt. Der Seegang war zu stark, und der Major hat so laut gebrüllt. Gil mag Major Hyde nicht. Er nimmt sein Geld, aber das heißt noch lange nicht, dass er ihn mag. Er weiß noch, wie Everard zum letzten Mal hier war. Er war noch ein kleiner Junge und half ihm, das Boot festzumachen. Er wollte die Namen aller Knoten wissen. Gil erinnert sich auch daran, was passiert ist, nachdem die Lady erschien. Nancy war so von der Rolle, dass er sie ins Haus brachte und ihr einen Brandy gab. Vom Fenster aus beobachtete er, wie der Major auf die Brombeerbüsche eindrosch. Everard kam den Weg herauf und sah seinem Vater zu. Da drehte der sich um und ohrfeigte ihn so fest, dass es klang wie ein Peitschenschlag. Entsetzlich.

Gil dreht immer wieder sein Glas herum. Er hat keine Kinder, deshalb kann er sich nicht vorstellen, wie das ist; hätte er aber einen Sohn, würde er ihn bestimmt nicht schlagen.

»Ich hätte nichts tun können«, sagt er, aber es ist unklar, mit wem er spricht.

Als er vom Alkohol benebelt nach Hause torkelt, tobt der Sturm noch immer. Normalerweise trinkt Gil nie so viel. Das ist wohl der Grund, weshalb er sich schwört, am nächsten Morgen rauszufahren, egal bei welchem Wetter. Mit seinem eigenen Boot und einer Mannschaft, die er selbst zusammenstellt, wird er diese Frau finden und sie bergen. Der Himmel ist pechschwarz, aber die Straße ist flach und gerade. Gil kennt den Weg. Schließlich ist er auf Little Sark aufgewachsen, in dem Haus, in dem er noch immer wohnt, das inzwischen zu groß für ihn ist, aber vollgestopft mit Habseligkeiten aus einem ganzen Jahrhundert. Er kann nichts davon wegwerfen, denn nichts davon gehört ihm, und der Krimskrams ist ihm ein Trost. Er erinnert ihn an seine Mutter, seinen Vater und seine Schwester, die immer noch zehn für ihn ist. Manchmal stellt er sich vor, sie wären alle dort und erwarteten ihn.

Als er den Anfang von La Coupée erreicht, wird ihm eng in der Brust. Bis jetzt haben ihn die hohen Hecken vor den schlimmsten Böen geschützt. Er zieht sich die Mütze über die Ohren. La Coupée erschien ihm noch nie besonders sicher, und er hasst es, bei Nacht hinüberzugehen. Es ist, als liefe man über ein Drahtseil. Er hört das Meer auf beiden Seiten rauschen, zieht die Schultern hoch und versucht, schnell zu gehen. Der Wind erfasst ihn, drückt ihn nach links, sodass es Mühe kostet, sich aufrecht zu halten. Er presst sich ans Geländer und setzt sich in Bewegung.

Früher erzählte seine Mutter ihm Geschichten über La Coupée. Natürlich waren es nur Geschichten, aber Geschichten haben immer einen wahren Kern. Gil kämpft sich beharrlich weiter. Es ist so dunkel, dass er kaum mehr als ein paar Zentimeter weit sehen kann. Er hört das Klagen aus den Höhlen. Er weiß, dass es nur die Höhlen sind, aber er denkt an die Frau im Wasser, falls sie im Wasser *ist*. Er weiß, dass er diesen Gedanken verdrängen muss, diese Angst, aber Zweifel ist wie eine Falltür, und jetzt steht sie weit offen.

Er bleibt einen Augenblick stehen und blickt über die Klippe. Er denkt an jenen Samstag zurück, an dem er vom Regen überrascht wurde. Wieder hastet er über die Landspitze zu dem Schuppen. Die Haare der Frau sind nass und hängen ihr in Strähnen vor dem Gesicht. Wenn er nur oft genug in Gedanken zurückwandert, denkt Gil, wird sich das ändern. Er könnte die beiden fragen, ob sie in Schwierigkeiten sind, ob sie etwas zu essen brauchen. Er stellt sich vor, wie er sie in sein Haus bittet und sie vor dem warmen Feuer sitzen. Aber das würde er niemals tun, oder? Damals wollte er einfach nur weg.

Er löst sich vom Geländer und beschleunigt den Schritt. Er sehnt sich jetzt danach, zu Hause anzukommen, und hält den Blick gesenkt, konzentriert sich nur auf die Stelle direkt vor seinen Stiefeln. Der Weg krümmt sich aufwärts, also muss er sich ein wenig mehr anstrengen, aber er sieht, auch ohne den Kopf zu heben, die dunkle Silhouette von Little Sark vor sich. Das letzte Stück von La Coupée ist in die Klippe gehauen, sodass es einem vorkommt, als stiege man in einen Graben. Der Wind fällt ab, und der Himmel wird zu einem schmalen blassen Streifen über ihm. Gil stürmt wie ein Sprinter Richtung Ziellinie, doch dann spürt er etwas vor sich. Etwas, das dort wartet. Er sagt sich, dass sein Verstand ihm einen Streich spielt, aber sein Herz flattert wie ein Vogel im Käfig. Er sitzt in der Falle: Zum Umkehren ist es zu spät.

Er hebt den Blick, und da steht sie. Sie hält den Kopf gesenkt, die Haare fallen ihr vors Gesicht. Ihre Schultern sind nackt und gebeugt. Sie trägt nur einen Slip und hat sich von ihm abgewandt. Gil bleibt fast das Herz stehen. Er ist nur ein paar Schritte von ihr entfernt, nah genug, um zu wissen, dass sie real ist. Er spürt ihre Kälte, und ein merkwürdiger, modriger Geruch geht von ihr aus, wie der Geruch in dem Schuppen. Ihre Haare gleichen Strängen aus Seegras, die sich im Wind fangen. Gil ist unfähig zu atmen oder zu sprechen, und plötzlich ist alles ganz still. Sie zittert vor Kälte. Er will sie berühren, doch er kann seine Arme nicht heben.

Er räuspert sich. »Komm mit und wärm dich auf«, flüstert er, reißt den Blick von ihr los und sieht die Straße hinauf. »Das hätte ich dir gleich anbieten sollen.«

Die Frau dreht sich nicht um, und er fragt sich, ob sie ein Gesicht hat. Die Leichen von Ertrunkenen werden schrumpelig und blähen sich auf. Die Haut schält sich ab. Während Gil das denkt, erwacht sein Körper mit einem Ruck aus seiner Erstarrung. Er macht einen Schritt, dann noch einen. Er merkt, dass sie sich entfernt, aber er will nicht, dass sie weggeht, also bleibt er stehen und wartet ab, was passiert. Wenn sie mit ihm kommt, kann er ihr helfen. Bestimmt hat er noch ein paar Kleider von seiner Mutter. Er könnte eine Suppe kochen. All das überlegt er sich ziemlich vernünftig. Dann fällt ihm ein, dass er ihr auch sagen sollte, wie leid es ihm tut. Das ist er ihr schuldig. Er hätte sie nicht alleinlassen dürfen. Zitternd wendet er sich zu ihr, das erste Wort formt sich auf seinen Lippen, doch bevor er es aussprechen kann, ist sie verschwunden.

12

»Geisterorte«

13. August 1923

Die Inselbewohner von Sark werden in dem Glauben erzogen, dass es den Geistern der Toten gestattet ist, die Orte und Menschen zu besuchen, die sie gekannt haben, als sie noch lebten. Angesichts ihrer Geschichte würde man annehmen, die Insel wäre voller ertrunkener Seemänner und Piraten, Männer mit aufgedunsener Haut und eingerissenen Lippen oder Soldaten in blutbefleckten Uniformen. Weit gefehlt. Tatsächlich sind fast alle Geister Frauen. Wie schon erwähnt, spukt eine im Gefängnis, eine andere verweilt nach Einbruch der Dunkelheit auf dem Friedhof. Eine weitere auf der Rue Lucas, und noch eine sieht man öfter in der Gegend von Dixcart Valley. Sogar durch die Flure der Seigneurie schwebt ein weiblicher Geist, aber nur wenn eine bestimmte Tür verschlossen ist. Und es ist nicht immer ein und dieselbe Frau, für den Fall, dass du das denkst, denn den Berichten zufolge sind sie unterschiedlich groß und tragen Kleider, die sich in Aussehen und Länge unterscheiden. Was haben diese Frauen gemeinsam?, könnten wir uns fragen. Alle wirken verängstigt oder aufgeregt, als ahnten sie ein trauriges Ereignis voraus oder wären selbst dessen Opfer.

Vielleicht kehren diese Frauen zurück, weil sie eine stärkere Bindung zu den Lebenden haben oder noch eine Aufgaben erledigen müssen. Schließlich sind es sie, die zu Lebzeiten regelmäßig missachtet und beschimpft worden sind. Sie wurden zurückgewiesen, erniedrigt, mit Misstrauen gestraft, übersehen. Sorry, wir hören schon auf, aber Spuken kann auch eine Art Rache sein. Ironischerweise ist es möglich, dass ein Mensch nach seinem Tod mehr Macht hat als zuvor.

Das war es, was Everard reizte. Er sehnte sich nur nach einem kleinen bisschen Macht. Dem Gefühl, dass er etwas bewirkte.

Seit er Phyll kennengelernt hatte, ging es ihm besser, und jetzt saß er im Baum bei der Kirche und wartete auf sie. Sein Vater hatte das Haus früh verlassen und ihm gesagt, er solle »sich rarmachen«. Das fand Everard lächerlich, denn er tat im Grunde nichts anderes, als sich rar zu machen. Er konnte praktisch unsichtbar sein.

Er seufzte und streckte die Beine aus. Hier oben fühlte er sich sicher; er liebte das lichtgesprenkelte Blätterdach und den Gesang der Vögel. Hier könnte er wirklich leben. Jahre würden vergehen, in denen alle sich fragten, was wohl mit Everard Hyde passiert sei, und ab und zu würde er kleine Geschosse nach unten senden.

Nur Phyll würde Bescheid wissen. Everard lächelte. Sie hatte ihm einiges von seiner Einsamkeit genommen, auch wenn er gar nicht richtig gewusst hatte, dass er einsam war. Es kam ihm vor, als würden sie sich schon seit einer Ewigkeit kennen, und trotzdem war alles neu und unbekannt. Phyll hatte keine Angst, Risiken einzugehen, sprach alles aus, was ihr in den Sinn kam. Sie hatte nicht einmal einen Schrecken bekommen, als er ihr von seinen Streichen erzählte. Everard drückte ein schlechtes Gewissen, weil er Mrs Dolbel ärgerte, aber er war froh, dass Phyll Lust hatte, ihm zu helfen. Weil alle wollten, dass die Toten zurückkehrten, würde es ein gutes Spiel werden. Es könnte ihr Geheimnis sein, so wie dieser Platz im Baum: ein Ort, von dem niemand wusste, an dem es keine Erwachsenen gab.

Everard fragte sich, wo sein Vater abgeblieben war. Er

war ihm bis zur Avenue gefolgt, dann hatte er aufgegeben. Er wusste, dass es nicht in Ordnung war, jemandem nachzuspionieren, aber seit der Scheidung seiner Eltern erzählte ihm keiner mehr irgendwas, also gab es offenbar keine andere Möglichkeit. Er streckte den Kopf durch die Äste und blickte die Straße hinunter. Das Sonnenlicht tanzte in seinen Augenwinkeln, und in dem Moment sah er sie.

Sylvie Price war eine auffällige Erscheinung: Ihre kurzen schwarzen Haare glänzten wie ein Helm, sie hatte einen breiten Mund und Mandelaugen. Sie wollte Malerin werden, gab aber auch ein großartiges Fotomodell ab. In einer Aufnahme, die Paul von ihr gemacht hatte, sah sie direkt in die Kamera, mit so perfekt geschwungenen Brauen, dass sie mit einem Zirkel gezeichnet hätten sein können. Schade, dass Ann es zerrissen hatte. Sylvie trug diese schmalen Silberarmreife an beiden Handgelenken, also hätte Everard sie kommen hören müssen. Sie legte den Kopf in den Nacken, aber sie hatte ihn nicht gesehen. Er war sich sicher, dass sie ihn nicht gesehen hatte.

Everard pflückte ein Blatt vom nächstgelegenen Zweig, streckte den Arm aus, zwirbelte es zwischen Zeigefinger und Daumen, überlegte, ob er es fallen lassen sollte. Vielleicht gefiel es Sylvie, wenn er ihr einen Streich spielte, aber Sylvie war clever, und er wollte nicht erwischt werden. Er zögerte, wog das Für und Wider ab, denn dieses Spiel wollte er gerne weiterspielen.

»Da bist du ja!«

Das Blatt segelte abwärts, drehte sich, wirbelte herum. Everard sah es nicht landen, weil Paul Cecil, Mr Cecil, auf Sylvie zugelaufen war, sie an der Hand gefasst und unter den Torbogen gezogen hatte. Sie stieß einen kurzen Lacher aus, dann wurde es still. Everard hielt den Arm weiter ausgestreckt und verhielt sich absolut ruhig. Er starrte auf zwei aneinandergepresste Fußpaare. Vorsichtig beugte er sich ein wenig vor.

Sylvie küsste Mr Cecil, oder besser gesagt, Mr Cecil küsste Sylvie. Everard stand es nicht zu, jemanden zu verurteilen. Ihm war plötzlich ziemlich kalt, ein Schauer durchfuhr ihn bis hinauf zu den Schultern und zum Hals. Er schloss die Augen und spürte, wie sein Herz aussetzte und dann einen Sprung machte. Es schien Purzelbäume zu schlagen. Als er die Augen wieder aufschlug, waren Mr Cecil und Sylvie verschwunden. Erleichtert atmete er auf, dann blickte er stirnrunzelnd auf die Stelle, wo sie eben noch gestanden hatten. Mr Cecil und Sylvie. Das war nicht richtig. Er lehnte sich wieder an den Baumstamm zurück.

Wäre er nicht so schockiert gewesen, hätte er sich vielleicht entschlossen, vom Baum zu klettern und geradewegs zum Postamt zu laufen. Aber Everard wusste, dass er das nicht machen konnte. Phyll hatte ihm unter Androhung der Todesstrafe verboten, zu ihr nach Hause zu kommen.

»Meine Mutter blickt in dein Inneres«, hatte sie ihn gewarnt und mit ihrem bohrendsten Blick fixiert. »Sie wird deine geheimsten Gedanken lesen und wissen, was wir vorhaben …« Sie beugte sich zu ihm. »Dann sind wir erledigt.«

Everard wollte nicht, dass irgendjemand in sein Inneres blickte. Deshalb rührte er sich nicht, schob die Hände zwischen die Knie und wartete.

Er hätte das Postamt ohnehin geschlossen vorgefunden. Elise Carey stand, die Hände gefaltet und erhobenen Kopfes, in ihrem abgedunkelten Schalterraum.

»Man traut seinen eigenen Augen nicht«, sagte sie.

Sie sprach mit Major Hyde, was ein wenig überraschte. Kurz nachdem sie mit der Post fertig gewesen war, war er aufgetaucht, hatte sie ganz merkwürdig angesehen und um ein »Wort im Vertrauen« gebeten.

»Die ganze Sache ist mir wirklich peinlich, aber Nancy sagte, Sie hätten sie auch gesehen …«

Er meinte natürlich die fremde Lady. Nancy hatte dem Major von Elise und ihren Fähigkeiten erzählt. Vielleicht hatte sie sie sogar Hellseherin genannt. Also standen sie nun hier im Vorzimmer des Postamts und unterhielten sich unter vier Augen. Hier hielt Elise die Rollläden im Sommer immer geschlossen. Das sorgte dafür, dass die Luft kühl blieb, obwohl es dadurch jetzt auch stickiger wurde. Das Sonnenlicht fiel in schmalen Streifen auf den Boden, und zwischen ihnen tanzte der Staub. Elise stand sehr aufrecht, balancierte ihr Gewicht auf beiden Füßen. Der Major kam ein bisschen näher. Sie staunte, wie nah er ihr kam. Sie sah ihm in die blassblauen Augen, rief sich in Erinnerung, dass sie gut aussehende Männer nicht mochte. Sie mochte sie nicht, weil gut aussehende Männer immer wussten, dass sie gut aussahen und es ausnutzten. Sie räusperte sich und zwang sich zur Konzentration.

»Mein Mann war bei mir«, sagte sie. »Wir waren einmal rund um die Insel gelaufen, bevor er zu seinem Regiment musste. Er war vorausgegangen, und ich betrachtete die Aussicht.« In diesen Moment zurückversetzt, hielt Elise inne. »Plötzlich war sie da, genau neben mir. Es war ein enormer Schreck. Die Welt verstummte. Der Himmel, das Meer, der Boden unter meinen Füßen, alles versank. Ich sah sie an und sie mich.« Elise zögerte kurz und blickte unter sich, als würde sie etwas suchen. »Ich glaube, ich hatte noch nie so viel Angst.«

Der Major neigte den Kopf. Er war so groß, dass er den ganzen Raum auszufüllen schien, sogar, wenn er versuchte, sich klein zu machen. »Und wie hat sie ausgesehen?«

Elise presste die Hände gegeneinander und löste sie wieder. »Sie hatte dunkle Haare, die ihr ins Gesicht hingen, als wären sie nass. Sie trug ein weißes Kleid. Vielleicht ein Hochzeitskleid, dachte ich.«

Der Major nickte und sah sie so eindringlich an, dass sie sich wünschte, er würde blinzeln. Sie senkte den Blick. Maud hatte sie davor gewarnt, dass das passieren könnte – na ja, nicht genau das – aber Maud hatte gewettert, Nancy habe sich so aufgeregt, dass sie womöglich kündigen würde. »Sie schwört Stein und Bein, dass es auf Beau Regard spukt und dass sie nicht länger dort arbeiten kann, aber Nancy muss arbeiten, jetzt, wo Harry nicht mehr in der Lage dazu ist. Mit seiner Pension allein kommen sie nicht aus.«

Elise hatte nicht geantwortet, also hatte Maud ein paarmal deutlich hörbar geseufzt und die Lippen zu einer Reihe merkwürdiger Formen verzogen. Oh, Elise hatte versucht abzulehnen. Sie hatte wirklich Mitleid mit Nancy, aber sie wollte sich nicht mit jemandem befassen, der nicht von der Insel stammte. Das war einer ihrer Grundsätze, besonders seit eine Besucherin von einem Pferd niedergetrampelt worden war. Sie hatte Maud an diesen traurigen Vorfall erinnert, doch Maud hatte das Kinn vorgeschoben und etwas von Verantwortungsgefühl gemurmelt, und dass es nicht um den Major ginge, sondern um die Lady und um Nancy.

»Wir Frauen halten doch zusammen!«, hatte sie gesagt, was sie immer sagte – es war ihre Dauerparole. Dann begann sie all die Gelegenheiten aufzuzählen, bei denen sie sich um Elise gekümmert hatte, und darauf hinzuweisen, wo sie jetzt wären, wenn sie einander nicht hätten und so weiter, und so weiter.

Mit den Gedanken wieder im Postzimmer konzentrierte Elise sich erneut auf den Major. »Aber das liegt *Jahre* zurück«, sagte sie. »Philipp hat sie nicht einmal gesehen. Ich fragte mich damals, ob das ein Zeichen war, dass er sterben würde, aber er starb nicht … jedenfalls nicht im Krieg.« Sie sah einen Moment zur Seite. »Eine der großen Ironien des Lebens, könnte man sagen.«

Major Hyde nickte. »Ja.« Kurzes Zögern. »Aber wurde er verletzt?«

Elise runzelte die Stirn und suchte nach der passenden Antwort. Sie hatte das Gefühl, sie schweiften ab. Sie verschränkte die Arme und zwang sich, den Major anzuschauen. »Vielleicht erzählen *Sie* mir lieber, was genau passiert ist … mit *Ihnen.*«

Das war schon besser. Elise war eine gute Zuhörerin. Jahrelanges Schweigen hatte ihr Talent perfektioniert. Aber vielleicht war es kein Talent, eher das Fehlen desselben. Alles, was sie tun musste, war eine Frage zu stellen und zu warten. Manchmal stellte sie sich vor, sie würde ein riesiges Loch graben, in das die Menschen hineinfielen. Schweigen war ein Ort. Sie hielt Blickkontakt, achtete auf einen gleichgültigen Gesichtsausdruck, und schon fingen die Leute an zu reden, vor allem über sich. Es half, dass sie stets annahmen, sie wüsste mehr, als sie vorgab, und so erzählten sie ihr mehr, als sie sollten. Der Major war keine Ausnahme. Es dauerte nicht lange, da schritt er, die Arme auf dem Rücken, durchs Zimmer und berichtete von der Höhle bei Derrible Bay, über sein Boot und über die Cecils. Sogar eine griechische Sage erwähnte er, was Elise ziemlich verblüffte. Die Frau sei auf einer Lichtung in der Nähe seines Hauses wie aus dem Nichts erschienen. Er habe ein Geräusch gehört, und plötzlich sei sie da gewesen. Sie war ihm so real vorgekommen, dass er anschließend das Gelände nach ihr abgesucht hatte. Es sei ein furchtbarer Schreck gewesen. Aber das sei nicht alles. Seit jenem Tag habe sich die Atmosphäre im Haus geändert. Es sei, als hätte sich jemand bei ihnen niedergelassen. Immer wenn er ein Zimmer beträte, habe er das Gefühl, es sei gerade jemand dort gewesen. Türen seien offen stehen geblieben und plötzlich zugeschlagen worden. Ein Spiegel sei zerschlagen worden. Bücher verrückt. »Kleinigkeiten, sicher, aber trotzdem unheimlich.«

Der Major fuhr sich mit den Händen durch die Haare. Sie waren dicht und von aschblonden Strähnen durchzogen. Er schien irgendein Öl verwendet zu haben.

»Vielleicht klingt das albern«, schloss er, »aber das Haus«, er zögerte, »kommt mir irgendwie vor, als wäre es *besetzt.*«

Elise hielt die Hände zusammen. »Sie haben das Gefühl, beobachtet zu werden.«

Der Major nickte. Wieder kam er ihr sehr nahe. Sie konnte Tabak und Whisky riechen, beides teuer. Er drehte sich um und ging zu Phillips Sessel. »Darf ich mich setzen?«

Elise erstarrte am ganzen Körper. Nur Maud durfte auf Phillips Sessel sitzen, aber sie wusste nicht, wie sie das erklären sollte, und jetzt war es zu spät. Er machte es sich schon bequem.

Sie ging zu ihm, setzte sich und sah ihn an.

»Die fremde Lady«, sagte er. »Was für ein merkwürdiger Name.«

»Nun ja.« Elise öffnete die Hände. »Ich kannte sie nicht, und Sie sind sich sicher, sie noch nie gesehen zu haben … Vielleicht wäre es Ihnen lieber, einem Geist zu begegnen, den Sie kennen.« Elise hielt kurz inne. »Ihrem Bruder zum Beispiel.«

Hyde zuckte zusammen. »Meinem Bruder?«

Elise sah auf ihre Hände. »Es wäre verständlich, wenn Sie jemanden sehen würden, den Sie kennen, ein Familienmitglied oder einen der Männer aus Ihrem Regiment oder vielleicht einen der Deutschen, die Sie getötet haben. Bekannte Gesichter zu sehen, würde Sinn ergeben. Sie könnten sie sich als wieder aufgetauchte Erinnerungen oder Überreste von Träumen vorstellen.« Sie blickte hoch. »Oder als Folge eines schlechten Gewissens.« Sie erlaubte sich ein verhaltenes Lächeln. »Wir wollen unsere Geister kennen, damit wir das Gefühl haben, die Sache kontrollieren zu können. Was nicht immer klappt.«

Das schien der Major eine Weile zu bedenken. »Aber *sie* ist mir erschienen. Sie wollte, dass ich sie sehe, und ich muss annehmen, dass es dafür einen Grund gibt. Sie sah so schrecklich verzweifelt aus. Ich meine, braucht sie vielleicht meine Hilfe?«

Elises Lächeln wurde breiter. Wie typisch für einen Mann, davon auszugehen, eine Frau müsste gerettet werden. »Sie ist tot, Major. Ich glaube, Sie kommen ein bisschen zu spät.«

Der Major stieß ein kurzes, verdutztes Lachen aus. »Da haben Sie natürlich recht!« Doch dann zog er die Brauen zusammen. »Vielleicht hält sie das Haus noch immer für *ihres.*« Er beugte sich vor und stützte die Ellbogen auf die Knie. »Ich habe mit Dr. Stanhope darüber gesprochen. Er meint, dass wegen des Krieges meine Sinne geschärft sind. Überall ist diese Energie, die wir normalerweise nicht registrieren, und die Menschen, die einmal einen schlimmen Schock hatten, leichter wahrnehmen können.«

Elise schluckte. »Eine Wesensverwandtschaft.«

Hyde nickte. »Und wenn die Frau zurückgekehrt ist, dann kommen vielleicht auch andere.« Er sah hoch. »Wenn die Verbindung erst einmal hergestellt ist … Ich habe überlegt, ob Sie vielleicht zum Haus kommen könnten, Mrs Carey. Würden Sie kommen und sich einmal umsehen?«

Elise runzelte die Stirn und lehnte sich zurück. »Wenn Sie ein Medium suchen, dann finden Sie es auf der Rückseite der Zeitung, Major Hyde.«

»O nein!« Er hob die Hände. »Nein, nichts dergleichen. Ich … ich … ich meine nur, nun ja, es hilft mir sehr, mit jemandem darüber zu reden … Nancy würde es auch helfen. Wenn Sie nur einmal durchs Haus laufen würden …«

Der Major beugte sich so weit aus seinem Sessel, dass er fast an ihren Schoß reichte. Elise legte ihm die Hand auf den Arm. Sie nickte kaum merklich. »Na gut. Wir werden sehen.«

Es war jedes Mal ein Erlebnis, diese Macht auf sich zufließen zu spüren, wie ein Wasserlauf, der einen Hang hinunter Richtung Fluss strömt.

Als er ging, nahm der Major ihre Hände und hielt sie fest. »Ich bin Ihnen sehr dankbar«, sagte er.

Ihr wurde ganz warm ums Herz. Elise gefiel es, wie er sie

ansah. Sie würde zu dem Haus gehen und durch sämtliche Zimmer laufen. Ja, dachte sie, das kann ich machen. Keine Versprechungen, aber vielleicht spüre ich etwas. Was sollte es schaden? Sie blieb kurz im Flur stehen und sah in den Spiegel. Seit Monaten war sie ihrem Spiegelbild aus dem Weg gegangen, doch jetzt strich sie sich über die Brauen und drückte sich auf die Wangen. Phillip hatten die Leute gut aussehend genannt, aber sie sagten es immer mit einem verstohlenen Blick in ihre Richtung, als würden ihre Erscheinungen nicht zueinanderpassen. Warum sollten Erscheinungen zueinanderpassen? Elise runzelte die Stirn, hob dann das Kinn und drehte langsam den Kopf. Sie fragte sich, ob die fremde Lady sie wohl erkennen würde, wenn sie sich wiedersähen. Inzwischen waren ihre Haare wieder so lang geworden, dass sie ihre Schultern berührten.

Als Elise sich zum ersten Mal die Haare hatte abschneiden lassen, waren alle entsetzt gewesen. Maud hatte die Hände in die Luft geworfen. »Das Beste an dir!«, hatte sie gerufen. »Dein schönes Haar!«

Es war in den Wochen nach Phillips Verschwinden gewesen, also schrieben es die Leute dem Schock zu. Dem widersprach Elise nicht. Was hätte es gebracht, ihnen die Wahrheit zu sagen: dass sich Phillip ihren Zopf manchmal ums Handgelenk gewickelt und so fest daran gezerrt hatte, dass sie glaubte, ihr Genick würde brechen? Ihr schönes Haar, ein schöner Strick. Elise atmete langsam aus und sah zu, wie ihre Schultern sanken. Es war nicht seine Schuld, sagte sie sich. Wie damals, als er ihr die Rippen brach und die Nase. Nein, es war ihre Schuld. Sie hätte besser vorbereitet sein müssen. In der Zeitung hatten Berichte gestanden, die davor warnten, dass von der Front zurückgekehrte Männer Opfer von seltsamen Stimmungen und Gewaltausbrüchen würden. Auf Phillip traf das nicht zu, redete Elise sich ein, selbst wenn er nachts rasend aufwachte und mit den Armen fuchtelte.

Aber wozu jetzt darüber nachgrübeln? Sie wollte den Phillip in Erinnerung behalten, den sie geheiratet hatte, diesen sanftmütigen Mann von vor dem Krieg. Sie schloss die Augen und wanderte in der Zeit zurück. Ein klarer Tag im Frühherbst. Der Himmel ein tiefes, strahlendes Blau. Sogar den Ginster konnte Elise riechen. Plötzlich registrierte sie noch etwas: Die fremde Lady stand neben ihr, nah genug, um sie zu berühren. Elise öffnete die Augen und sah noch einmal in den Spiegel. Sie stieß einen Laut aus, irgendetwas zwischen Schrei und Schluchzen. Und schlug sich die Hand vor den Mund. Sie hatte es nur einen kurzen Moment gesehen, aber jetzt verstand sie. An jenem Nachmittag auf den Klippen war es gewesen, als hätte sie sich selbst an ihrem Hochzeitstag erblickt. Es war weniger eine Erkenntnis als ein Wiedererkennen, als träte eine Tatsache zutage, von der sie schon länger wusste. Natürlich, dachte sie, *natürlich*, und wäre am liebsten zu Boden gesunken.

Die Warnung hatte *ihr* gegolten, nicht Phillip, eine Warnung vor den Schrecken der Zukunft.

Teil zwei

13

GUERNSEY EVENING PRESS

Montag, 9. Oktober 1933

FRAUENLEICHE AUS DEM MEER GEBORGEN

Gestern am späten Abend wurde an einem Höhleneingang unterhalb von Port Gorey auf Little Sark die Leiche einer Frau geborgen. Bereits in den vorangegangenen Tagen war etwas im Wasser gesichtet worden, aber die Bestätigung kam von dem jungen Inselbewohner George Vaudin, der von den Klippen aus Ausschau gehalten hatte. Er entdeckte die Tote und informierte umgehend Chief Constable John de Carteret, der Port Gorey gerade besuchte. Zu diesem Zeitpunkt erschien es nicht nötig, aufs Meer hinauszufahren, da man davon ausging, die Leiche würde zwischen den Gezeiten an Land geschwemmt werden. Nach eingehender Beratung jedoch kam man zu dem Schluss, eine Bergung auf See wäre das Sicherste.

Der stellvertretende Constable Jim Remfrey begleitete Gilbert Baker und Alfred Hamon auf Mr Bakers Motorboot Vigil. Es gelang ihnen, die Leiche ausfindig zu machen und zu bergen und nach Creux Harbour zurückzukehren. Mr Baker, wird man sich erinnern, hatte den vermissten Mann und die vermisste Frau eine Woche zuvor in einem Schuppen gesehen. Aufgrund ihrer Entstellung konnte Mr Baker nicht mit Sicherheit sagen, ob die Frau dieselbe war, aber er erkannte ihre Haare.

Mit dem Auffinden der Leiche bestätigten sich für viele In-

selbewohner ihre schlimmsten Befürchtungen. Jetzt obliegt es unserem neuen Inselarzt Dr Stephen Greener, die Tote zu untersuchen und die Todesursache festzustellen. Weitere Einzelheiten folgen in der Abendausgabe.

Phyll sitzt am Küchentisch und starrt auf das Wort ›Todesursache‹. Sie hat ihre Schreibmaschine hierhergebracht, weil sie an dem Arbeitsplatz in ihrem Zimmer – zwei zusammengeschobene Teekisten – einen steifen Nacken bekam. Sie seufzt und schiebt mit Wucht den Wagen zurück. Sie weiß, dass sie noch mehr schreiben muss. Die Leiche der Frau wurde gefunden, also ist das ihre große Chance, aber es ist einfach zu schrecklich. Sie zittert, bewegt ihre Zehen. Ihre Socken sind noch nass, weil sie in eine der immer größer werdenden Pfützen auf der Avenue getreten ist. Sie sollte sie ausziehen, aber sie will frieren.

Sie hatte auf dem Hafendamm gewartet, als die Vigil die Klippe umrundete, und während sie sich dem Wind entgegenstemmte, dachte sie daran, wie sie schon früher hierhergekommen war und Gil beim Hinausfahren beobachtet hatte, um nach irgendeiner Spur ihres Vaters und seines Bootes zu suchen. Gil sprach nie mit ihr, doch wenn er sie sah, nickte er ihr häufig kurz zu. Die Erinnerung daran erschreckte sie, und einen Moment lang kam es ihr vor, als machte die Zeit eine Kehrtwende, um ihr ein Schnippchen zu schlagen.

Der heutige Tag war natürlich etwas anderes; diesmal hatten sie eine Leiche.

»Ist sie es? Seid ihr sicher, dass sie es ist?«, rief Phyll.

Wer sollte es sonst sein?

Sie lag unter einer zerknitterten Abdeckplane, ein Körper zeichnete sich ab wie eine Miniaturlandschaft. Phyll starrte auf die Silhouette und wich, unfähig ihre Tränen zu unterdrücken, zurück. Sie blieb nicht, um den neuen Arzt kennenzulernen, der zitternd unter einem großen Regenschirm stand.

Stephen Greener ist Junggeselle und in den Dreißigern. Er arbeitete jahrelang auf Guernsey und nahm die Stelle auf Sark aus einer Laune heraus an, weil er die Vorstellung einer einfachen Gesellschaft und ihrer überlieferten Bräuche und Sitten idealisierte.

»Ich hatte den ein oder anderen Angelhaken und ein paar durchgehende Pferde erwartet«, sagte er und trank hastig den Tee, den Dolly ihm anbot. Dr Greener begleitete die Leiche bis hoch zum Colinette, wo die Zeit ihm einen weiteren Streich spielte. Sein Blick, der nervös über die Anwesenden schweifte, heftete sich auf Everard Hyde. Der Doktor zuckte zusammen. Kannten sie sich etwa? Waren Sie sich schon einmal begegnet? Stephen Greener kam es so vor, doch als Everard bemerkte, dass er ihn anstarrte, sah er rasch weg. Dann brachte er Small George zurück in die tröstenden Arme seiner Mutter.

Small George, so können wir vermelden, hatte sich sehr gefreut, die Leiche entdeckt zu haben, aber seine Begeisterung hielt nicht lange an. Aus der Ferne sah die Tote aus wie eine Schaufensterpuppe, die mit dem Gesicht nach unten im Wasser treibt, was George jedoch erblickte, als sie sie umdrehten, kann er nicht beschreiben. Derartig blutige Einzelheiten gelangen in keinen der Zeitungsberichte, aber sie werden dem Jungen auf Monate und Jahre Albträume bereiten.

Zurück in der Küche reißt Phyll die Seite aus der Schreibmaschine. Sie liest alles noch einmal durch, runzelt die Stirn und reibt sich die Schläfen. Sie steht auf, läuft in ihren nassen Socken den Gang hinunter und hinterlässt feuchte Abdrücke auf dem Fliesenboden. Sie stößt die Haustür auf, beugt sich hinaus und holt tief Luft.

Es ist dieser stille Moment, bevor es dunkel wird, und der Regen hat zu spät aufgehört, als dass es noch etwas ändern würde. Ein feiner Dunst liegt über allem. Phyll lehnt den Kopf an den Türrahmen. Noch immer hält sie das Blatt Papier in der Hand. Die Wörter hat sie noch nicht gezählt, aber sie weiß, dass es nicht genug sind. Die ganze Woche lang hat sie versucht, sich diese Liebende beim Durchbrennen vorzustellen. Sie hat sich ausgemalt, wie sie an Bord eines Dampfschiffs Richtung Frankreich ging, in einen Zug nach Italien stieg und an einem belebten Hafen in Spanien ankam. Sie hat sie in alle möglichen neuen Kleider gesteckt, modisch nicht zu gewagt, und ihr verschiedene Haarschnitte verpasst. Die geheimnisvolle Frau hat einen neuen Namen angenommen, um noch mal ganz von vorne anzufangen. Phyll hat sich alle möglichen Enden ausgedacht, alle möglichen Alternativen, und nun stimmt nichts davon. Die Gefängnistür schlägt zu, und sie zuckt zusammen. Nur ein Windzug. Phyll glaubt schon seit Jahren nicht mehr an Gespenster, aber manchmal vermisst sie sie.

Im Haus liegt noch immer der Schuh unter der Diele. Phyll hat nie gefragt, aber sie weiß, dass er Albert gehörte. Er hatte ihn dort deponiert, nachdem er die Leitung des Postamts übernommen hatte. Albert hatte großen Respekt vor alten Traditionen, obwohl er kein Fan von Geistergeschichten war. Er glaubte, dieses Mädchen im Gefängnis, das jemanden weinen hörte, erschrak wahrscheinlich vor dem Echo ihrer eigenen Schluchzer. So ähnlich wie die Hausangestellten, die die bleiche Frau in der alten Seigneurie erblickten, nach dem Ertrinken ihres geliebten Seigneurs vor lauter Leid und Verwirrung einfach sich selbst sahen, nichts weiter. Albert fand gerne praktische Erklärungen. »Die Geister sind nur wir selbst«, sagte er, nicht mehr und nicht weniger.

Kein schlechtes Argument. Wir glauben, die Kleider, die wir tragen, die Wörter, die wir schreiben, die Dinge, die wir schaffen, machen uns real, dabei sind sie nur Überbleibsel. Das, was wir fühlen, macht uns real, das, was wir lieben und fürchten und hassen und vermissen.

Aber anderen spenden die Überbleibsel Trost. Albert liebte jeden Zentimeter seines Postamts, deshalb finden sich überall seine Spuren. Er hat die Tür abgeschmirgelt, an die Phyll ihren Kopf lehnt. Und er hat die Regale in der Küche gebaut. Sie sind nicht so aufwändig gemacht wie die, die er später konstruierte. Hier entschied er sich für ein einzelnes Brett, das nicht weit unterhalb der Decke rund ums Zimmer verläuft. Das hatte den einfachen Grund, dass er sich wegen einiger Dinge sorgte, die Maud aufbewahrte. »Das sollte außerhalb der Reichweite von Kindern sein«, sagte er, als er noch glaubte, sie würden welche bekommen.

Maud stürmt zur Hintertür herein, wie sie es die letzten vierzig Jahre getan hat. Es gibt Tage, an denen sie glaubt, Albert würde sie erwarten. Sie hat einen Korb frisch geschnittenen Rosmarins in der Hand. Warum, weiß sie nicht recht. Sie erinnert sich noch daran, dass sie mit Elise zum Colinette gelaufen war und der Regen sie zum Umkehren zwang. Maud hatte ihre Jacke vergessen, also hatte sie Elises Öljacke geborgt. Sie zieht sie aus und runzelt die Stirn. Sie fühlt sich zu schwer an – fast wie ein Zelt –, und in einer der Taschen hat sie eine Fotografie gefunden. Ein Bild von Phyll, Everard und Miranda als Kinder. Ach, ja! Das hat sie in die Vergangenheit zurückversetzt. Mit langen Haaren sah Phyll besser aus, denkt Maud, das wird sie ihr sagen. Was für ein Schreck, als sie es plötzlich abschneiden ließ! Eins zu eins ihre Mutter! Sie legt das Foto auf den Tisch neben die Schreibmaschine und breitet den Rosmarin zum Trocknen aus. Dabei geht sie sehr sorgfältig vor.

Phyll kommt durch den Flur und schnuppert.

»Ich liebe diesen Duft! Rosmarin zum Gedenken. Ist der für die Lady, Maud? Wie nett.«

Maud lächelt und nickt, denn bestimmt ist er das.

Auf Sark gibt es keine Leichenhalle – es wurde nie eine gebraucht –, also wurde die Frau im alten Nebengebäude des Bel Air aufgebahrt. Es ist Sitte, dass ein Toter oder eine Tote nicht über Nacht alleine gelassen werden darf, also erklären John und Jim, unsere beiden Constables, sich bereit, bei ihr zu wachen. John übernimmt die erste Schicht und bezieht im Türrahmen Position. Er friert und sitzt in seinen Mantel gewickelt auf einem alten Campingstuhl, doch weil er erschöpft ist, schläft er bald schon ein. Dann hört er plötzlich Geräusche und wacht erschrocken auf. Die Zeit dreht sich zurück. Er ist im Schützengraben. Er taumelt mit ausgestreckten Armen vorwärts. »Halt! Wer da?«

Eine gebückte Gestalt wendet sich ihm zu, und sein Herzschlag setzt aus. Die Frau steht vor ihm, sie ist lebendig geworden. Er breitet die Arme aus und packt den Türrahmen. »Gott Barmherziger!«

»Nein, John. Ich bin's.«

Er kennt diese Stimme, und die Zeit verlangsamt sich. Der Schatten nimmt Gestalt an. Es ist Elise, aber sie sieht merkwürdig aus. Er erkennt, dass sie Phillips Wintermantel trägt. John fasst sich ans Herz und taumelt rückwärts, dann beugt er sich vor und legt die Hände auf die Knie. »Elise! Was machst du hier?«

Elise bleibt gerade noch genug Zeit, sich die Tränen von den Wangen zu wischen. Natürlich ist sie gekommen, um die Tote zu sehen. Es ist Jahre her, trotzdem ist sie neugierig. Sie hat lange schon akzeptiert, dass ihr Mann von ihr gegangen ist, aber wohin er gegangen ist, kann sie nicht sagen. Es gibt immer noch Abende, an denen sie im Hof steht und die Avenue hinauf- und hinunterschaut. Wir leben in der Erwartung gewisser Momente, jener Wendepunkte, oder wie auch immer man es nennen will, wenn plötzlich ein Schwall Erkenntnis einen überkommt, wenn alles einfach Sinn ergibt. Aber was, wenn dieser Moment niemals eintritt?

John richtet sich schließlich auf und atmet tief durch. Elise zuckt mit den Schultern. »Ich dachte bloß, du hättest vielleicht gerne Gesellschaft«, sagt sie, als wäre das völlig normal.

John, immer noch im Halbschlaf, zieht sich den Schal über die Nase, weil es so übel riecht. »Ich dachte, es wären Ratten. Komm weg da. Warum hast du mich überhaupt geweckt?«

Elise rührt sich nicht vom Fleck. »Ich hab eine Thermoskanne Kaffee draußen stehen. Aber bring mir bitte die Taschenlampe. Ich muss sie erst richtig anschauen.«

John tut wie geheißen, wendet aber das Gesicht ab. Er will die Frau nicht noch einmal sehen. Der Anblick ist einfach zu grausig. Ihre Stirn ist eingesackt, und anstelle von Augen und Nase sind da nur noch Löcher. Es sieht aus, als hätte sich ihr ganzes Gesicht in einen entsetzt erstarrten Schrei verwandelt. Im Taschenlampenlicht wirkt es noch schlimmer, doch Elise zuckt nicht mit der Wimper. Sie streicht über die vom Meerwasser verklebten Haare. Sie wünschte, sie könnte sie waschen. Sie lässt ihren Blick über den Körper gleiten. Die Arme sind blass und dünn und weisen keine Verletzungen auf. Sie sieht einen Ehering.

Elise schwankt ein bisschen, als sie hinausgeht. Sie stellt sich schweigend neben John, füllt nur ihre Lunge mit frischer Luft. John hat die Thermoskanne aufgeschraubt, der bittere Duft des Kaffees breitet sich aus.

John ist der einzige Mann, außer Phillip, den Elise je geliebt hat. Sie kennen sich schon ihr ganzes Leben. Sie sind zusammen zur Schule gegangen, haben miteinander gespielt, gemeinsam schwimmen gelernt. Sie könnte so vieles aufzählen. Irgendwann kam der Punkt, an dem sie einander zu gut kannten, wie Bruder und Schwester. Das redet sie sich jedenfalls ein.

Vom Bel Air ertönt ein Schrei, dann Gelächter, das Schlagen einer Tür.

Elise zieht die Schultern zurück und blickt geradeaus. »Also hat er sie umgebracht.«

John geht neben dem Stuhl in die Hocke, seine Knie verrenken sich schmerzhaft. »Sagt dir das dein Bauchgefühl? Ich hab mich gefragt, ob sie vielleicht ins Wasser gestürzt ist. Auf den Klippen kann man sich nachts im Dunkeln leicht verirren.«

Elise legt den Kopf in den Nacken, um die Sterne zu zählen. »Es war Vollmond.«

John sagt einen Augenblick nichts, dann sieht er sie an. »Du glaubst also, er hat sie umgebracht. Entschuldige, wenn ich frage, aber … benutzt du dazu deine Gabe?«

Elise schluckt und schüttelt den Kopf. »Ich verlasse mich einfach auf meinen gesunden Menschenverstand. Vielleicht liegt es daran, dass ich ihnen nie begegnet bin.« Sie trinkt noch einen Schluck Kaffee und reicht ihm die Tasse. »Immerhin haben wir eine Leiche. Phyll hatte die fixe Idee, die Frau wäre nicht tot. Sie hat mich mit ihren wilden Theorien ganz verrückt gemacht. Alles fromme Wünsche, denke ich. Wenn es keine Leiche gibt, stellt man sich immer Fragen …«

John starrt in die Tasse. »Du denkst an Phillip?« Er wartet die Antwort nicht ab. »Ich denke auch an ihn, die ganze Zeit. Ich wünschte, ich hätte mehr unternommen. Ich hätte versuchen sollen, mit ihm zu reden, aber wir hatten alle zu kämpfen.« John trinkt einen Schluck Kaffee. »Ich weiß nicht, was in ihm vorging – in einem solchen Sturm rauszufahren …« Er hält einen Moment lang inne. »Aber vielleicht war das seine Lösung.«

Elise wendet wie in Zeitlupe den Kopf. »Lösung? Was meinst du mit *Lösung*?«

John räuspert sich nervös. Er blickt zu Boden, dann zu Elise. Ihr Gesicht ist ganz reglos. Er gibt ihr die Tasse. »Damals, als sie in die Luft gesprengt wurden«, sagt er. »Alle anderen in seiner Truppe kamen ums Leben. Das hat er dir doch erzählt.«

Elise beugt sich vor, nimmt die Thermoskanne und füllt die Tasse auf. »Das *brauchte* er mir nicht zu erzählen. Er ist immer aufgewacht, meinte, die ganze Last auf sich zu spüren.

Er hat danach gepackt, versucht, sie von sich zu reißen, aber es war seine eigene Haut, ich hab's ihm gesagt ... immer wieder.« Sie verstummt. »Er hat mich nicht mal gehört.«

John nimmt die Tasse und stellt sie wieder ab, sie ist noch zu heiß. »Was die anderen Männer betrifft – es war nichts von ihnen übrig, hat er gesagt, was man hätte beerdigen können. Es war alles nur noch ein einziger Brei, und das sei besser so gewesen, meinte er ... Nichts sei schlimmer als der Gestank verwesender Leichen. Diesen Gestank kennen wir alle.« John blickt über die Schulter. »Ich weiß noch, dass er sagte, es sei besser, man wäre, äh, wie war noch das Wort? Ausgelöscht.«

Elise hat das Gefühl, sich auf einen Fixpunkt konzentrieren zu müssen. Sie richtet den Blick auf die Furchen im Gemüsebeet. »Willst du damit sagen, Phillip ist in den Sturm raus, um darin umzukommen?«

»Keine Ahnung. Wir wiederholen die Dinge, oder nicht?«

Elise bleibt gefasst. Sie erinnert sich, wie Phillip zwischen den Fingern hindurch sprach, während er sein Gesicht in den Händen hielt. Dieselben Hände, mit denen er versuchte hatte, sie zu würgen, mit denen er sie an den Haaren zog.

Nach einem Moment des Schweigens räuspert sie sich. »Wenn er wütend war, schien es, als könnte das Haus ihn nicht halten. Ich ... ich ...« Sie spricht nicht weiter. »Ich hatte Angst um Phyll.« Sie verstummt wieder. »Ich habe sie immer zusammengekauert auf der Treppe gefunden, lauschend ... Sie hat ihn toben gehört und gewartet, bis es wieder sicher war ...«

John sagt nichts, und Elise weiß, dass sie gehen muss. Sie steht schnell auf, aber sie zittert am ganzen Körper. »Ich habe ihm gesagt, er soll verschwinden.«

Sie stößt die Worte aus, und John erhebt sich und streckt ihr den Arm hin. Sie nimmt ihn. »Ich hab ihm gesagt, er soll verschwinden«, flüstert sie. »Ich *musste*.«

Elise wird immer erklären, sie habe ihren Mann geliebt, aber die Wahrheit ist komplizierter, wie die Wahrheit es häufig ist. Sie starrt auf den Boden, auf ihre Füße, und blinzelt, um die Tränen zurückzuhalten.

»Ich musste ihn einfach aus dem Haus haben, weg von uns. Ich wollte nicht, dass er die Insel verlässt, dass er das Boot nimmt in dieser Nacht … Ich wollte nur Abstand.« Sie reibt sich die Augen und holt tief Luft. »Ich habe das nicht gewollt.«

Aber sie weiß nicht einmal mehr, was genau sie zu ihm gesagt hat. Sie war ausgelaugt, erschöpft, am Ende ihrer Kräfte, und als sie merkte, dass das Boot weg war, geriet sie nicht in Panik. Sie sagte sich, Phillip würde das schon machen. Er war durch den Krieg gekommen, also würde er bestimmt einen Sturm überleben. Elise würde dasselbe wieder tun, davon ist sie überzeugt, und sie macht oft den Schrank auf und sagt es seinen Kleidern. Sie sagt es der Nacht, während sie in der offenen Tür steht. Sie sagt es seinen Schuhen, und sie sagt es seinem Sessel. Sie würde es ihm ins Gesicht sagen, wenn sie ihm noch einmal begegnete.

Nur Phyll hat sie es nie gesagt, es ist ein Geheimnis, das Elise in sich verschließt. Als sie später nach Hause kommt, hört sie das Klack-Klack-Klack der Schreibmaschine in der Küche. Sie lässt sich Zeit mit dem Verriegeln der Tür und klopft sich leicht auf die Augen, damit Phyll nicht sieht, dass sie geweint hat. Aber Phyll ist in den Flur gekommen und hält etwas hoch. »Warum hattest du das? Sag's mir. Warum?«

Kein »Hallo, wie geht's dir?« oder »Wo bist du gewesen?« Elise reckt den Hals und erkennt das Foto von Phyll, Everard und Miranda bei Derrible Bay. Ihr wird eng um die Brust. Nicht das, denkt sie, nicht jetzt.

»Es war in *deiner* Jackentasche«, fährt Phyll fort. »Was hast du an meinen Sachen zu suchen?«

Elise lehnt sich an die Tür und seufzt. »Wahrscheinlich hat *er* es dir gegeben.«

Phyll legt den Kopf zur Seite. »Du meinst, Everard? Nein. Es ist nicht von ihm.«

Elise dreht sich um und sieht in den Spiegel. Sie hat gerötete Augen, aber Phyll hat es nicht bemerkt.

»Es ist ein hübsches Foto von euch Kindern«, sagt sie verbittert. »Aber als ich es angeschaut habe, habe ich nur die Leute hinter euch gesehen.« Sie deutet auf Sarah Williams, die so hübsch und jung aussieht in ihrem taillierten weißen Kleid.

Phyll sieht auf das Foto. »Was?«

»Erinnerst du dich noch an sie?« Sie tippt mit dem Finger auf Sarah. »Ihre Gefühle waren dir egal, stimmt's? Was sind wir eigentlich alle für dich, Phyll? Sind wir nicht mehr als die Figuren in deinen Büchern? Du willst uns hin- und herschieben, uns handeln lassen, wie es dir passt …«

Phylls Blick zuckt nach oben, und sie sieht ihrer Mutter ins Gesicht. »So war es nicht!« Sie holt Luft. »Du weißt, dass es nicht so war!«

Sie blinzelt heftig, echte Tränen brennen ihr in den Augen, und einen Moment lang fühlt Elise sich furchtbar, als hätte sie etwas Kostbares zerstört. Sie würde sich gerne entschuldigen, weiß aber nicht, wie.

Sie zieht ihre Jacke aus. »Ich weiß gar nichts«, antwortet sie matt.

Zumindest das ist die Wahrheit.

14

Der Venus Pool, Little Sark

(Ein reizendes kleines Felsenbecken in den Klippen von Little Sark, das nur eine Stunde lang vor der Ebbe zum Vorschein kommt. Nimm den Grasweg über das Gemeindeland von Gorey. Vernünftiges Schuhwerk empfohlen.)

Viele Geschichten auf Sark handeln von gescheiterten Lieben. Junge Männer, die im Streit miteinander lagen, oftmals Bruder gegen Bruder. Leidenschaftlich in ein Mädchen verliebt, mit dem gleichen Feuereifer, mit dem ein Kind einen Schmetterling jagt, verfolgt, verehrt, nach einer Stunde wieder vergisst. Jede Menge Missverständnisse, weil junge Männer mit Worten bekanntermaßen unbeholfen sind. Einer sprang von einer Klippe in den Tod, ein anderer wurde von seinem Freund gestoßen.

Der Venus Pool verdankt seinen Namen allerdings keiner solchen Geschichte. Frühe Reiseführer schreiben William Toplis seine Entdeckung und Namensgebung zu. Zu Unrecht! Er wurde ursprünglich ›Feeney Bath‹ genannt, nach Peregrine Feeney, einem weniger bekannten Maler, der ihn Toplis zeigte, und aus Feeney wurde Venus, weil irgendwer nicht richtig hinhörte, oder weil der alte Toplis nuschelte.

Viele Leute finden den Pool nicht, denn selbst wenn sie es über La Coupée schaffen, halten sie sich zu lange damit auf, den Ausblick zu bewundern, oder sie kraxeln den falschen Weg hinunter und vergessen die Flut, die wie ein entfesseltes Monster hereinströmt. Toplis brauchte zwanzig Jahre, um ihn zu malen, Zeichen seiner obsessiven Begabung oder seines Wahnsinns. Er konnte nur dann arbeiten, wenn das Licht stimmte und Ebbe herrschte, die die Felsen freigab. Und das passierte nur an wenigen Tagen für ein paar Stunden. Eigentlich, wenn wir jetzt so darüber nachdenken, ist der Name vielleicht doch richtig, denn so ist die Liebe: schwer zu fassen, nur mit flüchtigen Blicken einzufangen, unmöglich festzuhalten.

An jenem Tag hatten Everard und Phyll vor, sich mit den Cecils zu treffen und gemeinsam den Venus Pool zu suchen, aber die Gezeiten standen ungünstig, und Phyll kam zu spät. Sie hatte eine großartige Entschuldigung.

»Du glaubst nicht, was ich gerade gehört habe!«

Phyll war dabei gewesen, ihre Badesachen zusammenzusuchen, als sie hörte, wie ihre Mutter mit Major Hyde sprach. »Er hat sie gefragt, ob sie zu euch ins Haus kommt und versuchen kann, Kontakt mit der fremden Lady aufzunehmen. Dein Vater hat darum gebeten, Everard! Das ist perfekt!«

Die Gelegenheit war zu gut, um sie sich entgehen zu lassen. Phyll ließ Everard auf ihr Rad steigen und so schnell er konnte in die Pedale treten. Beau Regard war nah genug am Venus Pool, dass sie zuerst da sein konnten, um den »Schauplatz vorzubereiten«. Everard war sich nicht sicher, was Phyll meinte, aber er tat wie geheißen, stellte sich auf die Pedale und beugte sich über den Lenker. Phyll setzte sich auf den Sattel und hielt sich an seinem Gürtel fest. Als sie La Coupée überquerten, kreischte sie, und eine Touristengruppe pressten sich ans Geländer und sahen erschrocken zu ihnen herüber. Es war verboten, mit dem Rad über La Coupée zu fahren. (»Wir haben das Gesetz gebrochen! Haha!«) Das sagte Phyll Everard erst hinterher, nachdem sie beim Haus angekommen waren.

Damals war Beau Regard noch gut in Schuss, mit gepflegten Rabatten und tadellosem Rasen. Über den Küchenfenstern rankten Clematis, und die Türen quietschten nicht. Es roch nach Holz und Möbelpolitur, und sämtliche Oberflächen glänzten.

Everard wartete, versuchte, seinen Herzschlag zu mäßigen, und zählte die Minuten auf der Standuhr im Flur. Ihm rann, erhitzt vom Radfahren, der Schweiß übers Gesicht.

»Wir sollten uns beeilen«, sagte er. »Nur zur Sicherheit.«

Draußen auf dem Rasen lag Phylls verlassenes Fahrrad, dessen eines Rad sich noch im Leeren drehte. Everard stand an der Tür und versuchte weiter, das ängstliche Pochen in seiner Brust zu ignorieren. Es dauerte nicht lange, da hörte er ein merkwürdiges Schlurfen und drehte sich um.

Eine gebückte Gestalt kam aus dem Wohnzimmer gewankt. Everard zuckte erschrocken zurück. Dann erkannte er, dass es Phyll war. Sie trug den alten Regenmantel seines Vaters und hatte den Kragen über den Kopf gezogen, sodass sie wie ein Buckliger aussah.

Sie streckte die Hände aus. »Ich bin gekommen, um dich zu holen!«, krächzte sie. »Nimm dich in Acht, Kleiner!«

Everard prustete los. »Das ist kein bisschen gruselig.«

Phyll ließ die Arme sinken und kam unter dem Mantel hervor. »Ich weiß. Muss mir noch mehr Mühe geben …«

Sie gingen ins Wohnzimmer, standen einen Augenblick da und blickten sich um.

Alles war sauber und ordentlich. Eine Vase mit blassrosa Rosen zwischen den Fenstern, ein mit dunklem Samt bezogenes Sofa und zwei passende Sessel, darauf üppige Kissen mit goldenen Quasten, ein Stapel Bücher auf dem Schreibtisch. Everard folgte Phylls Blick und versuchte zu sehen, was sie sah.

»Wir könnten die Vase umwerfen?«

Phyll runzelte die Stirn und presste die Lippen aufeinander, dann schüttelte sie den Kopf. »Zu offensichtlich.«

Sie mochte dieses Zimmer nicht. Sie fand es kalt und unpersönlich, und die Uhr auf dem Kaminsims tickte wie eine Zeitbombe. Aha. Der Kaminsims. Darauf standen jede Menge Fotos in verschnörkelten Rahmen. Sie ging ein wenig näher heran und erkannte Damen in dunklen Volantkleidern und Kinder mit großen Augen und weißen Kragen und junge Männer mit Schirmmützen. Später erinnerte sie sich, dass es nicht ein einziges von Everard gab. Aber das war nicht der Punkt. Sie besaß auch nur ein winziges Foto von ihrem Vater, mit seinem Gesicht so groß wie eine Briefmarke. Bisher hatte ihr das nichts ausgemacht, aber jetzt tat es das. Sie sah all diese Menschen vor sich aufgereiht, und sie standen für etwas, das sie nicht hatte. Sie griff nach einer Familie: Mutter, Vater und ihre beiden kleinen Söhne. Sie wirkten steif und unzufrieden, als wären sie in ihre Kleider genäht.

»Das sind meine Großeltern.« Everard stand dicht neben ihr und flüsterte, als könnten sie ihn hören.

Phyll nickte und stellte das Foto vorsichtig zurück. Sie trat einen Schritt zur Seite und nahm ein anderes Bild. Es zeigte dieselben beiden Jungen, nur älter. Sie standen auf einem Kiesstrand vor einem Boot, mit nacktem Oberkörper und sonnengebräunt, jeder von ihnen ein Ruder in der Hand. Sie hielt sich das Foto so nah vor die Augen, dass sie ihr Gesicht im Glas sehen konnte, und Everard direkt daneben. Sie sah sein Ohr, ein Auge, und sie sah ihn blinzeln.

»Mein Vater und mein Onkel«, flüsterte er. Er benahm sich, als wären sie im Museum. Er deutete auf ein weiteres Foto. »Und das ist mein Onkel in seiner Uniform. Er ist tot.«

Phyll sah kaum hin. Sie hielt noch immer das Foto von den Jungen und dem Boot vor sich hoch. Sie erkannte den Major, seine Nase und seine Augen. Der jüngere Bruder war kleiner, hatte dunklere Haare, streckte das Kinn in die Luft. Phyll stellte das Foto ab, hielt jedoch weiter die Hand darauf und verpasste ihm plötzlich einen Schubs. Es fiel vornüber, landete auf dem Kaminboden, und das Glas im Rahmen zersprang mit einem befriedigenden Geräusch in tausend Stücke. Phyll blickte auf die Rückseite des Rahmens und auf die Glasscherben, die sich darum verteilten. Es wirkte ziemlich authentisch. Everard hatte kurz nach Luft geschnappt, aber sie hatte sich nicht zu ihm umgedreht. Sie würde Mut genug für sie beide haben. Zumindest glaubte sie das.

Ein bisschen zerbrochenes Glas reichte natürlich nicht. Phyll hatte noch eine bessere Idee. Sie hockte sich hin, streckte den Arm in den Schornstein, klopfte mit der Handfläche ans Gemäuer und überzog sie mit Ruß. Als sie den Arm wieder herauszog, verteilten sich pudrige, schwarze Rußteilchen auf dem Teppich.

Everard starrte noch immer auf den kaputten Bilderrahmen und machte, als er den Ruß sah, einen Schritt rückwärts. Ängstlich darauf bedacht, keine Fußspuren zu hinterlassen, folgte er Phyll in die Küche. Sie packte den Griff der Hintertür und hinterließ vier Handabdrücke auf dem hölzernen Türrahmen daneben. Sie trat etwas zurück und neigte den Kopf wie eine Künstlerin, die ihr Werk begutachtet.

»So ist es, glaube ich, gut.« Sie nickte. »Nicht übertrieben.«

Everard schluckte und betrachtete die Flecken. »Aber hinterlassen Geister denn Handabdrücke?«

Phyll wirbelte herum und sah ihn an. »Wenn sie richtig Gestalt annehmen, ja. Dann können sie Hand- oder Fußabdrücke machen.«

Everard meinte nicken zu müssen, und Phyll grinste und betrachtete noch einmal den Türrahmen. Sie verschmierte die Rußflecken ein wenig und zuckte mit den Schultern. »Wie sollten sie auch sonst an Türen klopfen oder Sachen umwerfen können?«

Da musste sie wohl recht haben. Schließlich, dachte Everard, ist sie die Expertin.

»Großartig, dann lass uns gehen.«

Der Venus Pool ist achtzehn Fuß tief und fast kreisrund. An manchen Tagen schimmert das Wasser türkisblau, dann wieder khakigrün. Toplis' Gemälde befindet sich inzwischen im Museum auf Guernsey. Es ist das einzige Werk, auf dem er eine menschliche Gestalt eingefügt hat, was uns wie ein Versehen erscheint. Das ursprüngliche Modell hatte der Maler in London engagiert und die Frau mit einem Sixpence für die Mühe entlohnt, auf einer Kiste zu hocken, aber sie entsprach nicht ganz seinen Vorstellungen, also bezahlte er sie irgendwann aus und kopierte ein Modell aus einer Zeitschrift. Ann Cecil fand das ausgesprochen lustig: die Suche nach einem Ideal, das nicht existierte. Als sie noch jünger war, hatte Ann Paul Modell gesessen, und jetzt redete sie ihm zu, Miranda zu malen, ein ›perfektes Exemplar englischer Kindlichkeit‹, das nicht mal bezahlt werden müsse.

Phyll und Everard waren geradewegs zum Pool gegangen und befanden sich schon im Wasser, als Ann und Miranda erschienen. Ann wirkte genervt.

»Entschuldigung, wir sind aufgehalten worden. Hat jemand von euch meinen Mann gesehen?«

Everard schüttelte den Kopf und ließ sich tiefer ins Wasser sinken, sodass sie seinen Mund nicht sehen konnte.

»Tut mir leid!«, rief Phyll. »Wir sind den ganzen Weg von Grande Grève über die Klippen gelaufen …«

Miranda verschwand hinter einem Felsen, um sich umzuziehen, während Ann eine Weile mit den Händen auf den Hüften dastand und die Klippen auf beiden Seiten betrachtete. Dabei sprach sie ununterbrochen, beinah wie zu sich selbst, und murmelte etwas von Engeln und Licht, bevor sie sich mit ihrem Skizzenblock niederließ.

Phyll schwamm in einem engen Kreis um Everard herum. »Bitte guck nicht, als hättest du Angst«, flüsterte sie. »Wenn irgendwer Verdacht schöpft, nehme ich die Schuld auf mich, versprochen. Ich schwöre.«

Damit war es ihr sehr ernst, denn sie hatte das Gefühl, dass er sich sorgte wegen dem, was sie gemacht hatten. Sie wusste, dass er Angst vor seinem Vater hatte, und sie wusste noch, wie sich das anfühlte.

Sie tauchte unter und drehte sich um, sodass sie durch die Wasseroberfläche in den blauen Himmel schauen konnte. Sie ließ sich tiefer sinken und streckte die Arme aus, um die Felsen am Grund zu berühren. Sie waren glatt, über die Jahre abgeschliffen und mit einer dicken Schicht Seegras bedeckt. Sie blieb einen Moment dort, die Arme weit ausgebreitet, atmete aus und beobachtete, wie die kleinen Luftbläschen zur Oberfläche stiegen. Unter Wasser fühlte sie sich ruhiger, und sie fragte sich, wie lange sie wohl dort unten bleiben könnte. Über ihr schwebte Everard, die blassen Beine vom Sonnenlicht marmoriert. Am liebsten hätte sie die Hand nach ihm ausgestreckt.

Bis zu diesem Zeitpunkt hatte Phyll nur eine gewisse Anzahl von Menschen geliebt, die sie schon ihr Leben lang kannte. Das hatte die Sache vereinfacht. Jetzt änderte sich das. Das Blut pulsierte so heftig in ihren Adern, dass ihr beinah die Luft wegblieb. Sie wollte, dass Everard nach unten sah. Wenn er jetzt nach unten sah, dann hieß das, dass er sie auch liebte – also heftete sie den Blick auf ihn und wartete.

Aber er sah nicht zu ihr, und Phyll ließ sich nach oben treiben. Sie durchbrach die Wasseroberfläche und schwamm schnell auf die andere Seite des Beckens.

Auch gut, dachte sie, und lenkte sich mit der Vorstellung ab, wie ihre Mutter nach Beau Regard marschierte und den Ruß und den kaputten Fotorahmen fand. Sie lächelte und drehte sich um. Everard strampelte noch immer durchs Wasser, und Miranda hatte inzwischen ihren Badeanzug an. Sie flocht sich die Haare auf eine Seite, ging an den Rand des Pools und steckte einen Fuß ins Wasser. Sie schnappte nach Luft, so kalt war es. Plötzlich bemerkte Phyll, dass Everard Miranda ansah. Sie schluckte so fest, dass es wehtat. Sie stieß sich vom Rand ab, schwamm in festen Zügen rücklings durch den Pool und packte Miranda am Fuß. Sie ließ es spielerisch aussehen, versuchte es jedoch zweimal, und nur weil ihre Hand nass war, konnte sie nicht richtig festhalten. Miranda trat verärgert nach ihr.

»Hör auf, Phyll! Mach keinen Blödsinn!«

Ann blickte von ihrem Skizzenblock hoch. Sie fragte sich, was vor sich ging, allerdings nicht lange. Sie hatte bereits bemerkt, wie Everard Miranda ansah, und für sie ergab das absolut Sinn. Miranda hatte sich in diesem Sommer wirklich gemacht, sie war eine seltene Blume, die langsam erblühte. Phyll war bestimmt eifersüchtig. Ann lächelte traurig, denn drei war immer eine schwierige Zahl. Sie verstand die Szene völlig falsch, wie sie so vieles völlig falsch verstand. Phyll verstand sie auch falsch, aber sie hatte ihr jugendliches Alter als Entschuldigung. Sie schwamm in die Mitte des Pools und wirbelte die Arme über dem Kopf. »Na schön«, sagte sie. »Bringt euch in Pose. Modell für unsere kleine Miss Malerin. Was könnte es *Laaang-weiligeres* geben!«

Everard wollte sagen, dass er das auch fand, aber er traute seiner Stimme nicht. Nichts verlief so, wie er es gedacht hatte. Er fühlte sich unwohl, mit Mrs Cecil und Miranda hier zu sein. Er konzentrierte sich auf die sich kräuselnde Wasseroberfläche. Die Sonne brannte ihm heiß auf Nacken und Schultern, als wollte sie ihn niederdrücken. Er drehte sich auf den Rücken, streckte Arme und Beine aus, aber das Sonnenlicht war so grell, dass er das Gesicht verzog. Er schloss die Augen. Er hatte sich vorgenommen, nicht darüber nachzugrübeln, aber seine Gedanken sprangen immer wieder zurück wie die Nadel auf einer zerkratzen Schallplatte. Sylvie und Mr Cecil. Mr Cecil und Sylvie.

Er wandte den Kopf und beobachtete, wie Miranda sich ins Wasser gleiten ließ. Jetzt, nachdem er wusste, was er wusste, tat sie ihm leid. Die Affäre seiner Mutter war schrecklich gewesen. Er hatte nur wenig von dem verstanden, was passiert war, aber er erinnerte sich noch an viele zugeknallte Türen und wie betroffen alle waren. Er hatte sich schuldig gefühlt, was weder richtig noch gerecht gewesen war, aber es war einfacher gewesen, sich selbst die Schuld zu geben als irgendwem anders. Die Schuld war wie ein Gegenstand, den er aufheben und in die Tasche stecken konnte. Er belastete ihn, und diese Last spürte er jetzt. Er war wütend auf Sylvie und Mr Cecil, weil sie sie noch schwerer machten. Mrs Cecil mochte er viel mehr als ihren Mann, und er wollte nicht, dass sie traurig war. Aber er konnte es nicht riskieren, jemandem davon zu erzählen, nicht einmal Phyll. Das hatte nichts mit Vertrauen zu tun, denn Phyll vertraute er. Es ging um Schuld und Verantwortung. Er sah eine einzelne Wolke vorbeiziehen. Ich habe es vergessen, sagte er sich, alles ist gut.

Kaum herrschte Ebbe, kehrte langsam wieder die Flut zurück. Alle drei Kinder lagen zum Trocknen in der Sonne und beobachteten, wie das Meer den Pool zurückeroberte und die Felsen überschwemmte. Everard und Phyll entschieden sich für den langen Weg über die Klippen und verabschiedeten sich gerade von Miranda und ihrer Mutter, als Mr Cecil und Sylvie am oberen Ende des Weges auftauchten. Paul kam im Eilschritt auf sie zu. »Tut mir leid, tut mir leid!« Er schwenkte die Arme. »Wir sind aufgehalten worden.« Ann erreichte er als Erste und gab ihr einen Kuss auf die Wange. »Darling, ich wollte dich abholen, um im Bungalow etwas zu trinken. Gerade habe ich mit Earnest gesprochen. Dramatische Zustände bei ihm im Haus. Mrs Carey hat bestätigt, dass es dort spukt.«

»Wirklich?« Anns Stimme hob sich eine Oktave. Sie drehte sich zu Phyll um. »Hörst du das, Phyll?«

Phyll war gerade dabei, in einiger Entfernung auf einen Felsen zu klettern und hielt, einen Fuß über dem anderen, inne. Sie hievte sich nach oben und zuckte möglichst gleichgültig mit den Schultern. »Na ja, meine Mutter wird es schon wissen.«

Dann drehte sie sich um und grinste Everard an, der Paul einen finsteren Blick zuwarf. Er sagte nichts, und sie setzten gemeinsam ihren Weg fort, entfernten sich von den anderen.

Phyll wartete, bis sie außer Sichtweite waren, und selbst dann war sie noch vorsichtig. »Freust du dich nicht?«, fragte sie leise. »*Es hat funktioniert.*«

Everard antwortete nicht gleich. Er blieb stehen und blickte aufs Meer hinaus. »Es ist toll.« Glücklich wirkte er allerdings nicht. »Zeigen wir es ihnen – allen. Was kommt als Nächstes?«

15

GUERNSEY EVENING PRESS

Dienstag, 10. Oktober 1933

UNEINIGKEIT BEI ERMITTLUNGEN AUF SARK
VON UNSEREM EXKLUSIVBERICHTERSTATTER

Wie gestern berichtet, wurde vor der Küste von Little Sark die Leiche einer jungen Frau entdeckt. Vorausgegangen war eine wochenlange Suchaktion, nachdem die Kleidungsstücke eines Mannes und einer Frau auf den Klippen gefunden worden waren. Die Identität des Paares ist weiterhin unbekannt, aber man geht davon aus, dass sie am Freitag oder Samstag eingetroffen sind und dass eine Handvoll Inselbewohner mit ihnen gesprochen hat. Obwohl es keinen eindeutigen Beweis gibt, der die Tote mit den Kleidern in Zusammenhang bringt, steht für die Inselbewohner eine Verbindung fest.

Unser Sark-Korrespondent P. Carey war bei der Anhörung zugegen und kann nun einen vollständigen Bericht über das mysteriöseste Ereignis der jüngsten Inselgeschichte liefern.

Es war eine äußerst traurige Angelegenheit. Am heutigen Nachmittag um drei kamen im schwindenden Licht des Schulraums von Sark, nachdem die Kinder nach Hause geschickt und Tische und Stühle beiseitegeschoben worden waren, Mitglieder der Inselverwaltung und der Öffentlichkeit zusammen. Mr Frederick de Carteret, der als Untersuchungsrichter fungierte, begann mit dem Verfahren, das traditionsgemäß mit dem auf Französisch gesprochenen Vaterunser eröffnet wurde.

Anschließend wurde der erste Zeuge aufgerufen. Mr John de Carteret, Chief Constable von Sark, bestätigte, dass eine weibliche Leiche von der Flut angespült worden war. Sie wurde im flachen Wasser gefunden, nahe der Stelle, wo vor einer Woche beim Hafen von Port Gorey die Kleidungsstücke zweier Personen entdeckt worden waren. Die Tote trug nur eine blaue Unterhose und ein Unterhemd. Am Ringfinger ihrer rechten Hand steckte ein goldener Ehering. Sie hatte dunkle Haare, ihr Gesicht war stark deformiert. Die Leiche wurde mit dem Boot geborgen und zum Hafen in Creux gebracht.

Anschließend rief man Dr. Stephen Greener, den Inselarzt, als Zeugen herbei. Er untersuchte die Leiche, die sich inzwischen im alten Nebengebäude des Bel Air Hotel befindet. Dr. Greener konnte bestätigen, dass es sich um eine dunkelhaarige Frau von circa 1,60 Meter Größe handelt. Ihr Alter schätzte er auf Mitte zwanzig. Die Verwesung hatte bereits eingesetzt. An den Gliedmaßen fanden sich keine Verletzungen, aber der Schädel wurde zertrümmert, die Nase und Teile des Unterkiefers fehlten. Dr. Greener erklärte, dass das Ausmaß der Verletzungen nicht vom Wellengang stammen könne. Seiner Ansicht nach wurden sie vor dem Tod zugefügt.

Mr Frederick de Carteret fragte, ob sie durch einen Sturz von den Klippen verursacht worden sein könnten. Das sei möglich, antwortete Dr. Greener, falls die Frau vorwärts gefallen und mit dem Kopf zuerst auf den Felsen aufgekommen sei. Allerdings könne er keine weiteren Verletzungen oder gebrochene Knochen feststellen. Als Nächstes erkundigte sich Frederick de Carteret, ob der Doktor es für wahrscheinlich halte, dass die Frau sich das Leben genommen habe, denn das könne eine Erklärung für das Fehlen anderer Verletzungen sein. Dr. Greener stimmte zu, dass dies eine Theorie sei, die man bedenken müsse, ohne jegliche Kenntnis über den Gemütszustand der Frau könne er hierzu jedoch keine sichere Aussage treffen.

Dann wurde Mr Gilbert Baker, ortsansässiger Farmer und Fischer, als Zeuge aufgerufen. Mr Baker, so werden Sie sich erinnern, war einem Mann und einer Frau begegnet, die vergangenen Samstag in einem Schuppen auf Little Sark Schutz gesucht hatten. Er wurde gebeten, über Einzelheiten ihrer Unterhaltung zu berichten und eine Einschätzung darüber abzugeben, welche »Stimmung« zwischen ihnen herrschte. Dazu konnte Mr Baker nichts sagen. Seiner Meinung nach waren die beiden ein Paar, mehr könne er nicht schlussfolgern. Sie sprachen über das Wetter, und er half ihnen, ihre Mäntel an den Dachsparren zum Trocknen aufzuhängen.

Miss Dolly Bihet, eine weitere Zeugin, hatte die Kleidungsstücke des Mannes und der Frau auf Pressefotos wiedererkannt und erinnerte sich noch genau daran, das Paar bedient zu haben. Sie hatten nur schwarzen Kaffee getrunken und nicht miteinander gesprochen. Miss Bihets Eindruck nach wirkten sie bedrückt und hatten möglicherweise Streit gehabt. Es war Samstagnachmittag, und sie nahm an, die beiden warteten auf die Fähre nach Guernsey, obwohl sie sie nicht weggehen sah.

Man diskutierte unterschiedliche Theorien, was passiert sein könnte. Mehrere Mitglieder vertraten die Ansicht, es könne sich nicht um einen Fall von Selbstmord handeln, da keine Abschiedsbriefe vorhanden seien. Zudem wurde darauf hingewiesen, wie ordentlich die Kleider zusammengefaltet und über der Flutlinie abgelegt worden waren, was eher auf einen Badeunfall hindeute.

Für am wahrscheinlichsten, so stellte der Untersuchungsrichter fest, halte er die Erklärung, dass dem unglücklichen Paar das Geld ausgegangen sei und es sich, nachdem es eine Nacht im Freien verbracht hatte, zum Waschen ins Meer begeben habe. Da die beiden fremd auf Sark gewesen seien, hätten sie nichts von den Strömungen und der Gefahr für Schwimmer gewusst, die zu dieser Jahreszeit besonders hoch sei. Möglicherweise habe die Frau zu ertrinken gedroht, der Mann habe versucht, sie zu retten, und beide seien auf tragische Weise ums Leben gekommen. Es besteht noch immer die Aussicht, dass auch die Leiche des Mannes von der Flut angespült wird. Da der Begleiter der Frau nicht gefunden wurde und es keine weiteren Zeugen gibt, kam der Untersuchungsrichter zu dem Schluss: Unbekannte ertrunken aufgefunden.

Von vielen der Anwesenden wurde dies als unzutreffend erachtet, und es folgte eine hitzige Debatte. Einige der Beteiligten bestanden darauf, den Tod als Unfall zu deklarieren, andere argumentierten, die Verletzungen der Frau könnten keinesfalls zufällig entstanden sein. Mehr als einmal fiel das Wort »Mord«, anfangs nur raunend, dann beharrlicher. Außerdem kam die Frage auf, ob nicht Scotland Yard Beamte hätte schicken sollen, um bei den Ermittlungen zu helfen.

In Anbetracht all dessen empfahl Dr. Greener, die Leiche für weitere Untersuchungen nach Guernsey zu überführen. So gerne wir die Dame auch zur letzten Ruhe betten würden, die Beisetzung muss vorerst warten.

»Grundgütiger, du hast Bewegung in die Sache gebracht.«

Dollys milchig weißes Gesicht ist von all dem Alkohol rosa angelaufen. Sie gibt Phyll die Zeitung zurück, die sie auf einen Tisch voller Gläser legt.

»Nicht nur ich«, sagt Phyll abwehrend. »Außerdem berichte ich nur über die Fakten.«

Dolly nickt. »Natürlich, und es ist gut, dass es eine zweite Meinung geben wird.«

Dem stimmt nicht jeder zu. Die gerichtliche Untersuchung liegt einen Tag zurück, und die Insel ist gespalten. Manche finden, es sei viel Lärm um nichts gemacht worden, während andere etwas von falschem Spiel und Vertuschung munkeln. Frederick de Carteret wirft den Zeitungen vor, sie machten einen billigen Krimi aus der Angelegenheit, was Phyll ärgert.

Krimis haben sie und Dolly schließlich eine Menge gelesen. Damit haben sie die letzten drei Winter verbracht. Und nachdem Dr. Greener ihre Beobachtungen als »äußerst aufmerksam« bezeichnet hat, nennt Dolly sich jetzt »Hauptzeugin«. Sie reckt den Hals in der Hoffnung, ihn zu sehen.

Sie befinden sich auf einer Party in der Kunstgalerie. Ja, stimmt, einen Tag nach einer Leichenschau eine Party zu veranstalten, zeugt nicht von gutem Geschmack, aber Eric Drake schwört, er habe sie schon vor Wochen organisiert. Es ist seine dritte Ausstellung, und er möchte das Ende der »Saison«, wie er es nennt, begehen. Außerdem werden nie mehr so viele Journalisten auf Sark anwesend sein wie jetzt, die Gelegenheit ist einfach zu gut, um sie sich entgehen zu lassen. Eric hat Phyll schon gefragt, ob sie einen Bericht über die Ausstellung für die *Press* schreiben würde. »Mal was anderes als Tote«, verkündete er fröhlich. »Als Entlastung für die Leser!«

Die Galerie steht am Ende der Avenue. Es ist ein mit Säulen und einem Kuppeldach ausgestatteter Betonbau, der diesen Sommer in wenigen Wochen errichtet wurde. Elise betrachtet ihn als Bausünde und Schandfleck und ist deshalb nicht anwesend. Lisl, Erics Frau, hatte sie eingeladen. Lisl ist neunundzwanzig, blond und Amerikanerin. Sie hat Eric in New York geheiratet, nachdem sie sich gerade einmal ein paar Wochen kannten, was genau das ist, wovor wir in unseren Geschichten warnen. Verlass nie dein Zuhause und deine Familie für einen Mann, den du kaum kennst, aber anfangs ist ein Abenteuer immer aufregend.

Lisl zündet sich eine Zigarette an, zieht gierig daran und zittert vor Kälte. Die Galerie, im Sommer hell und luftig, erweist sich im Winter als unmöglich zu heizen. Hinter ihr schüttet Eric noch mehr von dem mörderischen Punsch in nicht zusammenpassende Gläser. Man hat Kerzen auf leere Flaschen gesteckt und in Ecken geschoben, wo sie jetzt, von ständigen Luftzügen bedroht, unstet vor sich hin flackern.

Eric hat ein Ambiente geschaffen, das ihn zufriedenstellt, aber mit seiner eigenen Erscheinung hat er sich keine Mühe gegeben. Erst kürzlich hat Elise ihn gefragt, ob Waschen und Rasieren auch Aspekte der modernen Gesellschaft seien, gegen die er rebelliere. »Vergessen Sie nicht, mich in Ihrer Schwarzen Messe zu erwähnen, Mrs Carey!«, hat er geantwortet und lauthals gelacht.

Reizend, wirklich.

»Gott, ich liebe deine Mutter«, sagt er zu Phyll und füllt ihr Glas auf. »Sie ist verdammt komisch.«

Phyll runzelt die Stirn. »Ich glaube nicht, dass sie das beabsichtigt.«

»Sie hat uns verflucht«, sagt Lisl, küsst Phyll auf beide Wangen und wischt den Lippenstiftfleck weg, den sie hinterlassen hat. »Ich sehe dauernd Ratten. Sie hat uns eine Rattenplage geschickt.«

Phyll trinkt einen Schluck und zuckt zusammen, so süß ist der Punsch. »Das bezweifle ich. Es gibt schon immer viele Ratten auf Sark.«

Lisl lacht und prustet Zigarettenrauch durch die Nase. Sie ist sehr schön, aber rund um ihren Mund sind langsam feine Fältchen zu erkennen. »Was ist das mit dieser armen Frau?« Sie seufzt. »Der Kerl hat sie offensichtlich ermordet. Eric will nächste Woche nach London, aber ich hab ihm gesagt, er kann mich nicht alleine lassen. Hier läuft vielleicht ein Mörder frei herum.«

»Herrgott.« Eric lässt den Arm durch die Luft kreisen. »Mach nicht so ein Drama. Ich wette, der ist längst weg.« Er wendet seine Aufmerksamkeit Phyll zu und verbeugt sich graziös. »Soll ich dich durch die Ausstellung führen? Du wirst doch hoffentlich darüber schreiben, jetzt, wo du ein *Mann* der Presse bist.«

Phyll zuckt zusammen und sieht nach links und rechts. »Wissen das etwa alle?«

»*Ich* finde es großartig.« Lisl berührt ihren Ellbogen. »Gut für dich! Paul wäre stolz … Er hat schon immer gesagt, du könntest schreiben.«

Phyll spürte die Röte in ihre Wangen steigen. »Paul? Das hat Paul wirklich gesagt?«

Doch ihre Worte fallen ins Leere. Sowohl Lisl als auch Eric haben sich unvermittelt abgewandt, um neue Gäste zu begrüßen, die gerade hereinkommen. Sie trinkt einen großen Schluck von ihrem Drink und dreht sich um, um die Bilder anzuschauen. Sie sind ungerahmt und abstrakt. Da bemerkt Phyll Fred de Carteret, der etwas abseits steht.

»Dieses ganze Theater.« Er sieht sie über die Brillengläser hinweg verärgert an. »Ich bin sicher, es *war* ein *Unfall* …«

Phyll wischt sich über den Mund. »Du darfst deine Meinung haben und ich meine.«

Sie dreht sich um und trinkt mit pochendem Herzen noch etwas von dem Punsch. Sie denkt immer noch an Paul. Er hat also mit Lisl über sie gesprochen. Bei dem Gedanken fängt ihre Haut an zu kribbeln. Paul ist der Einzige, dem sie ihre Texte gezeigt hat, und er hat sie immer ermutigt. Sie möchte gern glauben, dass wenigstens das echt war. Sie leert ihr Glas, geht schnell in den zweiten Ausstellungsraum und sucht nach einem Platz, wo sie es abstellen kann.

»Phyll!« Mule Toplis winkt ihr hektisch zu. »Komm her. Ich muss unbedingt mit dir reden.«

Mule trägt ein grünes asymmetrisches Abendkleid, eine ziemliche Verwandlung für eine Frau, die sich sonst nie zurechtmacht.

Phyll geht lächelnd zu ihr, und Mule packt sie am Arm. »Hast du die Neuigkeiten über Paul gehört?« Phyll schließt kurz die Augen. Warum reden die Leute bloß dauernd von Paul? Sie schüttelt den Kopf. »Nein … ich … er … was ist denn mit ihm?«

Mule hält sich die freie Hand vor den Mund. »Er hatte

einen schrecklichen Unfall. Er ist aus dem Fenster seines neuen Ateliers gestürzt.«

Das hält Phyll für einen Scherz, so unglaubwürdig klingt es. Ihr Mund verzieht sich zu einem Lächeln, sie will schon loslachen. »Er ist aus dem Fenster gefallen?«

Mule nickt. »Ja. Dieser dämliche Trottel …«

Angesichts Mules flapsiger Wortwahl ist Phyll perplex. »Moment mal – ist er … etwa tot?«

»Aber nein.« Mule hat sich zwei Cracker von einem Tablett genommen und einen blitzschnell in den Mund gesteckt. »Aber er hat sich die Wirbelsäule gebrochen«, antwortet sie durch die Krümel hindurch. Sie schluckt. »Er war in seiner neuen Galerie in Paris und hat aus dem Fenster gesehen, wollte einen Blick auf die Aussicht werfen. Dabei hat er sich so weit rausgelehnt, dass ein Stück Mauerwerk herausgebrochen ist.«

Sie hält kurz inne, den zweiten Cracker bereits im Mund. »Diese Künstler und ihre Ausblicke!«

Phyll starrt ins Leere. Paul war zehn Sommer lang kreuz und quer über die Klippen geklettert. Er hat keine Höhenangst, und er hatte nie das Gleichgewicht verloren. »Er hat aus dem Fenster gesehen?« Sie ist fassungslos. Alles, was sie tun kann, ist die Worte zu wiederholen, die sie gerade gehört hat, als würde sie etwas auswendig lernen.

Mule rauscht zum Getränketisch und kommt mit zwei vollen Gläsern zurück. Phyll nimmt eines, leert es fast ganz und presst sich das kalte Glas an die Wange. Mule sieht ihr nachdenklich zu und leckt sich Krümel von den Fingern.

Phyll schüttelt den Kopf. »Wie konnte das passieren?«

Mules Augen glänzen wie zwei nasse Steine. »Wer weiß? Da müsstest du Miranda fragen.«

»Miranda? Warum denn Miranda?«

»Miranda war bei ihm.«

Phyll gibt sich alle Mühe, aufrecht stehen zu bleiben. Miranda war bei Paul. Natürlich war Miranda bei ihm.

Dieses Mal hatte sie endlich vorgehabt, mit ihnen zu fahren. Sie hatte ihre Kündigung eingereicht und sogar schon ein Ticket gekauft. Sie war so aufgeregt gewesen, alles war perfekt, doch dann war das Ganze wie ein Luftballon zerplatzt. Noch immer kann sie spüren, wie sich Pauls Hand auf ihren Rücken presst und um ihre Taille schiebt. Sie hört ihn in ihr Ohr flüstern, und jetzt streicht er ihr übers Haar. Sie schluckt und macht die Augen fest zu. Wieder erwischt es sie eiskalt. Es war alles falsch, alles falsch, und sie hatte es Miranda geschrieben. Sie musste erklären, warum sie nicht mit ihnen fortgehen konnte. Sie berichtete ihr genau, was passiert war. *Wir hatten uns versprochen, keine Geheimnisse mehr zu haben.*

»Ist das nicht merkwürdig?«, fragt Mule. »Wann hast du denn Paul zum letzten Mal gesehen? Hat er dich nicht in Southampton besucht, bevor er weggefahren ist?«

Phyll denkt an das letzte Mal, als sie Paul gesehen hat, als er sie kindisch nannte und die Tür hinter sich zuknallte. Tränen steigen ihr in die Augen. »Er wollte ein paar Galerien besuchen …« Ihre Stimme versagt. Sie würde Mule gern alles erzählen, aber sie ist wie gelähmt vor Scham.

Mule beugt sich zu ihr. »Ohne Miranda?« Sie beobachtet Phylls Gesicht genau.

»Ja.« Phyll lässt den Kopf sinken. »Ich … ich hab sie jedenfalls nicht gesehen.«

»Ah.« Mule verschränkt die Arme. Einen Moment lang ist nur der Partylärm zu hören. Dann fällt der Groschen. »Ach, herrje«, sagt sie leise. Sie hebt die Hand und berührt Phyll an der Schulter. »Ach, mein armes, liebes Kind«, sagt sie. »Er hat es getan, stimmt's?«

Denn Phyll ist genau im richtigen Alter, und Mule weiß, wie Paul ist. Sie hatte ein paar Sommer gebraucht, um das Muster zu erkennen, aber dann war ihr alles klar. Er hat sie gern zwanzig, einundzwanzig, wenn sie noch jugendlich frisch sind, unberührt und leicht zu betören. Er lässt seinen Charme spielen, bietet ihnen »Unterricht« an. Mule hat nie verstanden, warum Ann sich damit arrangiert hat, aber vermutlich hatten sie ihre Absprachen. Nicht die Freundinnen deiner Tochter zum Beispiel. Sie sieht Phyll an, deren dunkle Augen sich mit Tränen füllen. Sie würde sie gerne in den Arm nehmen, doch sie streckt nur den Arm aus und landet mit der Hand im Leeren.

Phyll ist schon zurückgewichen und hat sich so schnell umgedreht, dass sie mit Mr Frith zusammenstößt, der seine Drinks verschüttet und erschrocken aufschreit. Ohne ihn zu beachten, bahnt sie sich den Weg zur Tür. Dann sieht sie Everard draußen im Halbdunkel stehen und sich abwenden. Sie erstarrt vor Schreck. Leiber pressen sich an sie, sie fühlt sich umzingelt. Sie benutzt ihre Schultern, um sich hinauszudrängeln.

»Everard!«, ruft sie, kann ihn jedoch nirgends sehen. Ein paar beieinanderstehende Gestalten drehen sich zu ihr um, aber er ist nicht darunter, also läuft sie schnell die Straße Richtung Little Sark entlang, rennt beinah. »Everard! Warte! Komm zurück!«

Die Dunkelheit verschlingt sie, aber als sie die Kirche passiert hat, haben ihre Augen sich daran gewöhnt. Sie verlangsamt ihren Schritt zu einem zügigen Gehen, bleibt gelegentlich stehen und blickt sich um. Wolken haben die Sterne ausgelöscht, doch sie erkennt noch den Umriss der Straße vor sich und die hohe Böschung zu beiden Seiten. Sie geht weiter, denn sie will mit Everard sprechen, und im Dunkeln und mit etwas Alkohol intus ist das vielleicht leichter. Sie will ihn fragen, warum er fortgegangen ist, warum er nie zurückkam, warum er nie geschrieben hat. Ja, all das wird sie ihn fragen. Ihr ist ein bisschen schwindelig, aber sie geht unverwandt weiter, lauscht dem Knirschen ihrer Schritte auf dem Schotter, wendet den Kopf von rechts nach links.

»Everard?«

Ihr tut langsam der Hals weh vom Schreien. Sie verschränkt die Arme. Sie wünscht, sie hätte eine Jacke mitgenommen, aber immerhin ist Mule ihr nicht gefolgt. Sie will nicht über Paul reden. Über ihn nachdenken will sie auch nicht. Sie erinnert sich noch, wie er ihre Haare gelöst und ihr einen Schal um die Schultern gelegt und »ah, besser«, gesagt hat. Sie presst die Zähne zusammen, ballt ihre Hände zu Fäusten.

»Nein«, sagt sie laut.

Sie weiß nicht, mit wem sie da spricht, aber es folgt eine Reaktion – an der Böschung rechts von ihr bewegt sich etwas. Ihr bleibt fast das Herz stehen, und sie wartet einen Moment mit angehaltenem Atem. Was, wenn es ein Mann ist? Sie denkt daran, was Lisl über den Mörder gesagt hat, der möglicherweise frei herumläuft, und sie stellt sich vor, wie er dort drüben im Dunkeln steht. Sie ist nervös, fluchtbereit, aber eine Minute vergeht, vielleicht zwei. Alles bleibt ruhig.

Sie stampft mit dem Fuß auf, tritt ein paar Steinchen in die Luft. Falls es eine Ratte ist, wird gleich etwas zu rascheln anfangen, aber nichts ist zu hören, kein einziger Laut. Phyll fragt sich, ob er da ist. Sie lässt den Blick über die Straße vor sich gleiten, dann schaut sie in die Richtung zurück, aus der sie gekommen ist. Niemand zu sehen – also keine Gefahr? Sie hat keine Angst. Sie hat keine Angst, versichert sie sich selbst.

Sie kann Everard nicht vor der Tür gesehen haben. Das hat sie sich bestimmt eingebildet. Wie schrecklich, sein Gesicht überall zu sehen, ständig so sehr an ihn zu denken, dass er einfach erscheint. Wie ein Geist, nimmt sie an, nur dass sie nicht an Geister glaubt. Nicht mehr. Sie senkt den Blick. Vielleicht war Everard da, wollte aber nicht mit ihr reden. Sie war immer so wütend auf ihn, dass sie gar nicht in Erwägung gezogen hat, er könnte wütend auf *sie* sein. Er hatte jedes Recht dazu. In jenem Sommer vor zehn Jahren hatte sie versprochen, die Schuld auf sich zu nehmen, und es am Ende nicht getan.

Everard wurde verantwortlich gemacht und fortgeschickt, und sie hatte nie etwas gesagt. Sie hatte nicht versucht, ihm zu helfen. Sie war zu ängstlich und egoistisch gewesen.

Sie hatte ihn im Stich gelassen.

Die Nachtluft kribbelt auf ihrer Haut, sie fühlt sich klamm und reibt sich rasch die Arme. Sie sollte lieber zurückgehen. »Es tut mir leid«, sagt sie in die Dunkelheit. »Falls du da bist, es tut mir wirklich leid.«

Dann dreht sie sich um und geht den Weg zurück, den sie gekommen ist. Sie sieht auf ihre Füße und läuft in einer geraden Linie, aber sie hat immer noch das Gefühl, nicht allein zu sein. Sie geht schnell, schiebt sich die Hände unter die Achselhöhlen, um sie zu wärmen. Sie überlegt, ob sie zurück zur Galerie laufen soll. Dort wäre sie sicher und könnte Mule das mit Paul erklären und sie versprechen lassen, niemandem etwas zu erzählen. Mule darf es niemandem erzählen. Nein, das würde sie nicht tun. Phyll seufzt.

Sie ist fast schon an der Kirche und hört den Partylärm: Musik und Gelächter und das Klirren eines zerbrechenden Glases. Erleichtert atmet sie aus und verlangsamt ihren Schritt. Sie erreicht den Torbogen zum Friedhof und wartet einen Moment, denkt nach, was sie tun soll, und wieder hat sie das Gefühl, dass jemand sie beobachtet. Sie wirft einen Blick auf den Friedhof. Ist Everard dorthin gegangen? Sie verharrt am Straßenrand, späht in die Dunkelheit, und ihr wird bang. Sie bekommt eine Gänsehaut im Nacken, als würde sich dort etwas Kaltes, Nasses ansammeln. Sie riecht den süßlichen Geruch feuchter Erde und faulender Blätter. Ganz langsam dreht sie sich um und weicht zurück. Unter den Bäumen ist es stockfinster, aber nicht auf die Art wie in einem geschlossenen Raum. Es herrscht eine tiefere, natürlichere Finsternis. Phyll ruft sich in Erinnerung, dass sie keine Angst vor der Dunkelheit hat, doch ihr Herz krampft sich schmerzhaft zusammen. Sie neigt den Kopf nach hinten und späht durch die Zweige zum Himmel. Die dünnen Blätter rascheln im Wind. Plötzlich passiert es: Etwas Kleines, Spitzes trifft sie an der Schulter. Ihr stockt der Atem. Sie streicht sich über die Schulter und fühlt nur den Stoff ihres Kleides.

Als sie einen Zweig knacksen hört, zögert sie nicht. Vielleicht bildet sie sich das alles nur ein, aber das macht es nicht besser. So schnell sie kann, rennt sie nach Hause.

16

Seltsamer Aberglaube

13. August 1923

Zuerst musst du sämtliche Türen und Fenster öffnen und ein paar Kräuter – am besten Salbei, sehr reinigend – im Ofen rösten. Anschließend gib etwas davon in einen großen Eimer Wasser und wische alle Böden und Oberflächen sauber. Will dir irgendwer Leid zufügen, oder spürst du Böses im Haus, musst du unbedingt alles reinigen.« Maud zog den Kamm durch Phylls feuchte Haare und hielt kurz inne, um einen kleinen Knoten zu entwirren. »Dann«, sie hob den Kamm, »musst du nacheinander alle Fenster und Türen schließen.«

Maud erteilte Nancy die üblichen Anweisungen: alte Tricks, die sie von ihre Mutter gelernt hatte, und die von ihrer und so weiter.

Phyll beugte sich vor. »Und das funktioniert?«

Als Maud antworten wollte, bemerkte sie Elise in der Tür. Sie wandte lächelnd den Kopf.

»Natürlich«, sagte sie leise. »Wenn du jemals das Gefühl hast, dass dir jemand Unheil wünscht, darfst du nicht mit der Person sprechen oder sie ansehen. Du musst sie aussperren, also schließe Fenster, Tür und Tor, sogar die Schlüssellöcher musst du zustopfen. Damit verweigerst du dem Bösen den Zutritt.«

Elise kam ins Zimmer und setzte sich auf den Sessel ihnen gegenüber. Sie faltete die Hände im Schoß und sah zu, wie Maud einen weiteren Knoten löste, indem sie eine Handvoll von Phylls feuchten Haaren nahm und die Strähnen trennte. Sie staunte über Mauds Geduld. Elise gehörte nicht zu den Frauen, die sich mit verknoteten Haaren abgaben. Für so etwas gab es Scheren. Sie mied Phylls Blick und beugte sich hinunter, um sich die Stiefel aufzuschnüren. Anschließend rieb sie sich eine Weile die Knöchel. Sie war müde. Der Fußmarsch zurück von Little Sark hatte sie erschöpft, und sie spürte die ersten Anzeichen von Kopfweh – ihre eigene Schuld, weil sie vom Brandy des Majors getrunken hatte. Aber zumindest hatte sie Maud und Nancy beruhigen können. Sie hatte klargestellt, dass die »übernatürliche Energie« auf Beau Regard auf den Bruder des Majors zurückzuführen war, daher der kaputte Fotorahmen im Kamin. Keine Spur von der fremden Lady im Haus, also keine Gefahr für Nancy. Gut, dass die Sache vorbei war.

Sie richtete sich auf und schloss die Augen, spürte aber, dass Phyll sie ansah. Elise machte sich auf etwas gefasst. Noch nie war ihr ein Kind begegnet, das so viele Fragen stellte. Zeichen für einen aktiven Geist, sagte Maud, doch soweit Elise das sah, eher für einen unsteten. Vor zwei Monaten erst hatte ihre Tochter damit gedroht, sich die Haare mit einem Küchenmesser abzuschneiden, und Elise war, wenn sie ehrlich war, begeistert gewesen von der Idee. Trotzdem saß Phyll nun hier, freudestrahlend, in frisch gestärktem Nachthemd und mit langen Haaren, die glänzten wie Öl. »Welchem Umstand verdanken wir die Ehre?«, hätte Elise fast gefragt, aber sie wollte keine Unterhaltung beginnen. Wahrscheinlich versuchte Phyll, Miranda Cecil zu beeindrucken, was nicht das Schlechteste war. Sie lehnte den Kopf zurück, und Minuten vergingen in geselligem Schweigen. Nun, zumindest eine Minute verging. Dann hörte Elise ihre Tochter seufzen und die Position ändern und mit dem Fuß an den Rand des Kamins tippen. Tap-tap-tap. Jetzt kommt's, dachte Elise.

»Mr Hyde fand es wirklich verblüffend«, platzte Phyll heraus. »Du bist in Trance versunken und hast die Anwesenheit der Frau genau da gespürt, wo sie erschienen ist! Hast du sie etwa gesehen? Mr Cecil war ziemlich aus dem Häuschen. Er meinte, sie sollten dich für eine Séance engagieren …«

Elise riss die Augen auf. Von Séancen hatte sie schon gehört. Frauen in Schränke sperren. »Ausgeschlossen«, sagte sie entschieden.

Phyll senkte den Blick und biss sich auf die Lippe.

Elise hob die Brauen. »Ich rede nicht darüber, was vor sich ging. Du *kennst* meine Grundsätze, Phyll.«

Ihr Ton war barsch, aber das Kind brauchte Ermahnung. Wenn die Leute ihr vertrauten, musste sie dieses Vertrauen würdigen, und dies war eine kleine Insel. Elise wollte nicht, dass Phyll den Tratsch schürte.

Sie warf Maud einen Blick zu, die den Wink verstand.

»Ja, und wenn die Lage schlimmer wird, können wir immer noch ein Schafsherz besorgen. Das musst du mit Eisennägeln durchbohrt in den Schornstein hängen und ein ordentliches Feuer anzünden.«

Phyll schrie auf, und Maud lachte. »Wirklich. Das haben sie die ganze Zeit gemacht, als mir einmal ein Mädchen erschienen ist. Du findest noch heute ein paar verschrumpelte Herzen in den Schornsteinen, glaub mir.« Sie legte Phyll die Hände auf die Schultern, als wollte sie sie festhalten. »Und jetzt gönn deiner Mutter ein bisschen Ruhe … sie hat heute genug getan. Gehen wir nach oben.«

Elise kam zur Ruhe und ließ die Gedanken schweifen. Sie musste eingeschlafen sein, denn das Nächste, woran sie sich erinnerte, war, dass sie allein im Wohnzimmer stand. Sie hörte Mauds leise Stimme und einen Schwall Gekicher aus dem oberen Stockwerk. Nicht immer war Elise mit Mauds Gruselgeschichten einverstanden, aber Phyll ließ sich nicht so leicht erschrecken. Elise sah zu Phillips Sessel hinüber. Nun, zu seinem früheren.

Sie beugte sich vor. »Also«, flüsterte sie. »War's das jetzt?«

Sie wartete einen Moment. Noch immer konnte man die Vertiefung sehen, die Phillips Körper in der gepolsterten Rückenlehne hinterlassen hatte. Elise sah sie fest an und wartete weiter. Wie immer passierte nichts. Blinzelnd lehnte sie sich zurück und ließ die Schultern sinken. »Na schön! Wie du willst …«

Eins wollen wir klarstellen: Elise hatte nicht eine Sekunde geglaubt, Phillip würde das Boot nehmen und rausfahren. Sie wollte ihn aus dem Haus haben, das war alles gewesen, und sie hatte angenommen, er würde irgendwo vor dem Unwetter Schutz suchen und sich beruhigen. Als er am nächsten Morgen nicht auftauchte, dachte sie, er wollte ihr Angst machen. Aber aus Tagen wurden Wochen, und den Rest kennen wir. Ob er tot war? Sie wusste es nicht.

In der Tat. Sie wusste es nicht.

Elise sagte nur, Phillip sei tot, damit die Leute aufhörten zu fragen. Sie war schließlich die Frau, die auf alles eine Antwort hatte, wie also konnte sie es *nicht* wissen? Eigentlich behauptete sie es probehalber, in der Annahme, irgendetwas würde passieren, und wartete auf ein Zeichen. Sie ließ seinen Sessel am Kamin stehen und seine Schuhe neben der Tür und beobachtete sie. Früher oder später, dachte sie, würde sie etwas spüren. Doch sie saß seinem Sessel gegenüber und spürte nichts, und sie stand an ihrem Postschalter und spürte nichts. Sie ließ sich die Haare abschneiden und trug seine Jacke. Immer noch nichts.

Was stimmte nicht? Was hatte sich verändert? Wäre er wirklich tot, würde sie es nicht wissen? Vielleicht war es der Schock, vielleicht die Trauer, jedenfalls zeigte Elise keine Reaktion. Sie fühlte sich taub und stumm. Es war, als wäre der ganzen Welt der Ton abgestellt worden. Sie müsse der Sache Zeit geben, sagte sie sich. Phyll hatte gefragt, wo ihr Vater sei. »Er ist noch hier«, hatte Elise geantwortet, aber es war eine Lüge. Dann folgten weitere Ereignisse: Sally Vaudin wurde schwanger und Pat Hamons Neffe wurde umgebracht, und Elise hatte nichts vorausgeahnt. Wo blieben die Schwindelanfälle, das Schwirren in ihren Ohren, die Tagträume? Als wäre es nicht schon genug gewesen, einen Ehemann zu verlieren, war ihr nun auch noch ihre Gabe, ihr Fluch, ihre Last abhandengekommen.

Natürlich gab Elise Phillip die Schuld, dem Schock darüber, dass er fort war, und sie sagte es niemandem, nicht einmal Maud. Wenn sie Geduld hätte, dachte sie, würde es schon zurückkommen, und in der Zwischenzeit beobachtete sie alle aufmerksam (daher die Brille), lauschte auf jedes bisschen Klatsch, und ja, sie öffnete hier und da Post. Was sollte das schaden? Die Leute verließen sich auf sie, sie brauchten sie, und sie wollte sie nicht enttäuschen.

Also war sie zum Haus des Majors gegangen, war durch sämtliche Zimmer gelaufen, hatte Zeitungen, Fotos und Bücher berührt und sogar seine Hände gehalten und ihm tief in die Augen geblickt. Und hatte absolut nichts gespürt. Die Sache mit dem toten Bruder war geraten. Für den kaputten Fotorahmen im Kamin könnte ein Windstoß verantwortlich sein, und was die Rußabdrücke betraf, die hätte jeder hinterlassen können. Beinah hätte sie das auch gesagt, aber der Major hatte ihre Hände so fest umklammert. Sie hatte ihn abschütteln wollen, doch ihre Muskeln waren erschlafft und sie hatte keine Kraft mehr in den Armen, und dann hatte er gesagt, dass sie beide geliebte Menschen verloren hätten.

Sie hatte ihm in die Augen geblickt, die Symmetrie seiner Wangenknochen registriert und die gerade Linie seiner Nase. Männer alterten besser als Frauen – wie kam das nur? Wie er sie ansah. Es war ziemlich lange her, dass jemand ihr so viel Aufmerksamkeit geschenkt hatte. War es falsch, sich da geschmeichelt zu fühlen?

»Bist du wach?«

Eine kleine kalte Hand auf ihrem Arm ließ sie zusammenzucken. Elise schlug die Augen auf. Sie saß immer noch unten, und jemand versperrte den Blick auf den Sessel. Sie schluckte, ihr Hals war ganz trocken.

»Du musst raufkommen.«

Es war Phyll. »Da ist etwas in meinem Zimmer.«

Elise umfasste die Sessellehnen. Meine Tochter, dachte sie. Noch immer erstaunte sie diese Welle der Liebe, die sie regelmäßig überkam. Sie war so glücklich gewesen, ein Mädchen zu bekommen. Sie erinnerte sich noch, wie Maud »Es ist ein Mädchen« sagte, und sie erleichtert aufgeatmet hatte, und wie Phyll zu ihr hochblinzelte, das verrunzelte Gesicht schon damals so ernst. Später sagten die Leute, sie habe Glück gehabt, weil aus Jungen ohne Väter nichts werden würde, für Mädchen sei das kein Problem. Elise sagte, sie sei einfach froh.

»Etwas in deinem Zimmer?«

Phyll nickte und strich sich die Haare aus den Augen. Sie war leichenblass. Elise dachte, sie sehe nicht richtig, weil Phyll frisch gebürstete Haare hatte, was sonst abends nie vorkam, dann fiel es ihr wieder ein. Maud war da gewesen. Maud hatte sie ins Bett gebracht.

Phyll hob die Hand und deutete auf die Dachsparren. »Ich glaube, es ist vielleicht Dad.«

Elises Herzschlag setzte kurz aus. Sie rappelte sich hoch und taumelte durch den Raum. »In deinem Zimmer?« Sie hastete in den Flur. Sie nahm zwei Treppenstufen auf einmal. Jetzt ist es so weit, dachte sie, er ist hier, doch dann blieb sie auf dem Treppenabsatz stehen. Träumte sie etwa? Das Herz pochte ihr gegen die Rippen, und sie musste sich an der Wand abstützen. Jeden Moment würde ihr schlecht werden.

»Es ist in meinem Zimmer«, sagte Phyll, die hinter ihr heraufkam, leise. Ihre Stimme klang hoch und atemlos. Elise sah sie einen Moment an, noch immer nicht an ihren Anblick mit offenen Haaren gewöhnt. Sie schob den Gedanken als unwichtig beiseite, holte tief Luft und trat über die

Türschwelle. Alles sah aus wie immer. Phylls Bücher stapelten sich auf dem Boden, auf dem Fensterbrett, auf der Kommode neben der Tür. So viele Bücher, dachte Elise, das ganze Zimmer schien voll davon. Das Bett war zerwühlt, die Bettdecke zurückgezogen und die Matratze in der Mitte eingesunken. Elise überflog den Schrank daneben, sämtliche Gegenstände. Sie betrachtete alles eingehend und streckte die Arme aus. Sie wartete darauf, etwas zu spüren: ein Kribbeln entlang der Wirbelsäule oder einen Luftzug. Sie ging in die Ecke, stellte die Lampe ab und fuhr mit der Hand durch die Luft. Sie spreizte die Finger und beobachtete die Schatten, die sie warfen. Sie drehte sich um, atmete tief durch, dann noch einmal, und die Pause zwischen dem Ende des einen Atemzugs und dem Beginn des zweiten schrumpfte und dehnte sich. Sie spürte nichts. Sie sah nichts. Sie ging langsam vorwärts, die Dielen knarzten, also blieb sie wieder stehen. Dann wandte sie den Kopf, um Phyll anzusehen, die geduldig auf der Türschwelle wartete. Ihr Gesicht schimmerte im Lampenlicht, aber Elise konnte nicht den Ausdruck darin erkennen. Sie ging vorsichtig zum Nachttisch und presste die Fingerspitzen aufs Holz. Merkwürdigerweise kam sie sich vor wie zwei Menschen. Die eine Elise stand neben Phyll, die andere agierte im Zimmer. Sie seufzte. Phyll lief zu ihr, nahm ihre Hand und zog sie zum Fußende des Bettes. »Hier. *Hier*«, sagte sie leise.

Elise blickte ins Leere. Sie wollte sich hinsetzen, aufgeben, doch Phyll hielt sie fest. »Spürst du es nicht? Hier.«

Elise spürte nur enorme Furcht. Sie sah ihrer Tochter in die Augen und war den Tränen nahe. »Nein, er ist nicht hier«, wollte sie sagen, aber die Worte blieben ihr im Hals stecken. Als sie später daran zurückdachte, wusste sie nicht einmal mehr, was sie gedacht hatte. Sie legte ihr ganzes Gewicht auf ihre Fußballen und rief sich in Erinnerung, dass Kinder Gewissheit brauchten. Es musste Schwarz oder Weiß sein, Ja oder Nein. Dann sagte sie sich, für ihre Tochter würde sie alles tun.

Sie hob entschieden den Kopf. »Ah! Ich spüre etwas.« Sie nickte. »Ja, wirklich.« Dann lächelte sie Phyll an und wartete darauf, dass auch sie lächelte. Das reichte, oder? Sie schloss die Augen und stellte sich Licht und Wärme vor statt Schrecken und Leid. »Er hat nichts Böses im Sinn. Er will nur nach seiner kleinen Tochter sehen.« Sie ließ Phylls Hand los und trat zur Seite. »Komm, Phillip. Setz dich in deinen Sessel. Wir wollen uns doch keine Angst einjagen.«

Das Ganze war an Ironie nicht zu übertreffen. Überall auf der Welt versicherten Eltern ihren Kindern, sobald die Dunkelheit hereinbrach, sie bräuchten sich nicht vor Geistern zu fürchten, Elise hingegen erfand einen. Dabei war es mehr Wunsch als Lüge, denn sie wollte, dass Phillip zurückkäme. Nur sollte er wieder der Mann sein, der er vor dem Krieg gewesen war, der Mann, der ihr keine Angst gemacht hatte. Also war es doch eine Lüge.

Sie fragte sich keine Sekunde, ob ihre Tochter nicht auch log.

17

THE PEOPLE

Mittwoch, 11. Oktober 1933

POLIZEI SUCHT NACH VERMISSTEM

Bei der in einer Höhle auf Sark aufgefundenen Unbekannten wurde im Verlauf der gerichtlichen Untersuchung »Tod durch Ertrinken« festgestellt, bevor sie auf Anordnung der Polizei für weitere Untersuchungen auf die Nachbarinsel Guernsey gebracht wurde.

Die Leiche wurde aus einem Nebengebäude geholt, wo man sie vorübergehend aufbewahrt hatte, und mit einem alten Rettungsboot nach Guernsey transportiert. Man kann nur schwerlich kein Mitleid mit den wenigen Passagieren empfinden, die mit an Bord waren und von der traurigen Fracht wussten. Der Kapitän berichtete von stürmischer See zwischen den Inseln, aber die Tote wurde sicher nach St Peter Port und ins dortige Krankenhaus gebracht, um von Medizinern begutachtet zu werden.

Man verfolgt verschiedene Ermittlungsansätze, in der Hoffnung, die Identität der jungen Frau festzustellen. Außerdem wird die Suche nach ihrem Begleiter fortgesetzt, denn auf den Klippen wurden neben den Kleidern der Frau auch die eines Mannes gefunden, dessen Aufenthaltsort noch bestimmt werden muss. Bisher fehlt jede Spur von ihm.

Menschen kommen nach Sark, um zu verschwinden. Immerhin ist es ziemlich einfach, die ausgetretenen Pfade zu verlassen, denn es gibt ziemlich wenige davon. Und wenn die Besucher genug von Klippen und Stränden haben, tun sie gut daran, die schmalen Wege landeinwärts zu erkunden. Das geschützte Tal von Dixcart ist der perfekte Ort, um sich zu verstecken. Hier verflechten sich die Zweige, verdecken den Himmel, und der reich mit essbaren Pflanzen und Kräutern bewachsene Untergrund ist ein Paradies für Sammler.

Es ist früh am Morgen, und Maud ist draußen. Sie pflückt Zitronenmelisse und zerreibt die Zweige zwischen den Fingern. Gut gegen Erkältungen. Ist sie etwa erkältet gewesen? Sie glaubt nicht. Sie ist alleine unterwegs und folgt dem Bachlauf Richtung Strand. Na ja, sie ist nicht ganz alleine – ab und zu späht ein Kind mit kurzem dunklem Haaren hinter einem Baum oder Busch hervor. Aber wer ist dieses Kind? Einen kurzen Moment lang denkt Maud, es sei Phyll. Aber Phyll wäre barfuß und schmutzig, und dieses Kind trägt schicke neue Schuhe. »Ich bin unsichtbar«, flüstert das Mädchen. »Kannst du nicht so tun?«

Maud lächelt und richtet sich auf. Natürlich kann sie das. Im Vortäuschen ist sie ziemlich gut. Sie wischt sich die Erde von den Händen, legt den Kopf in den Nacken und tippt sich mit zwei Fingern ans Kinn. »Wer spricht denn da? Nichts und niemand?«

Im siebzehnten Jahrhundert glaubten die Inselbewohner, die Sporen von Farnen würden einen Menschen unsichtbar machen. Der damalige Pastor hat darüber geschrieben. Er behauptete, junge Männer würden auf diese Weise mit dem Teufel kommunizieren und böse Taten begehen. Aber die Insulaner glaubten ja auch, wenn ein junges Mädchen am Mittsommerabend in die Kirche ginge, erschienen ihr die Geister derer, die im darauffolgenden Jahr sterben würden. Warum irgendwer scharf darauf sein sollte, das zu sehen, ist uns ein Rätsel, aber es gab einmal eine junge Dame, die war recht verbohrt und wollte unbedingt trotzdem gehen. Sie hieß Marie oder Isabelle oder Edith, und sie gab nicht viel auf diese Altweibergeschichten. Ihr Ehemann aber war außer sich, denn er glaubte an die Warnungen. Er wollte seine Liebste begleiten, doch eine andere Weissagung prophezeite, dass ein junger *Mann*, der am Mittsommerabend die Kirche betrat, *auf der Stelle* sterben würde. Also tüftelte der Bursche den Plan aus, sich die Taschen mit Farnsporen zu füllen und seiner Frau heimlich zu folgen. Was er auch tat.

Es wurde Mitternacht, und die beiden standen beisammen, obwohl die Frau nichts davon ahnte, dass ihr Liebster anwesend war, denn die Sache mit dem Farnsamen funktionierte, und er war unsichtbar. Dann funktionierte auch alles andere. Die junge Frau erblickte die Geister jener, die bald sterben würden, ihren eigenen eingeschlossen, und (noch entsetzlicher) den ihres Mannes. Sie fiel in Ohnmacht, und der junge Mann, noch immer unsichtbar und völlig verwirrt, nahm sie auf den Arm, um sie schnell nach Hause zu bringen. Die junge Frau kam zu sich und schrie natürlich lauthals los – sie dachte, der Teufel persönlich wolle sie entführen –, doch der Mann hielt sie fest. Sie starb wahrscheinlich vor Schreck, oder vielleicht weil der Mann seine Kraft unterschätzte und sie tötete. Als er sich zu ihr beugte, um sie zu küssen, waren ihre Lippen kalt wie Marmor, und kein Atemzug drang mehr heraus. In dem Moment starb auch er.

»Maud! Was für eine furchtbare Geschichte!« Edie stolpert rückwärts ins feuchte Moos. »Warum erzählst du mir das?«

»Weil du unsichtbar sein wolltest!« Maud schwenkt einen Farnkrautwedel über Edies Gesicht. »Am nächsten Morgen fanden die Inselbewohner die junge Frau in der Luft schwebend … Sie versuchten, sie herunterzuholen, aber sie ließ sich nicht bewegen, also beschlossen sie, noch einen Tag zu warten. Und am nächsten Morgen waren da plötzlich zwei Leichen. Der junge Mann lag quer unter seiner Frau, denn nun war Mittsommer vorbei, und er war wieder sichtbar geworden.«

Keine schlechte Story, aber im Ernst, Farne jedweder Art machen einen nicht unsichtbar. Getrocknet und zu Pulver gemahlen lindern sie Magenschmerzen, und in eine Matratze gestopft vertreiben sie Läuse. Das ist keine schwarze Magie, das ist die Wirkung von Mutter Natur, und alle Frauen von Sark kennen die Grundlagen. Heute hat Maud Wurzeln ausgegraben, Oktober ist die richtige Zeit dafür, denn das Gute hat seinen Ursprung unter der Erde.

Später sitzt Edie in Mauds Küche und blickt auf Alberts todbringende Regale. Sie betrachtet die Flaschen und Tiegel, und Maud erklärt ihr, dass eine Tinktur aus Weißdorn den Blutdruck senkt und Fenchel bei entzündetem Zahnfleisch hilft. Edie hört nicht richtig zu. Sie will hauptsächlich einen eingelegten Frosch finden oder ein Eidechsenauge. Das wäre was.

Die Inselkinder beharren auf der Vorstellung, dass Maud eine Hexe ist. Lächerlich natürlich, und wir leben ja in Zeiten, in denen Frauen nicht mehr auf dem Scheiterhaufen verbrannt werden. Außerdem, nur um das klarzustellen: Von all den armen Menschen, die auf den Kanalinseln jemals der Hexerei bezichtigt wurden, war keine einzige Hebamme. Hebammen müssen vertrauenswürdige, verlässliche Personen sein, die in Ausnahmesituationen ruhig bleiben. Nicht gerade Leute, die herumlaufen und dem Teufel den nackten Hintern küssen oder Ziegenböcken huldigen. (Nicht, dass die armen Frauen, denen das vorgeworfen wurde, es jemals auch getan hätten. Sie wurden nur so lange gefoltert, bis sie dermaßen verrückte Sachen zugaben.)

Stimmt schon, Maud kennt ein paar Zaubersprüche, in denen durchbohrte Herzen und alte Schuhe vorkommen. Glaubt sie daran? Nicht die Bohne. Aber sie geben den Leuten das Gefühl, etwas zu unternehmen, und etwas zu unternehmen ist immer besser, als tatenlos zu bleiben.

Edie macht eine flehende Geste. »Kann ich bitte einen Trank haben, der Walt Hamon umbringt?«

Maud schmunzelt. »Tut mir leid, damit kann ich nicht dienen.«

In Wirklichkeit könnte sie das. Wirf einfach einen Blick aufs oberste Regalfach. Dort steht Bilsenkraut (Lateinischer Name: *Hyoscyamus niger*). Allein der Verzehr der Samen kann zu heftigen Halluzinationen führen, die dir das Gefühl geben, schwerelos zu sein und von hier nach da zu schweben. Möglicherweise war das die Zutat, die für die sogenannten Zaubertränke der sogenannten Hexen verwendet wurde, dieser armen Seelen. Bei mehreren der himmelschreiend ungerechten Hexenprozesse auf Guernsey berichteten etliche Frauen, der Teufel in unterschiedlicher Gestalt sei ihnen erschienen und habe sie aufgefordert, sich mit einer merkwürdigen Salbe einzureiben, woraufhin sie mit Höchstgeschwindigkeit durch die Luft an einen Ort transportiert wurden, an dem leider mehr als nur ihre Leichtgläubigkeit missbraucht wurde. Was uns das sagt, ist, dass einige skrupellose Männer ein paar Frauen unter Drogen gesetzt haben, nicht dass sie Hexen gewesen wären. Die Frauen waren allerdings diejenigen, die erhängt und verbrannt wurden und deren Asche man im Wind verstreute. Die Welt ist ein gefährlicher Ort für Frauen, deshalb lohnt es sich, ein, zwei Dinge über Pflanzen zu lernen.

Maud stellte stets eine Mischung aus Mohnsamen und Bilsenkraut her, um die schlimmsten Wehen zu lindern. Ziemlich schockierend, aber die Wirkung unterschied sich nicht vom »Dämmerschlaf«, der zu selben Zeit von deutschen Ärzten gepriesen wurde. Mit Ärzten hatte Maud nicht die besten Erfahrungen gemacht. Vor Dr. Greener hatten sie Percy Stanhope gehabt, ein totaler Quacksalber, selbst bevor er angefangen hatte zu trinken. Eine traurige Geschichte. Maud musste sich tatsächlich nachts in sein Behandlungszimmer schleichen, um alles zu reinigen und zu sterilisieren.

Sie wärmt den Tee auf, den sie vor einiger Zeit gekocht hat. Eine Mischung aus Minze und Basilikum, gut zum Reinigen der Atemwege. Hat sie etwa eine Erkältung gehabt? Sie räuspert sich probehalber und legt sich die Hand auf die Brust. Sie vergisst Dinge, was wohl kaum ein Verbrechen ist, und dann vergisst sie, was sie vergessen hat, also ist es in Ordnung. Wenn man ein bestimmtes Alter erreicht, muss man einfach zu viel behalten, wer will ihr also vorwerfen, dass sie ein bisschen selektiert. Heute geht es ihr gut. Die Tragödie mit der Toten hat alles wieder ins rechte Licht gerückt. Sie weiß, was vorher passiert ist, und sie weiß, was jetzt passiert. Sie sieht alles ganz klar und deutlich, wie aufgereihte Gläser in einem Regal.

»Hast du das von Mr Cecil gehört?«, fragt Edie. »Er ist aus dem Fenster gefallen und hat sich das Rückgrat gebrochen.«

Maud lässt sich auf einem Stuhl nieder und schaut Edie an. »Dann ist er also rückwärts gefallen.«

Darüber hatte Edie nicht weiter nachgedacht. »Wir müssen immer noch den vermissten Mann finden«, sagt sie. »Glaubst du, er ist tot?«

Maud verzieht die Lippen. »Ich bin mir sicher.«

»Aber wie kannst du dir sicher sein?«

In dem Moment geht die Hintertür auf, und ein eiskalter Luftzug weht herein. Elise kommt in die Küche und gestürmt und sieht Edie böse an. Elise, um das zu erwähnen, sieht schlimmer aus als sonst – sie hat rote Ringe unter den Augen, und ihre Haare stehen in alle Richtungen, als hätte sie in eine Steckdose gefasst.

»Was machst du hier?« Sie sieht Edie finster an.

Maud schenkt noch etwas Tee nach. »Sie besucht mich. Ist das nicht nett?«, fragt sie. Offensichtlich ist es das nicht.

Es entsteht unangenehmes Schweigen.

Edie schluckt und presst die Daumen auf die Tischplatte.

»Ich bin untergetaucht. Mum sagt, ich habe Schande über die Familie gebracht … wieder mal.«

Elise verschränkt die Arme und setzt sich. Sie würde gerne hören, was Marie de Carteret verärgert hat, denn normalerweise ist es ihr Job, verärgert zu sein. »Was ist passiert?«

»Ich habe versucht, Small George nach der Schule zu trösten, weil er einen toten Menschen gefunden hat. Wir haben nur geredet, aber Walt Hamon kam zu uns und hat angefangen, uns zu hänseln, und ›Oooh, Edie ist in George verliebt‹ gesagt.« Edie seufzt. »Also habe ich ihn mit meinen neuen Schuhen getreten.« Sie hält kurz inne. »Dahin, wo es wehtut.«

Elise kann ein Lächeln nicht verbergen. Sie billigt keine Gewalt, aber Walter Hamon ist bekannt dafür, andere Kinder zu schikanieren und in Kuhfladen zu schubsen.

Maud schüttelt den Kopf. »Walter Hamon. Der hatte als Baby eine riesige Birne …«

Edie grinst. »Dabei sagt meine Mutter, *ich* sei eine schwierige Geburt gewesen. Ich hätte sie beinah umgebracht.«

Maud und Elise wechseln einen Blick und heben ihre Tassen, um ihre Münder zu verdecken. Wir sollten betonen, dass Maud Edie nicht auf die Welt geholfen hat. Zu dem Zeitpunkt war Marie de Carteret dreiunddreißig gewesen (und deshalb uralt) und davon überzeugt, dass etwas Schreckliches passieren würde. Deshalb begab sie sich nach Guernsey, wo die Wehen genauso schwer und langwierig waren, wie Maud vorausgesagt hatte.

Edie kramt in ihrer Jackentasche und fischt den Notizblock ihres Vaters heraus, den sie geborgt hat, oder auch entwendet haben könnte. »*Deswegen* bin ich in Schwierigkeiten«, sagt sie. »Ich helfe Dad, den Mann zu finden.«

Elise schnappt sich den Notizblock, blättert ihn durch und wirft Maud einen Blick zu. Sie runzelt die Stirn angesichts Johns unmöglicher Handschrift. Edie wartet einen Moment, dann will sie den Block wieder an sich nehmen. Doch Elise lässt nicht los, und es gibt ein Tauziehen, bis Maud sich räuspert und Elise begreift, dass sie mit einem Kind kämpft. Lächelnd gewinnt Edie den Notizblock zurück.

»Eine Sache hat mich stutzig gemacht …« Sie blättert durch die Seiten und sieht Maud an. »Small George hat mir erzählt, dass du ›zwei Männer am Strand‹ erwähnt hast, als er dich bei Havre Gosselin gefunden hat, und einer sei Albert gewesen. Aber Dad hast du gesagt, du hättest das Paar auf La Coupée gesehen. War da denn noch ein Mann?«

Maud spürt ein leichtes Zucken im Hals. Sie durchforstet ihr Gedächtnis nach etwas, auf das sie sich konzentrieren kann. Etwas Sicherem. Sie stellt sich Albert an ihrem Hochzeitstag vor und die blumengeschmückte Kutsche. Sie lächelt. Sie hatte tatsächlich geglaubt, ihn am Strand zu sehen, aber jetzt wird ihr klar, dass sie sich geirrt hat. Albert hat sich nie mit jemandem geschlagen. Albert verabscheute Gewalt.

»Ach, Edie«, sie schüttelt kaum merklich den Kopf. »Du musst mit einer alten Dame nachsichtig sein. Ich bin manchmal etwas verwirrt.«

Elise nickt und erhebt sich. »Deine Mutter wird sich fragen, wo du bist. Ich kann dich nach Hause bringen.«

Doch Edie gibt nicht auf. Sie nimmt Maud fest in den Blick. »Ich dachte, du hast vielleicht jemanden gesehen, der Albert ähnlich sah. Sah der Mann aus wie Albert?«

Elise erstarrt halb stehend, halb sitzend zu einer merkwürdig gebeugten Figur. Sie wendet sich langsam zu Maud, die schluckt und die Schultern sinken lässt.

»Nein, ich glaube nicht. Manchmal macht mein Gedächtnis einen Sprung, und ich sehe Albert. Natürlich ist es nicht er, es ist nur ein Schatten seiner selbst, aber vielleicht sind Geister so. Wenn es dir schwerfällt, das zu verstehen, dann stell dir einen Tagtraum vor.« Sie lächelt. »Hast du nie Tagträume?«

Edie verzieht nachdenklich den Mund. Erst kürzlich hat sie sich vorgestellt, sie stünde vor Gericht, und Fred de Carteret würde auf sie herabblicken und sie nach ihrem Aufenthaltsort in der Nacht vom 2. Oktober fragen. Sie verweigert die Antwort und lächelt geheimnisvoll und steht kurz davor, verurteilt zu werden, als Small George vors Lehrerpult stürzt und »Sie war bei mir! Sie war bei mir!« ruft. Es ist ziemlich genial. Edie blickt ins Leere. »Aber Geister können doch nicht bloß Tagträume sein. Gil Baker hat den Geist der toten Frau auf La Coupée gesehen. Er sagt, sie war so real wie du und ich. Ich habe ihm gesagt, er hätte sie fragen sollen, was passiert ist. Es ist wirklich unfair! Ich würde sie so gerne sehen, dann könnte ich sie selber fragen.«

Maud hebt die Brauen. »Wenn es nur so einfach wäre.« Sie tippt mit dem knochigen Finger auf den Tisch. »Erinnerst du dich noch an meine Geschichte von dem Mädchen auf dem Friedhof? Du solltest dir niemals wünschen, einem Geist zu begegnen, wenn du nicht gewappnet bist, dass es dein eigener ist.«

18

Die Erscheinung von Pousseresse

18. August 1923

Also. Ein Junge und ein Mädchen auf einem Friedhof. Eine halbe Stunde nach Mitternacht in einer warmen Sommernacht. Das Mädchen trug sein bestes weißes Nachthemd, und als sie herumwirbelte, breitete sich ihr dunkles Haar aus wie ein Fächer. Sie fühlte sich schwerelos und frei, so wie sich ihrer Vorstellung nach ein richtiger Geist fühlen musste. Damals glaubte Phyll noch an Geister, und sie sah kein Problem darin, so zu tun, als wäre sie einer. Everard war sich nicht sicher, an was er glaubte, aber die Spiele und Mutproben waren eine Möglichkeit, es herauszufinden.

Der Himmel war tiefblau, nur ein paar Wolken verdeckten die Sterne. Es war Phylls Idee gewesen, sich nach Einbruch der Dunkelheit hinauszuschleichen. Seit sie ihre Mutter davon überzeugt hatte, sie hätte den Geist ihres Vaters gesehen, erfüllte sie das unbändige Gefühl, alles wäre möglich. Sie hatte nicht ernsthaft damit gerechnet, dass Everard kommen würde. Es sollte eine Herausforderung sein, um seine Grenzen zu testen. Zwanzig Minuten würde sie warten, sagte sie sich, während sie aus dem Bett kroch und die Avenue entlangrannte, dann würde sie aufgeben.

Doch, oh Wunder, Everard war sogar schon vor ihr da und verbarg sich unter dem Torbogen, der zur Kirche führte. Als er aus dem Schatten trat, sah sie nur das Weiß seiner Augen und Zähne, und sie musste sich den Mund zuhalten, um nicht loszulachen. In der Dunkelheit sahen sie beide anders aus.

Everard trug den alten Mantel seines Vaters und normale Sachen darunter. Er hatte eine Taschenlampe in der Hand, die er sich unters Kinn hielt. Sie grinsten sich einen Augenblick an, dann richtete Everard den Lichtstrahl auf Phyll und musterte sie von oben bis unten.

»Warum hast du das an?«

Phyll zupfte voller Überzeugung an ihrem Nachthemd und drehte sich im Kreis. »Es ist weiß. Ich bin ein Geist, siehst du das nicht?«

Außerdem fand sie sich ziemlich hübsch, obwohl sie sich nicht traute, das zu sagen.

Everard trat von einem Fuß auf den anderen und murmelte, das sei vielleicht zu offensichtlich. Es folgte verlegenes Schweigen, und beide sahen anderswohin.

»Vielleicht …« Everard streifte den Mantel seines Vaters ab. »Zieh den über. Wie du es schon mal gemacht hast. Ich hab eine Idee.«

Nicht lange danach wankte ein merkwürdiger Schatten die Rue Lucas entlang. Er geriet ins Schlingern, stabilisierte sich wieder und schien Geschwindigkeit aufzunehmen. Es war Everard auf Phylls Fahrrad. Er stand auf den Pedalen, nur dass er dieses Mal größtenteils von Phyll verdeckt wurde. Sie trug den Mantel seines Vaters, den sie über den Kopf gezogen und bis übers Gesicht zugeknöpft hatte, und hielt mit einer Hand die Taschenlampe vor sich ausgestreckt. Mit der anderen fasste sie hinter sich und hielt sich am Lenker fest. Es war eine ziemlich komplizierte Anordnung, und Everard war beeindruckt, wie still Phyll hielt. Er konnte nicht viel sehen, aber es musste furchterregend wirken. Sie wollten jeden, der ihnen begegnete, mit der Taschenlampe blenden, sodass er nicht wusste, was los war.

Everard musste schnell fahren und fing bald an zu schwitzen, aber es gefiel ihm, durch die Gassen von Dixcart zu sausen, und zweimal musste er den Lenker herumreißen, um jemandem auszuweichen. Ein Mann schrie erschrocken auf. Anschließend steuerten sie Richtung La Coupée. Die Straße war lange ganz flach, und Phyll schwieg. Dann lehnte sie sich zurück, und Everard merkte, dass sie nervös wurde. Wahrscheinlich würde sie ihm gleich sagen, es sei zu gefährlich im Dunkeln. Er wollte schon bremsen oder Richtung Böschung schwenken, doch als er sich das überlegte, war es schon zu spät. Plötzlich ging es steil bergab und er fühlte sich wie im freien Fall. Er biss die Zähne zusammen, verharrte reglos auf den Pedalen und wartete auf den Aufprall. Er überlegte kurz, wie er Mrs Carey erklären sollte, dass ihre einzige Tochter ums Leben gekommen war, während sie mit hundert Sachen im Dunkeln über die Klippen gerast waren, dann spürte er Phylls Hände auf seinen und sagte sich, das würde er nicht zulassen. Sie saß wie ein Schutzschild vor ihm, und es folgte ein Moment der Panik und Aufregung, in dem er nicht wusste, was sie taten oder warum, in dem sie einfach nur frei waren. Was ihm vorkam wie ein fast senkrechter Sturz, dauerte nur Sekunden, dann fing er wieder an zu treten und beförderte sie auf der anderen Seite nach oben. Er war berauscht vom Adrenalin, erhitzt von der Anstrengung. Er konnte kaum fassen, dass sie es geschafft hatten, und fragte sich einen Augenblick später, ob Phyll vor Schreck gestorben war, denn sie regte sich nicht. Plötzlich warf sie den Kopf nach hinten und gab einen gellenden Schrei von sich. Sie schrie Richtung Himmel, und der Klang zerbarst um sie herum in Echos.

Everard lachte und trat weiter in die Pedale. Er wollte nicht anhalten, obwohl er erschöpft war und sie La Coupée hinter sich gelassen hatten. Phylls Hände lagen noch immer fest auf seinen, und sie fuhren eng aneinandergepresst weiter. Sie begegneten niemandem, aber das war ihm egal. Er wollte, dass es so blieb. In diesem Moment waren sie beide allein auf der Welt, mitten in ihrem Zentrum. Es war absolut seltsam, aber absolut richtig.

Schließlich steuerte er sie an eine Böschung. Phyll purzelte vom Lenker und fing an zu lachen. Sie lag mit ausgestreckten Armen auf den Knien. »Ich kann nicht glauben, dass wir das gemacht haben! Wir haben es geschafft! Wir sind geflogen!«

Everard stieg vom Rad und ließ sich aufs Gras sacken. Er lag flach auf dem Rücken und blickte in die Sterne. Sie schienen herumzuwirbeln wie Strudel. Er schwitzte heftig, atmete schnell. Einen Moment später hockte Phyll sich neben ihn. »Tut mir leid«, sagte sie. »Aber ich hab die Taschenlampe verloren.«

Everard schüttelte den Kopf und grinste. »Das macht nichts. Hauptsache, wir sind nicht tot.«

Hauptsache, wir sind nicht tot.

Phyll wiederholte die Worte später alleine in ihrem Zimmer. Sie glühte noch immer vor Aufregung. Sie waren Geister geworden, ohne zu sterben, das war wirklich ein Ding. Sie wollte sich kneifen, um sicherzugehen, dass sie nicht träumte, doch ihre Finger rochen nach getrockneter Erde, und auf ihrem Nachthemd war ein Ölstreifen. Das ist der Beweis, dachte sie und setzte sich auf die Bettkante. Sie war ein bisschen erschrocken über sich selbst angesichts dessen, was sie getan hatte, aber sie konnte nicht aufhören zu grinsen. Sie bückte sich und zog ihren Kasten mit den Glücksbringern hervor, und während sie ihn auf dem Schoß hielt, ging die Tür quietschend auf. Es war nichts, nur ein Luftzug, aber sie starrte eine Weile auf die Schatten im Flur und in ihren Zimmerecken.

Neulich Abend hatte sie gelogen, als sie ihrer Mutter sagte, sie würde ihren Vater spüren, doch manchmal, wenn sie lange genug hinsah, verschwammen die Umrisse, und neue Gestalten tauchten auf. Dann konnte sie wirklich an alles glauben. Das war eine der Gefahren einer lebhaften Fantasie. Genau wie eine gute Geschichte konnte sie dich Glauben machen, dass es gar keine Geschichte war und die Gestalt neben dir ein wirklicher Mensch.

Und was, wenn es *wirklich* ein Mensch war? »Pousseresse« ist auf Sercquiais, der Mundart von Sark, das Wort für nächtliche Störung. Es ist bezeichnend, dass Sark ein eigenes Wort dafür hat, offensichtlich kommt es dort häufiger vor. Der Pastor, der die Informationen über Farnsamen aufgezeichnet hat, notierte etwas dazu in seinem Tagebuch. Von »Pousseresse« sprach man, wenn jemand entweder nachts durch Lärm geweckt wurde oder plötzlich die Anwesenheit einer Erscheinung im Dunkeln spürte, die auf ihn lauerte. Es war vergleichbar mit einem Lebewesen wie einer Katze oder einem Hund, das herumstreunte, und zuweilen sprang es auf einen und presste einen ans Bett. In mindestens einem Hexenprozess war davon die Rede gewesen, denn die meisten Betroffenen meinten, es könne bei diesem Phänomen nicht ohne Hexerei zugehen, weil es so schnell kam und wieder verschwand.

Dr. Stanhope, der allein in seiner Arztpraxis war, schreckte plötzlich aus dem Schlaf hoch. Über ihm schwebte etwas, und er spürte kühlen Atem im Gesicht. Er öffnete die Augen und versuchte, etwas zu sehen, aber alles war finster. Dann hörte er ein lautes Geräusch wie das Klirren von Metall oder Glas. Er konnte sich nicht aufsetzen. Auf seiner Brust lag ein schweres Gewicht. Selbst hellwach war er nicht in der Lage, den Kopf zu heben. Von seinem Kragen stieg ihm der Geruch nach Erbrochenem in die Nase, im Mund schmeckte er einen beißenden Geschmack. Er lag ausgestreckt auf dem Bett und war noch vollständig bekleidet.

In seinem Kopf drehte sich alles, und der vergangene Abend kehrte in Schlaglichtern zu ihm zurück. Major Hyde war hier gewesen und hatte über seinen Geist lamentiert.

»Ich glaube, es ist eine Abfolge« hatte er gesagt. »Ein Geist erscheint und bereitet, sobald die Verbindung hergestellt ist, den Weg für die nächsten. Es ist, als würde eine Tür geöffnet. Die Frau ist mir nicht ohne Grund erschienen, sie hat meinen Bruder hereingelassen. Gestern Abend hatte ich das Gefühl, jemand wäre mit mir im Zimmer, eine dunkle, bedrohliche Gestalt. Es muss Evelyn gewesen sein. Es muss einfach …«

Der Bruder. Evelyn. Natürlich.

Von nebenan kam noch ein Geräusch: das Knarzen einer Diele. Stanhope konzentrierte sich auf die Decke, die niedrig und nah erschien. Diese alten Häuser, dachte er. Die Arztpraxis war eines der ältesten Gebäude auf Sark, die gegenüber dem Postamt entlang der Avenue standen. Die beiden vorderen Zimmer stammten aus dem 17. Jahrhundert. Hier hatte Sarks allererster Pastor gewohnt und seine Tagebücher über Hexen und Farnsaat verfasst. Stanhope hatte davon gehört.

Er lag immer noch flach auf dem Rücken, und das Herz pochte ihm gegen den Brustkorb. Er drehte langsam den Kopf und starrte zur Tür. Er stellte sich den Toten dahinter vor. Ein heftiger Druck bildete sich auf seiner Brust, wie eine Faust, die ihn niederdrückte. Er rang nach Luft. Starb er gerade? Ihm lief der Schweiß, als hätte er Fieber. Er bewegte kaum merklich die Schulter, spürte den Stoff seines Jacketts. Er brauchte Hilfe, ein chemisches Hilfsmittel. Normalerweise benutzte er Chloroform – auf ein Taschentuch getupft beruhigte es ihn immer –, aber er hatte Major Hyde seine letzte Flasche gegeben. Verflucht.

Stanhope bevorzugte sonst die milderen Monate, aber dieser Sommer war unerträglich gewesen. Wochen ohne einen Tropfen Regen lagen hinter ihnen, und die Hitze hatte sie alle fast um den Verstand gebracht. Er legte sich langsam die Hände auf die Brust. Jetzt fiel es ihm wieder ein. Nachdem er mit dem Major gesprochen hatte, war er zum Dixcart Hotel gegangen, um sich um einen Patienten mit Sonnenstich zu kümmern – der dritte in einer Woche. Er war noch dortgeblieben, um das Funkgerät abzuhören, doch dann hatte er zu viel getrunken und war eingenickt. Als er wieder aufwachte, war die Verbindung unterbrochen, und nur noch ein leises Rauschen war zu hören gewesen.

Was für ein Tag, was für eine Nacht. Stanhope versuchte, sein Hemd aufzuknöpfen, und hob das Kinn. Bis nach Hause war es ein langer Fußmarsch gewesen, und er hatte sich zweimal verlaufen, weil im Dunkeln alle Wege gleich aussahen. Dann hatte ihn dieses Licht geblendet, ein gelbes Licht, wie aus dem Nichts. Er war auf einen harten Erddamm gestürzt, und sein Mund hatte sich mit Sand und Staub gefüllt. Sein Rücken schmerzte noch immer von dem Aufprall.

Stanhope zuckte vor Schmerz zusammen und stemmte sich mühsam hoch, bis er beinah aufrecht auf der Bettkante saß. Er sah auf den Boden und holte noch ein paarmal Luft, bevor er versuchte aufzustehen. Er rieb sich über den Rücken. Nebenan waren keine Geräusche mehr zu hören, also hatte er sie sich vielleicht nur eingebildet, oder vielleicht war es ein Traum gewesen. Genau das hatte er zu Major Hyde gesagt und ihm erklärt, dass es nach einer tiefen Schlafphase beim Aufwachen immer ein seltsames Dazwischen gibt. »Einen »Aufwach-Albtraum«, hatte er es genannt. »Sie träumen etwas, bevor sie zu sich kommen, und der Eindruck ist noch so lebendig, dass es real erscheint.«

Stanhope konnte sich nicht mehr erinnern, wie er nach Hause gekommen war, doch offensichtlich war er das. Er hob die Hände vors Gesicht und bewegte die Finger. Er blinzelte und drehte den Kopf nach rechts und nach links. Alles in Ordnung, sagte er sich. Das Geschwafel des Majors hatte ihn verunsichert, das war alles. »Ich habe nicht geträumt«, hatte Hyde steif und fest behauptet. »Ich war hellwach, als ich der Frau begegnet bin, und Nancy hat sie auch gesehen.«

Hätte Stanhope die Angewohnheit gehabt, sich Notizen zu machen, dann hätte er festgehalten, dass der Major unter Halluzinationen aufgrund übermäßiger Anspannung litt. Hyde hatte irgendwo von der Frau gehört und die Erinnerung verdrängt. Warum sie gerade jetzt an die Oberfläche kam, nun ja, vielleicht drückte das seinen eigenen heimlichen Wunsch aus. Bei Geistern ging es immer um das, was wir nicht haben konnten. Man denke nur an die arme Nancy, eine Frau in den schwierigen mittleren Jahren, die sich um einen hinfälligen, kriegsversehrten Ehemann kümmern musste. Ja, ein Irrglaube konnte sich ausbreiten wie eine Krankheit. Und jetzt war auch noch Elise Carey nach Beau Regard gegangen und hatte dem Major erzählt, was immer er hören wollte. Da wäre er bei einer Wahrsagerin auf dem Jahrmarkt besser dran gewesen. Stanhope erinnerte sich noch, wie Phillip Carey im Bel Air gesessen und etwas davon gemurmelt hatte, dass seine Frau ihn mit einem Fluch belegt hätte. Er hatte sie dabei überrascht, wie sie Kräuter oder so etwas verbrannte. Und jetzt war Nancy diejenige, die Kräuter verbrannte. Die arme gutgläubige Nancy. Stanhope schüttelte den Kopf. Er gab dem Krieg die Schuld. Er hatte so viel Leere hinterlassen, die gefüllt werden musste. Und Sark war ein völlig leerer Ort. Ja, es gab auch so etwas wie zu viel Ruhe und Frieden.

Er nahm seine Streichhölzer und zündete die Lampe neben seinem Bett an.

»Ich komme!«, rief er, obwohl er nicht sicher war, ob er das konnte.

Stille jetzt, bis auf sein laut schlagendes Herz. Er hätte sich gerne wieder hingesetzt, wieder geschlafen, doch er zwang sich zur Tür. Es war verrückt, in seinem eigenen Haus Angst zu haben. Er hörte noch ein Knacksen und stürzte in sein Büro. »Nun? *Nun*?«

Der orangefarbene Schein seiner Lampe ergoss sich auf seinen Schreibtisch und die beiden Ledersessel vor dem Kamin. Das Zimmer war leer, natürlich, und er atmete erleichtert auf. Er ging noch zwei Schritte hinein und drehte sich einmal im Kreis. Alles sah normal aus, doch plötzlich hielt er inne. Etwas hatte sich verändert. Er blinzelte, als würde er dann besser begreifen. Er ging zum Kamin, ließ den Blick über sämtliche Oberflächen gleiten. Ihn überkam ein merkwürdiges

Gefühl. Zwischen den Sesseln war mehr Abstand als sonst, und es roch irgendwie frisch. Er ging zum Waschbecken und sah Wassertropfen. Hatte er gewaschen? Er fasste sich an die Stirn, an den Kragen. Dann bemerkte er ein Stück Papier, das unter den Aschenbecher auf seinem Schreibtisch geschoben worden war.

Was ich vergessen habe: Paul Cecil schlägt einen Abend »Geister-Beobachten« vor, am Haus beim nächsten Vollmond. Könnte interessant sein. Ich hoffe, Sie können kommen. EH.

Stanhope blickte ins Leere. EH. Earnest Hyde. Dann war der Major zurückgekommen. Er war erleichtert und verärgert zugleich, denn das war alles Unsinn, aber jetzt würde er hingehen müssen, und sei es nur, um die Sache zu klären. Er atmete tief durch, füllte seine Lunge, während ihm etwas Kühles über den Rücken strömte. Ein Luftzug? Also hatte doch ein Fenster offen gestanden? Er drehte sich um, ging zum Fenster, um nachzusehen, und erkannte sein Spiegelbild in der Scheibe. Er runzelte die Stirn und wollte schon die Fensterläden schließen, doch dann senkte er die Lampe und spähte hinaus. Er dachte an das grelle Licht auf der Straße. Was war das wohl Merkwürdiges gewesen? Seufzend wich er zurück, seine Erleichterung verflog. Wieder sah er dieses Gesicht, von irgendetwas überdeckt. Da, wo die Nase hätte sein sollen, war ein Fleck, und die Augen blitzten wild und zornig. Er ließ entsetzt die Lampe fallen und konnte den Blick nicht vom Fenster wenden, von dem Gesicht, das ihn anstarrte.

»Mein Gott!«, rief er.

Er hob die Hände an die Wangen, und das Gesicht sah ihn weiter an, dann drehte es sich weg und verschwand.

19

DAILY MAIL

Freitag, 13. Oktober 1933

RÄTSEL VON SARK: MORD ODER VORTÄUSCHUNG?

Eine außergewöhnliche Story, die unsere Leserschaft seit Wochen in Atem hält, erreicht uns von der Insel Sark, einer der kleinsten und unberührtesten der Kanalinseln. Vor zwei Wochen wurden die Kleider zweier Unbekannter auf den Klippen gefunden, aber von den Besitzern fehlt jede Spur. So begann, was zahlreiche Zeitungen als »Das Rätsel von Sark« bezeichnen.

Nach intensiver Suche wurde die Leiche einer Frau im Meer entdeckt, deren Kopf und Hals schwere Verletzungen aufwiesen. Der Beweislage nach wurde die Frau Opfer einer Gewalttat. Noch kennen wir weder ihren Namen, noch wissen wir, was sie hierhergeführt hat. Man geht davon aus, dass sie zusammen mit einem Mann, ihrem Ehepartner oder ihrem Liebhaber, der noch verschwunden ist, nach Sark kam. Ihre Leiche wurde vermutlich ins Meer geworfen, oder sie lag auf den Felsen und wurde von der Flut fortgespült.

Die Inselbewohner sind natürlich entsetzt angesichts dieser Tragödie, wobei einige inzwischen auch das übermäßige Medieninteresse an dem Fall verstört. Es handelt sich um zurückhaltende Menschen, die ein konventionelles Leben führen. Es habe nie einen Mord auf Sark gegeben, sagen sie; und doch könnte man die Insel, auf der es nur zwei ehrenamtliche Poli-

zisten, keine Autos und Straßenlampen und nur zwei Telefone gibt, als perfekten Schauplatz für ein solches Verbrechen betrachten.

Man munkelt außerdem, möglicherweise hätten übernatürliche Kräfte eine Rolle gespielt. Die Klippen, auf denen die Kleider gefunden wurden, heißt es, seien verflucht. Nachts könne man dort jederzeit einer gespenstischen Frau in Weiß begegnen oder vielleicht einer Hexe. Auf jeden Fall ist der Ort zu unheimlich, als dass man ihn in der Dunkelheit besuchen sollte. Man fragt sich, was diese zwei Personen zu dieser ungewöhnlichen Zeit dorthin verschlagen hat.

Das Rätsel könnte jedoch bald gelöst sein. Die gestrige Entdeckung zweier verlassener Koffer am Anleger für Postschiffe nach England erhärtet die Mordtheorie. Einer der Koffer enthielt Damenbekleidung, der andere war zur Hälfte mit Herrensachen gefüllt. Es wird vermutet, dass der Mörder, nachdem er die Frau getötet hatte, einige Kleider auf der Klippe zurückließ, um einen Selbstmord vorzutäuschen, und sich anschließend mit den Stücken neu einkleidete, die er in dem Koffer mitgebracht hatte.

Der erste Maat des Dampfers Acceptance berichtete einem Reporter, dass zwei Tage, nachdem die Kleidung bei Port Gorey gefunden wurde, ein Mann mit ihnen von Guernsey nach Southampton gefahren sei. Er sei groß gewesen und habe einen brauen Anzug und einen Regenmantel getragen. »Er sagte, er hätte Sark besichtigt und nichts Interessantes dort vorgefunden.«

Eine weitere bemerkenswerte Aussage machte heute einer der Gepäckträger am Hafen von Guernsey. Er behauptet, die inzwischen tote Frau sei vor vierzehn Tagen in Begleitung eines Mannes mit dem Schiff aus Southampton gekommen. Einige Zeit später habe er denselben Mann alleine die Fähre nach England besteigen sehen.

Waren an den langen Abenden der *Veilles* auf Sark alle Geschichten erzählt, spielten die Insulaner gerne ein kleines Spiel. Dazu gehörte es, einen falschen Tierkopf aufzusetzen – manchmal kam auch ein echter Schädel zum Einsatz –, dann den Körper mit einem Laken zu verhüllen und das Maul des Tieres auf- und zuschnappen zulassen. Der Verkleidete rannte umher, brüllte und knurrte und versuchte jeden zu beißen, der ihm über den Weg lief. Das fanden die Leute entweder lustig, oder sie waren entsetzt und verängstigt, und die Dinge konnten sich rasch zu »Handlungen von Unmoral und Promiskuität« entwickeln, wie ein gewisser Pastor berichtet, der offenbar selbst nicht anwesend war. Dementsprechend wurde das Spiel verboten, woraufhin die Inselbewohner es heimlich weiterspielten, was, wie alles Verbotene, sowieso mehr Spaß machte.

Wissenschaftler vermuten, dieses merkwürdige Spiel gehe auf die Legende von Tchico zurück. Tchico war ein Geisterhund mit glühend roten Augen, der angeblich bestimmte Gegenden auf Sark heimsuchte. Ähnliche Untiere gab es auf Guernsey, und seltsamerweise existierte auch dort das Ritual, sich ähnlich eigenartig zu verkleiden. Die Leute auf Guernsey wickelten sich in Felle und wandelten umher, um Häuser zu überfallen und Frauen zu belästigen. Man nannte das *»vavouverie«*, was so viel wie auf Werwolf-Streifzug heißt.

Nun gut.

Da stellt sich uns die Frage, was schlimmer ist: der Wolf oder der Mann, der sich als einer verkleidet.

Was Dr. Greener betrifft, können wir aber unbesorgt sein. Er ist ein ehrenwerter, allseits bemühter Mensch, der keinen Alkohol trinkt, Gott sei Dank. Eine enorme Verbesserung zu seinem Vorgänger, dessen Arztpraxis er jetzt übernimmt. Wir treffen ihn an, während er die Anlieferung seiner Möbel beaufsichtigt, die kaum durch die Tür passen.

»Ziemlich eng hier«, überlegt er. »Aber vielleicht kann ich aus den beiden vorderen Räumen einen machen.«

Maud hebt die Brauen. »Früher lebte eine fünfköpfige Familie in den beiden Zimmern ...«

Maud hat sich wieder auf einen Spaziergang begeben, weil die Stimmung im Postamt ihr Kopfweh verursachte. Sie bleibt stehen, um die Möbel des Doktors zu inspizieren, die nun an der Avenue aufgereiht sind. Wie immer hat sie ihre Jacke vergessen, und Phyll eilt ihr nach und hält sie hoch.

Phyll sieht ziemlich verkatert aus, aber Dr. Greener weiß von nichts. »Ach, Miss Carey!«, ruft er und schwenkt die *Daily Mail*. »Haben Sie das gesehen? Ganz schön reißerischer Artikel. Weiße Damen und Hexerei können mich nicht erschüttern, aber von den Koffern wusste ich nichts.«

»Welche Koffer?« Phyll nimmt die Zeitung und liest, während Maud in eine Lederreisetasche späht.

»Hm«, sagt Phyll einen Moment später. »Nein. Ich auch nicht.«

Ihre Stimme klingt flach und leise. Seufzend gibt sie die Zeitung zurück, Dr. Greener faltet sie zusammen und klemmt sie sich unter den Arm.

»Ich muss zugeben, als ich mich um die Stelle als Inselarzt beworben habe, hatte ich nicht damit gerechnet, dass mich eine solche Aufregung erwartet.«

Es ist wohl ein Versuch, einen Witz zu machen.

Phyll blickt finster die Avenue Richtung Hafen hinunter. »Irgendwie scheinen hier alle zu glauben, ich hätte die Aufregung noch verstärkt. Selbst meine Mutter. Also schreibe ich vielleicht lieber nicht mehr darüber.« Sie hebt den Kopf und holt tief Luft. »Tatsächlich habe ich einen Artikel über die neue Kunstgalerie geschrieben.« Sie hält kurz inne. »Obwohl, ich bin mir sicher, der wird meine Mutter genauso aufregen ...«

Dr. Greener scheint verwirrt, nickt jedoch lächelnd. »Faszinierend, da bin ich mir sicher.« In der Arztpraxis hört man etwas zu Bruch gehen. Er fährt zusammen. Dann zuckt er mit den Schultern. »Man muss sich anpassen, sich breiter aufstellen! Falls Sie noch andere Projekte in Angriff nehmen wollen – dürfte ich dann um einen aktuelleren Reiseführer bitten? Einen mit brauchbarer Karte und sinnvollen Spazierrouten. Ich glaube, das ist noch ein Desiderat. Ich verlaufe mich ständig.«

Maud hebt den Kopf. »Das«, wendet sie sich an Phyll, »ist doch mal eine Idee.«

Stephen Greener strahlt. Er ist wirklich ein netter Kerl, tut sein Bestes, um sich einzufügen.

»Sie haben über die Ausstellung in der Galerie geschrieben? Diesen Humbug?«

Phyll dreht sich um und sieht sich Mr Toplis gegenüber, der sie finster anschaut. »Dieses ganze moderne Zeug«, knurrt er. »Zu viel Nachlässigkeit, zu wenig Details. Nicht wie zu meiner Zeit …«

Er schüttelt den Kopf und reißt sich von Mule los, die ihn zur Praxis gebracht hat, damit er seinen Blutdruck messen lässt. Mule verzieht das Gesicht, eindeutig verlegen, und Phyll erinnert sich an ihre letzte Unterhaltung. Schnell schaut sie weg.

»Ach, so schlimm ist es nicht.« Dr. Greener schmunzelt. »Immerhin ein leichter verdauliches Thema als *Mord.*« Er spricht das Wort aus, als wollte er es zum Abendessen verspeisen. »Die *Daily Mail* meint, der Bursche hätte die arme Frau umgebracht und wäre dann entkommen.«

»Typisch Mann also«, murmelt Mule. »Sie schlüpfen immer durchs Netz.«

Phyll hält den Kopf gesenkt und wäre am liebsten im Erdboden versunken. Sie fragt sich, ob Mule es irgendwem erzählt hat. Vielleiht nicht, noch nicht, aber bald schon wird es die ganze Insel wissen. Phyll kommt sich jetzt schon vor, als stünde es ihr auf der Stirn geschrieben: *Paul Cecils letzte Eroberung*. Sie muss immer wieder daran denken. Sie war ja so naiv. Dieses Wort hatte sogar Paul benutzt. *Wie konntest du nur so naiv sein*? Aber was sollte sie sonst sein? Sie hatte ihr Leben auf einer winzigen Insel verbracht – was erwartete er?

Sie würde alles tun, um die Uhr zurückzudrehen und von vorne anzufangen. Sie schließt die Augen und verschränkt die Arme. Wäre sie noch jünger, würde sie unten am Hafen Steine zertrümmern. Andere Kinder übten das Steinewerfen am Meer, aber sie fand es befriedigender, sie gegen den Hafendamm zu schleudern. Ihre Wut fühlt sich immer noch wie etwas Körperliches an, etwas, das sie aus sich hinausschleudern musste. Sie hätte Miranda diesen Brief nicht schreiben sollen, aber sie war so wütend, und sie hatte das Gefühl, es erklären zu müssen, und sie hatten sich versprochen, nie wieder Geheimnisse voreinander zu haben. Es war ein bisschen wie Steine werfen, ohne abzuwarten, wo sie landen würden. Das war allerdings wirklich naiv, denkt sie mit einem tiefen Seufzer.

»Alles in Ordnung?« Mule beobachtet sie eindringlich. »Tut mir leid wegen gestern Abend …«

»Du siehst furchtbar aus«, fällt Mr Toplis ihr ins Wort. »Warst du etwa auf dieser Party und hast ihren widerlichen Punsch getrunken?« Er schüttelt den Kopf. »Ich kann diese jungen Maler nicht ertragen, die einen auf Aussteiger machen. Den Winter überstehen sie nicht, denkt an meine Worte.«

Dr. Greener wirkt besorgt. »Ach? Was wird ihnen denn zustoßen?« Mule grinst. »Keine Sorge, Dr. Greener, solange Sie nicht zu viel trinken, passiert Ihnen nichts. Percy Stanhope, der letzte Inseldoktor, ist am Alkohol gestorben, hat Ihnen das niemand erzählt? Er hat völlig den Verstand verloren …«

Dr. Greener wirft einen Blick auf die Arztpraxis. »Ich habe so etwas gehört.«

Mr Toplis betrachtet den Artikel in der *Mail.* »Die arme

Frau. Ich bin sicher, dass sie schon einmal auf Sark gewesen ist. Ich habe dauernd das Gefühl, sie schon einmal gesehen zu haben, letzten Sommer, im Bungalow oder bei Dixcart. Vielleicht ist sie stehen geblieben, um eins meiner Gemälde zu bewundern. Vielleicht dachte sie, wie wunderbar es wäre, auf einer solchen Insel zu leben, und jetzt ist sie hier gestorben und sitzt fest. Noch ein Geist.«

Phyll stöhnt genervt. »Es gibt keine Geister.«

Toplis plustert die Wangen. »Du weißt, dass es sie gibt … Ich bin oft alleine auf den Klippen, da spüre ich es, und spät am Abend hört man immer merkwürdige Laute …«

»Bitte«, Mule seufzt, »können wir das Thema wechseln?«

Phyll beachtet sie nicht. »Es gibt keine Geister«, sagt sie entschieden. »Das sind bloß dumme Gerüchte, und die Leute lassen sich reinziehen. Wisst ihr noch, wie Everard und ich früher auf den Baum beim Friedhof saßen und Sachen auf alle Leute geworfen haben, die vorbeigelaufen sind? Deswegen dachte Marie de Carteret, es würde dort spuken.« Phylls Worte überschlagen sich fast. »Und ein andermal sind wir nach Mitternacht mit dem Rad herumgefahren, und ich hab mir Major Hydes Mantel über den Kopf gezogen.« Sie stößt ein bitteres Lachen aus. »Wir haben Dr. Stanhope zu Tode erschreckt und ihn mit einer Taschenlampe geblendet. Wir waren schrecklich, aber wir waren Kinder, und es war nur ein Spiel!«

Maud blinzelt verhalten, und einen Moment lang sagt niemand etwas.

»Ah! Everard Hyde.« Dr. Greener nickt. »Major Hydes Sohn. Ich *wusste*, dass ich ihn kenne.« Er schüttelt den Kopf. »Die Welt ist klein, die Welt ist klein. Er war also ein bisschen risikofreudig, was? Na ja, das erklärt es … Ich habe ihn als Kind kennengelernt … ihn behandelt eigentlich. Meine Güte, das liegt schon zehn Jahre zurück. Ich hatte gerade mein Examen gemacht und in der Stadtpraxis auf Guernsey angefangen, da brachte der Major ihn zu mir.«

Phyll erstarrt. »Sie haben Everard behandelt?«

Dr. Greener nickt. »Der arme Junge. Übler Sturz von der Klippe, stimmt's?« Er blickt in die Ferne. »Ich meine, bewundernswert, dass er versucht hat, eine Klippe hochzuklettern. Und in der Tat war es ein interessanter Fall. Er muss vorwärts gefallen sein und den Arm benutzt haben, um sich zu schützen. Ich war schrecklich in Sorge, dass er sein Augenlicht verliert.«

Greener faltet die Hände und erzählt noch etwas mehr über Everards Verletzungen, doch sein Vortrag verliert an Schwung, während sein Blick nach rechts und links zuckt. Er spürt, dass etwas nicht stimmt. Er hatte angenommen, alle wüssten hier alles, Sark sei so klein, dass es keine Geheimnisse gebe, aber die Blicke, die ihn treffen, verunsichern ihn. Ein bisschen zu spät wird ihm klar, dass der Major seinen Sohn wohl nach Guernsey gebracht hatte, damit die Leute hier nichts von der Sache erfuhren.

Everard hatte sechs Stiche über der Braue gebraucht, falls jemand sich fragt. Manchmal, wenn er sich aufregt oder Angst hat, spürt er ein leichtes Pochen an der Stelle. Es erinnert ihn, dass es passiert ist, aber nicht an das Wie. Seine Erinnerung daran ist angeschlagen, und Teile davon fehlen. Zuerst durfte er nicht darüber reden, und jetzt sind zehn Jahre vergangen, und er kann es nicht. Er ist wieder zu Fuß unterwegs, durchkämmt jeden Zentimeter Küste. Er will diesen Mann finden, den Mann, der der Frau wehgetan hat, weil er glaubt, es gibt noch eine Chance. Die Wolken verdunkeln sich, drohen Regen zu bringen, aber er macht unbeirrt weiter.

Maud ist ebenso unbeeindruckt vom Wetter, und nachdem sie sich von Dr. Greener verabschiedet hat, nimmt sie Phyll mit zu den Klippen von Eperquerie, die sich im äußersten Norden von Sark befinden. Vor diesen zerklüfteten Felsen hatte Reverend Cachemaille einst Peter de Pelleys Boot zerschellen sehen. Das konnte Phyll in ihren neuen Reiseführer aufnehmen, wenn sie Lust hatte. Aber Phyll ist deprimiert und sagt kein Wort, während Maud vorwegstapft und sich gegen den Wind stemmt.

Sie sieht Everard als Erste den Weg heraufkommen, und ihr fällt auf, dass er seine Schritte mit einer gewissen Beharrlichkeit macht, mit jedem Fuß entschieden auftritt. Sie kann zwar sein Gesicht nicht sehen, aber die Art, wie er die Schultern hängen lässt, erscheint ihr vertraut. Er hat die richtige Größe und Statur, und seine Haare haben dieselbe Farbe. Aha, denkt sie, und in ihrem Kopf macht etwas klick.

Sie hebt das Kinn und geht weiter. Sie entschließt sich, ihn nicht zu genau anzuschauen, denn sie will dieses Gefühl in die Länge ziehen. Es ist wie der Schwebezustand in einem Traum. Erst als er schon ganz nah ist, kurz davor, den Kopf zu heben, kann sie nicht länger widerstehen.

»Albert!«

Everard hört das Wort nicht richtig, doch er hebt den Kopf und erblickt Maud, bevor er sich umdreht, um nachzusehen, ob hinter ihm noch jemand anderes den Weg heraufkommt. Aber da ist niemand, nur die graue See, die weiße Spitzen spuckt.

Er wendet sich wieder um und sieht Maud an. »Mrs Pratt? Vielleicht erinnern Sie sich nicht mehr an mich? Ich bin Everard Hyde.«

Maud wirkt einen kurzen Moment verwirrt, dann holt sie tief Luft. »Natürlich! Everard Hyde.« Ihre Augen flimmern ein wenig, anschließend weiten sie sich, als käme ihr eine Erkenntnis. Sie hebt die Hand. Jetzt, denkt sie, ergibt es Sinn. »Aber nenn mich doch Maud, wir sind doch alte Freunde. Sieh nur, du bist ja klatschnass.«

Everard blickt an seiner Hose herunter, die von den Knien abwärts durchnässt ist. »Ich bin runtergeklettert, um in den Höhlen zu suchen.«

Maud geht noch einen Schritt auf ihn zu, schiebt ihren Arm unter seinen und zieht ihn zu sich, sodass sie beide mit dem Rücken zum Wind stehen. Sie senkt die Stimme und flüstert ihm ins Ohr. »Du musst auf die Flut achten. Seltsam … wir haben vorhin über dich gesprochen. Erinnerst du dich noch an Dr. Greener?«

Everard sieht hoch, plötzlich nervös, und dann sieht er Phyll in einiger Entfernung auf dem Gras stehen.

Sie beachtet ihn nicht einmal. »Maud, wir sollten gehen!«, ruft sie. »Es fängt gleich an zu regnen.«

Was stimmt, eine dicke graue Wand zieht übers Meer heran, aber Maud ist das egal.

»Sieh nur, wen ich gefunden habe!« Sie hält sich an Everard fest und steuert ihn die Stufen hinauf zu Phyll. »Er war in den Höhlen.« Sie dreht sich um, mustert ihn noch einmal. »Hast du nach dem Mann gesucht?«

Everard weiß nicht recht, was er sagen soll, und Phylls abweisender Blick verunsichert ihn. »Ja, und mir sind diese Höhlen eingefallen. Ich bin schon einmal dort gewesen …« Sein Blick trifft Phylls, und einen Moment sind Wind und See ganz still. »Mit Miranda.«

Maud schmiegt sich enger an ihn und lächelt freundlich. »Also, ich bin froh, dich nun erwachsen zu sehen, aber …«, sie legt den Kopf zur Seite. »Ich muss dir eine schwierige Frage stellen.«

Everard erschrickt. »Oh?«

»Ja.« Maud nickt. »Ich möchte wissen …« Sie hält inne. »Warum hast du nie zurückgeschrieben?« Sie spricht die Worte langsam aus und beobachtet Everards Gesicht. »Meine Phyll hat dir all diese Postkarten geschickt … sie hat dir zweimal im Jahr geschrieben, stimmt's, Phyll?« Maud nickt in Richtung Phyll, die fassungslos scheint und Everard einen kurzen Blick zuwirft. »Ich hatte dich als diesen Jungen mit den guten Manieren in Erinnerung, deshalb habe ich nicht verstanden, warum du nie geantwortet hast. Sie war schrecklich wütend.«

Phyll widersteht dem Drang, das Gesicht in den Händen zu vergraben. Sie hatte nicht erwartet, dass der Tag noch schlimmer werden könnte. Sie hält die Luft an und wünscht, sie könnte im Erdboden versinken.

Doch Everard sieht sie erstaunt an. »Welche Postkarten?«

Phyll beißt die Zähne zusammen. Es ist ihr egal, sagt sie sich. »Die Postkarten, die ich dir geschickt habe.« Sie findet, ihre Stimme klingt ganz normal, und wartet einen Moment ab. »Aber es spielt keine Rolle.«

Everard schluckt. Er schüttelt kaum merklich den Kopf. »Ich habe keine Postkarten bekommen, Phyll. Ich weiß nicht, wovon du sprichst.«

Phyll erwidert seinen Blick. Lüg nicht, will sie schon sagen, aber er verzieht keine Miene. »Ich habe sie an deine Schule geschickt. Ich habe im Telefonbuch nachgesehen. Es war die richtige Adresse.«

Everard ist perplex. »Phyll, ehrlich, ich schwöre, ich habe nie irgendwelche Postkarten bekommen. Ich habe gar nichts von dir bekommen. Ich habe *dir* geschrieben, und es kam nie etwas zurück. Ich dachte, du wolltest nichts von mir hören.«

Phyll öffnet den Mund. Ihre Augen brennen, während der Wind stärker wird. Sie hat das Gefühl, weggeweht zu werden. Er hat ihr geschrieben? Wie kann das sein?

Maud glaubt es zu wissen. Sie tippt sich mit dem Finger ans Kinn. »Es *könnte* ein Problem im Postamt gegeben haben.«

Sie spricht langsam und bedächtig, während Phyll sich zu ihr umwendet. Sie braucht einen Moment, um zu begreifen. »Meine Mutter«, sagt sie matt. »Meine Mutter?«

Everard beginnt abzuwinken. »Na ja, ich mache ihr keinen Vorwurf.«

Phyll wirbelt herum. »Ich aber!« Sie blitzt Maud an. »Maud. Hast *du* das etwa gewusst?«

Maud antwortet rasch mit einem Kopfschütteln, fragt sich aber, ob sie das nicht doch hatte. Ihr Blick zuckt nervös über die Klippe zum Meer hinunter. Der Wind frischt weiter auf. Mit dieser Flut könnte die Leiche des Mannes angespült werden, denkt sie. Vielleicht morgen oder übermorgen. Sie schielt zum Horizont, zu dem Punkt, an dem Himmel und Meer verschmelzen.

»Man muss vorsichtig sein im Wasser. Ist man einmal drin, gibt es kein Zurück.«

Inzwischen hat es angefangen zu regnen, und Phyll wendet sich zum Gehen. Everard will sie aufhalten, aber es gelingt ihm nicht. Es ist wie ein Déja-vu, und diesmal muss er sie gehen lassen. Also hält er sich weiter an Maud fest und hat plötzlich das Gefühl, dass sich hinter ihnen jemand nähert. Er dreht sich um, synchron mit Maud, als hätte sie jemand gerufen. Einen kurzen Augenblick ist da wirklich jemand, und Everard schwankt rückwärts.

»Was war das?«

Seine Stimme klingt entfernt und leise, und Maud sieht ihn merkwürdig an, als blickte sie durch ihn hindurch. »Du und Phyll und eure Streiche. Erzähl mir *genau*, was ihr angestellt habt.«

20

Dixcart Hotel, Dixcart Valley

(Das älteste und abgeschiedenste der Hotels auf Sark. Nahe bei La Coupée gelegen, mit schnellem Zugang zum Hafen. Der Portier des Hotels empfängt Sie am Boot.)

21. August 1923

Obwohl Sark hauptsächlich Tagestouristen anzieht, möchten einige von euch vielleicht länger bleiben. Das Bel Air liegt günstig zum Hafen, doch das Dixcart Hotel ist schon lange bei Schriftstellern und all jenen beliebt, die sich nach Ruhe sehnen. Algernon Swinburne und Victor Hugo wohnten dort, Zimmer wurden nach ihnen benannt. Vielleicht hätte Cyril Williams das auch verdient. Er war ein großer, belesener Mann, der sich gut kleidete. Er trug Westen und Krawatten und Hemden mit Pin Collar und diese dicken Hornbrillen. Wir fragten uns, wie er mit seiner geringen Sehkraft die ärztliche Untersuchung für die Armee bestanden hatte, aber das lässt sich jetzt nicht mehr ändern.

Cyril Williams brachte einen großen Koffer voller Bücher mit nach Sark. Vielleicht sollte man keine Bücher mit auf Hochzeitsreise nehmen, aber Sarah hatte nichts dagegen. Cyril war ein schüchterner Mensch, der das Stottern seiner Kindheit durch das Rezitieren von Paarreimen überwunden hatte. Eines seiner Bücher ging verloren, wurde fallen gelassen und blieb zwischen zwei Regalen in der Gäste-Lounge stecken. Es handelte sich um eine Ausgabe der *Collected Poems* von Emily Dickinson von 1910, eine ungewöhnliche

Lektüre für einen Gentleman, aber es war das Geschenk einer Cousine. Das Buch hatte einen grünen Leineneinband und blieb, während sich der Staub darauf sammelte, unbeachtet. Bis zu einem Weihnachtskonzert 1918, als ein gewisses Kind mit markanten Brauen es fand und sich damit unter ein paar Stühlen rücklings ausstreckte. Jetzt las sie laut vor:

Ich bin Niemand! Wer bist du?
Noch ein Niemand mehr dazu?
Schon sind wir ein Paar im Land!
Still, sonst werden wir verbannt!

Es war das erste Gedicht in dem Buch, und Phyll stellte sich oft vor, es wäre für sie geschrieben worden. Jetzt gerade phantasierte sie, es wäre für sie beide geschrieben worden. Sie lächelt Everard an. »Das sind wir. Verstehst du? Wir sind beide ein Niemand. Wir sind Niemand, und niemand kennt uns.«

Sie faulenzten auf dem leeren Platz neben Alberts Grab. Everard lag auf dem Rücken und hatte die Hände unter den Kopf geschoben, und Phyll saß mit angewinkelten Beinen neben ihm. Sie legte den Kopf auf die Knie. Sie wollte die Augen schließen, doch kaum versuchte sie es, fing die Welt an sich zu drehen. Möglicherweise schlief Everard, also legte sie sich auf den Bauch neben ihn. Auf einen Ellbogen gestützt, betrachtete sie sein Gesicht – die blasse Stirn, die gekrümmten Augenbrauen, den Schwung seiner Nase – sie versuchte sich alles einzuprägen. Etwas zum ersten Mal zu spüren hieß, es intensiv zu spüren, wie wenn man eine neue Farbe oder einen neuen Geschmack entdeckte. Er war derjenige, mit dem sie alle anderen vergleichen würde.

»Also, was machen wir morgen?«

Everard stöhnte, rollte sich auf die Seite und schlug die Augen auf. »Ich muss mit den Ladlows Tennis spielen. Ein Picknick soll es auch geben …«

Phyll zerdrückte die Blütenblätter einer Butterblume zwischen den Fingern. Sie spielte kein Tennis, und sie wusste nichts von diesem Picknick, aber die Ladlows waren Gäste aus England, was hatte sie erwartet? Sie holte tief Luft, als bräuchte sie Sauerstoff. »Na ja, ich dachte, wir könnten zu diesen Höhlen gehen, von denen ich dir erzählt habe. The Boutiques.«

Everard hatte die Augen wieder geschlossen und nickte müde. »Miranda hat das auch schon vorgeschlagen.«

Phyll biss sich auf die Lippe. Sie vergaß Miranda immer und fühlte sich ein bisschen schlecht deswegen, aber nicht schlecht genug, um etwas daran zu ändern. »Wir könnten alle zusammen hingehen«, sagte sie und seufzte. »Aber du musst versprechen, du musst schwören ... dass wir ihr nichts verraten.«

Everard schlug die Augen wieder auf. »Das würde ich nie tun.«

Phyll lächelte. »Gut.«

Sie schob ihm das Buch zu. »Ich muss dir übrigens was zeigen.« Sie ließ die Hand auf dem Umschlag liegen. »Das habe ich schon ewig. Ich hab's mal in einem der Hotels gefunden und mir nie Gedanken gemacht, wem es vor mir gehört hat ...«

Everard nahm das Buch und betrachtete den Rücken. »Du hast es gefunden?«

Phyll setzte sich auf. »Ja.« Sie nahm es und schlug die erste Seite auf. Das Papier anzufassen, ließ sie erschauern. Sie holte noch einmal tief Luft, reichte es wieder Everard und tippte auf die obere rechte Ecke. »Lies mal, wessen Name da steht. Bis jetzt war ich mir nicht sicher, und ich kannte ihn ja auch nicht ... ich meine, es spielte keine Rolle.«

Everard hatte sich auf die Ellbogen gestützt und runzelte die Stirn. Er folgte Phylls Finger mit dem Blick. Es war kein besonders leserlicher Eintrag, kleine Handschrift, die schräg nach links abfiel, und das »ams« in Williams war verschmiert. Phyll wartete, während sich Everard das Buch vors Gesicht hielt und die Lippen bewegte. Er schüttelte den Kopf und sah sie verwirrt an.

»Williams?«

Phyll nickte. »C. E. Williams! Der tote Ehemann von Mrs Sarah … der Lady, die im Bel Air wohnt.«

Das war der Moment, an den Phyll später immer wieder zurückdenken würde. Sie würde Sommer damit zubringen, allein im Gras auf dem Friedhof zu liegen und auf den leeren Platz zu blicken, den Everard hinterlassen hatte. Sie würde sich vorstellen, wie sie sich das Buch zurückschnappte und ihm sagte, er solle es vergessen, oder dass sie es ihm erst gar nicht gezeigt hätte. Es wäre so einfach gewesen, sich etwas anderes zu überlegen. Wenn sie sich doch nur einen anderen Streich ausgedacht hätten! Wenn, wenn, *wenn* … Wir werden alle von unseren Fehlern verfolgt.

Marie de Carteret zufolge ist es so passiert: Sie war dabei, die Altarblumen in der Kirche herzurichten, als sie ein leises Schluchzen hörte. Anfangs versuchte sie es zu ignorieren. Als sie am Abend zuvor die Gesangbücher wegräumte, hatte jemand an die Eingangstür geklopft. Als sie hingegangen war, um nachzusehen, war niemand dort gewesen, und die anschließende Stille hatte sie beunruhigt. Kinder, die einen Streich spielen, vermutete sie, aber es machte sie nervös. Marie mochte Ruhe und Frieden in der Kirche, vor allem jetzt, wo sie ein Baby zu Hause hatte, nur dass ihr seit Kurzem selbst die Kirche merkwürdig vorkam. Sie hatte Reverend Severy erzählt, dass etwas nicht stimmte, und was war das jetzt für ein Weinen? Sie ging nach draußen, um nachzusehen.

»Was ist? Wer ist da?«

Auf dem Weg stand eine Frau. Sie sah Marie an, und Marie sah sie an, und kurz darauf erkannten sie sich. Die Frau war Sarah Williams, die junge Witwe, die zur Abendandacht kam.

Sie schwenkte ein Buch vor sich, während sie auf Marie zukam. »Stellen Sie sich vor! Dieses Buch hat meinem Mann gehört.« Sie hielt es Marie unter die Nase. »Ich habe es seit Jahren nicht gesehen, und gerade habe ich es auf der Bank hinter der Kirche gefunden, wo ich saß und gezeichnet habe.«

Marie konnte nicht folgen. Die Frau sprach zu schnell, mit hoher, dünner Stimme, dann lachte sie ein wenig hysterisch und wischte sich Tränen von den Wangen. »Wir dachten, es wäre gestohlen worden.« Sie wiegte das Buch wie ein kleines Kind, dann schlug sie es auf und tippte auf die erste Seite. »Es hat meinem Mann gehört. Er hat es verloren. Und dann habe ich ihn verloren, und, nun ja, es war alles so schwer. Aber jetzt ist es einfach aufgetaucht. Es ist zurückgekehrt.«

Marie sah auf das Buch. Sie dachte an das Klopfen vom Abend zuvor und fühlte sich plötzlich schwach, doch Sarah Williams war zu aufgeregt, um es zu bemerken. Sie wollte auf der Stelle ihrer Mutter schreiben und ihr davon erzählen. Sie wollte es allen erzählen. Sie wollte es die Straße hinunter rufen. Es war nicht weniger als ein Wunder. All die Jahre war sie an die Orte zurückgekehrt, wo sie mit Cyril gewesen war, und manchmal war es ihr vorgekommen, als würde sie ihr Leben noch einmal rückwärts leben, aber das hier, dieses kostbare Buch, bedeutete, dass das nun ein Ende hatte. Sie verstand plötzlich alles, sah die Dinge völlig klar.

Sie machte beim Postamt Halt und legte ihren kostbaren Fund auf den Tresen vor Elise.

»Ach, Mrs Carey. Sie glauben nie, was passiert ist.«

Elise, die gerade Alberts Geranien gegossen hatte, stellte ihre Kanne ab und sah stirnrunzelnd auf das Buch. Sie kannte Mrs Williams als freundliche, traurige Frau, die viel zu früh Witwe geworden war. Sie erinnerte sich sogar noch an den

Ehemann, der einmal die ganze Auswahl an Sark-Postkarten gekauft hatte, was vorher noch nie vorgekommen war. Sie nahm das Buch und hörte sich an, wie es verloren gegangen und wieder aufgetaucht war.

»Ist das nicht unglaublich?«, rief Sarah. »Wie ist so etwas möglich?«

Elise schlug den Band auf und warf einen Blick auf die erste Seite, und obwohl sie ganz still in der prallen Sonne stand, hatte sie das Gefühl, ihr liefe eiskaltes Wasser über Kopf und Arme.

»Bemerkenswert«, stellte sie fest.

Sarah nickte. »Ich kann Ihnen gar nicht sagen, wie glücklich ich bin. Ich war auf der Suche nach etwas, von dem ich nicht wusste, dass es da ist.«

Elise lächelte steif, während ihr der Schweiß über die Wangen rann. Sie fischte ein Taschentuch heraus, presste es sich an die Lippen und senkte den Blick. Sie freute sich für Mrs Williams. Verdiente die arme Frau nicht ein bisschen Glück?

»Es ist ein Zeichen«, sagte sie schließlich. »Ein Geschenk.«

»Das ist es, nicht wahr?«

Elise schluckte, denn sie hatte das Gefühl, ihr würde jeden Moment übel. Wie bereits erwähnt war sie keine große Leserin, und sie war auf jeden Fall eine miserable Köchin, aber sie hielt stets das Haus in Ordnung. Wie oft schon hatte sie die Bücher ihrer Tochter vom Boden aufgehoben, sie abgestaubt und wieder ins Regal gestellt? Wie oft schon hatte sie sie nach Größe geordnet oder so gestapelt, dass sie farblich zusammenpassten? Die Antwort auf diese Fragen kennen wir nicht, aber wir wissen, dass Elise dieses Buch wiedererkannte. Sie erinnerte sich an die zierliche Schrift und den weichen Leineneinband. Sie hatte sogar ein paar Seiten gelesen und sich gefragt, ob ihr Gedichte gefallen könnten, weil sie weniger Worte hatten.

Weniger Worte, dachte Elise, während sie reglos in der

Hitze des Tages stand und auf diese Seiten starrte, bis sie zu Weiß verblassten.

»Er wacht über Sie. Er will das Beste für Sie. Das ist der Beweis.«

Leere Worte, doch ihre Wirkung war gewaltig. Sarah war schon in Tränen ausgebrochen, und Elise fiel es schwer, nicht ebenfalls zu weinen. Sie umarmten beide das Buch, das zwischen ihnen klemmte, und Elise schloss die Augen und versuchte nachzudenken. Das Buch. Woher kam es? Wo hatte Phyll es gefunden? Wer konnte sonst noch davon wissen? Sie kramte in ihrer Erinnerung und versuchte, ruhig zu bleiben.

Sie konnte nicht fassen, dass ihre Tochter das wirklich getan hatte. Später lief sie durch Phylls Zimmer, durchforstete Phylls Regale, durchsuchte ihre Schubladen. Sie hasste dieses Panikgefühl, dieses Im-Dunkeln-Tappen, diesen Verlust der Kontrolle. Was war ihr wohl noch entgangen? Sie stellte sich Phyll in ihrem Nachthemd vor, wie sie in die dunkle Ecke deutete. »Da, genau *da.*«

Elise sank aufs Bett, umklammerte die Matratze. Nein. Dieser Vertrauensbruch war so schwer, dass sie die Welt nicht mehr verstand. Sie beugte sich vor und presste die Finger vor die Augen. Phyll hatte sie nach oben geführt und ihr ins Gesicht gelogen. Elise hatte auch gelogen, aber das war nicht der Punkt. Sie schluckte, nahm einen zitternden Atemzug. Meine eigene Tochter, dachte sie, starrte auf den Boden und versuchte es zu verstehen.

Dann fiel ihr Blick auf Phylls Strandhandtuch, das unters Bett geschoben war. Genauer gesagt fiel ihr Blick auf einen schwarzen Rußstreifen auf dessen Rand. Als sie sich bückte, um es hervorzuholen, blieb etwas Ruß an ihren Fingern hängen. Sie erinnerte sich an die Abdrücke an der Tür auf Beau Regard und erhob sich so schnell, dass sie fast hinfiel. Sie stürzte zum Fenster und riss es auf.

Draußen strahlte noch immer die Sonne an einem makellos

blauen Himmel. Sie hörte Vögel singen und sah eine Kutsche vorbeifahren. Und da war Phyll. Sie hatte ihren Freund dabei, den Sohn des Majors, und sie liefen so dicht nebeneinander, dass sich ihre Schultern berührten. Phyll flüsterte etwas, hielt ihre Hand vor Everards Ohr, dann brachen sie in Lachen aus. Sie fingen tatsächlich an zu lachen.

Das war der Moment, an den Elise immer wieder zurückdenken sollte. Noch Jahre später würde sie oft an Phylls Fenster stehen und begreifen, wie alles einen Sinn ergab. Sie sah zerbrochenes Glas und Rußflecken, und eine Lüge folgte der nächsten. Sie presste sich die Hand vor den Mund, und in dem Augenblick sah Everard zu ihr herauf. Angst flackerte in seinem Blick.

Das genügte.

Elise hastete die Treppe hinunter und zur Tür hinaus. Sie packte Phyll am Ellbogen. »Du kommst mit mir.«

Phyll versuchte, sich loszureißen, aber Elise festigte ihren Griff. »Ich weiß, was du getan hast«, zischte sie und fuhr zu Everard herum. »Und *du!* Was du getan hast, auch.«

Everard wich zurück. »Es tut mir leid! Bitte erzählen Sie es nicht meinem Vater. Bitte, bitte nicht! Er bringt mich um!«

Tränen stiegen ihm in die Augen, und Elise fasste sich wieder. Sie sah, wie sehr er sich fürchtete und dass er noch ein kleiner Junge war.

»Ich sage es ihm nicht«, murmelte sie. »Aber das hört auf. Und kommt nie wieder vor.«

Everard nickte, während Elise ihn weiter im Blick behielt.

»Du darfst meine Tochter nicht mehr sehen. Ist das klar? Es ist vorbei. Was immer es war.«

Everard schniefte und nickte wieder. Er warf Phyll, die den Kopf gesenkt hatte, um ihr Gesicht zu verbergen, einen letzten verzweifelten Blick zu. Dann drehte er sich um und rannte davon und trat dabei eine große Staubwolke in die Luft, die ihr in den Augen brannte.

Kurz darauf im abgedunkelten Postamt wagte es Phyll nicht, ihrer Mutter in die Augen zu schauen.

»Wie konntest du nur?« brüllte Elise. »Wie konntest du etwas so Furchtbares tun?«

Phyll warf den Kopf in den Nacken. »Ich, etwas Furchtbares tun? Das musst du gerade sagen!«

Denn während Elises Hirnrädchen sich gedreht hatten, waren Phylls auf Hochtouren rotiert. »›Mrs Carey bestätigt, dass es in dem Haus spukt‹, ›Er wollte nur nach seiner kleinen Tochter sehen.‹« Phyll wiederholte diese Sätze und sah ihre Mutter mit geschlossenen Augen und ausgestreckten Armen vor sich. Sie starrte an die Wand, auf die Sockelleiste, auf den Fußboden. Vor ihr hatte sich ein klaffendes schwarzes Loch aufgetan, an dessen Rand sie balancierte. Sie wollte sich ihre Mutter nicht als Lügnerin vorstellen, aber sie spürte den Sog der Schwerkraft. Wir sind beide Lügnerinnen, dachte sie, während der Boden unter ihren Füßen wegsackte, die Wände zu bröckeln anfingen und das Dach einzustürzen begann. Das Haus, das sie mit ihrer Mutter geteilt hatte, das Haus, in dem sie gemeinsam gelebt hatten, existierte nicht mehr.

Elise erkannte die Gefahr nicht. Sie war zu wütend, um irgendetwas klar zu erkennen, und würde sich später nur noch verschwommen erinnern. Sie sah ihre Tochter finster an und tippte mit dem Fuß auf. »Also, junge Dame? Ich warte.«

Doch Phyll hielt den Kopf weiter gesenkt und den Mund geschlossen. Das Haus, in dem sie gelebt hatte, existierte nicht mehr, also würde sie sich ein neues bauen. Sie dachte an den Spruch, den Maud ihr gesagt hatte: *Fege die Böden, schließe die Fenster, verriegele die Türen.*

Ihre Mutter würde lange auf eine Antwort warten müssen, womöglich Jahre.

21

DAILY NEWS

Samstag, 14. Oktober 1933

TOTE AUS DER HÖHLE VON SARK IDENTIFIZIERT

Die in einer Höhle in Port Gorey tot aufgefundene Frau wurde offiziell als die Witwe Henry William Howells identifiziert, Leutnant der britischen Armee, die derzeit in Schottland stationiert ist. Violet Anna Howell, achtundzwanzig, verschwand am 20. September spurlos aus ihrem Haus in Maidstone, Kent. Sie hatte ihrem Mann gesagt, sie würde eine Urlaubsreise antreten. Das letzte Lebenszeichen von ihr war ein Brief, der am 26. September abgestempelt wurde.

Leutnant Howell traf gestern mit dem Southern Railway Postschiff auf Guernsey ein. Man zeigte ihm die Kleidungsstücke, die auf den Klippen von Port Gorey gefunden wurden, sowie Fotos der Toten und die Kleider aus einem der Koffer, worauf sich die schlimmsten Befürchtungen bestätigten.

Die Ärzte auf Guernsey geben nun »Körperverletzung, Schock und Ertrinken« als Todesursache an, und Mrs Howells Leiche wurde von den Behörden freigegeben. Sie wird zur Bestattung nach Sark überführt.

Es kursiert eine interessante Geschichte über eine Beerdigung auf Sark. Sie stammt aus dem vierzehnten Jahrhundert und ist beim besten Willen nicht zu belegen. Es war zu jener Zeit, als die Insel von Schmugglern, Piraten und Räubern bewohnt wurde, kriminellem Gesindel. Schreckliche Leute. Sie waren zu einer solchen Plage für die Handeltreibenden im Ärmelkanal geworden, dass ein Plan ausgeheckt wurde, ihnen den Garaus zu machen. Also tauchte eines Tages ein prächtiges Schiff im Havre Gosselin auf, und die Mannschaft bat die Einwohner um Erlaubnis, an Land gehen zu dürfen. Ihr Kapitän sei plötzlich gestorben, und sie wollten ihn an der St Magliore's Chapel beerdigen. Die Inselbewohner erlaubten das unter der Bedingung, dass nur Unbewaffnete an Land kommen dürften. Dem stimmten die Seemänner bereitwillig zu, und die Inselbewohner trafen Vorbereitungen, das Schiff zu überfallen. Allerdings hatten sie zwar die Mannschaft nach Waffen durchsucht, aber vergessen, ins Innere des Sargs zu schauen, in dem sich kein lebloser Körper, sondern jede Menge Waffen befanden. Kaum hatten die Seeleute die Kapelle betreten, bewaffneten sie sich, gingen auf ihre Gastgeber los und töteten sie allesamt.

Die Lehre aus dieser Geschichte ist, dass man sich vom Schein nie täuschen lassen darf, aber das wissen wir ja alle.

Die Beisetzung wurde auf zwölf Uhr mittags festgesetzt, und der Ehemann wird nicht teilnehmen. Er war davon ausgegangen, seine Frau sei mit Familienangehörigen im Urlaub, und sie hatte ihm einen Brief geschickt, in dem sie schrieb, sie freue sich darauf, nach Hause zu kommen.

John de Carteret findet es enttäuschend, dass sie eine Frau beerdigen müssen, die sie nicht kennen, aber immerhin haben sie einen Namen.

»Violet«, sagt Gil leise. »Das ist ein schöner Name.«

Er und die anderen Männer, die die Leiche bei Port Gorey geborgen haben, werden als Sargträger fungieren. Er hat das alte mottenzerfressene Jackett seines Vaters hervorgekramt und extra Haaröl benutzt, und als er die Kirche betritt, nimmt er sogar seine Mütze ab, was seit zwanzig Jahren nicht mehr vorgekommen ist. Die meisten Kirchenbänke füllen sich rasch, und Reverend Severy, dessen ehemals graues Haar inzwischen schneeweiß leuchtet, ist mehr als zufrieden. Die Familie Toplis erscheint, ebenso die Vaudins und die de Carterets und die Bihet-Cousins. Selbst die Hamons, bekanntermaßen Ungläubige, kommen mit einem Wildblumenkranz.

Edie hat es kaum erwarten können, zur Beerdigung zu gehen, und den Ablauf am Vorabend mit ihrem Spielzeug geprobt. Doch nachdem das erste Lied vorbei ist, fängt sie an, zappelig zu werden. Sie sitzt mit ihrer Mutter ganz vorne und wendet fortwährend den Kopf. Sie sucht die Bänke mit dem Blick nach möglichen Mördern ab und entdeckt mehrere zwielichtige Burschen, bei denen es sich allerdings um Journalisten handelt. Sie bemerkt auch Elise, die zu spät kommt und alleine ganz hinten sitzt, in einiger Entfernung zu Phyll, die schon früher mit Maud gekommen ist. Wahrscheinlich, vermutet Edie, weil Elise nie in die Kirche geht und heimlich den Teufel anbetet. Sie sitzt still und wartet darauf, dass etwas Furchtbares passiert.

Es ist etwas Furchtbares passiert, und zwar gestern Abend.

Wie schon erwähnt haben die Häuser auf Sark dicke Wände. Deshalb hat niemand den Streit zwischen Mutter und Tochter gehört. Angesichts seit zehn Jahren nicht versendeter Briefe und Postkarten an Everard Hyde war Phyll verständlicherweise wütend. Sie gab eine Menge nicht ganz humaner Laute von sich, zertrümmerte zwei Stühle und zerschlug fünf Teller. Elise, völlig überrumpelt, leugnete alles. Als das nicht funktionierte, zog sie die Pflicht-einer-Mutter-ihr-Kind-zu-beschützen-Karte. »Ich wollte dich nur schützen. Dieser Junge war schlecht. Der ganze Ärger, den ihr zwei verursacht habt …«

An dem Punkt wurde Phyll so zornig, dass sie sich über den Küchentisch beugte und dessen Kanten umklammerte. »Wir waren *Kinder*!«, brüllte sie. »Du wolltest mich nicht schützen, du wolltest mich *kontrollieren*!«

Einen Moment lang sah Elise Phillip vor sich – seinen brodelnden Zorn –, und sie musste fest schlucken, um ihre Angst zu ersticken. Inzwischen hatte Phyll den Tisch losgelassen und schritt planlos durchs Zimmer, während sie ihre Mutter wüst beschimpfte. Schließlich wirbelte sie herum und tippte sich an die Stirn. »Hast du die Narbe gesehen? Hast du sie gesehen? Sein Vater hat ihn so schlimm verprügelt, dass er ihn von der Insel bringen musste, um ihn behandeln zu lassen.« Sie kniff die Augen zusammen und zeigte mit dem Finger auf ihre Mutter. »Und du bist schuld!«

Elise war sprachlos. »Unsinn«, sagte sie. »Die Journalistin in dir sucht den Skandal. Wenn das passiert wäre, wüsste ich es.«

Phyll warf verzweifelt die Arme in die Luft. »Du weißt nicht alles.«

Sie hat recht. Elise weiß nicht alles. Sie weiß nicht, warum und wie diese arme Frau starb oder warum sie hier beerdigt wird. Sie weiß nicht, warum Everard zurückgekehrt ist, warum Phyll ihren Job aufgegeben hat und was die beiden noch immer verbindet. Nichts davon versteht Elise, was zugleich erstaunlich und ärgerlich ist. Aus diesem Grund sitzt sie hier, den Kopf gesenkt und die Hände gefaltet. Es sieht tatsächlich aus, als würde sie beten.

Entgegen gewisser kindlicher Annahmen glaubt Elise übrigens an Gott. Sie ist nur keine Freundin verordneter Frömmigkeit. Die Leute gehen bloß in die Kirche, glaubt sie, damit sie dabei gesehen werden, wie sie das Richtige tun, oder aus schlechtem Gewissen oder weil sie Angst vorm Sterben haben. Wenn man es sich recht überlegt, sind das die drei Gründe für alles, was die Leute tun.

Was uns übergangslos zu dem führt, was nach dem Gottesdienst passiert.

Elise sieht Everard rund um den Friedhof spazieren. Er

scheint mit sich selbst zu sprechen, vielleicht sogar zu streiten, denn sein Mund öffnet und schließt sich, während er geht. Als sie seinen Namen ruft, erstarrt er und wirbelt herum, als wäre er noch immer dieser kleine Junge, der mit einer Ohrfeige rechnet.

Sie hebt die Hand. »Bitte«, sagt sie. »Auf ein Wort.«

Die Hand immer noch erhoben, geht sie zu ihm, und kaum stehen sie einander gegenüber, bemerkt sie die Narbe, die durch seine Braue verläuft. Sie gibt sich Mühe, nicht hinzusehen, aber nun sieht sie nichts anderes mehr. Sie lässt ihre Hand sinken.

»Ich bin hier, um mich zu entschuldigen«, sagt sie. »Meine Tochter hat dir geschrieben, und ich habe es für richtig gehalten, jeden einzelnen ihrer Kontaktversuche abzufangen.« Sie blickt zu Boden, dann wieder hoch. »Es war Unrecht, ich war im Unrecht. Es tut mir leid. Ich hätte mich nicht einmischen dürfen.«

Everard nimmt diese Information auf und zuckt matt mit den Schultern. »Wahrscheinlich hatten Sie recht, das zu tun, Mrs Carey.«

Elise sieht ihn widerstrebend an. Das war nicht die Antwort, mit er sie gerechnet hatte, und irgendwie ist sie verärgert. Versteht er denn nicht, dass es sie viel Überwindung gekostet hat, herüberzukommen und zu sagen, was sie gesagt hat? Sie gesteht nie ihre Fehler ein, gegenüber niemandem, und ganz sicher spricht sie keine Entschuldigungen aus. Dass er diese nicht annimmt, ist inakzeptabel. Ein wohlwollendes Nicken ist alles, was sie verlangt. Sie wirft einen Blick über die Schulter. Irgendwo bellt unaufhörlich ein Hund. Die Hunde von Sark, alle männlich, sind immer schlecht gelaunt. Nur der Dame persönlich ist es erlaubt, ein Hündin zu besitzen. Aber das lenkt uns ab. Elise wird nervös und hebt den Blick Richtung Himmel. Die meisten Gemeindemitglieder haben den Friedhof bereits verlassen, was sie gehofft hatte, doch jetzt steht Maud neben der Kirche. Sie nickt Elise ermutigend zu. Elise kneift die Augen zusammen und dreht sich wieder um. Ohne weitere Umschweife greift sie in die Tasche ihrer Öljacke. Sie zieht den Packen an den Ecken leicht verknickter Postkarten und Briefe heraus. Hallo, zehn Jahre Jugendkorrespondenz. Sie hätte gerne, dass jemand registriert, dass sie alles nach Datum geordnet hat. Siehst du? Sie hat ein Herz.

»Ich hatte Unrecht«, wiederholt sie noch einmal und hält sie Everard hin. »Bitte, nimm sie. Es ist alles lange her. Es kommt mir vor wie eine Ewigkeit. Ich hatte meine Gründe, aber ich bin mir nicht sicher, ob es die richtigen waren.« Sie seufzt. »Damals waren sie richtig.«

Everard zögert, dann nimmt er den Packen und hält ihn sich dicht vors Gesicht, um die Handschrift näher zu betrachten. Er lächelt. Elise nutzt den Moment, um ihn erneut zu mustern. Es könnte sein, dass er immer noch ein schlechter Mensch ist, sagt sie sich. Ja, er war noch ein Kind, aber sie weiß, wie Jungen sind, und wenn er nur ein bisschen nach seinem Vater kommt … Sie hält inne. Moment mal.

»Was ist mit deiner Augenbraue?« Sie deutet mit dem Finger darauf. »Was ist das? Eine Narbe?«

Everard wendet verlegen den Kopf zur Seite. »Ach … ich bin gestürzt … von einem Baum … vor vielen Jahren.«

Elise atmet die feuchte Luft ein.

»Von einem Baum«, wiederholt sie halblaut.

Sie weiß noch, was Phyll ihr gesagt hat. Warum lügt er dann jetzt? Am liebsten hätte sie ihn zur Rede gestellt, aber sie stehen neben Alberts Grab, und das verunsichert sie. Albert war ein ehrlicher, aufrichtiger Typ, der niemals die Briefe anderer Leute gelesen oder sie Lügner genannt hätte. Elise sieht ihn vor sich, wie er den Kopf über sie schüttelt, und Scham überkommt sie. Sie schaut noch einmal über die Schulter. Phyll steht jetzt da, wo vorher Maud stand. Oje.

Sie wendet sich wieder um. »Die Art und Weise, wie du mit

einem Mal weg warst, hat alles so schwierig gemacht. Phyll war einfach …«, sie sucht nach dem richtigen Wort, »… verzweifelt.«

Everard nickt. »Verstehe.«

Aber Elise glaubt nicht, dass er das kann. Es war ein schöner Sommer gewesen, und dann war er plötzlich getrübt. Phyll und sie sahen einander nicht an und sprachen nicht miteinander, und sie weiß noch, wie still es im Haus wurde. Stunden vergingen ohne jeden Laut. Und alle Sommer, die darauf folgten, waren eine Mahnung. Phyll hoffte jedes Jahr, Everard würde zurückkehren, und als er das nicht tat, war sie zutiefst enttäuscht. Immer wieder derselbe Ablauf. Phyll musterte jeden Neuankömmling, der vom Schiff stieg, versuchte zu erkennen, ob er das richtige Alter hatte oder ihm entfernt ähnlich sah. Es war unerträglich, ihre Hoffnung immer weiter schwinden zu sehen.

Wahrscheinlich hätte sich die Sache irgendwann von selbst gegeben, aber Elise wollte nichts riskieren. Sie musste es kontrollieren, so wie sie alles kontrollieren musste. Das hatte es vermutlich nur noch schlimmer gemacht, denn in dem Moment, in dem sie beschloss, die Briefe und Karten abzufangen, verlieh sie ihnen mehr Bedeutung. Je mehr du etwas leugnest, umso größere Macht besitzt es.

Sie lässt Everard stehen und geht zurück zum Weg. Sie wünschte, sie würde sich besser fühlen. Warum fühlt sie sich nicht besser? Und weil sie den Kopf gesenkt hat, sieht sie nicht, dass Phyll auf sie zukommt. Im letzten Moment hebt sie die Hand und lächelt. *Siehst du, so schlimm bin ich gar nicht*, will sie sagen, *ich habe die Briefe aufgehoben, und jetzt hat er sie!* Doch Phyll blickt stur geradeaus. Nicht mal ein Nicken. Elise wendet sich um und sieht ihr nach. Die Szene hat etwas merkwürdig Traumähnliches – alle Bewegungen sind verlangsamt –, und scheint gleichzeitig unvermeidbar, als wäre sie vorbestimmt.

Everard hält das Bündel Briefe in die Höhe, als er Phyll sieht. »Ich habe jede Menge Lesestoff«, sagt er. Sein Blick zuckt von einer Seite zur anderen. »Und bevor ich es vergesse …«, er greift in seine Jackentasche, »… das ist für dich.« Er reicht ihr ein kleines braunes Päckchen, während auf seinen Wangen rosa Streifen erscheinen. »Tut mir leid, dass es so lange gedauert hat.«

Elise beobachtet aus der Entfernung, wie Phyll das Päckchen nimmt, es prüfend in beiden Händen hält und anfängt, die Verpackung zu entfernen. Ein Buch kommt zum Vorschein. Elise erkennt einen grünen Leineneinband, glänzende goldene Schrift. Sie weiß, was es ist. Es ist das Buch mit den Gedichten. Das Buch, das sie Mrs Williams hatten finden lassen. Sie schluckt.

Everard beobachtet Phylls Gesichtsausdruck. »Ich dachte, du solltest deine eigene Ausgabe haben.« Dann streckt er lächelnd die Hand aus, als wollte er, dass sie sie schüttelt. »Ich bin Niemand«, sagt er. »Wer bist du?«

Phyll nimmt seine Hand. »Noch ein Niemand dazu.«

So. Ein Junge und ein Mädchen auf einem Friedhof. Lassen wir sie dort.

Aber wir sind mit den Briefen noch nicht am Ende. Einer ist noch übrig. Elise geht zurück in die leere Kirche, wo auf dem Altar noch die Kerzen brennen. Während sie entschieden den Gang entlangschreitet, greift sie in die Tasche ihrer Öljacke. Zuerst stellt sie sicher, dass sie alleine ist, dann nimmt sie den Umschlag heraus, den, der letzte Woche angekommen ist, und hält ihn über eine Flamme. Als er brennt, lässt sie ihn auf den Steinboden fallen. Sie tritt ihn in den Staub. Den eigentlichen Brief wird sie noch ein letztes Mal lesen.

Liebe Phyll,
ich schreibe dir, um reinen Tisch zu machen. Ich dachte, wir hätten uns verstanden. Du bist kein Kind mehr, also be-

nimm dich nicht wie eins. Tut mir leid, wenn du mich auf ein Podest gestellt hast, aber ich war bestimmt nie ein Heiliger. Du wolltest, dass es passiert.
Ich habe dir damals schon gesagt, es war bloß ein bisschen Spaß, und ich war froh, die Sache hinter uns zu lassen. Jetzt höre ich, dass du Miranda geschrieben und ihr davon erzählt hast. Wie kannst du es wagen! Wenn ich an all die Monate denke, die wir dich an unseren Abenteuern haben teilhaben lassen. In deinem Leben gab es nichts Spannendes, du warst dieses traurige, ungezügelte Wesen mit schlechten Manieren, und wir haben versucht, die Dinge für dich besser zu machen.
Du musst sehr eifersüchtig auf Miranda sein, um es mit dieser Taktik zu versuchen. Ich habe ihr versichert, dass das alles frei erfunden, dass deine Phantasie mit dir durchgegangen ist, wie so oft. Sicher weil du keinen Vater hast, habe ich gesagt.
Wenn ich daran denke, dass ich dich einmal gern hatte … Was für ein Fehler, meine Gefühle an dich zu verschwenden. Vom richtigen Leben hast du keine Ahnung, meine Liebe. Du sitzt mit deinem Eisklotz von Mutter auf dieser kleinen Insel fest. Schreib, was immer dir an Phantasievorstellungen in den Sinn kommt, in dein Tagebuch, aber schreibe uns nicht mehr.
Falls wir diesen Sommer nach Sark zurückkehren – bisher kenne ich unsere Pläne noch nicht –, dann erwarte ich, dich nicht dort zu sehen. Miranda wird ohnehin nicht kommen.
Adieu, du dummes Kind.
Paul.

Elise starrt so fest auf die Zeilen, dass die Worte anfangen zu verschwimmen. Ihr schnürt sich der Hals zu. Sie schüttelt den Kopf. Paul Cecil. Sie stellte ihn sich vor, immer das Hemd über der Hose, stets eine Zigarette zwischen den Fingern. All diese Jahre, in denen er auf die Insel gekommen ist. Sie wusste, dass er einen gewissen Ruf besaß, aber nie hätte sie gedacht, dass er etwas mit ihrer Tochter anfangen würde. Sie schaudert und blickt noch einmal auf seine erbärmlichen Ausreden. Wie er versucht, die Schuld von sich zu schieben. Ein Mann, der alt genug ist, um Phylls Vater zu sein, behauptet, es sei passiert, weil sie keinen hat. Elise hält den Brief über die Kerze. Die Flammen kriechen ihr bis zu den Fingern, und sie sieht Mirandas Namen, bevor alles schwarz wird.

Arme Miranda, denkt sie. Aber Miranda hatte ein Recht, es zu erfahren. Elise lässt den Brief fallen und sieht zu, wie er verbrennt. Sie ist so wütend. Wäre sie in diesem Atelier in Paris gewesen, hätte sie Paul wahrscheinlich höchstpersönlich aus dem Fenster gestoßen.

Dann fragt sie sich, ob vielleicht Miranda es getan hat.

22

Les Boutiques

(Am nördlichen Ende der Insel gelegene Höhlen, die vom Anlegeplatz Eperquerie zu erreichen sind. Verlasse sie eine Stunde vor der Flut. Vernünftiges Schuhwerk, eine Taschenlampe und ein kurzes Seil empfohlen.)

22. August 1923

Wer die Schönheiten von Sark genauer kennenlernen möchte, darf sich nicht damit zufrieden geben, die Klippen zu überqueren, sondern sollte auch hineinklettern. An der Oberfläche ist die Insel das eine, unterirdisch, wo sie mit Höhlen, Tunneln und Öffnungen von erstaunlicher Tiefe durchlöchert ist, etwas ganz anderes. Wir selbst sind keine ausgesprochenen Fans des Unterirdischen, aber dem abenteuerfreudigen Reisenden mit vernünftigem Schuhwerk empfehlen wir Les Boutiques, ein Höhlensystem, das sich sechzig Meter weit in die Klippe erstreckt. Es ist der perfekte Ort, um Schätze zu verstecken. Oder um jemandem aufzulauern und ihn umzubringen, aber das ist nur ein Gerücht von anno dazumal.

Miranda verspürte nicht den geringsten Wunsch, die Höhlen zu besuchen, aber sie hatte es satt, sich immer ausgeschlossen zu fühlen. Sie wurde oft von ihren Eltern ausgeschlossen, die ihr Leben abgelenkt durch coole Interviews und interessante Leute verbrachten, also würde sie sich dieses Verhalten von anderen Kindern nicht gefallen lassen. Sie hatte erwartet, Phyll und Everard würden den Sommer damit verbringen, um ihre Aufmerksamkeit zu buhlen. Das war absolut nicht eingetroffen. Wollte sie großzügig sein, konnte sie den Altersunterschied dafür verantwortlich machen. Sie war vierzehn und hätte als älter durchgehen können. Ihre Mutter sagte ihrem Vater ständig, er solle sie malen, und sie selbst wollte das auch. Sie überlegte, welches Kleid sie tragen würde. Das, das sie jetzt trug, wahrscheinlich, denn das Gelb passte zu ihren Haaren, und der Rock ging nur bis zum Knie und zeigte ihre Beine.

Der Wind frischte auf, und sie rieb sich die Arme. »Hast du eine Taschenlampe dabei?«

Everard schüttelte den Kopf. Er hatte auf dem Weg von der Klippe kaum ein Wort gesagt, und Miranda nahm an, dass er mit Phyll gestritten hatte. Sie wollte ihm schon sagen, er solle sich nicht sorgen, Phyll werde immer leicht wütend, doch dann dachte sie: wozu? Sie standen am Eingang der ersten Höhle, die eine hohe Decke und glatte, trockene Wände hatte. Miranda ging auf einen Strahl Tageslicht zu.

»Hast du gehört, was gestern passiert ist?« Sie warf einen Blick über die Schulter. »Mrs Williams hat ein Buch gefunden, das ihrem Mann gehört hat. Er hatte es auf ihrer Hochzeitsreise mit hergebracht. Sie ist völlig aus dem Häuschen deswegen.«

Everard wurde mulmig. Er tat so, als würde er den Höhlenrand untersuchen, aber alles, woran er denken konnte, waren Phyll und der Schlamassel, den sie angerichtet hatten. Am liebsten wäre er zurückgegangen, um sich bei Mrs Carey zu entschuldigen. Er konnte versuchen, es wiedergutzumachen.

Miranda sprach immer noch von Mrs Williams. »Sylvie glaubt, sie ist in deinen Vater verliebt. »Was sagst du dazu? Hättest du gerne, dass dein Vater wieder heiratet?«

Etwas Schlimmeres konnte Everard sich nicht vorstellen. Ihm war kalt, und er war unglücklich, und er sehnte sich nach Ruhe. All die Sorgen verschwammen in seinem Kopf. Er wollte einfach nur weg, also bog er in einen der Gänge ab, die weiter in die Klippe führten. Die Temperatur sank, die Luft hier roch nach Salz und Seetang. Im Dunkeln fühlte er sich sicherer.

Miranda brauchte einen Moment, bis sie begriff, dass er weg war. »Everard?!«, rief sie, doch nur ihre eigene Stimme hallte zurück. Sie wartete einen Moment, atmete die feuchte, kalte Luft ein. Sie nahm es Everard übel, dass er keine Taschenlampe mitgebracht hatte. War das Absicht gewesen? Versuchte er etwa, sie auszutricksen?

»Everard?«

»Hier!«, hörte sie kurz darauf.

Sie folgte der Richtung, aus der die Stimme gekommen war. Sie ging langsam, benutzte die Hände, um den Weg zu ertasten. Es herrschte gespenstische Stille, da landete einer ihrer Füße quatschend in Seegras. Sie schrie auf, gab eine Art keuchendes Schluchzen von sich, weil es so kalt und ekelhaft war. Es roch widerlich. Sie wollte umkehren und es Everard sagen, aber nach zehn weiteren Schritten senkte sich unvermittelt die Decke, und sie musste sich ducken. Es war wie der Tunnel in *Alice im Wunderland*, und sie fürchtete, plötzlich irgendwo abzustürzen.

»Mir gefällt das nicht!«, rief sie.

»Schon gut«, antwortete Everard. »Pass einfach auf, wo du hintrittst.«

Miranda setzte ihren Weg fort, und nach ein paar Metern weitete sich der Gang, und sie konnte wieder aufrecht stehen. Sie presste die Hände an die nassen Wände. Die Luft war feucht und reglos, und sie erkannte eine Gestalt vor sich.

»Du!« Sie lief schnell weiter – zu schnell, wie sich herausstellte –, denn plötzlich traf ihr Fuß auf Wasser, wo Felsen hätte sein sollen. Plötzlich war sie bis zur Hüfte in eiskaltem Wasser versunken, in einem riesigen Felsenbecken, Seegras streifte ihre Schenkel. Sie schrie und versuchte sich hochzuhieven, aber ihr Fuß hing fest. Nur einen Moment lang.

»Ich hab versucht, dich zu warnen«, sagte Everard. »Wirklich.«

Paul Cecil fand sie beide auf der Klippe, klatschnass und einander böse Blicke zuwerfend. Miranda beschuldigte Everard, keine Taschenlampe mitgebracht zu haben, und machte einen ziemlichen Aufstand wegen ihres Knöchels, der angeblich verstaucht war. Weil sie Everard die Schuld gab, tat ihr Vater es auch.

»Du hättest besser aufpassen müssen«, sagte Paul Cecil und schüttelte den Kopf.

Everard antwortete nicht. Er spürte eine Enge in Brust und Hals, die das Sprechen erschwerte. Später dachte er, er hätte etwas Cleveres darüber sagen sollen, dass auch Paul besser aufpassen sollte. Das hätte vielleicht geholfen, denn Wut stieg in ihm auf. Er rannte zurück nach Beau Regard und dachte die ganze Zeit daran, wie er vor Phyll weggerannt war, wie er sie ihrer Mutter überlassen und zugestimmt hatte, sie nie wieder zu sehen. Er kam sich wie ein erbärmlicher Feigling vor, und Tränen stiegen ihm in die Augen. Es war noch immer ziemlich heiß, und er war inzwischen ganz rot im Gesicht. Vielleicht war die Sonne daran schuld, vielleicht auch die Art, wie diese Erwachsenen mit ihm sprachen. Oder es waren Miranda und die verloren gegangene Taschenlampe. Jedenfalls war alles, woran er sich danach erinnern konnte, dass er neben der Uhr stand und sein Vater sein Gesicht gegen die Wand knallte.

»Ziemlich schlimme Sache«, erklärte Paul später. »Miranda sagt, Everard hat sie einfach im Dunklen allein gelassen.«

Es war noch hell, als er zum Bel Air kam, um Sarah und Sylvie abzuholen. Sie wurden auf Beau Regard zu Aperitif und Abendessen erwartet. Ann hatte sich entschlossen, bei Miranda zu bleiben, obwohl deren Knöchel nur verknackst und nicht verstaucht war. Paul war insgeheim zufrieden mit dieser Lösung, bot sowohl Sylvie als auch Sarah stolz den Arm an und schätzte sich glücklich, zwei so schöne Frauen für sich zu haben.

Sarah Williams war besonders hübsch anzusehen. Sie trug ein zartrosa Cocktailkleid mit niedriger Taille und gestuftem Saum, sehr modisch, wenn auch nicht das, was sie normalerweise anhatte. Sie fühlte sich viel leichter darin, aber auch nervös, und selbst nachdem sie Beau Regard erreicht hatten, musste sie in Bewegung bleiben und spazierte mit Sylvie über den Rasen. Sie konnte nicht ganz glauben, dass dieser Abend endlich gekommen war. Paul mixte ihnen bittere Cocktails. Dr. Stanhope traf ein bisschen später ein und begann einen Vortrag über Elektrotherapie. »Ich glaube, im Universum gibt es ungenutzte Energie«, sagte er. »Nicht unähnlich der in einer Batterie … der zündende Funke des Lebens … wenn wir die eine Energie speichern können, warum nicht auch eine andere?«

Sarah blieb dicht bei Sylvie, die ihre Schuhe abgestreift hatte. Der Abend war noch ganz warm, und es lag eine erwartungsvolle Atmosphäre in der Luft. Sylvie pflückte eine Rose, zerdrückte sie nah an ihrem Gesicht und atmete tief ein. Sarah fand Sylvie schrecklich bohèmehaft, und sie mochte die Cecils; ihre Ungezwungenheit, die Art, wie sie Menschen zusammenbrachten.

»Die Großen und die Guten versammeln sich zur Konversation!«, rief Paul und hob sein Glas.

Sarah leerte ihren Drink, wischte sich die Lippen ab und lächelte. Der Major nickte ihr zu und erhob sein Glas. Es kam ihr vor, als hätte er sie zum ersten Mal wahrgenommen, er sah unglaublich gut aus im Abendlicht. Er sah sie einen Moment an, bevor er sich abwandte. Sie trat einen Schritt zurück und betrachtete lächelnd das Haus. Das könnte alles mir gehören, dachte sie plötzlich und wurde rot und presste sich die Finger auf die Lippen.

Sylvie neben ihr seufzte. »Es ist wirklich schön, nicht wahr?«

Sarah wandte sich um und deutete in den Garten. »Dieser Blick – einfach phantastisch«, staunte sie. »Und alles so friedlich. Es ist, als gäbe es außer uns niemanden auf der Welt.«

Sylvie legte ihr den Arm um die Schulter und zog sie näher zu sich. »Wir können tun, was wir wollen«, sagte sie. »Schließlich ist Vollmond.« Sie drehte lächelnd den Kopf zur Veranda. »Paul, wann ist eigentlich Hexenstunde?«

Paul lachte. Er glaubte so wenig an Hexen wie an Geister. Er dachte, es könnte ein lustiger Abend werden, und nun, nachdem Ann aus dem Weg war, freute er sich darauf, ein bisschen Zeit mit Sylvie allein zu verbringen. Als der Himmel sich verfinsterte, beeilte er sich, das Wohnzimmer herzurichten. Er schob die Möbel beiseite, machte Platz für den Kartentisch, um den er die Esszimmerstühle platzierte. Er stellte eine Kerze in die Mitte, zündete sie an und trat einen Schritt zurück, um die Wirkung zu bewundern. Die flackernde Flamme erzeugte einen sanften Zirkel aus Licht. Der Raum sieht ziemlich malerisch aus, dachte er.

Schließlich kamen die Gäste herein, und er machte ihnen allen noch mehr Drinks. Sylvie schloss die Türen und zog die Vorhänge zu. Sie trug ein rotes Kleid mit tiefem Ausschnitt, und als sie sich dem Tisch näherte, lächelte sie, denn sie wusste, dass Paul sie beobachtete. Sie ging mit erhobenen Brauen an ihm vorbei und strich ihm über den Rücken.

»Der Major sollte zuerst Platz nehmen«, sagte sie leise.

Hyde wirkte etwas verwirrt. Er hatte so konzentriert über die Pläne für den Abend nachgedacht, dass es nicht mehr real erschien. Er klammerte sich an den Moment und versuchte zu vergessen, was Stunden vorher passiert war. Wenigstens war Everard jetzt in sein Zimmer gesperrt. Hyde leerte seinen Whisky. Niemand braucht davon zu wissen, sagte er sich, und er würde den Sessel vor dem Kamin nehmen. Er wollte einen guten Blick auf seine Fotografien haben, vor allem auf den Schnappschuss von ihm und Evelyn während der Cowes Week. Er wirkte besonders lebhaft. Die beiden Jungen darauf standen nebeneinander, als wären sie Freunde. Er nahm das Foto fest in den Blick und setzte sich hin.

Paul wählte den Platz gegenüber und drückte seine Zigarette aus. »Alles in Ordnung mit dir, Earnest? Du siehst ziemlich blass aus.«

Hyde räusperte sich. Seine Hände schmerzten, und er spürte beginnendes Kopfweh. »Alles bestens!«

Sarah setzte sich lautlos neben ihn. Sie war sich all der Gesichter neben ihrem eigenen bewusst, der warmen, atmenden Körper. »Wie funktioniert das?«

Dr. Stanhope zog den Stuhl neben ihrem hervor. »Haben Sie jemals eine Planchette benutzt, meine Liebe?«

Sarah sah ihn neugierig an. »Ich habe keine Ahnung, was das ist …«

»Ein ovales Brett«, erklärte Paul. »Am einen Ende befindet sich ein Bleistift, am anderen zwei Rollen. Man legt die Finger darauf und stellt Fragen. Es ist eine Art der Kommunikation.«

Stanhope nickte und setzte sich hin. »Ich habe schon dabei zugeschaut. Ziemlich interessant. Im Moment sollten wir aber erst einmal sehen, ob wir irgendeine Verbindung herstellen können. Es geht darum, Kontakt aufzunehmen.«

»Alles, was wir tun müssen«, Paul lächelte, »ist, unseren Geist zu leeren und uns an den Händen zu fassen.«

Sarah starrte auf die verschwitzte Hand des Doktors. »Und wir denken an unsere Liebsten. Macht man das nicht so? Wir denken an die Menschen, die wir erreichen wollen.«

Pauls Blick zuckte zu Hyde, der kaum merklich den Kopf schüttelte. »Ich glaube, an gar nichts zu denken, ist besser«, sagte Paul. »Deshalb empfangen viele nachts Nachrichten im Schlaf; das passiert, wenn unser Bewusstsein entspannt und durch nichts abgelenkt ist.«

Sarah und der Major hielten sich jetzt an den Händen. Im Halbdunkel sah sie nicht die roten Stellen auf seinen Knöcheln, ihre Berührung jedoch ließ ihn aufrechter sitzen. Paul legte seine Hand auf Sylvies. »Unter keinen Umständen dürfen wir den Zirkel unterbrechen«, sagte er. »Konzentriert euch auf das Licht.«

Sie hatten sich an den Händen gefasst, den Blick auf die flackernde Kerzenflamme gerichtet, und kurz darauf atmeten sie, alle im selben Rhythmus.

Hyde fühlte sich ganz ruhig, und während er wartete, füllte sich der Raum mit einer bedeutungsschwangeren Atmosphäre. Einer Atmosphäre, die etwas Geheimnisvolles barg. Unwirklich schön, dachte er.

Sarah jedoch machte das Ganze Angst. Sie presste die Zunge an die Zähne. Die Zeit verging. Sie spürte, wie ihre Brust sich hob und senkte. Sie dachte an Cyril, obwohl sie nicht sollte, und sie fing an zu glauben, es wäre seine Hand, die sie hielt. Irgendwann brauchte sie es sich nicht mehr vorzustellen, denn sie war sich sicher, dass es so war. Als sie die Augen schloss, war er da, stand im Zimmer, direkt hinter ihr. Es war ein gewaltiges Gefühl, das anschwoll wie Wasser hinter einem Damm. Sie hätte sich gern umgedreht, aber sie wagte es nicht. Er ist da, genau hinter mir, dachte sie.

»Wir müssen willkommen heißen, wer immer hier erscheint.« Dr. Stanhope sprach mit dumpfer, monotoner Stimme. »Zeigen wir ihnen, dass wir keine Angst haben.«

Hyde spürte inzwischen ein Kribbeln in den Armen. Sarah hielt seine Hände überaus fest, doch als er versuchte, sie zu befreien, umklammerte sie sie nur noch fester. Er wollte zurückweichen, worauf der Tisch ins Wanken geriet, was ihre Schuld war. Ihre Finger zitterten, und er stieß einen Seufzer aus.

Sarah drückte sich an ihn. »Ist da jemand hinter mir?« Sie meinte, irgendwer tippe ihr auf die Schulter.

Hyde sah sie einen Augenblick an, dann sah er hinter sie. Der Raum um sie herum lag in völliger Dunkelheit. Noch nicht einmal die Möbel konnte er erkennen. Sie hätten im Weltall schweben können. Er sah wieder zu Stanhope, der den Blick weiter auf die Kerze fixiert hatte. Die Schatten unter seinen Augen sahen aus wie Blutflecken. Sarah hatte ihren Griff noch mehr gefestigt, und Hyde spürte, wie ihm ihr Ehering in die Haut schnitt. Ihre Augen waren jetzt geschlossen, aber ihre Lider flatterten. Noch einmal versuchte er, seine Hand wegzuziehen.

»Verlass mich nicht«, sagte sie und hob das Kinn. »Ach, verlass mich nicht.«

Hydes Kopf war heiß, seine Arme kalt. Es war Evelyn, der da sprach. *Verlass mich nicht.* Natürlich. Es war bei Vollmond gewesen, als er starb, und jetzt war er wieder da.

»Das werde ich nicht«, sagte er.

»Keiner darf den Zirkel unterbrechen.« Das war Paul, mit ungeduldigem Tonfall. »Wir wollen mit der Lady sprechen. Ist die Lady hier?«

Hyde schloss die Augen.

»Fremde Lady, sind Sie bei uns?« Stanhope räusperte sich. »Können wir Ihnen helfen?«

»Ja!« Das war Sarah. Ihr hektischer Atem ließ die Kerzenflamme zittern. »Draußen ist jemand, hört ihr es nicht?« Sie hatte die Augen geöffnet und wandte den Kopf nach links und rechts. Alle drehten sich zu den Vorhängen um. Sie bewegten sich nicht, doch Sarah starrte auf die großen Fenster und wartete. Sie spürte, dass da draußen jemand war. Sie glaubte, es sei Cyril, aber sie hatte ihn nur verschwommen vor Augen.

»Jemand versucht hereinzukommen«, sagte sie.

Keiner rührte sich. Plötzlich war es heiß im Zimmer. Sarah spürte, wie jemand sie kniff. Ein Schrei bebte unter ihren Rippen. Sie versuchte aufzustehen, aber ihre Hand wurde auf der Tischplatte gehalten. Sie sah erschrocken auf.

»Sie *müssen* sitzen bleiben«, sagte jemand.

Es war der Major. Sein Gesicht war nah bei ihrem, angespannt vor Konzentration. Sie setzte sich wieder und wandte den Blick erneut zur Kerze, doch sie hatte sich zweigeteilt, und ein Teil von ihr lief durch den Raum.

Es gefiel Hyde, sie verängstigt zu sehen. Er betrachtete sie als gehorsames Kind, das seinem Willen folgte. Aber dann fragte er sich, ob nicht hinter ihm jemand stand, und wirbelte herum. Das Zimmer schien entfernt, wie durchs falsche Ende eines Fernrohrs betrachtet. Ihm wurde schwindelig, und er drehte sich wieder zum Tisch. Sylvie hatte den Kopf in den Nacken gelegt und die Augen geschlossen. Sie wirkte wie in Trance. Ihr Hals schimmerte gelb im Kerzenlicht. Sie öffnete den Mund, und ein leises Stöhnen entwich.

Hyde schluckte, konzentrierte sich auf die Kerze, aber das Albtraumgefühl wuchs. Ihm stand Schweiß in Gesicht, am Haaransatz, über der Oberlippe. Neben ihm schluchzte Sarah leise, aber er konnte seinen Griff nicht lösen. Sein Puls überschlug sich. Etwas umkreiste sie. Das Kribbeln breitete sich weiter aus. Der Kerzengeruch wurde beißend. Er verstand nicht, was vor sich ging. Der Junge war in seinem Zimmer, was immer jetzt passierte, lag nicht an ihm. Er hatte alle getäuscht, aber das war jetzt vorbei.

»Ist da jemand?« Das war Dr. Stanhope.

Sarah drehte wieder den Kopf. Sie hatte den Überblick verloren. Cyril würde vom Garten aus hereinkommen, da war sie sich sicher. Er würde kommen, um sie zu holen. Sie wollte gerade etwas sagen, darauf bestehen, dass sie die Türen öffneten, als plötzlich die Hölle losbrach. Glas splitterte, etwas Dunkles flog durch die Luft und krachte auf den Tisch. Alles wurde schwarz. Heißes Wachs verbrannte ihr den Arm. Jemand schrie. War das ihre eigene Stimme, die sie da hörte? Sie stürzte rücklings durch die Dunkelheit, scheinbar ganz langsam und gleichzeitig sehr schnell. Sie konnte noch die

Arme ausstrecken, dann traf sie auf den Boden, sah immer noch nichts. Es war stockfinster, eine andere Welt, aber um sie herum bewegten sich Menschen, liefen hektisch hin und her. Ihre Haut kribbelte vor Entsetzen. Sie waren überfallen worden. Sie hörte Rufe und Poltern, und dann gingen Türen auf und schlugen wieder zu. Sarah rollte sich auf die Seite, etwas Spitzes bohrte sich ihr in die Handfläche, und sie schrie auf. Dann hörte sie noch eine Stimme, auch diese war angsterfüllt.

»Holt die Lampe!«, rief jemand.

Alles passierte gleichzeitig. Sie konnte es nicht verstehen, also weinte sie, das half. Kurz darauf war ihr Gesicht tränenüberströmt. Sie dachte an Cyril. Wo war er? Wohin war er verschwunden? Sie war ihm so nah gewesen, und jetzt hatte sie ihn wieder verloren. Jetzt hatte sie ihn endgültig verloren. Sie versuchte sich hinzusetzen, aber der Boden schwankte und bebte. Sie spürte Hände, die sie hochheben wollten. Viele Hände. Sie wehrte sich dagegen und schluchzte. Sie wollte nicht getragen werden, und sie wand und drehte sich und sträubte sich dagegen. Sie sah den Umriss eines Mannes, seine Gestalt von einem Lichtkranz umgeben, und dann sah sie nichts mehr.

23

GUERNSEY EVENING PRESS

Dienstag, 17. Oktober 1933

RÄTSEL VON SARK: ZWEITE LEICHE GEFUNDEN

P. Carey berichtet: Gestern Nachmittag kam es zu einer überraschenden Wendung im Kriminalfall von Sark, als in der Nähe von Port Gorey die Leiche eines Mannes gefunden wurde. George Vaudin, der auf den Klippen Wache gehalten hatte, entdeckte den Toten durch sein Fernglas und schlug Alarm. Er kletterte zum Strand hinunter und wartete, bis Mr Gilbert Baker und der stellvertretende Constable mit dem Boot eintrafen. Die Leiche wurde mühelos geborgen und in den Hafen von Sark gebracht, wo Mr Baker aussagte, er glaube, dies sei der Mann, den er mit der Verstorbenen gesehen habe, von der jetzt bekannt ist, dass es sich um Mrs Howell handelt. Der neue Arzt von Sark war am Hafen anwesend und stimmte zu, dass es das Beste sei, die Leiche direkt zu seinen Kollegen auf Guernsey zu überführen.

An der Kaimauer, wo die Inselbewohner Anstoß an dem Auflauf der versammelten Presseleute nahmen, kam es zu ärgerlichen Szenen. Sämtliche überregionale Zeitungen haben inzwischen Vertreter nach Sark gesandt, und ihr Verhalten lässt viel zu wünschen übrig. Infolgedessen wies Chief Constable de Carteret Mr Baker und Mr Remfrey an, direkt nach Guernsey weiterzufahren, wo die Verantwortlichen informiert wurden und sich bereithielten.

Was die Todesursache betrifft, warten wir auf die Ergebnisse der Gerichtsmedizin. Natürlich stellen sich Fragen, was die Zeitspanne zwischen dem Auffinden der beiden Leichen angeht. Es ist bemerkenswert, dass ganze neun Tage zwischen der Entdeckung von Mrs Howells Leiche und der ihres männlichen Begleiters liegen. Dennoch wurden beide nahe der Stelle an Land gespült, an der ihre Kleider gefunden wurden.

Dolly nimmt ein Geschirrtuch und dreht es zwischen den Händen. Eigentlich müsste sie Gläser spülen, die Bar aufräumen, sich mit etwas beschäftigen, aber sie fühlt sich merkwürdig benommen. Sie musste zum Hafen hinuntergehen, um sich die Leiche des Mannes anzusehen, und was sie am meisten erschrocken hat, war der Anblick seines Gesichts. Er sah genau so aus, wie sie ihn in Erinnerung hatte.

»Ja, das ist der Mann, dem ich Kaffee serviert habe«, sagte sie und bedeckte ihren Mund mit dem Ärmel.

Oh, ihr ist übel. Dieser Geruch will einfach nicht weggehen. Konnte er wirklich die ganze Zeit im Meer getrieben haben? Gil, der bei ihr war, hatte etwas über kaltes Wasser erklärt, das die Verwesung verlangsamt, und über die Gezeiten im Atlantik. Dolly verstand kein Wort. Waren der Mann und die Frau zusammen gestorben? Sie weiß noch, wie unglücklich sie erschienen, als sie sie im Garten gesehen hatte. Wahrscheinlich war es gut, dass sie keinen Nachwuchs hatten. Keine Kinder zurückließen.

Dolly hätte gerne eines Tages Kinder, solange sie nicht so waren wie ihre Brüder. Sie beißt sich auf die Lippe. Irgendetwas ist da, eine Gestalt, ein Schatten, etwas lauert am Rand der Veranda. Sie atmet einmal hastig durch, dann noch einmal. Letzte Nacht hat sie im Traum das Gesicht einer Frau über sich schweben zu sehen. Sie hat versucht aufzustehen, aber ein Gewicht hat sie nach unten gezogen. Sie fühlte sich an die Träume erinnert, die sie plagten, als sie im Bungalow

Hotel arbeitete. Sie würde jetzt gerne schlafen, aber sie hat so viel Kaffee getrunken, dass ihr Herz hektisch flattert wie ein Vogel im Käfig. Sie fragt sich, ob Dr. Greener später wohl kommt. Er hat in den letzten Tagen meistens vorbeigeschaut, und sie freut sich darauf, ihn zu sehen. Sie mag ihn lieber als Willis Hamon, den sie nur heimlich trifft, auf einer Wiese. Willis ist manchmal grob. Dolly weiß nicht recht, warum sie glaubt, dass sie nicht mehr wert sei.

Sie grübelt über die arme Frau nach. Offensichtlich war sie unglücklich in ihrer Ehe und hoffte, entfliehen zu können. Sie ist weggelaufen – wäre sie doch nur weiter gelaufen! Warum hat sie sich für einen anderen Mann entschieden? Warum tun Frauen das? Dolly lehnt sich ans Verandageländer. Vielleicht gibt es nur die falschen Männer. Sie könnte auf der Stelle zu seiner Farm gehen, Willis Hamon gegenübertreten und »Das war's« zu ihm sagen. Und dann? Sie dreht sich zu den Stufen und blickt in den Garten. Sie will gerade gehen, als sie eine Frau sieht. Sie sitzt alleine an einem der Tische und hat das Gesicht abgewandt. Dolly erkennt sie an ihren Haaren, natürlich, die langen braunen Haare. Sie stützt sich am Geländer ab. Hält den Atem an. Ihr Hirn spielt ihr Streiche, sagt sie sich, aber es scheint absolut real. Die Frau blickt hinunter ins Tal. Sie wartet auf die Fähre. Sie hat sich entschlossen, nach Guernsey zurückzufahren. Dolly spürt ihr Herz pumpen, ihr Blut durch den Körper fließen. Sie muss der Frau sagen, sie soll sich beeilen, aber die hölzernen Stufen sind glitschig vom Regen. Sie stürzt plötzlich vornüber.

»Gehen Sie!«, ruft sie. »Gehen Sie!«

Dann wacht sie auf. Sie liegt in ihrem Liegestuhl auf der Veranda und hat einen Schal über den Schultern.

Auch Phyll hatte einen Traum, aber sie hat nicht von dem vermissten Mann und der vermissten Frau geträumt. Sie hat von Everard geträumt, oder zumindest denkt sie, dass er es war. Sie hat geträumt, dass sie mitten in der Nacht aufgewacht wäre und eine Gestalt am Fußende des Bettes gesessen hätte, und sie hat geglaubt, dass es Everard wäre beziehungsweise der Junge, der er einmal war. Er verbarg das Gesicht vor ihr, saß vornübergebeugt, war völlig durchnässt und zitterte vor Kälte. Was war passiert? Warum war er nass? Phyll kam nicht dazu zu fragen, und als sie aufwachte, roch sie Salz vom Meer. Vielleicht hatte der Wind es herangetragen, aber trotzdem.

Everard war mit Small George zusammen, als dieser die Leiche des Mannes im Meer entdeckte, aber George hat Phyll erzählt, dass er explizit darum gebeten hatte, seinen Namen aus dem Artikel herauszuhalten. Phyll fragt sich, warum. Everard war so entschlossen gewesen, diese beiden Menschen zu finden, Menschen, denen er noch nie begegnet war. Die Suche nach ihnen hat ihn hier gehalten, und nun, wo sie abgeschlossen ist, wird er jetzt wieder gehen? Das will sie nicht. Sie hat noch so viel zu sagen, so viele Fragen zu stellen. Als sie ihn auf der Avenue sieht, nimmt sie die Gelegenheit wahr. Sie rennt die Treppe hinunter und zur Tür hinaus.

»Halt«, ruft sie beinah und streckt den Arm aus, um ihm den Weg zu versperren. »Was ist mir entgangen? Sag's mir!«

Everard bleibt stehen, sieht sie nervös an. Er trägt noch dieselben Sachen, die er auf der Beerdigung anhatte. »Was ist dir *entgangen*?« Er schüttelt den Kopf. »Ich verstehe nicht.«

Phyll sieht ihn fest an. »Doch, das tust du.« Sie fährt mit der Hand durch die Luft. »Jedes Mal, wenn ich eine Frage stelle, sehe ich es, dieses Zögern. Du bist wie ein Schauspieler, der seinen Text durchgeht, um zu sehen, ob er schon sitzt. Ich weiß, dass etwas nicht stimmt, Everard, ich weiß, dass du etwas vor mir verbirgst.« Sie hält inne. »Vielleicht ist das dein Recht. Ich meine, warum solltest du mir trauen? Es ist Jahre her! Aber du bist hier, und ob es dir gefällt oder nicht, es interessiert mich.«

Everard blinzelt und senkt den Blick, seine Schultern entspannen sich. »Danke, dass du mich in deinem Artikel nicht erwähnt hast«, sagt er.

Der Wind fegt die Avenue herauf und bläst Phyll die Haare in die Augen. Sie nickt und schiebt sie zur Seite. »Aber warum? Man geht davon aus, dass der Mann ertrunken ist. Das hat nichts mit dir zu tun.«

Everard sieht Phyll an, und sie erkennt Erleichterung in seinem Gesicht, allerdings auch Zweifel und Furcht. Sie würde ihn am liebsten an den Schultern packen und ihm sagen, er solle aufhören, sich zu verstecken.

»Ich bin sicher, dass etwas vorgefallen ist«, sagt sie. »Ich weiß nicht, ob es etwas damit zu tun hat, was gerade passiert, mit diesen beiden Menschen. Bitte rede mit mir. Du hast Geheimnisse, und du bist offensichtlich beunruhigt. Erzähl mir einfach alles, und wir fangen wieder von vorne an, vor zehn Jahren. Was ist dir passiert, was nicht auch mir passiert ist?«

Everard hebt den Kopf, um in den Himmel zu schauen, der dunkel und hell zugleich ist. Sein Atem ist eine blasse Wolke. »Das fragst du mich *jetzt*?«

Phyll reibt sich die Arme, die unter ihrer Jacke mit Gänsehaut überzogen sind. »Warum nicht? Es ist etwas Schreckliches passiert, stimmt's? Bevor … bevor du weggegangen bist.«

»Ich bin nicht *weggegangen*!«, erwidert Everard wütend. »Mein Vater hat mich *weggebracht*. Ich hatte keine Wahl.«

Phyll steht zögernd da, weiß nicht recht, was sie tun soll. »Eben«, sagt sie. »Also. Was ist passiert?« Sie wartet. »Raus mit der Sprache.«

Everard geht an ihr vorbei. Einen Moment lang denkt sie, er würde sie einfach stehen lassen, doch dann sieht er zurück. Er will, dass sie mitkommt. Es ist wie das erste Mal, als sie sich begegnet sind. Wenn sie sich umdreht, kann sie fast noch die Kinder sehen, vor denen sie weggerannt sind. Sie ist ganz aufgeregt, aber vielleicht ist das der Punkt bei einem Spuk: dass die Zeit einen einholt.

Sie sagen nichts mehr, bis sie am Friedhof ankommen. Everard schwenkt von der Straße ab, tritt sich den Weg durch nasse Blätter frei. »Erinnerst du dich an Sylvie Price?«

Phyll kneift die Augen zusammen, als sie den Namen hört. Sylvie Price. Sie sieht knallroten Lippenstift und glänzend schwarzes Haar. Sie nickt. »Was hat sie damit zu tun?«

Everard schluckt. »Sie hat mit Paul Cecil geschlafen. Ich hab sie zusammen gesehen.«

Phyll bleibt die Luft weg. Es ist, als hätte ihr jemand einen Schlag versetzt. Sie blinzelt und sieht auf ihre Schuhe, auf die rostfarbenen Blätter, auf ihre verschränkten Arme. Sie fühlt sich schwindelig und wackelig auf den Beinen. Sie weiß nicht, was sie sagen soll, also sagt sie nichts.

Irgendwann hört sie Everard seufzen. »Ich hab mich zu sehr geschämt, um es dir zu erzählen.« Er hat sich vor sie gestellt, und sie sieht, dass seine Schuhe voller Wasserflecken sind. »Ich hab nicht spioniert … Ich habe auf dich gewartet, und sie sind einfach auf der Straße aufgetaucht. Oder nein, Sylvie hat auf Paul gewartet, und dann waren sie zusammen, und ich war schockiert und wusste nicht, was ich tun soll.« Noch ein Seufzer. »Es hat schlechte Erinnerungen in mir geweckt. Ich hätte es dir sagen können … Ich habe oft gedacht, ich hätte es dir sagen *müssen* oder allen anderen. Dann wäre vielleicht manches anders gekommen.«

Phyll ist noch viel zu fassungslos, um zu sprechen. Sylvie und Paul. Paul war also damals schon so. Natürlich war er das. Sie sieht es jetzt ganz deutlich. Schließlich hebt sie den Kopf und sieht Everard in die Augen. Wie sehr wünschte sie, er hätte ihr davon erzählt. Hätte er ihr doch nur davon erzählt. So vieles hätte anders kommen können. Sie schüttelt langsam den Kopf und hält die Arme weiter fest verschränkt.

Everard dreht sich ein bisschen, zuerst nach links, dann

nach rechts. »Beinah hätte ich es Miranda gesagt. Sie war immer so eingebildet. Weißt du noch, wie eingebildet sie war?«

Phyll denkt an Miranda, ihre Freundin, der sie vertraut.

»Ich weiß nicht«, antwortet sie.

Keiner von ihnen sagt etwas. Everard sieht zu ihr, beziehungsweise lässt er den Blick über sie gleiten. »Ich war mit Miranda in den Boutiques. Du solltest eigentlich auch kommen. Ich hab versucht, mich normal zu benehmen, aber …«, er hält inne, »… aber wir waren beide schlecht gelaunt, und sie fing an, mich aufzuziehen.« Er streicht sich mit dem Finger über die Braue, über die weiße Linie, wo keine Haare wachsen. »Ich hab sie einen Moment allein gelassen, und sie ist in ein Felsenbecken gestürzt. Mr Cecil hat mir die Schuld gegeben.« Everard schüttelt den Kopf, lacht beinah ungläubig. »Mir! Ich war so wütend, da bin ich nach Hause gerannt. Ich dachte, ich könnte noch einen letzten Streich spielen. Wenn ich die Uhren anhalten könnte, das wäre doch was. Ich hatte es so satt, das Ticken in diesem Haus. Aber ich hörte meinen Vater nicht reinkommen. Er hat mich auf frischer Tat ertappt und ist durchgedreht und hat angefangen, mich zu schlagen. Ich dachte, er hört gar nicht mehr auf.« Everard schwankt ein wenig, als würde der Boden unter ihm ruckeln. Er ballt die Hände zu Fäusten. »Am nächsten Morgen hat er mich nach Guernsey gebracht, damit niemand sieht, in welchem Zustand ich war.«

Phyll presst sich die Handflächen an die Wangen. »Deshalb hab ich dich also nicht mehr gesehen.«

Everard richtet den Blick wieder auf sie. »Du hättest mich nicht sehen wollen.« Er tritt nervös von einem Fuß auf den anderen. »Diese Nacht, das war die Nacht, in der alles schiefging. Danach ist etwas passiert: Ich habe etwas hereingelassen, etwas Unheilvolles.«

In der Nähe knackst Holz. Everard fährt herum. »Wer ist da?«

Phyll dreht sich mit ihm um, und zwei Elstern brechen aus der nahe gelegenen Hecke, ein Wirrwarr aus schwarzen und weißen Federn. Everard stolpert mit ausgestreckten Armen rückwärts. Er dreht sich langsam im Kreis und späht ins Unterholz.

Phyll sieht ihm reglos zu. Sie versucht immer noch zu verarbeiten, was er ihr erzählt hat. Sie hebt die Hand und legt sie ihm auf die Brust. »Es war nichts«, sagt sie. »Vögel.«

Everard richtet sich auf, sieht angespannt über ihre Schulter. »Du gehst besser.« Er fährt sich mit den Händen übers Gesicht. »Du versteht das nicht, Phyll. Wir dachten vor all den Jahren, wir würden spielen, aber unsere Streiche und Spiele haben etwas ausgelöst, etwas Böses. Vielleicht ist es meine Schuld, vielleicht ist es dieses Haus, jedenfalls ist dort etwas Schreckliches passiert, und jetzt hat es sich wiederholt, und ich konnte nichts dagegen tun. Es muss meine Schuld sein, weil ich zurückgekommen bin.« Er schluckt. »Ich weiß nicht, wie wir das wieder in Ordnung bringen sollen. Ich glaube, ich bin verflucht.«

Phyll ist so fassungslos, dass sie fast gelacht hätte, aber sie sieht ihm an, dass er jedes Wort ernst meint. »Sag das nicht. Es passieren schlimme Dinge, ja, aber … aber was gerade geschehen ist, wäre sowieso geschehen, ob du nun zurückgekommen wärst oder nicht. Und es hat nichts mit dem zu tun, was wir früher getan haben. Ich meine, wenn du glaubst, du wärst verflucht, dann muss ich es auch sein.«

Doch Everard scheint ihr gar nicht zuzuhören. Er lässt den Blick über den Friedhof gleiten, ohne zu blinzeln. Phyll versucht zu sehen, was er sieht, und späht in den Schatten und in die Bäume. »Everard? Hast du gehört, was ich gesagt habe?«

Er wendet sich ihr zu, aber es ist, als wäre er anderswo. Sein Gesicht ist reglos, sein Blick in die Ferne gerichtet. Wo ist er hin? Er starrt auf eine Stelle neben der Mauer. »Spürst du es nicht?«, fragt er leise. »Sie ist hier, Phyll. Ich hab sie gesehen.«

Phyll versucht, ihre Stimme ruhig zu halten, aber sie hat das Gefühl, gleich weinen zu müssen. »Wer?«

Everard senkt den Kopf. »Die Frau, die mein Vater gesehen hat. Die fremde Lady. Sie muss es sein. Sie ist wieder da … vielleicht war sie nie fort. Und sie kennt mich.«

Phyll schnappt nach Luft. »Nein. Sie ist nicht real, Everard. Das ist meine Schuld, ich habe dir vor all den Jahren diese ganzen dummen Geschichten in den Kopf gesetzt. Ich wusste nicht, was Wahrheit und was Lüge war, aber so sind Kinder. Wir haben uns ein Spiel daraus gemacht, um die Leute hinters Licht zu führen. Und ich hab dich angestiftet, weil es Spaß gemacht hat und ich es toll fand, einen neuen Freund zu haben. Du stehst unter Schock. Du kannst nicht klar denken …

Everard sieht Phyll an, und sein Blick fokussiert sich wieder. Er macht einen Schritt auf sie zu und nimmt ihre Hände, hält sie fest in seinen, legt seine Finger um ihre. »Ich habe alles vermasselt«, sagt er. »Es tut mir leid, Phyll. Ich wünschte, wir könnten die Zeit zurückdrehen …«

Phyll macht ein trauriges Gesicht. »Ich nicht. Es war so schlimm. Keiner mochte mich.«

»Das ist nicht wahr.« Everard blickt stirnrunzelnd auf ihre Hände, legt sie sich auf die Brust. »Ich mochte dich.«

Die Worte haben eine ungeahnte Wirkung, plötzlich ergibt alles Sinn, und unwillkürlich beugt Phyll sich vor und küsst Everard. Unbeholfen, mit trockenen Lippen. Und in Sekundenschnelle ist es vorbei. Sie weicht zurück, nimmt sein Gesicht zwischen die Hände.

»Hör zu, Everard! Du hast nichts Schlimmes getan in dieser Nacht. Ich war es. Ich ganz allein!«

24

Nächtliche Streifzüge

23. August 1923

Beau Regard wirkte größer im Mondlicht, unter dem das Gras schimmerte. Phyll stand auf dem Rasen und fragte sich, wie es weitergehen sollte. Sie hatte sich aus dem Haus geschlichen und war den ganzen Weg hierhergekommen, aber sie wusste nicht, wie sie Everards Aufmerksamkeit auf sich ziehen sollte. Natürlich war es ein Risiko, aber es war auch aufregend. Es war wie bei Romeo und Julia, nur umgekehrt, worüber sie später nachdenken sollte, wenn sie das Stück gelesen haben würde.

Sie lief über den Rasen und stieg die Treppe zur Veranda hinauf. Dort waren noch die Überreste einer Party zu sehen: ein Tisch voller leerer Gläser, ein Aschenbecher, der Stummel einer Zigarre. Phyll schob sich die Haare aus dem Gesicht und beugte sich über den Tisch, um alles genau zu untersuchen. Sie nahm vorsichtig ein Glas in die Hand, roch daran und nippte an der klebrigen Flüssigkeit, die sich noch darin befand. Sie schmeckte ekelhaft, und Phyll zuckte angewidert zusammen. Sie nahm ein anderes Glas, um zu sehen, ob das besser war. An dessen Rand fand sich dunkelroter Lippenstift, und es roch nach Sylvies Parfum. Lächelnd wischte Phyll mit dem Finger ein wenig von der Farbe ab und tupfte sie sich auf die Lippen. Interessant, der Geschmack war besser.

Sie zählte die Stühle, Gläser, die Zigarettenstummel im Aschenbecher, und während der ganzen Zeit lauschte sie, jederzeit fluchtbereit, nach irgendwelchen Lauten von drinnen, aber die Fenster waren verschlossen und die Vorhänge zugezogen, und das Haus schien seltsam verlassen. Aus keiner Ritze drang auch nur ein Schimmer Licht. Phyll fragte sich, wo alle hin waren. War die Party vorbei? Sie wusste von einer Party, weil Nancy ihrer Mutter in abfälligem Ton davon erzählt hatte. Phyll horchte aufmerksam, doch alles, was sie hörte, war das Murmeln des Meeres unten an der Klippe. Sie stand nah genug an den Fenstern, um ihre Umrisse im Glas zu sehen. Hinter sich erkannte sie hell und voll den Mond am Himmel. Sie wandte den Kopf und legte behutsam das Ohr an die Scheibe.

Es hatte nie einen Plan gegeben, um es ganz deutlich zu sagen. Phyll wollte herkommen, aber sie hatte keine Ahnung gehabt, was sie tun würde. Sie erinnerte sich an die Raumaufteilung des Hauses, ohne jedoch den Versuch zu wagen hineinzugelangen. Sie trat ein paar Schritte zurück und sah zu den Fenstern hinauf. Sie wusste, dass Everard im seitlich über der Küche gelegenen Gästezimmer im zweiten Stock schlief. Es war das kleinste der Gästezimmer und das, welches am weitesten vom Zimmer seines Vaters entfernt lag. Ob die Vorhänge im oberen Stockwerk offen waren, konnte sie nicht erkennen, doch sie bewegte sich lautlos um die Ecke zur Küche, positionierte sich genau unter Everards Fenster und legte den Kopf in den Nacken.

Jetzt brauchte sie nur noch zu warten.

Na ja, sie drückte außerdem die Augen zu und sagte im Stillen seinen Namen. Phyll glaubte wirklich, das würde funktionieren. Sie stellte ihn sich in seinem Zimmer vor, wie er vielleicht auf dem Bett lag. Sie war überzeugt, dass sie per Telepathie kommunizieren konnten, und selbst wenn Everard ihre Gedanken nicht deutlich hörte, würde er zumindest spüren, dass sie da war, und zum Fenster kommen. Minuten vergingen, während Phyll sich vorstellte, wie die Verbindung zwischen ihnen hergestellt wurde.

Leider passierte nichts. Sie öffnete die Augen und seufzte. Sie sah nach rechts und links. Sie trat einen Schritt zurück.

»Everard?«, zischte sie. »Everard … bist du da?«

Weitere Minuten vergingen, die ihr nun wie Stunden vorkamen. Phyll ballte die Fäuste und schlug sie gegeneinander. Sie wusste nicht, was sie tun sollte, aber sie war den ganzen Weg gekommen und würde nicht weggehen, ohne ihn gesehen zu haben. Sie ging zum nächstgelegenen Blumenbeet und hob etwas Kies auf. Sie wählte den kleinsten Stein aus und warf ihn nach oben, traf aber nur das Fensterbrett. Sie versuchte es noch einmal, und das nächste Steinchen traf auf Glas. Ein leises ›Pling‹ war zu hören, und sie hockte sich hin und wartete. Sie glaubte wirklich, das würde reichen, und Everard würde erscheinen. Sie wollte aufspringen wie ein Springteufelchen und grinste angesichts dieser Vorstellung. Ta-dah! Wie sehr er sich freuen würde.

Aber wo war er?

Wo. War. Er?

Ihre Beine wurden steif, also erhob sie sich. Langsam wurde sie ungeduldig.

»Ever-ard!«, rief sie heiser. »Ever-ard?«

Doch das Fenster blieb geschlossen. Sie sah sich im Garten um. Die Rosenbüsche warfen seltsame Schatten aufs Gras, und sie blickte auf die Bäume und das Meer dahinter. Vielleicht war er schon irgendwo draußen. Sie ging wieder auf den Rasen. Was, wenn er zum Postamt gelaufen war? Nein. Das war unwahrscheinlich. Er hatte zu viel Angst vor ihrer Mutter. Es sei denn … Was, wenn Miranda bei ihm war? Phylls Magen zog sich zusammen. Everard und Miranda. Sie waren ohne sie in die Höhlen gegangen. Jetzt waren sie dabei, ohne sie beste Freunde zu werden. Wahrscheinlich hatte er ihr alles erzählt, und sie waren jetzt im Haus oder sonst wo und machten geheime Sachen. O nein. O nein! Phyll presste die Hände gegeneinander. Das durfte nicht passieren.

Hätte sie doch nur das Buch behalten. Hätte sie es doch bloß nicht Everard gezeigt. Sie wollte schreien. Das war nicht fair. Es war seine Idee gewesen, es auf der Bank liegen zu lassen, und jetzt vergaß er sie und würde mit Miranda fortgehen. Phyll wurde ganz übel. Sie stellte sich Miranda und Everard zusammen vor, ganz in Weiß natürlich. Sie saßen mit Everards Mutter auf einem Rasen und aßen Kuchen und tranken Tee, und alle waren zufrieden, weil Miranda genau das richtige Mädchen war, mit dem Everard spielen sollte.

Phyll vergrub die Finger im Gras. Sie fand ein scharfkantiges Steinchen und drückte es sich in die Handfläche, der Schmerz sollte anderswo sein. Dann stand sie auf, drehte sich um und schleuderte den Stein an Everards Fenster. Diesmal traf er auf den hölzernen Rahmen.

Dämliches Haus, dachte sie. Dämliches Haus und dämliche Leute.

Das Hämmern in ihrer Brust stieg ihr bis in den Kopf. Sie bückte sich und nahm noch drei Steinchen, warf sie alle zusammen nach oben.

Natürlich passierte nichts. Sie prallten an Mauerwerk und Glas ab und fielen wieder herunter.

Phyll marschierte zur Waschküchentür und drückte die Klinke herunter. Verschlossen. Sie rüttelte ein wenig, nur zur Sicherheit, dann presste sie die Nase ans Fenster. Alles, was sie sehen konnte, waren die Spüle und zwei Paar Stiefel auf dem Boden und den Durchgang zur Küche. Sie wich zurück und machte einen langsamen Rundgang ums Haus, hielt Ausschau nach einem offenen Fenster, drückte vorsichtig gegen Scheiben, drehte Griffe. Alles war verschlossen. Als wäre das Haus winterfest verriegelt worden.

Als sie wieder zum Garten kam, achtete sie nicht mehr darauf, ob sie Lärm machte. Sie nahm eine ganze Handvoll Steinchen und schleuderte sie wahllos nach oben, wo sie an

Everards Fenster abprallten und wie Hagel um sie herum zu Boden fielen.

Phylls Atem beschleunigte sich. Sie drehte sich um und stapfte über das Gras. Sie würde jetzt gehen. Sie hatte genug, sie würde jetzt definitiv gehen. Aber etwas hielt sie zurück. Eine letzte Möglichkeit, dachte sie, als ihr Blick auf die französischen Fenster fiel, auf ihre perfekt geformten rechteckigen Scheiben. Sie starrten sie ausdruckslos an, und in dem Moment machte etwas klick. Sie sind nicht weg, sie verstecken sich. Sie sitzen auf Samtkissen, trinken aus Gläsern, aus denen ich niemals trinken werde. Phyll ging wieder zurück und hob, ohne zu wissen warum, einen großen Stein aus dem Steingarten auf. Ihr gefielen seine scharfen Kanten und wie sie ihr in die Haut schnitten. Sie beugte die Ellbogen und hielt ihn sich unters Kinn.

Ich werde das tun, dachte sie. Ich werde das wirklich tun.

Sie wartete nicht ab, um zu sehen, wo der Stein landete, hörte aber das Glas splittern. Sie rannte bereits und blieb nicht stehen, um Atem zu holen, bis sie zu Hause in Sicherheit war. Als sie in der Kühle ihrer Küche stand, war sie nicht einmal mehr sicher, was sie getan hatte. Niemand hatte sie gesehen, also war es, als wäre es nie passiert. Niemand würde es erfahren. Sie starrte auf die Tür, den Tisch, die Wände. Sie zählte von zwanzig rückwärts, wartete darauf, dass das Adrenalin aus ihrem Körper verschwand. Sie streckte die Arme aus und wedelte sich mit den Händen kühle Luft zu. Sie lief durch den Flur, trat vorsichtig mit den Fußballen auf. Oben schlief ihre Mutter. Phyll überlegte, sie aufzuwecken, ihr ›Willst du nicht wissen, was ich gemacht habe?‹ zuzuflüstern. Ihrer Mutter, die ihr den ganzen Spaß verdorben hatte, die ihr nicht erlaubt hatte, zu den Höhlen zu gehen und ihre Freunde zu treffen. Sie hatte das verdient.

Phyll atmete ein, dann aus. Sie hatte gehofft, weniger Zorn zu verspüren, als wäre sich aus dem Haus zu schleichen eine

Art Heilmittel, aber nun schien alles so unwirklich, wie ein Traum. Sie ging ins Wohnzimmer und blieb einen Moment vor den beiden Sesseln stehen. Sie dachte daran, wie ihr Vater dort saß, sein Körper daraus hervorquoll, bis sich ihre Gedanken unwillkürlich in eine andere Richtung wandten. Sie drehte sich um und stieg die Treppe hinauf.

Als sie ihre Zimmertür erreichte, spürte sie plötzlich, dass irgendjemand dort wartete. Die Tür stand einen Spaltbreit offen, genau wie sie sie zurückgelassen hatte, aber dahinter bewegte sich jemand. Phyll stand ganz still, den Blick auf die Tür gerichtet. Ihre Mutter war also wach und erwartete sie. Auf gewisse Weise war Phyll froh, erwischt worden zu sein. Doch als sie auf dem Treppenabsatz stand, hörte sie, wie Elise sich im Bett umdrehte. Phyll hielt den Atem an. Das hieß, jemand anderes war in ihrem Zimmer. Ihre Gedanken überschlugen sich. Konnte es Everard sein? Hatte er sich fortgeschlichen, um sie zu sehen? Das würde so viel erklären. Phyll schob ihre Zimmertür auf und lugte um die Ecke.

»Everard?«, flüsterte sie.

Der üble Geruch, der in der Luft hing, fiel ihr sofort auf: Es roch nach feuchten, verschimmelten Kleidern. Sie machte einen Schritt über die Schwelle und balancierte auf einer stummen Diele. Ihr war auf einmal so kalt, dass sie ihre Arme packen und sie seitlich an sich pressen musste. Sie spähte ins Halbdunkel. Ihr Bett sah unverändert aus. Das Fenster war geschlossen, die Vorhänge halb zugezogen. Alles wie sie es verlassen hatte. Doch da war noch etwas anderes. Ein Flattern. Ein Stocken. Der Schatten am Fußende ihres Bettes schien sich aufzulösen und wieder zu formen. Phyll sah hin und wieder weg. Sie neigte den Kopf, sodass er nur am Rande ihres Sichtfelds zu erkennen war. Sie umklammerte ihre Ellbogen und ging auf das Bett zu. Normalerweise würde sie den Kasten mit ihren Glücksbringern hervorholen, sie durchzählen und nacheinander küssen. Sie wollte es, aber sie zitterte. Sie hob noch einmal den Blick, um nachzusehen, ob der Schatten noch da war. Er sah aus wie ein tanzender Schwarm Mücken. Phyll fröstelte. Sie stieg ins Bett und deckte sich zu, blieb aber sitzen und umfasste ihre angezogenen Knie.

Sie beobachtete das Gebilde, und das Gebilde beobachtete sie. Sie fragte sich, ob es ihr Vater war, und diese Vorstellung machte ihr Angst. Aber die Gestalt war nicht groß genug. Phyll wollte die Hand ausstrecken und sie berühren, aber sie war unfähig, den Arm zu heben. Sie legte sich aufs Kissen, drehte sich aber so herum, dass sie den Schatten im Auge behalten konnte, forderte ihn heraus, sich wieder zu bewegen. Nach einer Weile hob sie das Kinn.

»Weißt du«, flüsterte sie, »ich habe etwas ziemlich Schreckliches getan.«

Einen Augenblick lang war alles still, dann passierte etwas Merkwürdiges. Der Schatten schien sie gehört zu haben, denn er wandelte sich wieder, und falls er einen Kopf hatte, drehte er ihn ein wenig zu ihr.

Dann nickte er langsam, da war sie sich sicher, als wollte er sagen: »Ich auch.«

25

DAILY GAZETTE

Mittwoch, 18. Oktober 1933

RÄTSEL VON SARK: TOTER IDENTIFIZIERT

Die männliche Leiche, die Anfang der Woche vor den Klippen der Kanalinsel Sark aufgefunden wurde, ist inzwischen offiziell als Thomas Sutton, 32, aus Essex identifiziert worden. Nachdem ein Brief ihres Sohnes bei ihnen eingetroffen war, hatten seine Eltern angefangen, sich um seine Sicherheit zu sorgen, und die Polizei informiert.

Heute früh haben wir erfahren, das Mr David Sutton, der Bruder des Vermissten, nach Guernsey gereist ist. Nachdem er den Koffer in Augenschein genommen hatte, der am Hafen zurückgelassen wurde, bestätigte Mr Sutton, dass der Inhalt seinem jüngeren Bruder gehörte. Anschließend konnte er den Toten sehen und ihn identifizieren.

Die Ermittlungen laufen weiter.

Es ist spät am Tag. Der Regen hat aufgehört, und die Luft steht still. Es gleicht dieser unheimlichen Stille, die einer Explosion folgt. Die Insel wirkt verlassen, was sie natürlich auch ist. Keine Männer in Regenmänteln lungern mehr auf der Avenue herum und spähen in die Fenster. Die Journalisten sind abgereist. Sie sind der Leiche nach Guernsey gefolgt, und zum ersten Mal seit Wochen erscheint Sark wieder friedlich.

Edie und Small George sind zum Hafen gegangen, um der letzten Fähre nachzuwinken. Während sie auf der Kaimauer saßen, hat Edie George ihre Neuigkeit erzählt.

»Ich hab Phyll Carey und Everard Hyde erwischt, wie sie sich auf dem Friedhof geküsst haben. Sie waren die ganze Zeit total verliebt, was erklärt, dass sie beide so unglücklich aussehen.«

Edie hat nicht spioniert, sie hat das Grab der Frau besucht, die beiden zufällig dort gesehen und sich natürlich versteckt.

Small George war entsetzt. »O nein«, stöhnte er. »Wir sollten sie besser im Auge behalten. Sie machen bestimmt etwas Dummes.«

Es dämmert langsam, als Marie kommt, um nach ihrer Tochter zu sehen. Sie schlendert die Avenue entlang und murmelt etwas vor sich hin.

Elise steht an ihrer Tür. »Edie ist bei George!«, ruft sie. »Sie sind gute Freunde.«

Marie dreht sich verdutzt um und lächelt verhalten. Elise erwidert das Lächeln, was sie sonst nie tut. Marie fällt es schwer, die Fassung zu behalten. Sie kann den Blick nicht abwenden. Elise ist niemals freundlich zu ihr, also steht bestimmt etwas Schreckliches bevor. »Stimmt irgendwas nicht?«, fragt sie.

Elise schüttelt den Kopf und lächelt weiter.

Es kommt ihr merkwürdig vor, aber Elise versucht eine neue Strategie: Verständnis und Herzlichkeit ausstrahlen. Sie sieht ein, dass sie in der Vergangenheit zu vorschnell mit ihren Beurteilungen war, zu hart mit ihren Worten. Ob es nun wegen des toten Paares ist oder wegen der Sache mit Paul Cecil oder ob irgendeine seismische Verschiebung unter der Erde der Auslöser war, sie probiert es einfach mal aus.

Als der Himmel sich zum Abend verdunkelt, trennt sich Edie von George und läuft nach Hause zu ihrer Mutter. Elise macht sich auf den Weg, um nach Maud zu sehen. Manche Menschen mögen die Nacht – jene dunklen Stunden, in denen der Geist frei umherschweift –, doch auf Sark kann einem die Nacht unendlich erscheinen, da ist es gut, Gesellschaft zu haben. In der Galerie geht Lisl Drake auf dem kalten Betonboden auf und ab. Eric hat eine Fähre mit den letzten Presseleuten genommen und wichtige Termine in London vorgeschoben. Arme Lisl. Sie kann nicht gut damit umgehen, alleine gelassen zu werden. Sie hat diese leeren Tage satt, diesen Dauerregen, und die tote Frau geht ihr nicht aus dem Kopf.

Elise ist auf dem Rückweg von Maud, als sie Lisl rauchend auf der Galerietreppe antrifft.

»Ich weiß nicht viel über Kunst«, sagt sie, »aber ich glaube, Sie sind eine Studie in Trübsinn.«

Lisl sieht hoch, und es dauert einen Moment, bis ihr Blick sich geschärft hat. Sie runzelt die Stirn, dann lacht sie. »Also, was das betrifft, Mrs Carey, sind wir ausnahmsweise mal einer Meinung.«

Elise schaut an Lisl vorbei auf die Bilder an den Wänden. Bisher hat sie sich geweigert, einen Fuß in die Galerie zu setzen, doch jetzt tritt Lisl zur Seite. »Kommen Sie herein.«

Nun ja, die Welt ist wirklich wundersam geworden. Plötzlich schlendert Elise Carey durch den von ihr so genannten Betonklotz und nickt zustimmend angesichts der Weitläufigkeit der Räume. Sie lässt alles auf sich wirken, einschließlich der halb geleerten Whiskyflasche auf dem Tisch neben der Treppe und des Tablettenfläschchens daneben. Lisl sollte nicht alleine trinken, denkt Elise, und auf keinen Fall Alkohol und Beruhigungsmittel geleichzeitig konsumieren. Sie geht zu dem Tisch, nimmt das Tablettenfläschchen und versucht, möglichst beiläufig zu klingen.

»Verraten Sie mir, warum Sie Major Hydes Tabletten haben?«

»Ach.« Lisl zuckt kaum merklich mit den Schultern. »Er hat sie mir gegeben, als ich ihm erzählt habe, dass ich unter

Schlafproblemen leide. Er reist bald ab und sagt, er braucht sie nicht mehr.« Sie rümpft die Nase. »Ich kann ihn nicht leiden. Er hat mich neulich den ganzen Abend genervt – und dieses anzügliche Grinsen …«

Elise nickt. »Männer in gewissem Alter. So wie Paul Cecil.«

Lisl verzieht das Gesicht. »O ja, das kann gut sein.«

Die beiden Frauen sehen sich einen Moment an, dann probiert Elise ihr neues Lächeln aus.

»Warum mache ich uns nicht einen Tee?«

Niemand wird es später glauben, aber Elise und Lisl unterhalten sich ziemlich lange. Elise stellt eine Menge Fragen darüber, wo Lisl überall gearbeitet und warum sie Eric geheiratet hat und was sie noch alles in ihrem Leben zu tun hofft. Als der Tee getrunken ist, wird Lisl dabei gesehen werden, wie sie den Ersatzschlüssel für die Galerie übergibt. Sie hat beschlossen, die Insel zu verlassen, zumindest vorerst. Die beiden vereinbaren, dass Phyll von Zeit zu Zeit nach dem Rechten sieht, und sind sich einig, dass Lisl aufhören soll, das zu tun, was Eric will, und ihren eigenen Ambitionen folgt.

Später werden die Inselbewohner sich fragen, wie Elise das hinbekommen hat: Sie konnte Mr Drakes nervige Künstler noch nie leiden, aber jetzt kann sie es sich zugutehalten, eine von ihnen von der Insel befördert zu haben. Man wird annehmen, dass sie irgendeine düstere Warnung oder schreckliche Vorahnung ausgesprochen hat und die arme Lisl voller Panik abgereist ist. Natürlich hat Elise nichts dergleichen getan, aber es ist schon merkwürdig, was die Leute gerne so glauben.

Die Leser werden erstaunt sein zu erfahren, dass im Jahr 1914 die letzte Person auf den Kanalinseln offiziell als Hexe verurteilt wurde, was nicht lange zurückliegt. Es handelte sich um eine schwangere alleinerziehende Mutter, die ein bisschen Geld damit verdiente, in Teeblättern zu lesen. Sie forderte ihr Glück allerdings heraus, als sie anfing, »Zauberpulver« zu verkaufen, das sich als Mehl herausstellte. Alle waren plötzlich empört, aber bis zu diesem Moment hatten sie der Frau vertraut und waren ihrem Rat gefolgt.

Was wir damit sagen wollen, ist: Die Macht jeder Hexe ist die Macht der Leute, die an sie glauben.

Was uns zu Elise zurückführt und zu Phyll, die in der Küche auf ihre Mutter wartet.

»Du musst aufhören, die Post anderer Leute zu lesen.«

Elise lehnt an der Küchentür. Es ist, als hätte ihr jemand Eiswasser ins Gesicht gekippt. Sie hat das Gefühl, ohnmächtig zu werden, aber sie fängt sich und stützt die Hände ans Holz. Sie stößt einen gepressten Atemzug aus, dann einen zweiten. Die Sache verlief so gut, und jetzt das. Aber sie hätte es kommen sehen müssen. Es war nur eine Frage der Zeit. Sie sieht Phyll an, ihre Tochter. Ihr kluges Kind. Natürlich hat sie es herausgefunden. Wie sollte es anders sein? Elise tritt vom Türrahmen zurück und denkt kurz nach. Sie könnte versuchen, sich zu verteidigen, sich zu rechtfertigen, es zu leugnen. Sie könnte die Wangen aufplustern und empört tun. Aber sie hat einiges zu erklären. Sie atmet noch einmal tief ein, und die Worte sammeln sich in ihrem Hals.

Phyll wechselt die Position auf ihrem Stuhl, ihre Augen glänzen merkwürdig im Halbdunkel.

»Ich weiß es schon lange, Mum, also streite es bitte nicht ab. Du siehst in fremde Pakete und belauschst das Leben anderer Leute und tust so, als besäßest du eine besondere Gabe. Ich hätte es früher sagen sollen, aber es war zu …« Sie senkt den Blick und runzelt die Stirn. »Es war einfach zu traurig«, sagt sie verlegen. Sie sieht hoch. »Als ich klein war, dachte ich, du wärst eine Hexe, und das würde ich, glaube ich, immer noch gern glauben. Besser eine Hexe als eine …« Sie kann den Satz nicht beenden.

Elise zieht einen Stuhl hervor und setzt sich. »Besser eine Hexe als eine Schnüfflerin. Besser eine Hexe als eine Betrügerin.«

Sie sieht immer noch Phyll an, während sie die Galerieschlüssel auf den Tisch legt. Sie fragt sich, wie sie anfangen soll, wie sie das Ganze erklären soll. »Ich hatte diese Gabe«, sage sie. »Wirklich. Aber eines Tages war sie plötzlich weg.«

Phyll atmet langsam aus. »Ah.« Sie hält inne. »Ich habe mich schon gewundert.« Sie hält wieder inne. »Was ist passiert?«

Elise presst die Hände so fest auf den Tisch, dass sie die Holzmaserung spürt. Was ist passiert? Diese Frage stellte sie sich oft. Sie holt tief Luft und wandert im Geiste zurück. Was jetzt kommt, könnte das Schwierigste sein, was sie jemals tun musste, aber sie hat keine andere Wahl. Sie muss die Wahrheit gestehen. Also schließt sie die Augen und beginnt zu sprechen, und zwar schnell und ohne Pause. Sie erzählt Phyll, dass sie früher einmal Ereignisse gespürt hat, dass sie Ereignisse geträumt hat und dass es schrecklich und furchteinflößend war. Größtenteils stimmte das. Größtenteils hasste sie es. Während der Kriegsjahre, in denen es nie gute Neuigkeiten gab, war es am schlimmsten. Überall Tod und Leid.

»Und dann kehrte dein Vater zurück.« Sie öffnet die Augen. »Natürlich habe ich mich gefreut, aber er war anders, praktisch ein Fremder. Er jagte mir Angst ein, und ich frage mich, ob die Angst wohl der Auslöser war.« Sie zögert und sieht Phyll an. »Als er verschwand, hatte ich keine Ahnung, wohin. Ich nahm an, er wäre tot, aber ich habe nichts gespürt. Ich sah weder seine Gestalt, noch träumte ich von ihm. Er ist an diesem Abend einfach aus dem Haus gegangen und war weg. Ich wartete, und«, sie seufzt, »das Warten wurde zur Gewohnheit.« Sie schüttelt den Kopf. »Ich hatte nie vor, die Leute zu täuschen.« Ihre Stimme hebt sich. »Das Problem war, dass sie mich weiter fragten und dass jeder von ihnen sich sorgte und ein bisschen Trost brauchte. Ich dachte wirklich, es wäre besser. Ich wollte sie nicht enttäuschen und dachte, wenn ich weitermache, würde mit der Zeit wieder alles so werden wie vorher.« Sie hört auf zu sprechen und starrt auf die Tischplatte. »Ich weiß, wie schlimm das alles klingt. Ich habe alle angelogen, und die Lügen haben mich eingeholt.«

Sie habe es aus Gewohnheit getan, sagte Elise sich stets, nur weil die Leute es wollten. Aber es ging auch um Macht. Frauen haben so wenig Macht, und sie ist immer vergänglich. Sie brauchte das Gefühl, alles unter Kontrolle zu haben. Sie schämt sich natürlich, doch während sie spricht, überkommt sie große Erleichterung. Es ist, als würde sie nach einer langen Reise einen schweren Mantel ablegen.

Phyll hört schweigend zu und wartet, bis ihre Mutter fertig ist.

»Aber Everard und ich haben nur gespielt«, sagt sie. »Wir waren nur Kinder. Für uns war es ein Spiel, ein Spaß … Kinder spielen Spiele.« Sie hält inne. »Aber du bist zum Haus des Majors gegangen und hast behauptet, du spürst einen Geist, und der Major hat Everard bewusstlos geschlagen, als er merkte, dass alles nur ein Streich war.«

Elise verschränkt die Finger und löst sie wieder. »Dafür kann ich nichts. Mit dem Major habe ich nie darüber gesprochen. Ich weiß, ich war zu streng mit euch beiden. Ich habe mich so geschämt. Ich habe mir eingeredet, ich würde euch schützen, aber ich habe mich selber geschützt. Ich glaube, ich habe einfach ständig Angst davor …«

Phyll beugt sich vor. »Angst vor was?«

Elise schluckt schwer und merkt, dass sie angefangen hat zu weinen. Sie wischt eine Träne weg und schnieft. »Davor, nicht gebraucht zu werden vielleicht.«

Sie hält Phylls Hände, ohne sich zu erinnern, dass sie sie ergriffen hat, und Phyll erwidert den Druck ihrer Finger.

»Aber ich werde dich immer brauchen. Maud wird dich immer brauchen. Die Menschen haben dich lieb. Ich habe dich lieb.«

Elise nickt. »Und ich hab dich auch lieb.« Sie muss sich die Nase putzen, kann aber Phylls Hände nicht loslassen.

Phyll lächelt. »Aber du musst aufhören, die Briefe zu lesen. Das ist absolut nicht in Ordnung. Schaffts du das?«

Elise nickt. »Das habe ich schon.«

In der Tat. Paul Cecils Brief hat ihr den Rest gegeben. Sie kann es nicht mehr ertragen.

Phyll führt die Hände ihrer Mutter zusammen. »Gut. Ich hab nämlich auch gelogen. Ich habe Southampton gehasst und den Job auch, aber ich hab's dir nie gesagt, weil ich dich nicht enttäuschen wollte. Als ich noch hier war, habe ich nur davon geträumt fortzugehen. Ich dachte, ich fliehe nach England und werde ein neuer Mensch. Aber ich habe mich nur umso mehr fehl am Platz gefühlt. Also hab ich mich wie ein undankbarer Teenager benommen, mich in ein Loch vergraben und einen Fehler nach dem anderen gemacht.«

Elise hebt abrupt den Kopf. Sie ist versucht, *Ich weiß* zu sagen, schüttelt aber stattdessen den Kopf. »Du bist nicht undankbar.« Sie schnieft noch einmal und legt sich Phylls Hand an die Wange, um eine Träne abzuwischen. Sie weiß nicht, was sie sonst noch sagen soll. Sie könnte es mit *Ich wollte nur, dass du glücklich bist* versuchen, aber sie ist sich nicht sicher, ob das stimmt. Auf Glück hat sie noch nie viel gegeben, weil Glück nicht von Dauer ist. Nein, was sie sich am meisten für Phyll gewünscht hat, war Freiheit und die Wahl zu haben, die sie nicht hatte. Sie fragt sich, warum Liebe so schwer sein muss, so einnehmend. Sie kann nicht fassen, dass sie eine Tochter hat, dass sie dieses Wesen erschaffen hat. Es erschreckt sie. Vielleicht war das der Grund, warum sie sie fortschickte. Weil sie es nicht ertragen konnte, sie in der Nähe zu haben. Jemanden zu lieben, ist immer ein Risiko. Man riskiert, enttäuscht und zurückgewiesen zu werden.

Es ist viel leichter, für jemanden zu sterben, als für ihn zu leben, genau wie es einfacher ist, jemanden wegzuschieben, als ihn festzuhalten.

»Weißt du eigentlich, wie sehr ich dich liebe?«

Phyll stößt einen Seufzer aus. »Du sagst das, als wäre es eine Drohung.«

Elise muss sich beinah verschlucken. Sie steht auf, geht um den Tisch, zieht Phyll in eine Umarmung und gibt ihr einen Kuss auf den Kopf.

Phyll erstarrt, aber nach ein paar Sekunden legt sie ihrer Mutter die Arme um die Taille. So verharren sie, aneinandergeschmiegt, und Elise streicht Phyll über die Haare und wünschte, die Zeit bliebe stehen. Sie schließt die Augen und möchte dieses Gefühl am liebsten für immer bewahren.

Phyll bewegt sich als Erste und hebt den Kopf.

»Wir stehen auf derselben Seite, Mum. Ich versuche nicht, gegen dich anzugehen. Aber da ist noch etwas.« Sie hält die Arme weiter fest um Elises Taille geschlungen. Ihr Gesicht schimmert reglos im Halbdunkel. »Everard glaubt, er ist verflucht, und dass es etwas mit dem zu tun hat, was wir vor all den Jahren getan haben. Er sagt, alles wiederholt sich. Er sagt, *sie* wäre zurückgekommen.« Elise sieht Phyll verständnislos an. »Wer ist zurückgekommen?«

Phyll zögert. »Die Frau natürlich. Die fremde Lady. Er sagt, er hat sie gesehen. Er sagt, sie ist im Haus.«

26

Beau Regard Little Sark

23. August 1923

Sarah Williams wurde durch das Schließen einer Tür geweckt. Sie hörte jemanden weggehen, doch das Ticken einer Uhr übertönte das Geräusch. Sie versuchte, die Augen aufzuschlagen, aber sie schienen wie zugeklebt. Sie atmete ein, dann aus. Sie lag flach auf dem Rücken im Bett. Ihr war schrecklich elend. War sie krank? Mit Mühe öffnete sie die Augen. Sie wusste nicht, wo sie war, und fragte sich einen Moment, ob sie womöglich tot sei. Aber der Schmerz war real, drückte ihr auf den Schädel. Lag sie im Krankenhaus? Ich muss krank sein, sagte sie sich. Ich hatte einen Unfall. Hatte sie sich etwa den Kopf angestoßen? Nachklänge von Unterhaltungen kehrten zurück, und sie realisierte, dass sie noch im Haus war. Im Haus des Majors. Sie erinnerte sich an zersplitterndes Glas, daran, rücklings gestürzt zu sein, an den trockenen Schmerz ihrer Schreie. Dann beugte sich Dr. Stanhope über sie. Oh, das war zu viel.

Als sie erneut aufwachte, war das Zimmer in grelles Licht getaucht, sodass sie die Hand heben musste, um ihre Augen zu beschirmen. Sie versuchte sich aufzusetzen, aber ihr war übel. Gelbe Vorhänge flatterten vor blauem Himmel. Wenn sie den Kopf drehte, konnte sie ihr Kleid sehen, das ordentlich über einem Stuhl hing. Sie presste die Augen zu und erinnerte sich, wie sie mit Sylvie über den Rasen spaziert war, und an den Duft von Rosen. Jetzt roch sie Tabak und etwas Beißendes, Chemisches. Sie atmete ein und aus. Sie versuchte, ihren Verstand zu aktivieren, während sie sich andererseits dagegen wehrte, denn sie befand sich in einem fremden Zimmer und trug nur ihre Unterwäsche. Sie fühlte sich hilflos, beschämt.

Langsam hob sie die Arme. Ihre Finger waren steif und geschwollen, als hätte sie zu lange gebadet. Sie versuchte sich aufzurichten, aber sie war noch zu schwach. Alles Physische erschien ihr weit entfernt, als wäre ihr Bewusstsein anderswo. Außerdem war ihr Kopf seltsam leer. Was war passiert? Sie schloss die Augen und wanderte in Gedanken durch die Dunkelheit. Sie sah den Tisch mit der Kerze. Sie erinnerte sich, dass sie darum gesessen und sich an den Händen gehalten hatten. Jemand hatte sie angefasst, sie spürte wieder, wie ihre Handgelenke festgehalten wurden. Sie riss die Augen auf und starrte an die Decke. Irgendetwas war passiert, aber sie wusste nicht, was. Sie spürte eine düstere Anwesenheit, Hände, die auf sie zukamen. Sie blickte sich im Zimmer um. Alles so sauber und ordentlich. Sie presste die Augen zu. Ein böser Traum. Sie meinte, irgendwo Sylvies Stimme zu hören, und ihr fiel wieder ein, dass Sylvie ihr ins Bett geholfen hatte. So war es gewesen. Sie hatte geschrien und geweint und für Aufregung gesorgt, aber Sylvie war da gewesen.

Sarah presste sich die feuchtkalte Hand ans Gesicht. Die Männer hatten sie hysterisch genannt. Sie hörte Dr. Stanhope ganz deutlich. Hysterisch. So hatte man sie als junges Mädchen bezeichnet und nachdem Cyril gestorben war. Sarah öffnete die Augen. *Cyril.* Er war zurückgekommen. Sie zupfte an ihrer Haut, wo er sie berührt hatte. Es fühlte sich zugleich gut und schlecht an. War sie verrückt geworden? Sie beobachtete, wie ihre Haut sich rot verfärbte, und wartete.

Die Uhren zählten die Sekunden und Minuten. Durchs Fenster wehte ein sanftes Lüftchen herein. Sie setzte sich auf, langte nach ihrem Kleid und zog es zu sich. Sie musste vorzeigbar aussehen – dieser eine Gedanke beherrschte jetzt ihr

Tun. Sie hielt das Kleid in die Höhe und betrachtete den Stoff. Als Kind hatte sie sich geweigert, ein Kleid zu tragen, wenn sich auch nur der kleinste Fleck darauf befand. Sie hatte angefangen zu schreien, es sich vom Leib gerissen und ihre Mutter fast in den Wahnsinn getrieben. Plötzlich überkam Sarah Sehnsucht, ihre Mutter zu sehen. Sobald sie konnte, würde sie sie besuchen. Sie legte sich das Kleid auf den Körper.

Die Treppe knarzte, und Angst ergriff sie. »Hilfe!«, rief sie. »Ist da jemand?«

Es war Nancy. Sie sei an diesem Morgen mehrmals hereingekommen, aber »meine liebe arme Lady« habe tief geschlafen. Nancy erwähnte nicht, dass sie sich zweimal über sie gebeugt hatte, um festzustellen, ob sie überhaupt noch atmete. Sie sprach schnell, denn sie war in Sorge. »Wie geht es Ihnen? Soll ich Ihnen eine Waschschüssel holen? Sie hatten einen furchtbaren Schock. Möchten Sie etwas Tee? Wasser?«

Nancy war die Einzige, die den Abend noch ganz im Gedächtnis hatte, ironischerweise, wenn man bedenkt, dass sie nicht einmal da gewesen war. Sie verließ sich natürlich darauf, was ihr Arbeitgeber über die Ereignisse berichtete, der sie zu unchristlicher Stunde aus dem Bett geholt hatte, während er sich im Übermaß für diese »unangenehme Sache« entschuldigte. Mr Hyde hatte Nancy erklärt, dass Everard sie die ganze Zeit hinters Licht geführt habe, indem er Geist spielte, und dass seine Streiche ihren Höhepunkt im Zertrümmern der Fenster gefunden hätten.

»Es ist mir sehr peinlich, Mrs Dolbel. Aber es wird nichts dergleichen mehr vorkommen. Ich werde ihn mit meinem Boot von der Insel bringen.«

Und so wurde Everard in der Morgendämmerung fortgebracht, und Nancy musste sich um den Schlamassel kümmern, den er hinterlassen hatte. Und was für ein Schlamassel. Der ganze Wohnzimmerboden war mit Scherben übersät, was ihn in eine wahre Todesfalle verwandelte. Eine Kehle hätte durchtrennt werden können. Man würde die Fenster mit Brettern vernageln müssen, bis neue angefertigt waren, und wer konnte wissen, was das kosten würde. Nancy bestellte die beiden Hamon-Jungen, damit sie die Fenster provisorisch reparierten, und bezahlte sie mit dem Hummersalat vom Vortag. Sie war zutiefst beleidigt, dass niemand das Essen angerührt hatte. Es hatte sie so viel Zeit gekostet, es zuzubereiten. Der viele Alkohol auf leeren Magen war sicher nicht gut gewesen.

Dr. Stanhope kam rechtzeitig, um etwas zu essen. Er sah sehr elend aus. Der Schock des vergangenen Abends war ihm noch anzusehen. Er hatte Mrs Williams Chloral verabreicht, bevor er nach Hause gegangen war, um sich selbst mit Brandy zu betäuben. Mrs Williams hatte er versichert, sie würde sich bald schon besser fühlen, aber sie warf ihm vor, sie grob behandelt zu haben, was ihn ziemlich entsetzte. Er hatte nur getan, was jeder Arzt tun würde.

Nancy sagte ihm, er solle sich nicht sorgen. Sie sei von Anfang an gegen diese Séance gewesen. Man lade nicht einfach Geister zu sich nach Hause ein. Das sei schließlich kein Spaß. Stanhope nickte und räumte ein, dass auch er schwere Bedenken gehabt hätte, sich aber aus beruflichen Gründen verpflichtet gefühlt habe teilzunehmen, für den Fall, dass es zu einem Notfall komme. Und sei es nicht ein Glück gewesen, dass er da gewesen sei?

Sarah Williams kam nicht drüber hinweg, was geschehen war. Sie glaube, der Geist ihres toten Ehemannes sei zurückgekehrt, sagte sie, zusammen mit etwas Bösem.

»Nun ja, böse in der Tat.« Nancy seufzte. »Es war der Sohn des Majors. Dieser kleine Bursche. Wer hätte das gedacht?«

Am späten Nachmittag brachte man Mrs Williams per Kutsche zurück ins Bel Air, und Nancy schaute bei Maud vorbei, um ihr zu erzählen, was passiert war. Nicht um zu tratschen, musst du wissen. Sie hatte vielmehr den Gedanken,

Maud könnte vielleicht ein Mittel für die arme Frau brauen, irgendetwas, das die Gifte aus ihr herausschwemmen würde. Löwenzahn und Klette oder so was.

Das Blut erwähnte Nancy nicht, weil sie nichts davon wusste. Sie brachte den größten Teil des Tages in den Zimmern im Erdgeschoss mit Fegen und Wischen zu, bevor sie nach oben ging, um die Betten abzuziehen. Everards Zimmer war noch dunkel, die Vorhänge fest zugezogen. Also roch sie es, bevor sie es sah. Sie öffnete das Fenster, schnipste zwei Steinchen vom Fensterbrett, drehte sich um und schnappte nach Luft. Auf dem Kissen war ein rostbrauner Fleck, fast von der Größe eines Kopfes. Sie schlug sich die Hände vor den Mund und starrte ihn an, dann sah sie das Blut auf der Decke. Nancy verschränkte die Arme vor dem Bauch. Sie fühlte sich schwach, dann wurde ihr schlecht. Sie hatte ihre Jungs im Laufe der Jahre ein paarmal geohrfeigt, aber niemals blutig geschlagen. Sie wunderte sich, dass Dr. Stanhope nichts davon gesagt hatte.

Nancy tat ihr Bestes. Sie schrubbte, bis ihr die Handgelenke schmerzten, füllte eine Wasserschüssel nach der anderen, aber die Flecken waren bis in die Matratze gezogen. Sie machte sich Sorgen um Everard. Wäre es nicht besser gewesen, wenn er dageblieben wäre und sich dem hätte stellen müssen, was er angerichtet hatte? War das nicht besser, als ihn zu verprügeln? Doch dann erinnerte sie sich, wie Mrs Williams darüber phantasiert hatte, dass jemand in ihrem Zimmer gewesen sei, während sie schlief, dass jemand sie ›angegriffen‹ habe. Nancy schrubbte und wusch und dachte weiter nach, und ihre Gedanken verschmolzen miteinander und erschwerten die klare Sicht. Sie stand mit verschränkten Armen auf dem Treppenabsatz und blickte auf jede Tür. Dann schritt sie dazwischen hin und her. Ihr Mund öffnete und schloss sich, und sie murmelte Worte, die sie nicht laut auszusprechen wagte. War es möglich, dass

Everard Mrs Williams nachspioniert hatte? War das etwa die Erklärung? Aber er war nur ein Junge, mehr hatte er doch sicher nicht getan. Nancy presste sich die Hände auf die Brust. Das Haus war so still, seit er fort war – der Junge, der all diese schrecklichen Streiche gespielt hatte.

Sie wollte nicht weiter darüber nachdenken, und bald schon würde es auch nicht mehr nötig sein. Als Maud am Vormittag mit ihrem Heiltrank zum Bel Air kam, hatte Mrs Williams schon die Rechnung beglichen und war mit der ersten Fähre abgereist. Das fand Maud äußerst merkwürdig. Sie wollte Nancy davon erzählen, aber zuerst sagte sie es Elise.

»Es ist wirklich besorgniserregend«, murmelte Maud. »Ich hoffe, es geht ihr gut.«

Elise zuckte mit den Schultern. »Na ja, jetzt ist sie weg, also kannst du nichts mehr tun.«

Für noch mehr Aufregung war Elise nicht in der Stimmung. Phyll weigerte sich, mit ihr zu sprechen, und gab natürlich ihr die Schuld; Elise wollte einfach nichts mehr von Beau Regard hören. Sie hatte sich vorgenommen, sich nicht mit Fremden einzulassen, und hatte sich ihr Instinkt nicht als richtig erwiesen? Dieser ganze Ärger kam und ging mit den Besuchern. Sicher, sie hatte ein schlechtes Gewissen Mrs Williams gegenüber wegen des Buches, aber nur wegen des Buches, wegen nichts sonst. Sie würde Maud nichts davon erzählen. Sie würde es niemandem erzählen. Nein. Das Ganze lieber wie eine bittere Pille schlucken und dann vergessen. Sie ließ sich auf einen Stuhl sacken und sah Maud an.

»Mrs Williams ist also abgereist. Ich kann es ihr nicht verdenken. Das mit der Séance war eine Schnapsidee. Was haben sie sich nur gedacht?«

Maud wölbte die Brauen und sah ins Leere.

»Aber«, sagte sie. »Da war doch etwas in dem Haus. Wie sonst hätte das alles passieren können? Sie wandte den Blick Elise zu. »Du hast mir versichert, es sei harmlos.«

Elise streckte die Wirbelsäule. Der provozierende Unterton in Mauds Stimme gefiel ihr nicht.

»Ich weiß nicht mehr genau, was ich gesagt habe«, konterte sie. »Aber wenn sich der Junge einen Scherz mit seinem Vater erlaubt hat, dann war es seine Gegenwart, die ich gespürt habe.« Sie neigte den Kopf. »Die meisten würden einen kleinen Jungen für harmlos halten. Aber dieses ganze Chaos war seine Rache.« Sie hielt kurz inne. »Mrs Williams, die Ärmste, ist mitten hineingeraten. Du sagst, Stanhope hat ihr nach ihrem Sturz Chloral gegeben. Offenbar hat sie es nicht gut vertragen.« Elises Blick fiel auf die Flasche, die Maud dabeihatte. »Oder er hat ihr zu viel gegeben – diesem Mann ist nicht zu trauen. Vielleicht ist es seine Schuld. Wollen wir hoffen, dass es ihr gut geht. Was passiert ist, ist passiert.«

Doch Maud sah Elise weiter eindringlich an. »Aber was ist mit dem Jungen?«

Elise zuckte kaum merklich mit den Schultern. »Den sind wir los. Gott sei Dank.«

Das war ihr Ernst. Sie hatte kaum ein paar Worte mit Everard gewechselt, aber selbst das war schon zu viel gewesen. Nun war sie zutiefst erleichtert. Sie konnte ihn mit dem Wort »Ärger« beschriften, zu den Akten legen und vergessen. Er hatte sich auf Kosten anderer amüsiert und war erwischt worden, und dem Himmel sei Dank hatte sie Phyll heraushalten können. Sie bedauerte, überhaupt zugelassen zu haben, dass die beiden sich anfreundeten. In Zukunft würde sie besser aufpassen müssen. Jungen wie Everard würden kommen und gehen, auf jeden Fall gehen, und solche Freundschaften waren nicht gut für Phyll. Phyll würde nie ebenbürtig sein, immer verlassen und verletzt zurückbleiben. Elise hob den Blick zur Decke. Sie stellte sich das verweinte Gesicht ihrer Tochter vor und wie sie sich oben im Bett zusammengerollt hatte. Sie war aufgebracht. Aber sie würde darüber hinwegkommen. Sie war noch jung, und junge Menschen besaßen große Selbstheilungskräfte. Ihr ganzes Leben lag noch vor ihnen.

Maud sah sie merkwürdig an. Sie hatte ihr Gesicht nachdenklich in Falten gelegt und die Augen verengt. Elise beobachtete sie einen Moment und wünschte, sie würde das lassen.

»Nein. Das ist nicht richtig.« Sie schüttelte den Kopf. »Das ist ganz und gar nicht richtig.«

Elise legte die Hände in den Schoß. »Ach, komm schon, Maud«, sagte sie. »Warum mischen wir uns in die Angelegenheiten anderer Leute ein? Das geht uns nichts an.«

Maud sah Elise entsetzt an. »Wenn es in diesem Haus passiert ist, geht es mich etwas an«, erwiderte sie. »Und dich auch. Dann geht es uns *alle* etwas an.«

Elise runzelte verlegen die Stirn. »Ich wüsste nicht, warum.«

Maud zögerte kurz. »Dann werde ich es dir erklären müssen.«

27

Eine Insellegende

Wenn eine Geschichte wiederholt wird, wandelt sie sich. So wie wenn ein Haus seinen Besitzer wechselt. Das Grundgerüst bleibt dasselbe, aber eine Menge Dinge verändern sich. Anfangs denkst du, es ist nur die Möblierung, aber dann taucht eine Tür auf oder neue Fenster und zusätzliche Zimmer. Bestimmte Dinge bleiben gleich, aber es kann eine Weile dauern, bis du realisierst, welche es sind und was passiert ist. Dieses Gefühl hat Maud seit einiger Zeit dauernd – einer der Gründe, warum sie gerne herumspaziert. Sie muss sich orientieren. Deshalb zertrampelt sie Beete und späht durch Fenster.

Aber es ist nicht der entscheidende Grund.

Begeben wir uns zurück.

Es war der Nachmittag des 30. September, ein Samstag, und sie war auf La Coupée, als sie den Mann und die Frau sah. (Ja, sie hat sie gesehen). Aus der Entfernung wirkten sie sehr elegant, wie für eine Festlichkeit herausgeputzt, als sie sich jedoch näherten, überkam sie dieses ungute Gefühl. Die Frau hatte den Kopf gesenkt, und der Mann hielt sie am Ellbogen, wie Männer das manchmal tun. Dann blieb er stehen und redete in barschem Tonfall mit ihr. Maud trat zur Seite, um sie vorbeizulassen, hob dabei vorsichtig die Hand.

»Haben Sie Ihre Fähre verpasst?«

Das war eine völlig harmlose Frage. Sie war weder herablassend noch spöttisch. Sie wollte nur, dass der Mann sie ansah.

Was er tat, bevor er ihr quasi die gefletschten Zähne zeigte.

»Kümmer dich um deine eigenen Angelegenheiten«, zischte er. »Alte Hexe!«

Mauds Blick verschwamm, und sie legte sich die Hand auf die Wange. Sah sie etwa aus wie eine Hexe? Das kam ihr bekannt vor. Sie strich sich über die Haut, die nicht immer so schlaff gewesen war, aber hatte das je eine Rolle gespielt? Sie atmete tief ein. Sie stand noch immer auf La Coupée, aber das Geländer war verschwunden. Als wäre es nie da gewesen. Hah! Sie konnte die Klippe hinunter direkt auf die Wellen schauen, was ihr ein schwindelerregendes Gefühl von Freiheit verlieh. Es war später im Jahr, in einem ganz anderen. Sie hob das Gesicht in den prasselnden Regen. Clarrie Baker. Das war's. Clarrie hatte nach der Geburt ihres zweiten Kindes, eines Mädchens, das sie Ellen tauften, Fieber bekommen. Maud war jeden Tag rüber nach Little Sark und wieder zurück gelaufen, um nach ihnen zu sehen – keine leichte Aufgabe, wenn es so stürmisch war wie heute. Sie sah das Haus vor sich und runzelte die Stirn. Sie kannte den Gentleman nicht, der es gemietet hatte. Lange Zeit hatte es leer gestanden – wurde als zu abgelegen erachtet. Der neue Mieter war Maler und mochte die Einsamkeit. Er war groß, hatte einen festen Blick und kleine Zähne und roch immer auffällig nach Eau de Cologne. Wo immer er über die Klippen lief, konnte man seiner Spur folgen, weil er diesen Duft hinterließ. Maud versuchte ihm aus dem Weg zu gehen, seine Frau aber hatte etwas. Maud mochte Frauen. Sie interessierte sich für ihre Denkweise und wie sie von ihrem Leben erzählten. Diese Frau hatte lange dunkle Haare, die sie stets offen trug, und ihre Haut war ungewöhnlich blass. Die Leute hielten sie für eine Ausländerin, weil sie nie sprach. Sie trug einen lockeren Mantel mit Kapuze, und die Art, wie sie lief, den Kopf gesenkt und die Hände in die Ärmel geschoben, ließ sie irgendwie zerknirscht wirken. Sam Baker, Clarries Ehemann, erzählte, man munkele etwas von einer Nervenkrankheit, doch Clarrie seufzte nur und verdrehte die Augen.

»Sie ist verängstigt«, meinte sie. »Sie fürchtet sich vor ihrem Mann.«

Das sah auch Maud so, und wann immer sie der Frau begegnete, achtete sie darauf, sie anzulächeln und ein paar Worte mit ihr zu wechseln. Die Frau wandte immer das Gesicht ab, aber Maud nahm das nicht als Beleidigung, sondern gab sich noch mehr Mühe. Eines Abends wäre sie auf den Klippen fast mit der Frau zusammengestoßen. »Ach! Was für ein Tag, um vor der Tür zu sein! Da braucht man Handschuhe.«

Doch die Frau schreckte zurück, während ihr Blick ängstlich nach La Coupée hinüberzuckte. »Sie dürfen nicht mit mir sprechen.«

Dann senkte sie den Kopf, als wollte sie ihn verstecken. Die Ärmste, dachte Maud, aber sie hatte in diesem Monat, in dem zwei Babys auf die Welt kommen sollten, alle Hände voll zu tun und keine Zeit übrig. Sie war froh, als Clarries Fieber zurückging und sie nicht mehr so oft auf Little Sark gebraucht wurde. An einem düsteren Nachmittag begegnete Maud der Frau ein letztes Mal auf den Klippen. Trotz des heftigen Regens trug sie offenbar nur ein Nachthemd. Maud bog vom Weg ab und rief ihr zu, sie werde sich den Tod holen, doch als sie ein zweites Mal hinsah, war sie schon verschwunden.

Maud kam zu spät.

Wir haben immer behauptet, eine alte Frau hätte sich um die Leiche gekümmert, aber damals war Maud noch nicht alt. Tatsächlich wählte der Ehemann sie aus, weil sie noch jung war. Er kam am nächsten Tag ins Postamt und verkündete, seine Frau sei im Schlaf gestorben. Besonders traurig wirkte er nicht, erklärte jedoch, sie sei schon seit Jahren krank gewesen.

»Ich hatte gehofft, die frische Luft würde ein wenig helfen, aber das viele Laufen hat sie überstrapaziert.« Er schüttelte langsam den Kopf und seufzte. »Sie muss in der Nacht irgendeinen Anfall erlitten haben.«

Da Maud eine medizinische Ausbildung hatte, war sie verpflichtet zu helfen. Das Haus auf den Klippen war viel kleiner als Beau Regard. Es lag etwas zurückgesetzt hinter Bäumen und Büschen. Die Zimmer waren spärlich möbliert und ganz aus dunklem Holz. Die Frau war aufgebahrt. Sie wirkte eher wie eine Wachsfigur als wie ein ehemals lebendiges Wesen, doch Maud bemerkte die feinen Härchen an ihren Schläfen und das Muttermal unter ihrem rechten Auge. Sie bemerkte auch die roten Flecken auf ihrer Brust und an ihrem Hals und die Blutergüsse an ihren Handgelenken, Beinen und auf dem Brustkorb.

Wir tragen so viele Versionen vom dem mit uns, was wir die Wahrheit nennen. Der Maler hatte seine Version: dass er versucht habe, seine Frau wiederzubeleben, dass sie sich krank gefühlt habe, dass er nichts mehr habe tun können. Maud war voller Zweifel, aber sie war noch sehr jung und unerfahren. Wäre sie älter gewesen, hätte sie ihm vielleicht widersprochen und ihrem Bauchgefühl vertraut. Aber sie wollte keinen Ärger machen, und sie hatte keine wirklichen Beweise.

Anders als manche berichten, stand nur ein hölzernes Kreuz, zwei grob zusammengenagelte Stöcke, am Kopf des Grabs. Als Maud es sah, wurde ihr schwummrig. In ihrem Bewusstsein bildeten sich Sätze, aber sie war unfähig, sie auszusprechen. Mord war etwas Furchtbares. Ein Kapitalverbrechen. Es schien zu grausam, zu unwahrscheinlich. Die Leute würden sagen, sie sei verrückt geworden. In einer kleinen Gemeinschaft wurde immer getratscht, sie musste vorsichtig sein. Sie wollte keine Unruhe verbreiten.

Maud wusste nicht, was sie tun sollte. Sie liebte ihren Beruf, denn sie wurde in jeder Familie willkommen geheißen, und alle Frauen vertrauten ihr. Doch gerade weil die Frauen ihr vertrauten, hatte sie das Gefühl, etwas sagen zu müssen.

Bei ihrem nächsten Besuch auf Little Sark kam alles wieder hoch. Sie überquerte La Coupée und lief den Weg zum Häuschen der Bakers hinauf, wo sie Mutter und Baby gesund und wohlauf vor der Tür sitzen sah. Eigentlich hätte sie froh sein müssen, aber ihr war nur nach Heulen zumute.

Sie stellte ihre Tasche ab und stieß einen tiefen Seufzer aus. »Ich muss mit dir reden, Clarrie. Es geht um eure Nachbarn. Ich habe das Gefühl, da stimmt etwas nicht …«

Clarrie, die Ellen auf dem Arm wiegte, sah Maud an. »Du glaubst, er hat sie umgebracht? Das Gefühl habe ich auch. Er hat sie umgebracht und kommt ungestraft davon.«

Aber sie waren nur Frauen. Was konnten sie tun?

Wenden wir uns wieder dem Holzkreuz zu. Das lässt sich viel leichter herausreißen als ein großer Marmorgrabstein, da besteht sicher kein Zweifel. Tags darauf lag es auf dem Boden. Die Totengräber machten den vom Regen aufgeweichten Untergrund verantwortlich, aber in der nächsten Nacht passierte es wieder, und dann wieder. Und am vierten Tag fand man es zersplittert ein paar Meter entfernt. Inzwischen waren Gerüchte entstanden, wie Gerüchte es zuverlässig tun. Die Frauen von Sark waren schon immer ein verlässliches Nachrichtennetzwerk, obwohl, da wirst du uns zustimmen, wir viel mehr sind als das.

Man kann Sark gewiss »traditionell« nennen und »zeitlos«, aber lass dir nichts darüber vormachen, wer hier das Sagen hat. Die Männer sind vielleicht fürs Streiten und Fischen verantwortlich, alles andere übernehmen die Frauen. Wir führen die Haushalte, wir sorgen für das Vieh, wir kochen und putzen und ziehen die Kinder groß. Wir sorgen für die Kranken und die Alten, wir kardieren und kämmen die Wolle, wir melken die Kühe, wir buttern die Milch. Die Frauen sind für einfach alles zuständig, von der Geburt bis zum Tod und für den ganzen Rest dazwischen. Männer geben es natürlich ungern zu, aber dies ist weder ein Geheimbund noch eine

Untergrundbewegung, und nein, wir treffen uns auch nicht in Gruppen von dreizehn.

Wir Frauen tun einfach, was wir tun. Und das ist praktisch alles.

Also verärgere uns lieber nicht.

Denn das wird sich rächen.

Maud erinnert sich, den Maler mittags einmal auf dem Friedhof gesehen zu haben, wie er versuchte, das zersplitterte Holzkreuz wieder an seinem Platz in die Erde zu rammen. Sie beobachtete ihn nur einmal, doch das verschaffte ihr ein befriedigendes Gefühl. Er war schmutzig und verschwitzt, und dann besaß er auch noch die Frechheit, sie zu fragen, ob sie gesehen habe, wer es herausgerissen hatte. Sie schüttelte empört den Kopf. Das Einzige, was Maud gesehen hatte, war die Erde unter Clarries Fingernägeln. Sie riet ihr, lieber Handschuhe zu tragen, wenn sie wieder an der Reihe war.

Du wirst vielleicht wissen wollen, wie viele von uns an der Sache beteiligt waren, aber das verraten wir nicht. Und was war mit dem Ehemann, dem Witwer? Oder sollen wir ihn Mörder nennen?

Nun konnte der Spaß beginnen.

An der Spitze von La Coupée wurde eine gespenstische Gestalt gesehen – eine Frau in Weiß, die über die Klippe blickte. Sie wurde von mehreren Personen beobachtet, einschließlich Clarrie, die viel Aufhebens darum machte, zitternd und weinend in der Öffentlichkeit aufzutreten und lautstark zu fragen, was das zu bedeuten habe. Einmal spätabends wurde eine bleiche Gestalt zwischen den Bäumen im Dixcart Valley gesichtet. Drei Touristen, die vom Strand heraufkamen, bekamen den größten Schrecken ihres Lebens, waren jedoch nicht nahe genug, um richtig zu erkennen, was sie da sahen. Die Geschichte wurde weitererzählt und ausgeschmückt. Manche nannten sie die weiße Lady. Wir bevorzugten den Namen fremde Lady. Schön und geheimnisvoll. Maud berichtete, ihr zweimal begegnet zu sein, wobei das zweite Mal bedeutsam schien. »Sie war kurz davor, mir etwas zu sagen, dann wirkte sie ganz verängstigt und lief davon.«

Geister überbringen, wie wir wissen, den Lebenden eine Botschaft von den Toten. Sie kehren zurück, weil sie noch etwas zu erledigen haben. Alle fragten sich, was die Lady ihnen wohl mitzuteilen hatte. Ihr Ehemann war verständlicherweise beunruhigt. Als Maud das nächste Mal an der Kirche vorbeikam, schien er dort Wache zu halten. Er packte sie am Handgelenk und verdrehte ihr so fest den Arm, dass es wehtat.

»Das warst du!«, zischte er. »Ihr seid alle gleich, du kleine Hexe.«

Natürlich war Maud keine Hexe.

Wäre sie eine gewesen, hätte sie seine Milch sauer werden oder sein Haus von Flöhen und Kröten befallen lassen, denn laut offizieller Gerichtsakten taten Hexen so etwas. Aber solche Hexen gab es nicht, außer im Märchen.

Heute ist es vielleicht ein gutes Zeichen, wenn ein Mann eine Frau Hexe nennt. Es bedeutet, sie hat Macht und wird gefürchtet. Maud weiß, dass sie Unrecht getan hat, aber inzwischen erinnert sie sich an vieles nicht mehr, also vergehen ihre Tage in Frieden. Als sie auf La Coupée stand und dieser Mann sie Hexe nannte, war es, als ginge eine Tür in ihrem Kopf auf. Sie legte die Hände an die Wangen, und die Erinnerung flatterte heraus. Sah sie etwa aus wie eine Hexe? Mittlerweile vielleicht schon. Aber es machte ihr nicht mehr viel aus.

Sie musste lachen. »Es gibt Schlimmeres, als einer Hexe zu begegnen!«, rief sie ihm nach.

Was zu einer interessanten Fragestellung führt. Was ist denn schlimmer, als einer Hexe zu begegnen?

Die Antwort, liebe Leserschaft, sollte klar sein.

Schlimmer als einer Hexe zu begegnen, ist nur eins: auf ihren ganzen Zirkel zu treffen.

28

JERSEY EVENING POST

Freitag, 20. Oktober 1933

DER LETZTE BRIEF DES BRUDERS

Thomas Sutton, der im Meer vor Sark aufgefundene Tote, hatte seinen Eltern offenbar geschrieben und ihnen mitgeteilt, er würde fortgehen, »um allen noch mehr Leid zu ersparen«. Sein Bruder, der mittlerweile eingehend von der Polizei befragt wurde, gibt an, niemand in der Familie habe von seiner Verbindung zu der Toten gewusst, die inzwischen als Mrs Violet Howell identifiziert wurde.

Sein Bruder habe keine neue Beziehung erwähnt, so die Aussage David Suttons, und die jüngsten Ereignisse seien ihm, wie allen anderen, ein Rätsel. Die Befragung fand am Dienstag spätnachmittags in Anwesenheit von Inselverantwortlichen und Vertretern der Presse statt. Mr Sutton bestätigte, dass der Tote sein Bruder sei und dass er kürzlich seine Eltern habe wissen lassen, dass er fortgehen müsse, ihnen aber versichert habe, er »sei zufrieden mit seiner Entscheidung« und habe »die richtige Wahl getroffen«.

Thomas Sutton arbeitete bei Hills and Son, einer Fabrik in Colchester. Als seine Eltern ihn am 17. September besuchten, wirkte er ganz normal. Zuletzt gesehen wurde er von seiner Vermieterin am 24. September. Sie sagte der Polizei, er sei in seinen besten Kleidern und mit einem Koffer abgereist und habe erzählt, er mache einen kurzen Urlaub. Sein Arbeitgeber erhielt ein Telegramm, in dem er mitteilte, es täte ihm leid, aber er werde nicht mehr zurückkehren, und er hoffe, seine Abwesenheit würde ihnen keine Umstände bereiten. Ein Nachbar berichtet, er habe in der Woche vor seinem Verschwinden sehr aufgeregt gewirkt.

Was dann passierte, ist bekannt. Und nach wie vor unergründlich.

Wir verstehen, dass es schwer begreiflich sein muss, wie die Teile zusammenpassen, wie jahrelang zurückliegende Entscheidungen die Gegenwart bestimmen, aber Geschichte hat ihren Takt und ist von Wiederholungen geprägt. Könnten wir in unserem Leben zurückwandern, würden wir die zwangsläufigen Verbindungen erkennen. Nichts steht für sich, und alles hat seine Folgen. Flüche sind nicht real, erfüllen aber einen realen Zweck. Wenn jemand sagt, er sei verflucht, dient es dazu, die Verantwortung von sich zu weisen, zu behaupten, sein Schicksal sei mit dem verknüpft, was früher passiert sei. Everard glaubt, er sei verflucht, aber nicht durch einen Geist oder eine Hexe. Es hat noch nicht einmal etwas mit dem zu tun, was er getan hat. Es geht vielmehr um eine Erinnerung, eine Erinnerung an den Sommer, der zehn Jahre zurückliegt.

Er war in seinem Zimmer eingesperrt, lag auf der Seite im Bett, und seine Wange klebte am Kissen. Er blutete heftig am Kopf, du erinnerst dich, und der Geruch nahm ihm die Luft. Während sein Vater unten die Gäste begrüßte, während Paul Cecil Cocktails mixte, lag ein zwölfjähriger Junge reglos da und wartete auf den Tod. Er glaubte wirklich, er müsste sterben, weil es so schrecklich schmerzte, dass er kaum atmen konnte. Laut späteren Arztberichten waren sein rechter Arm gebrochen und drei Rippen angeknackst, ganz abgesehen von seinem übel zugerichteten Gesicht. Er hätte sofort in ärztliche Behandlung gehört, aber der Arzt befand sich im Erdgeschoss und hatte keine ruhige Hand mehr.

Zweimal verlor Everard das Bewusstsein, und die Welt verstummte. Er träumte, er könnte nach unten gehen und das Haus verlassen, und er hätte keine Angst, weil er blutete, und der Mond wäre riesig und voll, und er sehe, wie sich eine Gruppe von Menschen entfernte. Er versuchte, sie einzuholen und zu hören, was sie sagten, aber sie sahen ihn nicht, und er fragte sich, ob er gestorben und ein Geist geworden war. Er roch Rauch, sah aber nicht, was brannte. Da weckte ihn das Geräusch.

Er hörte von draußen ein deutliches Klopfen. Klopf, klopf. Dann Pause. Wieder klopf, klopf.

Er war augenblicklich wach. Er versuchte, den Kopf zu drehen, aber seine Wange klebte am Kopfkissen. Sein Auge pochte, und ihm war übel. Er legte sich wieder hin und ließ den Brechreiz vorbeigehen. Hatte da jemand seinen Namen gerufen? War das etwa Phyll? Sein Herz krampfte sich zusammen, als hätte jemand die Faust darum gelegt. O nein! Bitte nicht Phyll, ihr Vater würde auch sie umbringen. Etwas Schlimmeres konnte nicht passieren. Everard drehte sich langsam auf den Rücken, und der Schmerz schoss ihm in die Schulter. Es fühlte sich an, als würden sich ihm Messer zwischen die Rippen bohren. Er zuckte zusammen und rang nach Luft und machte ein paar flache Atemzüge. Heiße Tränen liefen ihm über die Wangen.

»Geh einfach«, flüsterte er, »gib auf und geh weg … *bitte.*«

Danach war es ruhig. Er sagte sich, Phyll sei fort und in Sicherheit, das war doch etwas. Das war gut. Er würde ihr aus London schreiben und sie vielleicht auf einen Besuch einladen. Sie würden Spaß haben, und seine Mutter würde sie mögen, denn sie mochte Mädchen. Diese Gedanken beruhigten ihn und ließen ihn langsamer atmen. Er fragte sich, was Phyll wohl von all den Straßen und Häusern und Menschen halten würde. In ihrem Haus in London war es niemals still. Morgens hörte man Sirenen und Milchwagen, und seine Mutter eilte immer die Treppe herunter und rief nach Hut und Handschuhen. Er begann wieder zu weinen. Er wollte zu seiner Mutter. Er dachte an ihr französisches Parfum und wie ihm ihre Haare über die Wange strichen, wenn sie sich herunterbeugte, um ihm einen Gutenachtkuss zu geben.

Ein plötzliches Krachen erschütterte das Haus, gefolgt von Schreien und schlagenden Türen. Everard rührte sich nicht. Noch ein Traum. Ein böser. Vielleicht würde jemand kommen und ihn holen. Er hörte Schritte und Männerstimmen. Und eine Frau weinte.

An das, was dann passierte, erinnerte Everard sich nicht mehr. Er nahm sich vor, es zu vergessen, und war verwundert, dass es funktionierte. Es ist erstaunlich, was Menschen alles vergessen – die Dinge, für die wir keine Worte finden. Zeit hilft natürlich. Zeit heilt alle Wunden, heißt es. Sie wirkt wie die Wellen, die den Fels abtragen und alle scharfen Kanten glätten. Nur auf die Risse solltest du achten. Risse bleiben immer, und die Wellen vertiefen sie noch.

Durch diese Risse schlüpfen die Geister. Auf Sark gibt es viele Geister, wie schon erwähnt. Sagen wir einfach, wir haben auf sie gewartet.

Spulen wir vor zu Samstag, dem 30. September 1933. Everard stand, nun erwachsen, am Hafenkai. Er war von Bord der Joy Bell II gegangen, aber das war um halb neun Uhr früh, und es waren nur wenige Leute da. Er hätte sich im Bel Air einquartieren können, doch er hatte nicht vor zu bleiben. Er würde zu seinem Vater hinüberlaufen und ihn die Papiere unterzeichnen lassen, diese wichtigen Unterlagen, dann würde er wieder abfahren. Ernest Hyde hatte es aus Bosheit immer wieder aufgeschoben, aber wenn er hier auf Sark von seinem Sohn konfrontiert würde, würde er hoffentlich einlenken. Everard hatte alles genau geplant – er war noch immer ein sorgsamer Planer. Er wollte es seinem Vater so unangenehm wie möglich machen. Inzwischen war er groß genug, um notfalls zurückzuschlagen.

Also lief Everard vom Hafen hinauf und nahm den Weg nach Little Sark. Unterwegs begegnete er niemandem. Nein, ihm kamen keine zwei Personen entgegen, die von Little Sark aus über La Coupée liefen. Er wurde nicht Zeuge, wie der Mann seine Stimme erhob, die Frau am Arm zog und sie aufforderte zu bleiben. Er traf weder Maud noch Small George noch Phyll. Er überlegte, was Phyll wohl machte, aber sie hatte nie auf seine Briefe geantwortet und die Insel vielleicht schon lange verlassen.

Er gab sich ernst und sachlich, als er zum Haus kam.

»Wenn du jetzt unterschreibst«, sagte er zu seinem Vater, »kann ich die nächste Fähre nehmen, und wir müssen uns nie wiedersehen.«

Earnest Hyde musste natürlich alles sorgfältig durchlesen, also machte Everard einen Spaziergang. Er ging zügig, kämpfte mit gesenktem Kopf gegen den Wind an, und irgendwie lenkte das stürmische Wetter ihn ab. Er lief weiter als beabsichtigt und gelangte bis zur Landspitze von Gouliot. Er rieb sogar mit seinem Mantelärmel den Schmutz von einem der Fenster des verschlossenen Ateliers der Cecils und spähte hindurch. Er erinnerte sich an das letzte Mal, als er hergekommen war, mit der humpelnden Miranda neben sich. Es war ein merkwürdiges Gefühl, wieder hier zu sein, als hätte man ihn in ein Parallelleben zurückgeworfen. Der Wind war noch stärker geworden, und die turbulente See bildete Berge und Täler und krachte ungezügelt gegen die Klippen. Everard wurde klar, dass er bleiben musste. Nur eine Nacht. Wahrscheinlich war er ein bisschen erleichtert, als hätte man ihm eine Entscheidung abgenommen.

Er wollte nicht zurück nach Beau Regard, also ging er am Bungalow Hotel vorbei, um zu sehen, ob sie ein Zimmer frei hatten. Aber es hatte eine Woche zuvor geschlossen. Dann traf er Nancy Dolbel auf der Straße.

Er nahm den Hut ab und hielt ihn sich vor die Brust, und

Nancy, die gewusst hatte, dass er kommen würde, sah die Narbe in seiner Braue. Sie wandte den Blick ab. »Ich kann dir das Bett in deinem alten Zimmer beziehen«, sagte sie und ließ ein wenig die Mundwinkel sinken, denn ihr fiel das ganze Blut wieder ein.

Everard bedankte sich und sagte, er würde sich vom Haus fernhalten, bis sie fertig sei. »Ich habe dir genug Ärger gemacht, als ich früher da war. Ich hoffe, du weißt, wie leid mir das tut.«

Er verbrachte die Zeit auf der Wiese oberhalb von Gorey. Gegen vier oder fünf gab es einen Moment, in dem das schwindende Licht die Felsen zum Schimmern brachte und das Grün und Rostbraun des Farnkrauts zu leuchten schien. Es war auf seine eigene, unberührte Art wunderschön. Everard war so darauf konzentriert, sich an all dem zu erfreuen, dass er den Mann und die Frau weiter oben auf dem Weg nicht bemerkte. Er sah nicht, wie der Mann vorweglief und die Frau zurückblieb und über die Schulter blickte. Sie gingen wieder zu dem Schuppen zurück.

Vielleicht nahm damit alles seinen Anfang.

Klopf-klopf-klopf ans Fenster. Everard. Bist du da?

Er wachte erschrocken auf, war überrascht, dass er überhaupt geschlafen hatte. Er war wieder in seinem alten Zimmer in Beau Regard. Er hatte so lange wie möglich gewartet, bis er zurück ins Haus gekommen war.

Dieses Geräusch. *Klopf-klopf-klopf.* Was war das?

Er stand schnell auf, wäre fast vornübergefallen, streckte die Arme aus. Es war stockfinster, aber er war kein Junge mehr, der sich im Dunkeln fürchtete. Wieder war das Geräusch zu hören, und er wandte sich ihm zu. Vor all den Jahren hatte er geglaubt, es wäre Phyll am Fenster, jetzt aber konnte sie es nicht sein. Er lief durchs Zimmer, zog die Vorhänge zurück und drückte die Nase an die Scheibe. Er konnte nur den Rasen und die Umrisse der Bäume erkennen, sonst nichts. Sein Atem ließ die Scheibe beschlagen, und er wischte sie mit dem Ärmel ab. Seufzend wich er zurück. Warum in aller Welt hatte er an Phyll gedacht? Weil er sie sehen wollte. Sie war der Ruhepunkt am Horizont. Er wusste nicht einmal, ob sie auf der Insel war, aber morgen würde er sich vielleicht auf den Weg machen und es herausfinden. Er kratzte sich am Kopf und wollte sich wieder hinlegen, doch da klopfte es wieder. Stirnrunzelnd sah er noch einmal aus dem Fenster.

Und da war sie. Das weiße Kleid, die langen dunklen Haare, die im Wind wehten. Es war nicht Phyll. Es war die Lady, es war die Frau, die sein Vater vor all den Jahren gesehen hatte. Sie ging durch den Garten und blieb stehen, als sie am Zaun anlangte. Sie drehte sich um und blickte zu ihm hinauf. Everard schreckte vom Fenster zurück und hielt die Luft an. Er schlug sich auf die Wangen, um sicherzugehen, dass er nicht träumte, dann machte er einen vorsichtigen Schritt nach vorn und sah noch einmal hin. Sie stand immer noch da, wartete einen Moment, dann wandte sie sich zur Klippe.

Everard stürzte aus dem Zimmer, rannte die Treppe hinunter, schlüpfte in die Schuhe und stolperte auf den Rasen hinaus. Warten Sie!, wollte er rufen, aber der Sturm nahm ihm den Atem und stieß ihn zurück. Er schwankte und richtete sich wieder auf. Weder Sterne noch Mond leuchteten am Himmel, also musste er vorsichtig sein. Mit ausgestreckten Armen hastete er vorwärts, versuchte sich vorzusehen, wo er hintrat. Er musste sie einholen. Mit ihr hatte alles begonnen – mit dem Geist, den er nie sah –, und jetzt war sie hier, wie die Antwort auf eine Frage.

Er war eher aufgeregt als verängstigt und stolperte eilig weiter, während seine Füße abwechselnd auf Schlamm und Felsstein trafen. Obwohl er den Weg kannte, war er unvorsichtig und stürzte. Er schlug mit dem Knie auf einen Stein und warf die Hände hoch, um sein Gesicht zu schützen. Erschrocken schrie er auf und rollte sich zur Seite, und der Stechginster durchdrang seinen Pyjama. Er rappelte sich hoch. Er hörte das Meer tosen und fragte sich, ob die Frau ihn über eine Klippe führte. Das Meer klang ganz nah, und er hatte das Gefühl, mit aller Macht dorthin gezogen zu werden. Als lägen Hände auf seinen Schultern, die ihn weiterschoben.

Angst überkam ihn, doch gar nicht weit entfernt stand ein Schuppen, in dem er Schutz suchen konnte. Als er an die Tür kam, spürte er, dass jemand bereits vor ihm dorthin gekommen war. Auf dem Boden lag eine verhüllte Gestalt. Er wich zurück, presste sich an die Außenwand. Er wusste nicht, was das war, also wartete er ab.

Das genügte.

Er horchte und wartete, und plötzlich fiel ihm alles wieder ein. Er erinnerte sich an die Nacht, als sein Vater ihn geprügelt hatte, an die schlagenden Türen, an die weinenden Frauen. Nein, an eine weinende Frau. Er war in seinem Zimmer, und die Geräusche drangen von nebenan zu ihm herüber. Nachdem das Weinen aufgehört hatte, herrschte lange Stille, und er war froh gewesen. Etwas Zeit verging, dann hörte er ein anderes Geräusch. Das Bett im Nachbarzimmer quietschte, und ein dumpfes Geräusch kehrte immer wieder, als würde es gegen die Wand gestoßen. Everard zog sich das Kissen über den Kopf und versuchte, die furchtbaren Laute, die sich rhythmisch wiederholten, auszublenden. Irgendwann verstummten sie, und er hörte seinen Vater stöhnen.

Everard stand reglos da, den Rücken an die Schuppenwand gepresst, während der Boden unter ihm angesichts der schrecklichen Erkenntnis bebte. Jahrelang hatte er das alles völlig verdrängt, doch jetzt brach es durch die Oberfläche, und er sah es klar und deutlich vor sich. Das, was vorher im Dunkeln lag – die Erklärung für alles – war nicht das, was ihm selbst zehn Jahre zuvor passiert war. Es war das, was jemand anderem passiert war, und er hatte es durch seine Zimmerwand gehört.

Er schloss die Augen und presste die Wange an das kalte, raue Holz. Er musste fort von hier, doch in dem Moment stand jemand neben ihm. Die Frau, kaum einen halben Meter entfernt, sah ihn an. Er blickte ihr in die Augen und spürte eine eiskalte Hand über dem Mund. Er konnte sich nicht rühren, konnte nicht schreien. Ihm wurde schwarz vor Augen.

Als Nächstes erinnerte er sich daran, dass er zurück zum Haus getaumelt war. Er wollte einfach nur weg, das war alles, woran er denken konnte, und er rannte nach oben und packte seine Sachen. Aber was sollte es bringen wegzulaufen? Er konnte nicht ewig davonrennen. Außerdem war er aus einem Grund hierhergekommen. Er ging wieder nach unten und schritt im Wohnzimmer auf und ab. Die Unterlagen, die er mitgebracht hatte, lagen noch auf dem Schreibtisch seines Vaters, nicht unterschrieben. Everard setzte sich hin und blickte in den Garten.

Er beobachtete durchs Fenster, wie der Himmel sich langsam erhellte. Vielleicht hatte er alles nur geträumt, also ging er wieder nach draußen, ruhiger jetzt, und durchquerte den Garten. Er schlüpfte durch das Tor und lief hinaus auf die Landspitze. Er wusste nicht genau, was er tat, die Grasfläche war jedenfalls leer. Er ging zu dem Schuppen und umkreiste ihn vorsichtig. Er trat ein und sah das zerdrückte Farnkraut auf dem Boden, auf dem zwei Körper gelegen hatten. Zwei wirkliche Menschen. Gut, dachte er. Ich bin also nicht komplett verrückt geworden.

Es fing wieder an zu regnen, ein leises Prasseln auf dem Dach. Everard schlug seinen Kragen hoch und ging wieder zurück. Es waren also zwei Personen hier gewesen, aber wo in aller Welt waren sie hin? Er lief weiter bis zum Klippenrand, den Blick auf den dunklen Horizont gerichtet. Dort hing eine dicke Wolkenwand, und darunter wirbelte das Meer.

Er wollte gerade wieder umdrehen, als er unten am Strand jemanden sah. Es war ein Mann, bis auf Unterhose und Unterhemd nackt. Everard versuchte, daraus schlau zu werden. Das Meer würde den Mann mit sich fortreißen, wenn er dort bliebe. Die Strömung war zu gefährlich – wusste er das nicht?

»He, Sie da!«, rief Everard, doch seine Stimme wurde vom Wind verschluckt. Er wartete einen Moment, überlegte, was er tun sollte, dann begann er, die Felsstufen zum Strand hinunterzusteigen. »He!«, rief er. »Sie da!«

Der Mann hörte ihn immer noch nicht. Er stand, die Hände in die Hüften gestemmt, mit dem Rücken zur Klippe und sah hinaus aufs Meer. Also setzte Everard seinen Weg fort, achtete auf jeden seiner Schritte, denn der Fels war nass und glitschig. Ab und zu blieb er stehen und rief »He!« Aber es war, als befände er sich hinter Glas.

Der Mann stand bis zu den Waden im Wasser und hatte Mühe, sich im heftigen Wellengang aufrecht zu halten. Was machte er da bloß?

Everard hatte es fast bis nach unten geschafft. »Kommen Sie zurück!«, schrie er außer Atem.

Er hatte das Gefühl, ihm würde gleich die Lunge platzen, da sah er plötzlich noch etwas draußen in den Wellen. Einen schwarzen Schatten, ein helles Aufblitzen. Eine Leiche. Die Leiche einer Frau.

Everard rang nach Luft. »Nein!«, rief er. Er hastete die letzten Stufen hinunter, und nun drehte der Mann sich um. Als Everard auf den Kies trat, umspülte eisiges Wasser seine Füße. Die beiden Männer starrten sich an.

Everard packte den anderen bei den Schultern. »Was ist passiert?«

Der Blick des Mannes wurde lebendig. »Es war ein Unfall«, sagte er.

Everard glaubte ihm nicht. Er sah Richtung Meer, und in dem Moment spürte er eine Hand am Hinterkopf, die ihn herunterdrückte. Der Mann war stärker als er und schob ihn ins Wasser. Everard rutschte auf dem Kies aus. Es gelang ihm, das Unterhemd des Mannes zu packen und ihn auch herunterzuziehen. Eine Welle brach über sie herein, riss sie beide unter Wasser, und der Kies unter ihm sank ein. Everard ruderte mit den Beinen, aber das kalte Wasser drang durch seine Kleider und ließ ihn erstarren. Er durchbrach die Oberfläche und schnappte nach Luft. Er durfte nicht aufhören sich zu bewegen, musste versuchen, festen Untergrund zu finden, doch alles, was er sah, war Himmel. Er kniff die Augen zusammen und dachte ans Radfahren, wie er ohne etwas zu sehen über La Coupée gefahren war und Phyll sich an seinem Gürtel festgehalten hatte. Er hatte geglaubt, sie würden sterben. Waren sie aber nicht. Er öffnete die Augen und schob einen Fuß nach vorn. Er landete auf etwas Festem, stieß sich ab und beförderte sich vorwärts. Vor ihm spitze Felsen und Seegras. Eine weitere Welle erfasste ihn, und er traf auf harten Fels. Die Flut zog sich wieder zurück, doch er klammerte sich verzweifelt fest und kletterte hinauf. Seine Kleider zogen ihn nach unten, aber er kletterte höher.

Die Wellen hatten ihn mitgenommen, und er war auf den Felsen unterhalb der Kaimauer gelandet. Jetzt sah er, dass er darum herumklettern konnte. Er spuckte Wasser, rang nach Luft, seine Lunge brannte. Seine Zähne klapperten, und er konnte nichts dagegen tun. Seine Finger waren feuerrot und taub, aber er war wieder an Land. Er setzte sich hastig atmend hin und sah aufs Meer hinaus. Die Flut war weiter gestiegen, bedeckte den Kies mit Schaum, ließ alles gewandelt zurück. Er sah niemanden im Wasser. Keinen Mann. Keine Frau.

Er verstand es nicht.

Er musste Hilfe holen, er wusste, er musste Hilfe holen. Doch dann begriff er, wie das alles aussah und dass man ihm die Schuld geben würde. Alles würde sich wiederholen. Er würde immer der Schuldige sein.

29

THE PEOPLE'S FRIEND

21. Oktober 1933

RÄTSEL VON SARK: AUFRUF DER FAMILIE ZU »FAIR PLAY«

Mr David Sutton hat um eine faire Behandlung seiner Familie gebeten. »Ich bin zutiefst überzeugt, dass meiner Familie großes Unrecht getan wird«, sagte er. »Die Ärzte auf Guernsey sagten mir, dass Mrs Howell die Verletzungen vor dem Tod zugefügt wurden. Als sie entdeckt wurde, gab es keine Spur von meinem Bruder. Die Frage, ob da etwas nicht stimmte, stellte sich natürlich damals, aber da seine Leiche ebenfalls gefunden wurde, sollten wir damit zufrieden sein, dass sie wenigstens zusammen starben.

Ich bitte darum, zur Kenntnis zu nehmen, dass mein Bruder von Kind auf ein schwaches Herz hatte. Der Arzt hat mir bestätigt, dass selbst der Schock eines zu kalten Bades einen Infarkt hätte auslösen können. Ich halte es für wahrscheinlich, dass er in Not geriet, Mrs Howell als gute Schwimmerin ihm zu Hilfe eilen wollte, ins Wasser sprang und mit dem Kopf aufkam.

So ist es meiner Überzeugung nach gewesen, und mehr sage ich zu der Angelegenheit nicht.

Wie wir schon festgestellt haben, gibt es niemals nur eine Version der Wahrheit. Everard wartet, bis Elise die Haustür öffnet. Er wirkt müde und mitgenommen, als wäre er die ganze Nacht unterwegs gewesen.

»Ich muss wissen, was ich Ihrer Meinung nach getan habe«, sagt er. »Damals, vor all den Jahren. Sagen Sie es mir.«

Elise starrt ihn verständnislos an, dann zuckt sie zusammen und blickt nach rechts und links. Es ist noch früh, die Avenue liegt verlassen da, also macht sie die Tür weiter auf und lässt ihn herein. Sie stehen zusammen im dunklen Flur. Everard hat die gleiche Größe und Statur wie sein Vater, aber er duckt sich, um sich kleiner zu machen, und presst sich mit dem Rücken an die Wand. Elise wirft einen Blick über die Schulter, um zu kontrollieren, ob sich oben irgendetwas regt. Phyll, so hofft sie, schläft tief und fest.

»Ich muss es wissen«, sagt Everard leise. »Ich muss es selbst begreifen.«

Elise verschränkt die Arme. Sie sollte ihn ins Wohnzimmer bitten, aber sie will nicht, dass er bleibt. Sie überlegt sorgfältig, was sie sagen kann und was nicht.

»Du und Phyll, ihr habt die Leute getäuscht.« Sie sieht an die Wand, auf die Sockelleiste. »Es war eine schwere Zeit, die Menschen haben getrauert, und ihr Kinder habt das nicht verstanden und die Situation ausgenutzt.« Sie hält kurz inne. »Es war wirklich herzlos. Ich weiß, ihr wart jung, aber … denk an diese arme Frau, Mrs Williams. Sie hatte ihren Mann verloren, und ihr habt es noch schlimmer gemacht. Ihr seid zu weit gegangen. Die Ärmste, sie hat sich zu Tode erschreckt …«

Everard überlegt. »Mrs Williams.« Er wiederholt langsam den Namen. »Aber wir haben ihr nur das Buch ihres Mannes zurückgegeben, mehr nicht. Ich glaube nicht, dass sie das erschreckt hat.«

Elise schürzt die Lippen. Er macht ihr immer noch etwas vor, gibt nur die Hälfte zu. Er ist ein guter Schauspieler, das muss sie ihm zugestehen. Sie stützt die Hände in die Hüften und sieht ihn streng an.

»Das Buch«, sagt sie, »war nur der Anfang. Du weißt, was ich meine. Die eingeschlagenen Fenster. Ihr hättet jemanden umbringen können. Mrs Williams hat einen Zusammenbruch erlitten, und Dr. Stanhope musste ihr ein Beruhigungsmittel geben. Und dann?« Elise wartet. Sie plustert genervt die Wangen. »Also genau weiß ich es nicht, aber irgendwer war in ihrem Zimmer und hat sie sogar in diesem Zustand noch malträtiert.«

Everard ist entsetzt. »Was? Aber ich war in meinem Zimmer eingesperrt. Ich habe das Glas splittern hören, aber ich konnte nichts tun.« Er hebt abwehrend die Hände. »Ich weiß nicht, was passiert ist. Ich war es jedenfalls nicht. Ich wäre gar nicht in der …« Er deutet auf seine Braue. »Ich habe Sie angelogen, was diese Narbe betrifft. Mein Vater hat mich geschlagen.«

Elise verschränkt die Arme und verlagert ihr Gewicht von einem Fuß auf den anderen. »Dein Vater«, sagt sie.

Everard nickt und fährt sich mit der Hand übers Gesicht. Er sieht plötzlich älter aus. »Was ist Mrs Williams denn passiert?«

Elise wünschte, sie hätte dieses Gespräch nicht angefangen. Im oberen Stockwerk regt sich etwas. Eine Schublade wird zugeschoben, das Bett quietscht. Phyll ist aufgewacht und wird jede Minute auf dem Treppenabsatz erscheinen und sie beide sehen.

Elise beugt sich zu Everard und senkt die Stimme. Sie spricht langsam und beobachtet ihn. »Mrs Williams ging es gar nicht gut. Sie stand unter Schock und hat Beruhigungsmittel bekommen. Sie hat sich eingebildet, ihr toter Ehemann wäre zu ihr gekommen. Jemand war bei ihr im Zimmer und hat … sie angefasst. Kannst du dir vorstellen, wie furchtbar das gewesen sein muss?«

Everard sieht sie an. Sein Blick ist fest und unverwandt. »Ja, das kann ich, Mrs Carey.«

Elise erwartet ein Geständnis. Oben zieht Phyll die Vorhänge auf. Die Zeit wird knapp. Sie beugt sich näher heran. »Also?«

Everard richtet sich zu ganzer Größe auf. »Ich habe es durch die Wand gehört«, sagt er. »Ich habe alles durch die Wand gehört, und ich konnte nichts machen … Ich war in meinem Zimmer eingeschlossen … und es war nur noch eine andere Person im Haus …«

Elise starrt Everard an. Sie versteht nicht, was er meint, aber dann begreift sie offenbar. Es ist, als würde sich eine Falltür öffnen. Der Boden unter ihr ist plötzlich weg, und sie stürzt in die Tiefe. Sie schwankt rückwärts, der Flur scheint auf einmal kleiner. Die Wände kommen auf sie zu. Sie streckt die Arme aus, will sie zurückschieben.

»Dein Vater«, sagt sie. »Dein Vater?« Sie sieht ihn vor sich. Den Major. Diesen Mann. Sie sieht, wie er geht, wie er spricht, wie er sich benimmt. Als stünde er über allen. Sie kann es nicht glauben, andererseits liegt es auf der Hand. Zum Teufel mit ihm. Die Lügen, die er erzählt hat. Warum hatte sie es nicht gesehen? Wie konnte ihr das entgehen? Gerade ihr. Nach allem, was sie durchgemacht hatte. Selbst jetzt will sie das Offensichtliche noch nicht wahrhaben. Sie versucht, es zu verdrängen, aber sie kann nicht. Dieser Mistkerl! Sie kann Everard nicht länger ins Gesicht sehen, also dreht sie sich um und hastet die Treppe hinauf. Sie stürmt durch die Tür zu Phylls Zimmer. Zuerst weiß sie nicht, was sie sagen soll. Am liebsten würde sie schreien, aber sie beherrscht sich.

»Phyll«, sagt sie. »Hast du in jener Nacht die Fenstertüren auf Beau Regard eingeworfen?«

Phyll richtet sich auf, erschrocken durch den Nachdruck in der Stimme ihrer Mutter, durch die Eindringlichkeit ihres Blicks. »Ja. Hast du dir das nicht gedacht?«

Elise legt eine Hand auf die Tür, die andere auf den Türrahmen, aber das ganze Haus schwankt wie ein Schiff im Sturm.

»Wie wir bereits festgestellt haben«, flüstert sie »… bin ich keine Hellseherin.«

Sie muss sich mit dem Rücken an die Kante des Türrahmens pressen. Ihr wird jeden Moment übel. Sie weiß noch, dass sie einfach nur froh war, dass das Drama ein Ende hatte, dass der Junge fort war. Warum hatte sie nichts gemerkt? Warum nichts infrage gestellt? Sie blickt an die Decke und schluckt. Das ist ihre Schuld. Sie war immer fest entschlossen, sich nicht als Opfer zu betrachten, nicht von Missbrauch zu sprechen, also hatte sie es auch anderswo nicht sehen dürfen. Sie hatte wegschauen müssen, um sich selbst dagegen immun zu machen. Wie dumm von ihr.

»Du hast dich also rausgeschlichen, um Everard zu sehen, und die französischen Fenster eingeschlagen.«

Phyll nickt.

»Und, hast du ihn gesehen?«

Phyll schüttelt den Kopf. »Zuerst habe ich Steinchen an sein Fenster geworfen, und als er nicht aufgetaucht ist, habe ich einen großen Stein genommen und …« Phyll verstummt mitten im Satz und starrt ihre Mutter an. »Dann weißt du es also doch? Ich hatte zu viel Angst, um es einzugestehen. Du warst schon so zornig …«

Elise blitzt Phyll an. Das ist nicht fair, will sie sagen, das ist nicht wahr, aber sie ist immer zornig. Sie ist schon zornig, solange sie zurückdenken kann, erfüllt von schwelender Wut seit so vielen Jahren. Sie löst sich vom Türrahmen und steht schwankend auf dem Treppenabsatz. Sie muss nachdenken, gehen, noch mehr nachdenken.

Sie steuert die Treppe hinunter. »Everard ist hier«, sagt sie. Und »Es tut mir leid«, als sie an der untersten Stufe angekommen ist. (Sie ist sich nicht sicher, zu wem sie das sagt.) »Es tut mir so leid!«

Kurz darauf ist Phyll bei Everard, der in der Küche wartet. »Was für ein Morgen!« Sie sieht sich um. »Meine Mutter entschuldigt sich …«

Sie versucht, darüber zu scherzen, aber Everard lächelt nicht. »Na ja, mir tut es auch leid«, sagt er und wendet sich zu ihr. »Ich war ein Idiot auf dem Friedhof. Du hast mich überrascht.«

Phyll schämt sich. Sie verschränkt die Arme. »Ich weiß nicht, was ich mir gedacht habe«, sagt sie. »Es ist alles so verwirrend, oder?«

Sie starrt auf ihre Füße. Sie schämt sich immer für den Zustand ihrer Schuhe, aber seine sehen schlimmer aus. Er schnieft und zieht ihre Aufmerksamkeit wieder auf sein Gesicht.

»Du sollst wissen, dass dieser Sommer der schönste meines Lebens war«, sagt er lächelnd. »Danke, dass du meine Freundin warst.«

Phyll sollte sein Lächeln erwidern, aber sie kann nicht. Was er sagt, klingt wie ein Abschied. Sie presst die Lippen zusammen und schüttelt den Kopf. »Aber ich war keine gute Freundin. Ich habe dich die ganze Schuld tragen lassen.«

Everard runzelt die Stirn, überlegt, was er sagen soll. »Ich glaube, das spielt jetzt keine Rolle mehr«, antwortet er. »Jeder wünscht sich ein Happy End, stimmt's? Deshalb mögen wir Geschichten. Aber das Leben ist anders. Mag sein, dass es glückliche Anfänge gibt und glückliche Mitten, aber das Ende ist niemals glücklich. Am Ende passiert immer dasselbe: Die Menschen sterben, oder etwas zerbricht. Sieh dir meine Mutter und meinen Vater an, oder diesen Mann und diese Frau, die hierhergekommen sind. Sieh dir uns an … Es kann nur glückliche Anfänge und Mitten geben, und die hatten wir … Ich werde nie vergessen, wie ich auf dem Baum bei St Peter's gesessen und dich durch die Blätter beobachtet habe. In gewisser Weise werde ich immer dort sein.«

Phyll umfasst ihre Taille. Sie versteht, was er meint, aber es macht ihr Angst, denn es klingt nach Aufgeben.

»Aber es liegt noch so viel vor dir. Du kannst reisen und tun, was du willst. Du bist noch jung. *Wir* sind noch jung. Wir sind noch ganz am Anfang.«

Sie blickt zum Fenster, das vom Regen der vergangenen Nacht funkelt. Sie denkt an ihre Mutter und fragt sich, wohin sie gegangen ist. »Wir alle haben Fehler gemacht«, sagt sie schließlich.

Everard tritt auf sie zu und zieht sie in eine Umarmung. Ganz sanft, ganz langsam, und weil er größer ist als sie, presst sie das Gesicht an seine Schulter. Sie passen zueinander, und Phyll schließt die Augen und fühlt sich geborgen. So verharren sie einen Moment. Everard streicht ihr über die Haare, sie schlingt die Arme um seine Taille. Und ihre Herzen schlagen wie eins. Dann weicht er zurück und küsst sie auf die Stirn.

Ohne dass sie es bemerkt, schiebt er ihr einen letzten Brief in die Tasche.

30

Eine Anmerkung zu Hexen

26. August 1923

Es könnte für die Leserschaft interessant sein zu erfahren, dass es auf den Kanalinseln mehr Hexen gab als sonst wo in Europa, falls man nach der Anzahl der Hexenprozesse gehen kann. Vielleicht ist das ein Beweis dafür, wie verwurzelt wir in der Vergangenheit sind, wie traditionsverbunden und geschichtsbezogen. Noch bis zum Ersten Weltkrieg beklagten viele Leserbriefe in der *Guernsey Press* den anhaltenden Glauben an die »Dunklen Künste« auf diesen Inseln, wobei Sark als am schlimmsten betroffene genannt wurde.

Doch in sorgenvollen, schweren Zeiten brauchen die Menschen immer jemanden, dem sie alles in die Schuhe schieben können. Wissenschaftler haben herausgefunden, dass es zeitgleich mit dem Ausbruch von Seuchen und der Erhebung hoher Steuern zu einer Häufung früher Hexenprozesse kam. Die Leute, die man anklagte, waren größtenteils Kriminelle und Unruhestifter. Hat man einmal ein gewisses Muster entdeckt, fällt es schwer, es nicht mehr zu sehen. Hexerei ist angeblich ach so geheimnisvoll, aber einen Sündenbock zu bestimmen kein bisschen. Frauen oder Kinder zu beschuldigen, ist normalerweise am einfachsten – Schutzlose, die sich nicht wehren können.

Es bleibt den Männern in Machtpositionen überlassen, die Guten von den Schlechten zu unterscheiden.

Belauschen wir an dieser Stelle ein wenig Earnest Hyde und Percy Stanhope, die, eine Flasche Whisky auf dem Tisch zwischen sich, in der Arztpraxis saßen. Es war ein anständiger Single Malt, den Hyde nach dieser »unglückseligen Sache« als Geschenk aus Southampton mitgebracht hatte.

Der Major sah gut aus, er hatte Haaröl benutzt und war tadellos gekleidet. Er schüttelte den Kopf und sah auf sein Glas.

»Der Junge ist von Grund auf böse.«

Ihm gefiel das Wort »böse«, denn es war ausreichend schwammig und umfasste das Übernatürliche. Er hatte sich bereits eine Geschichte zurechtgelegt, sie in den Tagen seit der Séance sorgfältig ausgearbeitet. Es war leicht, Everard die Schuld zu geben, denn Everard war nicht da. Er erzählte allen, er habe seinen Sohn mit Schimpf und Schande nach England zurückgeschickt. Hermione Hyde, die noch in Südfrankreich weilte, würde in den nächsten ein, zwei Wochen ein Brief erreichen. »Unverzeihlich«, murmelte Hyde und schenkte beiden noch einmal nach. Natürlich hatte es Gerede gegeben, aber er hatte Nancy eine großzügige Zulage gezahlt und ihr versichert, dass der Junge nicht mehr zurückkäme. Im nächsten Sommer würden neue Gäste kommen, und er würde ein paar Spenden für verschiedene gute Zwecke leisten. Er sah kurz zu Boden. »Wissen Sie, ich frage mich oft, ober er überhaupt von mir ist … Das ist wahrscheinlich die Krux.«

Stanhope blickte zum Fenster, meinte jemanden hereinschauen zu sehen, aber es war nur ein Schatten, der die Sonne verdunkelte. Er leerte sein Glas, spürte den Schweiß unter den Achseln und am Kragen seines Hemds. Seine Kleider waren zu eng, jeder Knopf spannte. Er war nicht er selbst, und das schon seit Tagen. Böse, dachte er, ja, es war etwas Böses.

»Mrs Williams war zeitweise völlig von Sinnen. Mir war nicht klar, dass sie so instabil ist. Ich habe ihr empfohlen, nach England zurückzukehren, zu ihren Eltern. Wollen wir hoffen, dass sie sich schnell erholt, das arme junge Ding.«

Hyde befeuchtete seine Lippen. »Wir konnten nicht wissen, dass die Sache mit den Geistern sie so aufregen würde.«

Er versuchte, aufrichtig zu wirken, aber Stanhope registrierte es nicht. Er spielte mit seinem leeren Glas. Stellte es ab.

»Es ist schwierig mit diesen jungen Witwen. Die Hoffnung für die Zukunft wurde ihnen genommen, und ein Leerraum ist entstanden. Sie haben nichts, worauf sie sich freuen können. Das macht sie wahrscheinlich so anfällig für Wahnvorstellungen.« Er schüttelte den Kopf. »Selbst was dieses Buch betrifft, frage ich mich inzwischen, ob sie es nicht vielleicht selbst auf der Bank abgelegt hat.«

Hyde nickte bedächtig. Das war ein interessanter Gedanke. Vielleicht würde er das Nancy erzählen, wenn sich die Gelegenheit ergab. Ein beiläufiges »Weißt du übrigens, was der alte Stanhope glaubt …«

Hyde sah sich um. Stanhopes Praxis war aufgeräumter als sonst, die Unterlagen auf seinem Schreibtisch ordentlich sortiert, sein Medizinschrank glänzte im Sonnenlicht.

»Aber nicht alles war erfunden«, sagte er. »Ich finde immer noch Reste von Scherben. Ein furchtbarer Schrecken war das, und es wird mich ein Vermögen kosten, alles wieder herrichten zu lassen.« Er seufzte. »Der Junge muss mich wirklich hassen. Dahinter steckt natürlich seine Mutter. Sie hat ihn gegen mich aufgehetzt.«

Stanhope weitete die Augen. »Also, ich hab ihn nicht gesehen.« Er hielt den Blick auf sein Glas geheftet.

Hyde stieß ein gepresstes Lachen aus. »Aber er hat es zugegeben. Nachdem ich ihn verprügelt hatte, ist alles ans Licht gekommen.«

Stanhope unterdrückte ein Schaudern. Nancy hatte ihm von dem Blut auf dem Bettzeug erzählt. Nicht, dass es etwas bringen würde, darüber zu grübeln. Was passiert war, war passiert. Er blickte auf sein Glas. Noch einen Whisky würde er nicht trinken. Noch nicht. Er verlagerte nervös seine Haltung. »Mrs Williams war überzeugt, dass jemand bei ihr im Zimmer gewesen ist. War das der Junge, was meinen Sie?« Er sah Hyde an. »Haben Sie nach ihr gesehen? Ich hätte über Nacht dableiben sollen, das ist mir jetzt klar.«

Hyde zuckte mit den Schultern. »Ach, ich bin sicher, sie haben alles Nötige getan, alter Knabe.«

Stanhope nickte und beugte sich vor. Sein Kopf war benebelt, und sein Herz begann zu rasen. »Es ist bedauerlich. Ich hatte den Eindruck, Sie und Mrs Williams, nun ja … Ich glaube, Ann Cecil hatte gehofft, dass …«, er hielt kurz inne, »… dass so etwas wie eine Liebesbeziehung zwischen der Dame und Ihnen entstehen könnte.«

Hyde schien entsetzt. »Großer Gott!« Er beugte sich vor. »Nein, nein, das glaube ich nicht. Ich habe keine Avancen ihr gegenüber gemacht. Sie war ein hübsches Ding, aber Sie haben erlebt, wie hysterisch sie werden konnte. Nein, nein, ich habe einmal geheiratet, das ist genug.«

Stanhope nickte. An seinem Haaransatz hatten sich Schweißperlen gebildet. Er griff nach der Flasche und schenkte sich Whisky nach.

Hyde blickte ins Leere. Er hatte kein schlechtes Gewissen wegen dem, was er getan hatte. Was brachte es, sich schuldig zu fühlen? Er stellte sich Sarah vor, wie sie dalag, den Kopf zur Seite geneigt, den Mund leicht geöffnet. Er lächelte. Er hatte das Undenkbare getan, das Unverzeihliche, aber es war, als wäre es nicht passiert. Er war davongekommen, denn er kam immer davon. Er könnte es wieder tun, wenn er vorsichtig war, er könnte jede Frau haben, die ihm gefiel, und er würde nicht mal dafür bezahlen müssen. Den Geistern sei Dank, dachte er und fing beinah an zu lachen. Aber er merkte, dass Stanhope ihn ansah, also beherrschte er sich und runzelte die Stirn.

Draußen schien noch die Sonne, aber zumindest hatte die Hitze ein wenig nachgelassen. Phyll ging geistesabwesend die Avenue entlang. Sie verstand, dass Everard fort war, aber sie wollte es noch immer nicht wahrhaben. Sie ging zur Kirche und lief über den Friedhof. Vielleicht hatte er ihr an irgendeinem geheimen Ort eine Nachricht hinterlassen, also drehte sie Steine um, spähte unter die Bank, auf der sie das Buch abgelegt hatten. Sie ging sogar in die Kirche, sah zwischen den Kirchenbänken nach und stieg auf die Kanzel. Nachdem sie das getan hatte, kletterte sie auf Everards Baum. Inzwischen furchtlos, kraxelte sie über sämtliche Äste, überprüfte jeden Zentimeter Stamm. Nichts. Phyll schloss die Augen und wünschte sich Everard zurück. Sie wartete auf ein Zeichen, ein Lüftchen zum Beispiel, das ihr eine Gänsehaut machen würde. Es kam ein Lüftchen, aber das bedeutete nur, dass der Abend nahte.

Nie würde Phyll zugeben, die Fenster auf Beau Regard eingeworfen zu haben. Man hatte ihr die Schuld für die Sache mit dem Buch gegeben, das reichte. Ja, es war ungerecht, dass man Everard verantwortlich gemacht hatte, aber sie verstand nicht wirklich, was passiert war, und dass die Erwachsenen jedes Mal verstummten, sobald sie ins Zimmer kam, machte die Sache auch nicht besser. Sie tat dann so, als würde es ihr nichts ausmachen, und drehte sich auf dem Absatz um. Im Türenschlagen war sie inzwischen ziemlich gut. Ihr Ziel war es, einmal eine Tür so fest zuzuknallen, dass sie aus den Angeln flog. Sie hatte schon angefangen, einen Brief an Everard zu schreiben. Sie würde ihn an seine Schule schicken, damit niemand davon erfuhr. Die Fenster würde sie nicht erwähnen, nur »Ich hoffe, du kommst bald wieder«, würde sie sagen. Sie war sich sicher, dass er irgendwann zurückkehren würde und alles gut wäre. Die Leute würden vergessen. Und schließlich hatten sie ja keinen umgebracht.

Phyll seufzte und blickte nach oben in die Zweige.

»Kommst du jetzt runter?«

Sie pflückte ein Blatt und ließ es fallen. Dann riss sie einen größeren Zweig mit drei grünen Sprösslingen ab. Sie stellte sich vor, sämtliche Zweige abzureißen. Nein, dachte sie dann, gib nicht dem Baum die Schuld. Sie legte die Hand auf die raue Borke.

»Du kannst nichts dafür«, sagte sie.

»Sprichst du mit einem Baum?«, rief Miranda. Sie lehnte an der Mauer und beobachtete ihre Freundin. Kopfschüttelnd seufzte sie. »Ehrlich, Phyll. Das kann ich nicht glauben.«

Miranda beschloss zu warten. Sie hatte nichts Besseres zu tun. Ihre Eltern hatten irgendeine hinreißende Aussicht entdeckt, und sie war zu Tode gelangweilt von ihnen. Sie lief um den Baum herum und pflückte ein wenig rosa Leimkraut. Sie könnte sich eine Krone daraus machen und so tun, als wäre sie eine Prinzessin. Nicht besonders phantasievoll, aber es würde ihr helfen, die Zeit totzuschlagen.

»Weißt du, wahrscheinlich ist es gut, dass Everard weg ist«, sagte sie. »Er war scheußlich zu mir, als wir in den Boutiques waren … er hat gedrängelt, und es war seine Schuld, dass ich mir den Knöchel verletzt habe, und es war ihm egal. Er hat mich einfach allein gelassen.

Phyll zog die Beine an und schlang die Arme darum. »Du willst, dass ich glaube, Everard wäre gemein. Vielleicht soll ich mich dadurch besser fühlen. Aber nichts kann dafür sorgen, dass ich mich besser fühle. Absolut nichts.«

Sie presste das Kinn auf die Knie. Sie spürte ihr Herz schlagen. Schlugen Herzen überhaupt noch, wenn sie gebrochen waren? Sie hatte geglaubt, einen Freund fürs Leben gefunden zu haben, und jetzt hatte sie ihn verloren. Am liebsten hätte sie laut losgeheult, weil er fort war. Warum gingen Menschen immer fort? Sie fühlte sich schrecklich. Sie schlug die Stirn auf die Knie. Das war das Ende von etwas. Wäre ihr Leben ein Buch, dann wäre dies ein Kapitelschluss. Sie hob den Kopf und seufzte.

»Ich werde nie wieder glücklich sein«, sagte sie.

(Etwas pathetisch, da stimmen wir zu, aber sie war schließlich erst zwölf.)

Sie schloss die Augen. Sie wünschte, dass Everard zurückkäme, dass er welchem Boot oder Zug auch immer entstieg, mit dem er weggeschickt worden war.

Sie würde sehr lange warten müssen.

Der Himmel nahm ein dunkleres Rot an, während Miranda eifrig damit beschäftigt war, eine Krone aus weißem und rosa Leimkraut zu flechten. Sie verzwirbelte die Stiele, flocht die Krone immer weiter und dicker. Es ärgerte sie, dass Phyll so niedergeschlagen war, aber sie hatte einen guten Plan, sie da wieder herauszuholen. Sie vervollständigte ihr Werk, benutzte jetzt auch Gänseblümchen, bis sie ein Rascheln zwischen den Zweigen hörte. Phyll landete mit einem Plumps neben ihr auf dem Boden. Miranda blickte nicht hoch, drehte sich aber langsam um und setzte ihrer Freundin vorsichtig die Krone auf den Kopf.

Sie trat einen Schritt zurück. »Wenn du lächelst, siehst du wunderschön aus, weißt du«, sagte sie und fing an, Phyll die Haare über ihre linke Schulter zu legen. »Ich habe ein Kleid, aus dem ich rausgewachsen bin. Wenn du willst, kannst du es haben. In einem Kleid siehst du vielleicht hübscher aus. Warum kommst du nicht zum Atelier und lässt mich was aus dir machen?«

Phyll wischte sich die Hände an der Hose ab. Sie wollte kein Kleid, und der Kopf wurde ihr schwer mit dem Blumen darauf. Sie schniefte. »Er hat sich nicht mal verabschiedet.«

Miranda packte Phyll an den Schultern und sah sie an. »Ich weiß übrigens, was ihr beide gemacht habt. Diesen albernen Geisterkram …« Sie wirkt einen Moment lang beleidigt. »Deshalb habt ihr immer hinter meinem Rücken geflüstert.«

»Ach.« Phyll runzelte die Stirn. »Tut mir leid.«

Miranda sagte eine Weile nichts. »Macht nichts. Ich erzähle es keinem, weil wir Freundinnen sind, und Freundinnen verraten einander nicht.« Sie ließ die Hände über Phylls Arme gleiten, und ihre Finger verschränkten sich. »Reden wir nicht mehr darüber.« Sie seufzte. »Aber unter einer Bedingung: Du musst mir versprechen, dass wir keine Geheimnisse mehr voreinander haben. Meine Eltern haben Geheimnisse, und ich kann dir nicht sagen, wie sehr ich das hasse.«

Darüber dachte Phyll einen Moment nach. »Das klingt gut.« Sie nickte entschlossen. »Miranda, ich werde immer ehrlich zu dir sein. Keine Geheimnisse. Versprochen.«

Es war ein Versprechen, wie es Zwölfjährige geben, die weder eine Vorstellung von seinen Konsequenzen haben noch von der Verantwortung, die es birgt. Aber es war ein Versprechen, das Phyll niemals brach.

31

DAILY GAZETTE

22. Oktober 1933

EIN GARTEN EDEN EN MINIATURE

Aufgrund des tragischen Todes eines Mannes und einer Frau, deren Leichen vor einigen Wochen aus dem Meer geborgen wurden, steht Sark in letzter Zeit besonders im Blick der Öffentlichkeit. Aber vergessen wir nicht, dass diese Insel noch immer ein wunderschöner Ort ist, an dem man bei Ebbe gefahrlos baden und wo man herrliche Spaziergänge unternehmen kann. Unser Reiseredakteur, der die Insel während der milderen Monate selbst besucht hat, versichert uns: »Wenn auch nicht ganz so ursprünglich wie der Garten Eden selbst, so ist Sark diejenige meiner Entdeckungen, die diesem am nächsten kommt.«

Sollten die jüngsten Ereignisse Besucher von Wasser-Aktivitäten abhalten, so gibt es, seien Sie versichert, noch viel mehr in diesem kleinen Paradies zu entdecken. Seit vielen Jahren schon ist die Insel ein Lieblingsort für Botaniker, so reich ist ihre Vielfalt an Flora und Fauna. Die unberührten Waldgebiete, wo seltene Pflanzen in Hülle und Fülle gedeihen, sind ein Märchenreich für sich. Und die Gärten von Sark können durchaus mit Hampton Court konkurrieren.

Die Dame von Sark, die gerade aus Amerika zurückgekehrt ist, wird in Kürze persönlich die Gartenanlage an der Seigneurie für jedermann öffnen und Führungen durch ihre Gewächshäuser anbieten, in denen zahlreiche exotische Pflanzen gedeihen.

Rufen wir unseren Lesern also die vielen positiven Seiten Sarks in Erinnerung, und vergessen wir das Schlechte.

Doch Wohl und Übel steckt in allem, selbst in simplen Pflanzen. Nehmen wir Fingerhut zum Beispiel, oder *Digitalis purpurea*. Es war hier auf Sark, wo der berühmte Botaniker Thomas Knowlton eine Variante mit weißen Blüten dokumentierte. Die Pflanze enthält Digoxin, das für Herzmedikamente genutzt werden kann, aber nur zwei Blätter davon können ein Kind töten. Dasselbe gilt für Bilsenkraut: Die Wurzeln, Samen und Blätter enthalten Alkaloide wie Hyoscin, Hyoscyamin und Atropin. Sie stimulieren das periphere und das zentrale Nervensystem. Sehr nützlich. In der falschen Dosierung jedoch können sie zu einem anfallsartigen, schmerzhaften Tod führen.

Trotzdem wird Bilsenkraut zum Aromatisieren von Bier verwendet, was den nützlichen Nebeneffekt hat, dass diejenigen, die es trinken, durstiger werden und mehr konsumieren. Mag sein, dass solche Gegebenheiten nicht unmittelbar relevant sind, aber bewahren wir sie doch einfach irgendwo auf, wie Vorratsgläser auf einem Regal.

Maud hat sich an etwas geschnitten, woran, weiß sie nicht, und betritt die Bar des Bel Air mit tropfendem Blut zwischen den Fingern. Alle erschrecken, Stephen Greener eingeschlossen. Dr. Greener ist weiterhin tapfer abstinent, kommt aber fast jeden Abend her. Ihm gefällt die verrauchte, gesellige Atmosphäre, und ja, richtig, er ist in Dolly verliebt, die selbst gemachte Limonade zubereitet. Möglicherweise wusste Maud, dass er hier war, denn sie wirkt nicht überrascht, als er auf sie zustürzt, ihre Hand nimmt, um die Wunde zu untersuchen, und sie zu einem Stuhl führt.

»Sie Ärmste«, sagt er. »Gut, dass ich meine Tasche dabeihabe.« Stephen Greener nimmt seine Arzttasche überallhin mit. Sie ist von talismanartiger Wichtigkeit und wahrscheinlich der Grund, warum er sich für eine medizinische Laufbahn entschieden hat, und seine Instrumente sind zum Glück blitzsauber.

Maud erklärt, dass sie gerade einen Heiltrank zubereitet hat und ihr die Hand abgerutscht ist.

»Naturheilmittel sind oftmals die besten«, sagt Dr. Greener. »Die Rezepte werden sicher von Generation zu Generation weitergegeben. Jemand hat mit erzählt, Sie machen einen hervorragenden Hagebuttensirup für die Wintermonate.«

Dolly, die schnell eine Schüssel mit Wasser holt, schenkt eine großzügige Menge Brandy in ein Glas. Sie hält es Maud an die Lippen, aber Maud presst den Mund zu wie ein Kind, das seine Medizin nicht nehmen will. Alkohol rührt sie nicht an, aber Dolly hat das in der Aufregung vergessen. Jetzt fällt es ihr wieder ein, sie hebt das Glas an ihre eigenen Lippen und genießt das Wärmegefühl, das die Flüssigkeit hinterlässt, während sie ihr den Hals hinunterrinnt. Dr. Greener hat eine dünne Glasscherbe aus Mauds Handballen entfernt. Er hält sie hoch, sodass sie das Licht einfängt, und alle applaudieren. Dann lässt er sie in die Schüssel fallen, die Dolly ihm hinhält. Beinah hätte er sich verneigt, doch dann bittet er sie, eine Flasche Antiseptikum aus seiner Tasche zu nehmen.

Dolly nickt. Es gefällt ihr, nützlich zu sein, und sie befördert sofort mehrere Fläschchen zutage und reiht sie auf dem Tisch auf. Inzwischen hat Dr. Greener unter breiter Beifallsbekundung zwei weitere Glasstückchen entfernt. Jim Remfrey beobachtet das Ganze mit erhobenem Bierkrug.

»Wenn Sie fertig sind, spendiere ich Ihnen eine Pint, Doc«, sagt er.

Dr. Greener nickt freundlich. Die Wunde ist oberflächlich, und er hat nichts gegen Zuschauer. Er legt Maud die Hand auf die Schulter, um sich zu vergewissern, dass sie ruhig ist. Alles läuft glatt, bis Dolly den Stopfen aus einer seiner kleinen Flaschen zieht.

»Igitt!«

Sie verzieht das Gesicht und hält sich Mund und Nase zu. »Ist das das Zeug, das du mir mal gegeben hast? Herrje, war das ekelhaft. Danach hab ich mich gefühlt, als würde ich nie wieder wach.«

Dr. Greener ist damit beschäftigt, Druck auf Mauds Wunde auszuüben. »Tut mir leid, das zu hören. Chloral verträgt nicht jeder.«

Chloral. Das Wort fällt in Mauds Hirn wie ein Kiesel in einen Teich. »Sie haben ihr Chloral gegeben?«

Ihre Augen verengen sich, und Dr. Greener ist plötzlich nervös.

»Dolly hatte Schlafprobleme, stimmt's, Dolly?« Er schaut lächelnd in ihre Richtung, aber Dolly sieht ihn merkwürdig an. Er wendet sich wieder Maud zu, stirnrunzelnd jetzt. »Ich wollte nur helfen.« Er findet, das klingt absolut plausibel, aber Maud blitzt ihn böse an, als hätte er eine unsichtbare Grenze überschritten.

Dolly gibt einen seltsamen Laut von sich und zittert kaum merklich. Es geht ihr schon seit Tagen im Kopf herum. Sie hält sich die Flasche noch einmal unter die Nase. »Wisst ihr was?«, sagt sie. »Das Zeug riecht genauso wie das Wasser auf Little Sark. Ich sag ja schon immer, das Wasser da ist verunreinigt. Sie haben nur eine Quelle, und die müsste überprüft werden. Das Wasser hat denselben bitteren Nachgeschmack. Was, wenn das, was mit den beiden Leuten passiert ist, damit zu tun hat? Vielleicht hat es sie in den Wahnsinn getrieben.«

Dr. Greener hält das alles für ziemlich absurd. Er hat Mauds Arm gebeugt und ihre Hand auf Kinnhöhe gehoben und greift nach einem Stück Verbandsmull.

»Aber Chloral ist ein Medikament«, sagt er möglichst arztmäßig. »Das Wasser wird doch nicht mit einem Medikament verseucht sein.«

Er kichert vor sich hin, doch an der Theke ist es plötzlich

still, als hielten alle die Luft an. Dolly blickt auf die Schüssel mit Wasser und Blut. »Als ich im Bungalow gearbeitet habe, hatte ich immer schreckliche Kopfschmerzen, und dieses Übelkeitsgefühl …«

Zu wem sie das sagt, ist unklar. Es folgen jedenfalls ein Surren, ein Klicken und ein Luftzug. Für diejenigen, die den Eingang des Bel Air nicht kennen: Es handelt sich um eine Doppeltür mit Federfunktion. Will man also einen spektakulären Auftritt hinlegen, stellt man sich dazwischen und hält jede davon fest. Es ist hilfreich, einen Moment mit geöffneten Türflügeln zu verharren. Das erlaubt dem erforderlichen Luftzug, mit dir von draußen hereinzukommen. Elise hat das schon oft sehr wirkungsvoll praktiziert. In den vergangenen Jahren kam sie regelmäßig durch diese Türen gerauscht, um nach ihrer abhandengekommenen Tochter zu suchen. Elise war nie damit einverstanden, dass Phyll so viel Zeit in der Hotelküche verbrachte. Sie glaubte, das vermittele den Eindruck, ihr Kind hätte kein richtiges Zuhause und ihre Kochkünste wären miserabel (was zutraf). Außerdem hielt Elise Dolly für einen »moralisch fragwürdigen Einfluss«. Wir Frauen müssen einander unterstützen, aber wir können uns nicht immer mögen. Für Elises Begriffe war Dolly zu freizügig und unbefangen, und Elise hatte kein Verständnis dafür, das Dollys Busen aus jedem ihrer Kleider quellen musste. Aber jetzt ist nicht der passende Zeitpunkt, um die aktuelle Mode zu diskutieren, und Elise in ihren Gummistiefeln ist kaum die Richtige, das zu beurteilen. Nein, bleiben wir heute lieber bei der Sache: Elise ist gekommen, um nach Maud zu suchen. Sie hat Blut und zerbrochenes Glas in Mauds Küche vorgefunden und sich Sorgen gemacht. Außerdem besitzt sie ein ausgezeichnetes Gehör und die Angewohnheit, an Türen zu lauschen. Deshalb hat sie den Wortwechsel über das Chloral mitbekommen, was sie nun in gewisser Weise beschäftigt. Irgendetwas hat es in Gang gesetzt, eine Erinnerung hat sich gemeldet, bestimmte Verbindungen wurden hergestellt. Elise geht zu Dolly und nimmt ihr die Flasche mit dem Chloral aus der Hand. Ganz vorsichtig, als würde sie eine Granate aus den Fingern eines Kindes lösen. Sie nimmt ihre Brille von der Nase und liest die Beschriftung, dann stellt sie die Flasche ab.

»Du glaubst, das hast du schon mal gerochen?«

Dolly fängt an, auf der bereits zerbissenen Lippe zu knabbern. »Ich weiß nicht. Aber wie schon gesagt, als ich im Bungalow …«

Ihre Wangen und ihr Hals laufen rot an. Elise kann fast die Hitze darin spüren. Sie nimmt Dollys Hand. »Als du für Major Hyde gearbeitet hast, meinst du.«

Dr. Greener verbindet Mauds Wunde. Als er fertig ist, tritt er einen Schritt zurück und bewundert sein Werk. Es dauert einen Moment, bis er den Stimmungswechsel im Raum bemerkt, die gähnende Stille. Nicht einmal der Wind ist mehr zu hören. Als er sich umsieht, haben alle mit erstarrter Miene den Blick gesenkt. Es sieht aus wie ein Ölgemälde, aber ihm fällt nicht ein, welches.

Er wendet sich zu Elise, aber sie macht ihn so nervös, dass er sie nicht ansehen kann. Er nickt ihrem linken Ohrläppchen zu. »Bringen Sie Mrs Pratt nach Hause?« Er versucht, heiter zu klingen, aber seine Stimme ist schrill wie die eines Chorknaben. »Sie sollten in der Küche nach Scherben sehen. Sie war dabei, irgendetwas anzurühren.«

Der Doktor will sich herunterbeugen und Maud fragen, was sie gerade hatte zubereiten wollen, und dabei seine Worte langsam und in einer solchen Lautstärke aussprechen, dass wir zusammenzucken würden. Glücklicherweise legt Elise ihm die Hand auf die Schulter und zieht ihn beiseite.

»Ich räume auf«, sagt sie. »Ich weiß, was sie gerade gemacht hat.« Es ist, als würde sie ihn wegtreten lassen – sie sieht ihn nicht einmal an. Ihr Blick wandert nur von Maud zu Dolly und wieder zurück. »Ab hier übernehme ich, meine Damen.«

32

Eine Insellegende, auf dem neuesten Stand

26. August 1923

Damit eins klar ist: Welche Version der Geschichte du auch hörst, der Schluss ist derselbe. Begeben wir uns zurück zu dem Maler, der inzwischen Witwer ist – wir könnten ihn auch einfach den Mörder nennen –, und auf den Klippen von Little Sark wohnt. Das Haus wurde immer wieder von Stürmen gerüttelt, und der Lärm hielt ihn wach. Er begann zu trinken. Er war stets der Erste und der Letzte in der Bar des Bel Air und schlief oftmals auf einem Stuhl ein.

Vielleicht wollte er vergessen, und fortzugehen war die beste Möglichkeit dazu. Er beschloss, Sark zu verlassen, noch bevor sein Mietvertrag auslief, und holte Erkundigungen am Hafen ein. Wir hatten eine Schlechtwetterperiode, das verschaffte uns ein wenig Zeit. So sehr wir den Mann von der Insel fortwünschten, wir wollten auch, dass er bestraft wird. Wird ein Mensch für sein Verbrechen nicht bestraft, besteht die Gefahr, dass er es wiederholt. Was, wenn noch eine Frau in seinen Bann geriete und getötet würde? Wann würde es aufhören?

Nicht nur Maud machte sich Sorgen. Zu diesem Zeitpunkt waren wir schon alle involviert. Wir Frauen halten zusammen, was sonst? Der Mann musste gestehen, damit man ihn verhaften und Gerechtigkeit walten lassen konnte. Das schien uns keine allzu große Aufgabe.

Erinnerst du dich an die interessante Tatsache, was das Bilsenkraut anbetrifft? Es wird benutzt, um Bier zu aromatisieren. Kochst du eine kleine Menge davon, schmeckt es leicht bitter, aber nicht unangenehm. Es verursacht anständig Durst, und dann hängt es davon ab. Es war Mauds Idee. Ihr Plan bestand darin, den Maler gerade so viel zu betäuben, dass er verwirrt und orientierungslos werden und etwas Unbedachtes sagen würde. Sie kochte einen speziellen Sud und ließ ihn im Bel Air. Aber sie hatte keine Ahnung, wie viel dieser Mann trinken konnte, und wartete zunächst vergeblich. (Wir sollten vielleicht erwähnen, dass sie sich damals noch nicht so gut mit den Pflanzen auskannte wie später.)

Wie auch immer. Maud braute einen stärkeren Trank, und der wirkte ziemlich gut. Vielleicht ein bisschen zu gut. Hätte es damals einen Arzt auf der Insel gegeben, hätte er vielleicht einen »Wahnzustand« diagnostiziert, denn der Maler begann sich zu verkrampfen, und dann hatte er bedauerlicherweise plötzlich Schaum vorm Mund. Man zerrte Maud aus dem Schlaf, damit sie half. Stell dir vor, wie Maud im Nachthemd durch die Tür stürmt. Der Maler war starr vor Entsetzen.

»Nein!«, schrie er mit angstverzerrtem Gesicht. »Ich habe dich doch umgebracht!«

Mit ihren dunklen langen Haaren sah Maud tatsächlich ein bisschen aus wie seine tote Frau, und wie sich später herausstellte, hatte eine ganze Reihe von Frauen auf der Insel lange dunkle Haare und weite, helle Nachthemden, sodass jede von ihnen einen ähnlichen Eindruck hätte erwecken können.

Aber fahren wir fort.

Da hatten wir es. Ein Geständnis oder so etwas Ähnliches. Maud hätte erfreut sein sollen, aber sie war wie gelähmt vor Schreck, während der Maler nach hinten sackte. Er schlug mit dem Kopf gegen die Tischkante. Überall Blut. Der Kopf blutete unglaublich heftig.

Wir dachten, er wäre tot.

Von hier an variiert die Geschichte, je nachdem, wer weitererzählt.

Die männlichen Inselbewohner schalteten sich ein, es wurde auch Zeit. Albert – der liebe Albert – erklärte sich bereit, den Burschen nach Frankreich zu befördern. Sam Baker bot an zu helfen und machte sich auf den Weg, um sein Boot zu besorgen.

In der Morgendämmerung brachen sie auf, und Maud stieg auf die Klippen, um zuzusehen. Sie nahm sich, während sie ziemlich erschöpft dort stand, vor, mehr über Heilpflanzen zu lernen und besser auf die Dosierung zu achten. Aber die Schwere in ihrer Brust wuchs, denn es herrschte stürmische See, und es bestand die Gefahr, dass das Boot sinken könnte.

Der Morgen verging, und der Himmel klarte nicht auf. Maud stand wie angewurzelt da und fror immer stärker. Plötzlich spürte sie etwas neben sich und drehte sich um. Da war die Frau. Sie war es wirklich, keine von uns, die sich verkleidet hatte, es war die Frau des Fremden. Sie trug das weiße Kleid, in dem sie beerdigt worden war, und ihre langen Haare wehten hinter ihr im Wind. Sie stand in ein paar Metern Entfernung und blickte aufs Meer. Maud sah sie an. »Es tut mir leid«, wollte sie sagen. »Er ist fort.« Doch plötzlich fing es an zu regnen. Der Regen prasselte unerwartet heftig vom Himmel und spritzte ihr in die Augen und rann ihr in den Mund, sodass sie kein Wort herausbrachte.

Als das Boot in den Hafen zurückkehrte, war die Besatzung völlig erledigt. Sie hätten es nicht bis nach Frankreich geschafft, sagten sie. Der Maler sei wach geworden, habe Blut gespuckt und sich, bevor sie ihn davon abhalten konnten, über Bord gestürzt. Sam Baker schwor, er habe dabei etwas von einer Frau in den Wellen geschrien.

Einigen von uns kam das merkwürdig vor. Wir fragten uns, ob die Männer den Maler vielleicht umgebracht hatten. Wir hätten es ihnen nicht verdenken können. Auf gewisse Weise war es eine weitere Maßnahme, wie unsere Idee, das Kreuz herauszureißen oder in weißen Kleidern herumzugeistern. Es ist komisch, dass wir es damals vorgetäuscht haben und es jetzt, wo wir tot sind, nicht mehr zu tun brauchen.

Aber die Männer waren von den Geschehnissen traumatisiert. Sam Baker begann, sich in seine Rituale hineinzusteigern, was er hinreichend an seinen Sohn Gilbert weitergab. Auch Albert belastete das Ganze sehr. Er sprach lange nicht darüber, aber er wachte nachts zitternd und schweißgebadet auf. Er befürchtete immer, der Maler könnte irgendwie zurückkehren, und in manchen Nächten saß er neben Maud und wachte im Dunkeln über sie.

In einer ihrer letzten Erinnerungen an ihn sitzt er zitternd am Fußende ihres Bettes.

Der liebe Albert. Da sitzt er immer noch.

Vielleicht ist das der Grund, warum wir Geistergeschichten lieben: weil das Ende uns wieder zum Anfang befördert. Also beginnen wir von vorn.

33

THE GUERNSEY PRESS (MORGENAUSGABE)

22. Oktober 1933

STURMWARNUNG FÜR BAILIWICK

Guernsey, Herm und Sark haben laut offiziellen Aufzeichnungen den nassesten Oktober seit sieben Jahren erlebt, und Gewitter rund um die Küste beeinträchtigen weiterhin den Schiffsverkehr. Am späteren Abend werden starke Winde bis zu vierzig Knoten und schwere Regenfälle mit Blitz und Donner erwartet. Sämtliche Fährverbindungen zwischen den Inseln wurden bis auf Weiteres eingestellt. Den Inselbewohnern wird geraten, sich von den Küstenwegen fernzuhalten und unnötige Ausflüge zu vermeiden.

Beau Regard steht auf den Klippen, wo es immer schon stand, aber seine weiß gestrichenen Wände zeigen Risse wie Äderchen unter der Haut. Die Glastüren, die in den Garten führen, sind morsch geworden und lassen den Wind durch. Nachdem sie eingeworfen worden waren, hatte der Major kleinere Scheiben einsetzen lassen, und nun ähneln sie den Gitterfenstern eines Gefängnisses. Obwohl es noch heller Tag ist, zieht er die dicken Vorhänge zu und geht zu seinem Sessel. Er hört noch den Wind, der den Schornstein zu ihm hinuntersingt. Er stellt sein Glas auf den kleinen Beistelltisch und versucht, sein Doppeltsehen in den Griff zu bekommen. Er streckt die Hände vor sich aus. Vier Hände, und alle zittern. Er macht die Kälte und die Feuchtigkeit dafür verantwortlich. Sobald wie möglich wird er sich auf den Weg in den Süden machen. Es hat zu viele Ärgernisse gegeben. Zuerst die Ankunft des Jungen, und dann die Sache mit dem toten Paar.

Hyde hat nie eine Frau umgebracht, aber wie sie da liegen, lässt ihn glauben, er hätte es. Nur Einbildung natürlich. Sie sind bewusstlos, versunken in tiefem, durch Betäubungsmittel verursachten Schlaf. Er lächelt vor sich hin, aber kurz darauf schwindet sein Lächeln. Zu viel ist in den letzten Wochen über Sark geschrieben worden. Zu viele Leute waren hier und haben Fragen gestellt. Er weiß nicht, wie er das ertragen hat. Er blickt auf den Stapel Zeitungen zu seinen Füßen. Sie müssten ein ordentliches Feuer abgeben.

Er lehnt sich gähnend zurück und starrt geradeaus. Er hat sich abgewöhnt, in jedem Zimmer in die Ecken zu schauen. Eine Zeit lang glaubte er, es sei Evelyn, dann schien ihm die Gestalt weiblicher. Er fragte sich, ob es seine Mutter sein könnte. Aber das spielt jetzt keine Rolle mehr. Warum sich vor einer Toten fürchten? Sie ist tot, also kann sie ihm nichts mehr anhaben.

Er hebt sein Glas und leert es zügig. Der Alkohol wird ihn aufwärmen, und er genießt das Brennen in Mund und Rachen. Es überblendet den Geruch nach feuchtem Holz und Ruß. Er beugt sich vor und dreht die Schulter, die von seinem Sturz auf das Deck noch ganz steif ist. Everards Schuld. Dieser dumme Junge. Er hat nichts als Ärger gemacht in den vergangenen Jahren, aber jetzt sind die Papiere unterzeichnet, also hat das ein Ende. Er ist ihn los. Es ist unerfreulich, dass er ihm das Geld geben muss, aber anders geht es nicht. Hyde bewegt die Schulter, genießt, wie sie knarzt, und schenkt sich noch den letzten Rest Whisky ein. Die Flasche muss leer werden, bevor er abreist. Wäre Lisl Drake noch da gewesen, wäre er vielleicht ein paar Tage länger geblieben, aber jetzt, nachdem sie fort ist, macht es keinen Sinn.

Alles, was er braucht, ist ein ruhiger, klarer Tag.

Die Uhr schlägt zur vollen Stunde, und Hyde erhebt sich. Es wird Zeit, das Feuer anzuzünden. Es geht doch nichts über ein schönes Feuer, wie sein Vater immer sagte. Langsam sinkt er auf sein unversehrtes Knie und fängt an, etwas zusammengedrehtes Zeitungspapier in den Kamin zu stecken. Er legt einige Pinienzapfen darauf und ein wenig Anmachholz. Dann gibt er ein paar Kohlen dazu, bevor er sich zufrieden zurücklehnt. In dem Moment weht ein eisiger Luftzug herein, und ein Foto flattert vom Kaminsims. Es landet auf seinen Knien. Hyde erkennt es nicht. Es ist keines der Bilder, die er schon einmal gesehen hat.

Mit zitternder Hand hebt er es hoch. Stirnrunzelnd betrachtet er die drei Kinder im Sand. Da ist Phyllis Carey, schon damals mit ernstem Gesicht, hockend neben Everard, der genau wie seine Mutter aussieht. Hinter ihnen steht Miranda, und im Hintergrund erkennt man die verschwommene Gestalt einer weiß gekleideten Frau. Irgendetwas hängt Hyde plötzlich im Hals, er klopft sich fest auf die Brust und spuckt aus. Er wischt sich über den Mund, schmeckt Ruß. An Sarah Williams erinnert er sich natürlich. Er erinnert sich an ihre dunklen Haare und ihren langen, blassen Schwanenhals. Er leckt sich die Lippen. Sein Herz schlägt plötzlich schneller, und erstaunt stellt er fest, dass auch er auf dem Foto ist. Er wendet sich darauf ab, das Gesicht fast ganz unter seinem Panamahut verborgen. Sich selbst dort zu sehen, hat eine merkwürdig verwirrende Wirkung. Er erinnert sich weder daran, wie das Foto gemacht wurde, noch versteht er, warum es jetzt hier ist. Hat Paul es ihm gegeben? Aber wann? Ein weiterer Luftzug bläht die Vorhänge. Hyde wendet sich um, wartet darauf, dass sie sich noch einmal bewegen.

Nichts rührt sich im Zimmer.

Er steht auf und lässt den Blick über den Kaminsims gleiten. Dort stehen elf gerahmte Fotografien, und würde er eine davon verrücken, könnte er den Abdruck sehen, den sie im Staub hinterlassen. Das ist absichtlich so. Er erlaubt Nancy nicht, bestimmte Oberflächen zu putzen, damit er Veränderungen erkennen kann. Er presst zwei Finger auf den Sims, hebt sie hoch und überprüft die Staubmenge. In der anderen Hand hält er noch immer das Foto. Wieder sieht er es an und fragt sich, woher es kommt. Hat es vielleicht jemand hinter einen dieser Rahmen gesteckt? Ist es möglich, dass Everard es da hinterlassen hat, um ihn zu ärgern?

Hyde wirft das Foto auf die Kohlen und nimmt die Streichhölzer aus seiner Tasche. Er beugt sich gerade über die Feuerstelle, als noch ein Windstoß durch den Schornstein kommt und eine dicke Rußwolke aufstäuben lässt. Sie schlägt ihm ins Gesicht, beißt ihm in den Augen. Er schnappt nach Luft. Er kann nicht atmen, kann nichts sehen und fällt rückwärts gegen den Sessel. Er wedelt hektisch mit den Armen und wischt sich die Augen am Jackenärmel ab. Der Ruß brennt, und er versucht blinzelnd auszuspucken, der Geschmack, den er im Mund hat, ist widerlich. Er fingert nach seinem Taschentuch.

»Verdammt!«

Er wischt sich übers Gesicht. Das Taschentuch ist rasch schwarz, genau wie sein Hemd. Völlig ruiniert. Er blinzelt weiter und spuckt Rußstückchen aus. Die Luft ist feucht und schmeckt nach Asche. Da spürt er plötzlich, wie er in den Sessel gehoben wird. Jemand ist da, um ihm zu helfen, und es ist eine Frau. Also nimmt er an, es wäre Nancy. Eigentlich ist es keiner von Nancys Tagen. Und tatsächlich ist es Elise. Sie hatte schon immer einen festen Griff.

»Major Hyde. Was ist denn?« Ihr Ton ist nüchtern. »Sie müssen Ihren Schornstein fegen lassen.«

Hyde, der zugelassen hat, dass man ihm auf den Sessel hilft, wird rasch ungehalten. Er reißt seine Arme los, schließlich ist er kein Pflegefall. Außerdem hat er keinen Besuch erwartet.

Der Schreck lässt ihn einen Moment verstummen, während er sich wiederholt übers Gesicht reibt.

»Mrs Carey?«, sagt er, als er sich gefasst hat. »Was wollen Sie hier?«

Elise lächelt, und ihre Augen leuchten wie zwei kleine Glühbirnen, aber vielleicht liegt das nur an der Dunkelheit im Zimmer. Der Sturm hat sich ein wenig gelegt. Sie beginnt, etwas über ein Feuer zu sagen, aber der Major ist zu verwirrt, um zu bemerken, dass sie das Foto aus dem Kamin nimmt. Er blickt stirnrunzelnd auf die Schweinerei auf dem Boden und überlegt, wann der Schornstein zuletzt gefegt wurde, welcher Wochentag ist und warum diese Frau da war. Er drückt sich noch immer das Taschentuch an die Nase, als er ein mit irgendetwas gefülltes Glas gereicht bekommt. Er dachte, er hätte den ganzen Whisky getrunken, doch offensichtlich hat er sich geirrt. Als er einen Blick auf den Tisch wirft, steht da eine neue Flasche. Ein Geschenk, sagt sie. Hyde ist voller Schmutz, und der Rußgeschmack ist ekelhaft, also trinkt er hastig und wischt sich wieder über den Mund.

»Ein Geschenk von wem?«, fragt er.

Elise, die langsam deutlicher in sein Sichtfeld rückt, vermeidet es zu antworten. Sie scherzt über die dramatischen Ereignisse der letzten Wochen und setzt sich ihm gegenüber, als wäre sie eingeladen gewesen.

»Haben Sie etwas dagegen, wenn ich Platz nehme?«, fragt sie spitz. »Ich hatte den Wunsch herzukommen, verstehen Sie? Das ist nicht verwunderlich, oder?«

Hyde findet das schon, aber er trinkt trotzdem, während Elise mit einem friedlichen Lächeln im Gesicht die Beine übereinanderschlägt. Sie faltet die Hände im Schoß und blickt auf sein leeres Glas. »Oh, Sie hatten einen schlimmen Schock. Sie sollten noch ein bisschen mehr trinken. Ich gebe Ihnen ein wenig Zeit, um sich zu sammeln, bevor ich Ihnen erkläre, warum ich hier bin.« Sie hält inne, neigt kaum merklich den Kopf und zieht die Augenbrauen hoch. »Sie haben doch sicher Zeit, nehme ich an?«

Das Feuer im Kamin scheint sich von alleine entflammt zu haben. Die Zeitungen brennen gut. »Das Rätsel von Sark« löst sich in Rauch auf. Wochenlang war die englische Öffentlichkeit davon in Bann gezogen. Unfall oder Mord oder Selbstmord?, fragte man sich. Es bleibt ein ewiges Geheimnis, wie in einem dieser klassischen Kriminalfälle, in denen das Opfer jemand war, den niemand kannte oder mochte, und es deshalb keinem etwas bedeutet.

Es ist interessant, dass die Opfer in der Unterhaltungsliteratur gewöhnlich vergiftet oder erschossen werden. Gift hat seinen Reiz, weil es keine Gewalt erfordert. Bei Frauen ist es sehr beliebt.

Nun ja …

Wollen wir es dabei belassen?

34

GUERNSEY EVENING PRESS (SPÄTAUSGABE)

22. Oktober 1933

NEUE REISEFÜHRER IM DRUCK

Wir freuen uns, ankündigen zu können, dass die Press *auf vielfachen Wunsch im kommenden Jahr eine neue Reihe illustrierter Reiseführer für die Kanalinseln veröffentlichen wird. Wir haben ortsansässige Autoren beauftragt, die Inhalte zu liefern, um die aktuellsten Informationen sowie Insiderwissen garantieren zu können. Enthalten sein werden Karten, unterschiedlich lange Spazierrouten, Abschnitte über die besten Strände und Sehenswürdigkeiten, Restaurant- und Hotelverzeichnisse und Kapitel über unsere reiche Kultur und Geschichte.*

Der erste Reiseführer unserer Reihe wird von dem jungen einheimischen Talent P. Carey verfasst und beschäftigt sich mit Sark. Carey hat bereits mit den Anfangskapiteln begonnen und sagt, er freue sich sehr auf die spannende Aufgabe.

Der Himmel hängt tief, lückenlos grau, als wäre der Winter schon da. Phyll pustet sich in die Fäuste, um sie zu wärmen, und überlegt, wie sie anfangen soll. Der Blick auf Sark vom Meer aus, die Ankunft im Hafen, dann eine Beschreibung der Avenue. Sie atmet aus und tritt von einem Fuß auf den anderen. Sie muss die besten Spazierrouten auflisten, und was ist mit den Karten? Es ist aufregend. Sie könne dieses Buch im

Schlaf schreiben, hat tatsächlich ihre Mutter gesagt. Phyll war überrascht, dass Elise es so locker sieht.

»Besser, du machst es als sonst irgendjemand.« Sie hat gelächelt. »Ein einheimisches Talent, in der Tat.«

Phyll will es Everard erzählen, aber er ist noch nicht da. Sie wartet am Eingang zu St Peter's, neben dem Baum, von dem er als »unser Baum« spricht, und wird langsam nervös. Es ist, als wäre ein straffes Band zwischen ihnen gespannt. Sie will am liebsten daran ziehen und ihn zurückholen. Sie schaut die Straße hinauf und herunter, während dieses Gefühl sie überkommt: ein ungutes Gefühl. Die Bäume wissen es auch, ihre Äste zittern und knarzen über ihrem Kopf. Sie beugt sich ein bisschen nach vorn. Sie will nicht hinsehen, also betrachtet sie ihre Schuhe. Da trifft sie etwas Kleines am Kopf, und eine kalte Flüssigkeit läuft ihr über die Kopfhaut. Sie fährt sich mit den Fingern durchs Haar. Da ist wieder dieses Taumeln, wie wenn man auf der Treppe eine Stufe verfehlt. Sie muss sich an etwas abstützen, also streckt sie die Hände nach der Mauer aus.

Die Äste schwanken und ächzen, sie holt tief Luft und schaut nach oben. Sie erkennt ein wohlbekanntes Augenpaar, ein Gesicht, in das zerzauste Haare fallen. Da hockt sie selbst, nur jünger.

Phyll presst sich mit dem Rücken an die kalte Mauer. Die Steinkanten schieben sich zwischen ihre Schulterblätter. Sie starrt in ihr eigenes Gesicht, bis es vor ihren Augen zu einem Brandloch wird. Sie ist nicht so entsetzt, wie sie eigentlich sein müsste, aber was soll das bedeuten? Sie löst sich von der Mauer. Der Wind zerrt an ihrer Jacke und weht ihr die Haare ins Gesicht. Sie vergräbt die Hände in den Taschen und findet einen Umschlag. Es ist der Brief, den Everard an sie geschrieben hat. Der Brief, in dem er alles erklärt, was passiert ist, oder was er glaubt, das passiert ist. Phyll liest ihn hastig.

Liebste Phyll,
es ist vorbei. Mein Leben ist vorbei, bevor es richtig angefangen hat, aber du warst das Beste darin. Du sollst mich nicht vermissen. Du sollst in die Zeit zurückkehren, in der du ein Kind warst und wohlbehütet. Ich kann es nicht ertragen, all das Schreckliche mitanzusehen, das die Menschen tun. Ich kann nicht riskieren, so zu werden wie mein Vater.

»Nein!«, schreit sie.

Small George und Edie, die Phyll mit etwas Abstand gefolgt sind, rennen auf die Straße.

»Was ist passiert?«, fragt Edie. »Was ist denn los?«

Phyll sieht Edie an, dann George, der sein Rad herübergeschoben hat.

Phyll packt den Lenker. »Everard macht irgendwas Dummes. Ich brauche dein Rad.«

George zuckt zurück, als hätte er sich verbrannt. »Hier.« Er wedelt mit den Händen. »Fahr los!«

»Soll ich Dad Bescheid sagen?«, fragt Edie.

Phyll schwingt das Bein über den Sattel und tritt in die Pedale. »Ja!«, ruft sie. »Wir brauchen ein Boot. Bei Port Gorey.«

Everard steht schon am Strand. Er sieht den Möwen zu, wie sie hoch in den Himmel aufsteigen. Sie kreischen und umrunden die Felsen, als wollten sie ihn warnen. Er könnte für immer hier bleiben, aber er weiß, es ist Zeit. Er geht zügig ins Wasser, auf die Kälte gefasst. Hätte er sich ausgezogen, wäre er vielleicht unentschlossener gewesen, aber er hat alle seine Kleider angelassen, sogar seine Schuhe. Er braucht das Gewicht. Die eisigen Wellen umschlingen seine Beine und ziehen ihn mit sich. Ihm fällt wieder ein, was passiert war, als er die Frau im Wasser sah und hineinrannte, um sie zu retten. Er hatte mit dem Mann gekämpft, zumindest hatte er es versucht, bevor er nach unten gezogen wurde. Jetzt passiert das Gleiche wieder, nur dass er sich nicht wehrt. Es ist so kalt, dass es sich anfühlt, als würde er lebendig gehäutet. Gleich wird er sich nicht mehr bewegen können, er schließt Mund und Augen und wartet. So fühlt es sich also an, denkt er, aber das Denken fällt ihm schwer, denn der eisige Griff des Ozeans bringt alles zum Erliegen. Er wird nach oben geworfen, ringt nach Luft, wendet den Kopf nach hinten, um auf die Klippen zu schauen.

Er sollte aufgeben. Er hatte friedlich davongleiten wollen, seine Muskeln erfrieren lassen. Er schluckt Wasser und lässt sich wieder untergehen, aber jedes Mal, wenn er das wiederholt, wird er wieder nach oben gedrückt. Irgendetwas stimmt nicht mit dem Wasser; es ist beinah zu schwarz, dick wie Öl, und drängt ihm entgegen. Er schließt die Augen. Er will einfach nur ausruhen, schlafen, aber die Wellen lassen ihn nicht. Er hat das Gefühl, sie würden ihn Richtung Ufer zurückschieben, ihm sagen, er mache einen Fehler. Sie wollen ihn nicht. Wieso? Er öffnet wieder die Augen, meint, die ertrunkene Frau zu sehen, die er nicht retten konnte. Vielleicht rettet sie ihn. Er blickt ein vermeintlich letztes Mal zum Himmel. Er ist mit grauen Wolkenstreifen verhangen, aber die Sonne sendet helle Strahlen hindurch, sodass das Wasser stellenweise funkelt. Er kann sich auf nichts richtig konzentrieren, zu viel Glitzern überall.

Er dreht sich im Wasser, als sich plötzlich etwas in sein verschwommenes Blickfeld schiebt. Am Strand hastet jemand über die Kiesel. Die Person zieht ihre Schuhe und ihre Jacke aus und springt ins Wasser. Ohne zu zögern.

Phyll denkt nicht an die Gefahr, sie denkt nicht an ihre Mutter oder an ihren Vater oder daran, was sie da gerade tut. Sie wirft sich einfach ins Meer, rudert mit den Armen, strampelt mit den Beinen. Die Kälte versetzt ihr einen Schock, es ist so eisig, dass es brennt, aber sie ist eine gute Schwimmerin, und sie kann ihn sehen, sein dunkler Kopf wippt wie der eines Seehunds. Eine gewaltige Welle schiebt ihn nach hinten, und sein Mund ist geöffnet, als wollte er sie rufen.

»Everard!«, schreit sie. »Hier!«

Nicht, würde sie rufen, wenn sie die Zeit und den Atem dazu hätte, *werde nicht zu noch einem Geist!* Sie will, dass er lebt, und sie will, dass er leben will. Er soll um sein Leben kämpfen und vielleicht um sie, dann könnten sie zusammen kämpfen.

»Everard!«

Sie geraten in verschiedene Strömungen, und die Wellen tragen sie nah an die Felsen. Sie hört die Wellen gegen die Klippen schlagen, hört wie sie rauschen und anschwellen. Sie denkt daran, wie der Mann und die Frau von ihnen erfasst wurden und keine Chance gegen sie hatten. Vielleicht ist es so passiert. Phyll taucht unter, schwimmt weiter, während das eisige Wasser ihr Gesicht taub werden lässt. Es dauert nur wenige Minuten, bis man ertrinkt: Du hältst die Luft an, bis du ausatmen musst, dann schluckst du Wasser. Die Lunge füllt sich damit, und zum Gehirn gelangt kein Sauerstoff mehr. Phyll ist unter Wasser, als sie das Gesicht einer Frau erblickt. Es ist ihr seitlich abgewandt, aber ihre Haare fächern sich hinter ihr auf. Sie schießt hoch durch die Oberfläche, schreit auf. Und Everard ist mit einem Schlag wieder er selbst.

»Phyll!«, ruft er. »Phyll!«

Mit aller Kraft durchquert er das Wasser, streckt die Arme aus, greift nach ihr. Er fühlt sich erschöpft, entkräftet, aber seine Arme gehorchen ihm noch, und da ist Phyll und sieht ihn an. Er ringt nach Luft, sie packt ihn, und er staunt, wie fest ihr Griff ist. Ihm wird klar, dass er leben will, er ist genauso fest entschlossen zu leben wie sie.

»Ich hab dich«, keucht sie.

Elise tritt aus Beau Regard und bleibt einen Moment auf der überwucherten Veranda stehen. Sie schließt die Augen und stellt sich bröckelnde Backsteine, splitterndes Glas, ein Haus vor, das wieder zu Staub wird. Sie hebt das Gesicht in den Wind. Es ist vorbei, sagt sie sich.

James Earnest Jolyon Hyde hat den Tod oftmals überlistet, wie in seinem Nachruf später angemerkt werden wird. Im Totenschein wird stehen, dass es ein Herzinfarkt war. Eine Überdosis Barbiturate kann Bewusstlosigkeit und Atemnot hervorrufen. Es kann ein ziemlich qualvoller Tod sein, ähnlich wie bei Bilsenkraut, würden wir annehmen.

Elise geht schnell – ein flotter Laufschritt, nichts zu Auffälliges –, während sie überlegt, was sie sagt. Eigentlich will sie einfach nur nach Hause, aber sie sollte bei John vorbeigehen. Sie wird erklären, dass sie nur die Post ausliefern wollte, als sie den Major zusammengesunken in seinem Sessel fand. Zuerst habe sie angenommen, er würde schlafen, dann erst habe sie gemerkt, dass er nicht atmete. Er hielt ein Foto seines Sohnes in der Hand, was bedeutsam sein könnte. Und, ach, Elise muss Everard suchen. Sie will nicht, dass er seinen Vater so sieht. Sie geht davon aus, dass er bei Phyll ist. Sie wird es ihnen beiden zusammen erzählen und murmelt die Geschichte nickend vor sich hin.

Sie überquert La Coupée, ohne sich umzusehen, ohne den Kopf nach rechts oder links zu wenden. Zum einen ist sie in Gedanken versunken, zum anderen mag sie den steilen Abhang nicht und wie der Wind sie rüttelt. Sie hört weder das verzweifelte Pfeifen George Vaudins, noch bemerkt sie die zwei kleinen Boote draußen auf See. Sie steht unter Schock und registriert gar nichts. Die nächsten Tage werden nicht leicht sein. Sie will keine Mörderin sein, aber es war die einzige Möglichkeit, die Sache zu beenden.

Als sie die andere Seite von La Coupée erreicht, hat sich dichter Nebel auf den Weg vor ihr gelegt. Sie schaut von rechts nach links, aber alles ist grau. Sie geht weiter, den Kopf leicht gesenkt, damit sie sich auf den Weg konzentrieren kann.

Sie ist noch nicht weit gekommen, als sie etwas vor sich spürt. Es ist die Lady. Sie steht völlig reglos da. Elise erkennt das Weiß ihres Kleides, das Schwarz ihrer Haare. Sie muss direkt an ihr vorbei. Sie geht weiter, spürt, wie sich ihre Brust hebt und senkt, wie sich die Herzklappen öffnen und schließen. Ihre Nerven sind zum Zerreißen gespannt, doch als sie die Lady erreicht, stellt sie fest, dass sie fähig ist zu sprechen.

»Danke«, sagt sie, ohne sich ihr zuzuwenden. »Sie sind gekommen, um mich zu warnen. Das verstehe ich jetzt.«

Phillip hätte sie umgebracht, wenn er geblieben wäre, und in dem Moment, in dem Elise das begreift, ist der Moment schon vorbei. Der Nebel lichtet sich, und die Frau ist verschwunden.

Elise geht weiter und blinzelt ein paarmal. Sie fragt sich, ob das so etwas wie ein Traum war. Sollte sie Maud davon erzählen? Die Leute müssen es wissen. Die Frau ist eine Warnung, also sollten die Menschen gewarnt werden. Darüber denkt sie noch nach, als sie auf die Avenue einbiegt. Sie ist überrascht, wie schnell sie gelaufen ist, als hätte eine Welle sie getragen. Ihr Puls rast. Sie spürt ein merkwürdiges Kribbeln an den Armen und von ihrer Kopfhaut bis zum Hals. Ihr wird ein wenig übel. Sie kann nicht alles klar erkennen. Sie schaut die Straße hinunter Richtung Postamt. Diesen Anblick kennt sie gut, aber jetzt sieht alles verschwommen aus wie durch eine fettverschmierte Linse. Sie blinzelt heftig. Hat sie etwas im Auge? Oder ist es der Schock? Es muss der Schock sein, sagt sie sich. Sie geht mit kleinen Schritten weiter, aber sie fürchtet, ohnmächtig zu werden, bevor sie zu Hause ankommt. Sie muss stehen bleiben und sich mit der Schulter an einen Wegweiser lehnen, an den, den Albert gebaut hat. Wie peinlich, vor den Leuten umzukippen, doch nach ein paar Minuten gelingt es ihr, sich aufzurichten und den Blick auf das Postamt zu lenken, auf ihr Postamt. Sie sieht sofort, was da nicht stimmt. Die Eingangstür steht weit offen. Heiße Angst überkommt sie. Wer ist da drin?, fragt sie sich. Sie wankt vorwärts und muss sich anstrengen, es bis an die Türschwelle zu schaffen. Sie späht in den Flur, presst sich die Hand aufs Herz. Auf den Fliesen glänzen nasse Fußspuren. Elise ringt nach Luft.

»Wer ist da?« Ihre Stimme zittert.

Niemand antwortet, und sie steht in der Tür ihres eigenen Zuhauses, das plötzlich nicht mehr ihr Zuhause ist. Sie lehnt sich an den Türrahmen. Das ist alles zu viel.

»Phillip?« ruft sie leise. »Bist du hier?«

Der Flur liegt im Dunklen, und ein eisiger Luftzug schlägt ihr entgegen. Er ist da, genau vor ihr. Sie riecht das Meer und muss sich beherrschen, nicht zurückzuweichen. Sie hört Wasser spritzen, er kommt auf sie zu. Er steht als riesige dunkle Gestalt im Flur und verdrängt das Licht.

»Ich hab sie«, sagt er.

Was immer sich an der Geschichte geändert haben mag – was das betrifft, ist Elise sich noch Jahre später sicher. Sie hat ihren Ehemann gesehen. Er lief mitten durch den Flur und dann mitten durch sie hindurch. »Ich hab sie«, sagt er zu ihr.

Elise stürzt vorwärts und atmet das Meer ein. »Du bist also zurück«, sagt sie, obwohl es nicht wie ihre Stimme klingt. Sie schließt die Augen und spürt, wie er ihr die Haare aus dem Gesicht streicht, und sieht plötzlich nur noch eine kleine Gestalt. »Wir haben sie, Elise. Alles in Ordnung.«

»Gil«, sagt sie keuchend. »Gil?«

Der alte Mann zittert. »Ich hab sie aus dem Wasser gefischt. Ich hätte nie geglaubt, dass ich das schaffe.« Er hebt die Hände und schaut sie andächtig an. »Ich habe schwimmen gelernt. Habe ich das jemals erwähnt?«

Elise versteht kein Wort. »Du hast sie? Wen denn?«

Gil blinzelt sie an. »Er ist zuerst rein, sie hat versucht, ihn zu retten.«

Elise sinkt nach vorn und fasst Gil bei den Schultern, damit er sich aufrecht halten kann, dann kommt John aus der Küche.

»Da bist du ja.«

Elise schaut ihn an. »John?«

Sie versteht nicht, warum diese Männer in ihrem Haus sind, aber Gil redet weiter, erzählt ihr jetzt, wie er sich im Venus Pool selbst das Schwimmen beigebracht hat, nachdem Phillip gestorben war. »Ich wollte mich nicht länger so hilflos fühlen.« Dann sieht er zu John hinüber. »Und John ist das erste Mal, seit ich weiß nicht wann, in ein Boot gestiegen.«

Elise blickt zwischen John und Gil hin und her. Sie weiß nicht, was sie sagen soll, also nimmt sie Gils Hand, die rau und knochig ist, und sie gehen zusammen ins Wohnzimmer. Phyll und Everard sitzen zusammengesunken, in Decken gehüllt vor dem Kamin. Sie sehen so klein aus, als wären sie wieder Kinder. Elise zieht sich der Magen zusammen, und sie stößt einen stockenden Atemzug aus. »Was habt ihr gemacht?« Sie geht zu Phyll, sieht ihre nassen Haare und sinkt auf die Knie. Sie schlingt ihr die Arme um die Schultern, dann wendet sie sich Everard zu, zieht ihn auch in die Umarmung. »Was ist passiert?«

Everard umklammert seine Decke direkt unter dem Kinn, seine Zähne klappern, und seine Lippen sind blau. »Es tut mir schrecklich leid«, sagt er. »Es war nicht meine Absicht, diese ganzen Schwierigkeiten zu verursachen.«

Elise zieht ihn näher an sich, presst ihre Stirn an seine, atmet ihm warme Luft ins Gesicht. »Dich wollte sie nicht holen.«

Everard kann nicht aufhören zu zittern. Ihm ist eng in der Brust, als würde eine Hand darin sein Herz umklammern, doch kaum spricht Elise diese Worte aus, lässt sie los. Er beginnt, langsam zu atmen, ein, dann aus.

Phyll sagt nichts. Sie fühlt sich wie betäubt, kann sich nicht rühren. Es scheint ihr unglaublich, dass Everard neben ihr sitzt, dass sie es lebend zurückgeschafft haben. Als sie ihn in den Wellen sah, war sie sicher, ihn verloren zu haben. Sie hält das alles noch immer für einen Traum. Sie hat sich zwischen den Bäumen gesehen. Sie war ein Geist. Sie sagt sich, dass nichts anderes zählt, nur am Leben zu sein. Doch dann schaut sie auf die grauen Haare ihrer Mutter, und ihr fällt zum ersten Mal auf, dass sie gar nicht grau sind, sondern schwarz und weiß, winzige Strähnen, die sich vermischen. Und als Elise sich zu ihr umdreht, hat sie einen gequälten Ausdruck in ihrem Gesicht. Noch nie hat sie ihre Mutter so außer sich gesehen. Sie fängt an zu weinen, und weinen hilft, denn es bringt den Kreislauf in Schwung.

Elise kann durch ihre Tränen kaum etwas sehen, aber sie blickt zwischen beiden hin und her. »Hört zu, ihr zwei«, sagt sie. »Es gibt keinen Fluch. Aber es ist etwas passiert.« Sie fasst sich, ruft sich die Geschichte in Erinnerung, die sie bereits eingeübt hat. »Lasst es mich euch erklären.«

Epilog

Letzte Tipps für Besucher

Das Postskriptum ist oftmals der wichtigste Teil eines Briefes, das Wesentliche, und außerdem ein Trick, den Abschied ein wenig hinauszuzögern. Dies ist kein Happy End, denn deine Reise hat gerade erst begonnen. Wenn du nach Sark kommst, kannst du sicher sein, herzlich empfangen zu werden. Dolly Bihet, inzwischen Dolly Greener, leitet das Bel Air Hotel, bevorzugst du jedoch mehr Abgeschiedenheit, empfehlen wir das Bungalow, wo Nancy Dolbel das Sagen hat. Solltest du eine Privatführung über die Insel wünschen, empfehlen wir dir, im Postamt nachzufragen. Es befindet sich jetzt in dem Gebäude, das kurzzeitig als Kunstgalerie genutzt wurde. Hier verkauft Mrs Elise Carey Reiseführer, Landkarten, pflanzliche Heilmittel und eine Auswahl an Büchern. Sie möchte betonen, dass sie keine persönliche Post mehr liest. Sie liest jetzt Romane und fühlt sich viel besser damit. Außerdem ist sie eine hervorragende Lektorin.

»Ein bisschen blumig«, murmelt sie und reicht die Blätter Phyll zurück, die sich mit geschlossenen Augen der Nachmittagssonne zugewendet hat.

Mutter und Tochter lehnen an einem Felsen mit Ausblick über die von Ginster bedeckten Klippen. Vor ihnen schimmert das Meer in messingfarbenem Licht. Es ist wieder Herbst, ein ganzes Jahr ist vergangen, und einiges ist gleich geblieben und doch anders. An ihren Füßen steht ein Korb voll saftig-reifer Brombeeren. Phyll nimmt sich zwei und steckt sie in den Mund.

»Auf die Beschreibungen kommt es an«, sagt sie und saugt an ihren Fingern, »weil die Leute sie lesen können, ohne herzukommen.«

»Ah, verstehe.« Elise nickt jetzt mit etwas mehr Begeisterung. Das wäre ihr natürlich lieber, und Phyll grinst, weil sie das weiß.

Elise räuspert sich. »Ich bin ja so stolz auf dich, weißt du.«

Phylls Reiseführer wird überarbeitet und nachgedruckt. Wir freuen uns, mitteilen zu können, dass *Geheimnisvolles Sark* sich überraschend gut verkauft hat.

»He, ihr beiden. Nicht faulenzen! Wir haben nicht den ganzen Tag Zeit.«

Näher am Weg, hinter einem Grasstreifen beugt Mule den Rücken und sieht auf die Uhr. Sie hat schon vor mehreren Stunden ihren Vater mit seiner Staffelei auf der anderen Seite der Insel abgesetzt, und er mag es nicht, nach Einbruch der Dunkelheit auf den Klippen allein gelassen zu werden. Mule stellt ihren vollen Korb neben Maud ab, die auf ihrer umgedrehten Schubkarre sitzt.

»Keine schlechte Ernte dieses Jahr«, sagt sie.

In dem Moment erfasst ein Windstoß Mauds Hut und schleudert ihn in die Höhe. Edie rennt ihm nach, kommt nach viel Gelächter und Gekreische triumphierend damit zurück und legt ihn Maud in den Schoß.

Sie nimmt sich eine Handvoll von Mules Beeren als Belohnung und kneift die Augen zusammen.

»Everard kommt also zurück?«

Maud nickt. »Sie werden reisen, offenbar nach Europa.«

Mule schnalzt mit der Zunge. »Diese Glückspilze.« Sie klopft ihre Hose auf der Suche nach Zigaretten ab. »Ich freue mich, dass es funktioniert mit den beiden.«

Maud hält ihren Hut fest und schaut zu Phyll und Elise

hinüber. Sie kann sie nicht richtig erkennen, aber ihre verschwommenen Umrisse genügen. Direkt vor der Schubkarre hat sie ihre beiden Jacken und Phylls Strickjacke sorgsam zusammengefaltet. Sie hat es gerne ordentlich. Die Kleider, die bei Port Gorey zurückgelassen wurden, hat Maud schon lange vergessen, aber sie war es, die sie hinauf zu einem Felsvorsprung gebracht und den Mantel zum Trocknen ausgebreitet und den Rest zusammengelegt hatte. Dasselbe tat sie später mit Phylls Jacke, als die ins Wasser sprang, um Everard zu retten. Inzwischen sind beide Ereignisse miteinander verschmolzen. Aber spielt das eine Rolle?

Maud schließt die Augen und spürt, wie ein Luftzug ihre Haare einfängt. Sie will ihre Gedanken treiben lassen, aber Edie klettert hinter ihr auf die Schubkarre und schaukelt sie sanft von einer Seite auf die andere.

»Was macht ihr bloß mit den ganzen Brombeeren?«, fragt sie zum gefühlt zehnten Mal.

Maud wirft Mule einen Blick zu, die eine Augenbraue hebt.

»Marmelade«, sagen sie wie aus einem Mund.

Edie stemmt die Hände in die Hüften. Sie beharrt auf ihrer Überzeugung, dass die beiden Frauen Hexen sind. Einen Beweis dafür hat sie nicht, es ist eher ein Bauchgefühl. Sie ist sich sicher, dass sie ihr irgendwann erlauben, an ihren mitternächtlichen Treffen teilzunehmen, aber bis dahin richtet sie sich auf und tut so, als wäre sie der Mast eines Schiffes. Sie streckt die Arme aus und wirft den Kopf nach hinten. Niemand nimmt Notiz davon, und nach einer Weile werden ihre Arme müde, und sie lässt sie sinken.

Edie beobachtet, wie die Sonne langsam untergeht und das Meer in Gold verwandelt. Selbst der Ginster scheint zu glitzern und blendet sie. Da bemerkt sie die beiden Frauen. Sie sind den Klippenpfad heraufgekommen, ihre Silhouetten heben sich vor dem Himmel ab. Die eine trägt ein langes Kleid, das so hell ist, dass es das Licht reflektiert, die andere trägt Blazer und Rock. Edie ist verwirrt. Es sind nicht Phyll und ihre Mutter, und es ist nicht Mule, denn wenn Edie sich auf die Zehenspitzen stellt und den Kopf dreht, kann sie Mule neben der Hecke ausmachen. Sie runzelt die Stirn. Die Frauen am Ende der Wiese sind Fremde. Sie gehören zu einer anderen Zeit, zu einer anderen Zeit als jetzt, und jede von ihnen zu einer anderen Zeit als die andere. Edie geht langsam in die Hocke und beugt sich zu Maud.

»Maud«, flüstert sie. »Maud. Siehst du sie?«

Maud, die still wie eine Statue dagesessen hat, wendet jetzt ihren Hut im Schoß hin und her. Sie nickt kaum merklich. »Ja«, antwortet sie. »Zum Glück bin ich nicht die Einzige.«

Mule, die zurück auf die Wiese gelaufen ist, deutet mit ihrer Zigarette auf die beiden Fremden. »Wer ist denn die Frau da?«, fragt sie. »Und wer ist ihre Freundin?«

Doch kaum spricht sie es aus, weiß sie es.

Zeit ist wie eine Welle, die vorwärtswogt und zurückgleitet, aber das Meer behält alles bei sich. Die beiden Frauen neigen die Köpfe zueinander. Es ist ein Zeichen von Zuneigung, sie sind einander so vertraut wie die Klippen, auf denen sie stehen.

Auch Elise und Phyll sind aufgestanden und schauen zu ihnen hinüber. Es ist ein merkwürdiges Gefühl, die Toten zu erblicken. Elise spürt es wie eine Art Zucken, das sie durchfährt, und Phyll erstarrt, kann sich nicht rühren, während ihr Puls ganz ruhig wird. Die beiden Frauen beachten sie nicht und sind im selben Moment verschwunden. Phyll wendet sich blinzelnd zu ihrer Mutter. »Was war das? Hast du das gesehen?«

Elise bückt sich, um die Manuskriptseiten aufzuheben, die sie fallen gelassen hat. »Habe ich. Ich glaube, das ist gut.«

Phyll versteht nicht. Ihre Gedanken verschwimmen. »Was ist daran gut?« Ihre Stimme klingt dünn und angespannt. Sie starrt auf die leere Stelle. »Habe ich gerade einen Geist gesehen? Oder sogar zwei?«

Elise streicht ihrer Tochter sanft über die Wange. »Wir haben zwei gesehen, und das ist wirklich gut.«

Phyll sieht sie verständnislos an. »Warum ist das gut?«

Elise lächelt. »Weil sie zusammen sind.« Sie reicht ihrer Tochter das Manuskript zurück. »Die fremde Lady ist nicht länger allein.«

Anmerkung der Autorin

Das Geheimnis von Little Sark wurde durch ein reales Ereignis inspiriert. Am Sonntag, den 31. Oktober 1933 fand man die Kleider eines Mannes und einer Frau ordentlich zusammengefaltet auf den Klippen von Sark; ohne jede Spur von ihren Besitzern. »Island Riddle« lautete die Schlagzeile der *Guernsey Weekly Press*. Dort wurde eine Beschreibung der Kleider abgedruckt und um die Mithilfe der Bevölkerung gebeten, aber Tage vergingen, und niemand wurde als vermisst gemeldet. Die englischen Zeitungen griffen die Geschichte rasch auf, und bald schon schaffte es das »Sark Cave Mystery« auf die Titelseiten von *Daily Mirror* und *The Times* und kleinerer Zeitungen und Magazine im ganzen Land.

Es galt, ein Rätsel zu lösen, und wie in einem Kriminalroman tauchten täglich neue Hinweise oder Spuren auf. Es kursierten Berichte, der Mann sei ein Kriegsveteran gewesen und die Frau seine Krankenschwester, der Mann habe Sark alleine mit neuen Kleidern verlassen, die zurückgelassenen Kleider hätten einen Selbstmord vortäuschen sollen. Und nach neun Tagen wurde aus dem Vermisstenfall eine Mordermittlung. Die Leiche einer Frau wurde aus dem Meer geborgen, ganz in der Nähe des Fundortes der Kleider. Nun meldete sich jemand. Chief Petty Officer Harold Britter war erst kürzlich aus Hongkong nach England zurückgekehrt, und nachdem er von dem Fall gelesen hatte, begann er sich zu sorgen, dass es sich bei der Toten um seine Frau handeln könnte. Sie war in Urlaub gefahren, glaubte er, und ihr letztes Lebenszeichen war eine Ansichtskarte aus Guernsey gewesen.

Beatrice Britter war siebenunddreißig und Mutter dreier kleiner Kinder. Es waren zwei gerichtsmedizinische Untersuchungen nötig, weil sich die Ärzte in Bezug auf die Ursache ihres Todes uneinig waren. Beatrice hatte massive Verletzungen an Kopf und Hals, die einige für die Todesursache hielten. Das anfängliche ›ertrunken aufgefunden‹ wurde zu ›Tod durch Verletzungen, Schock und Ertrinken‹ korrigiert. Harold Britter gab an, seine Frau sei eine ausgezeichnete Schwimmerin gewesen und hätte niemals Selbstmord begangen. Von einem männlichen Begleiter wisse er nichts.

Als ich die alten Zeitungsartikel las, fesselten mich die täglich neuen Lageberichte. Anders als die Insulaner von damals konnte ich jedoch in die Zukunft blicken. Die Polizei setzte ihre Suche nach dem vermissten Mann fort, von dem man glaubte, er wäre auf der Flucht oder untergetaucht. Durch einen Koffer, den er in Guernsey zurückgelassen hatte, wurde er bald schon als ein gewisser Leslie Bradley identifiziert, ein dreißigjähriger Elektrikerlehrling aus Kent. Später wurde bekannt, dass er Beatrice in einem Tanzlokal in Rochester kennengelernt hatte und ihre Leidenschaft fürs Tanzen sich zu Liebe entfachte. Leslie hatte seinen Eltern angekündigt, dass er eine Weile »verschwinden« müsse, also lag es auf der Hand, dass er und Beatrice zusammen durchgebrannt waren. Aber was dann?

Ganze neun Tage nachdem Beatrices Leiche entdeckt worden war, fand man Leslie ertrunken auf. Die Ärzte diskutierten, ob sie zur selben Zeit ins Wasser gegangen waren. Aber warum dann der große Abstand zwischen dem Fund der Leichen? Als Rätsel erweckte der Fall mein Interesse, aber als Tragödie blieb er mir im Gedächtnis. Ich begann, verschiedene Szenarien durchzuspielen, was passiert sein könnte. War es Mord gewesen oder ein Unfall? Was, wenn Beatrice zurück zu ihren Kindern gewollt hatte, aber Leslie dagegen war? War noch jemand anderes beteiligt? So nahm *Das Geheimnis von Little Sark* seinen Anfang. Die Zeitungsausschnitte am Beginn der Kapitel enthalten sowohl Originalberichterstattung über den Fall als auch meine eigenen Ausschmückungen. Außerdem habe ich Schlagzeilen geborgt, um darzustellen, wie das Inselmysterium damals in der Presse Fahrt aufnahm. Namen und bestimmte Details habe ich geändert, weil mir früh klar wurde, dass man diese Geschichte nur als Fiktion erzählen kann.

Gleichwohl enthält der Roman vieles, das nicht erfunden ist. James Cachemaille war wirklich Pastor auf Sark und mit Peter de Pelley befreundet, dem Seigneur, der die Silberminen unterhielt. Cachemailles Artikel über Sark wurden zuerst im *Guernsey Magazine* veröffentlicht und anschließend in dem Buch *The Island of Sark* zusammengeführt, das 1928 erschien. Auch war William A. Toplis ein vielbewunderter Landschaftsmaler, der Sark zu seinem Zuhause machte. Sein Gemälde *The Venus Bath, Sark* wurde 1910 in der Royal Academy ausgestellt und hat inzwischen im Museum auf Guernsey seine Heimat gefunden. Toplis hatte auch in der von Eric und Lisl Drake eröffneten Kunstgalerie Ausstellungen.

Weitere Bücher, die mir bei der Recherche geholfen haben, waren *Sark as I found it* von Captain E. Platt, der seine Begegnung mit einer gespenstischen Frau auf den Klippen beschreibt, und Sybil Hathaways Autobiographie *Dame of Sark*, in der auf die tragischen Ereignisse von 1933 Bezug genommen wird. Außerdem Barbara Stoneys Biographie *Sybil, Dame of Sark*, in der erzählt wird, wie Sybils Tochter Douce Touristen einen Streich spielte, indem sie einen Freund der Familie als den Geist eines Mönchs verkleidete.

Alle diese Bücher findet man in der Schatzhöhle der Lokalgeschichte namens Priaulx Library auf Guernsey. Ich rate jedem, dort einmal ein paar Stunden zu verbringen (und bitte, eine ordentliche Spende zu hinterlassen!), bevor er die Reise Richtung Sark fortsetzt, um selbst die geheimnisvolle Schönheit dieser Insel zu bewundern.

Dank

Allen voran danke ich dir, Elizabeth Sheinkman, meiner mehr als wunderbaren Agentin, die die Frauen in meinem Buch genauso liebt wie ich und die mit Baskerville das perfekte Zuhause für uns gefunden hat. Danke, Jade Chandler, meiner hervorragenden, inspirierenden Lektorin, und Zulekhá Afzal, für ihre unermüdliche Unterstützung. Mein Dank gilt ebenso: Ellie Bailey, Anna-Marie Fitzgerald, Alice Herbert, Drew Hunt und Diana Talyanina. Bei Baskerville veröffentlicht zu werden, ist großartig, und ich hoffe, in den kommenden Jahren noch viele Mordfälle für sie konstruieren zu können.

Ein dickes Dankeschön auch an Neil Gower für seine phantastische Illustration des Buchcovers und an Etienne Laine, die mich auf Sarks steilste Klippen begleitet und wundervolle Fotos gemacht hat.

Unglaublich dankbar bin ich Georgie Byng für ihren großartigen Rat und ihre, wie immer, großzügige Unterstützung. Besonderen Dank an Marina Warner, Lisa Appignanesi und Susie Boyt für Zuspruch und Ermutigung auf meinem Weg. Großen Dank schulde ich auch Christie Hickman, einer der ersten Leserinnen des Buches, die mir geholfen hat, meine Ideen zu bündeln.

Nicht zu vergessen sind außerdem diese Frauen: Chloe Aridjis, Devorah Baum, Marie Darrieussecq, Marion Deuchars, Allison Devers, Anouchka Grose, Lucy Heyward, Rachel Kneebone, Vicken Parsons, Ali Smith, Eleanor Tattersfield und Sarah Wood, die mir geholfen, mich umarmt, mich angespornt und ermutigt haben.

Gewidmet ist das Buch meiner Mutter, Quelle der Weisheit und unerschrockene Korrektorin. Und auch den Tanten Fiona, Kitty und Victoria muss ich danken, ebenso meiner Schwester Sarah. Ein wahrhafter Hexenzirkel beim Sonntagabend-Zoom.

Last but never least: Danke, Darian, den selbst meine dunkelsten Phantasien unbeeindruckt lassen, und meinen wundervollen Kindern Jack, Iris und Clem, die ich hier nicht nur erwähne, weil ich sie über alles liebe, sondern weil ich es für meine Mutterpflicht halte, sie in Verlegenheit zu bringen.

Mary Horlock

Mary Horlock wurde in Australien geboren, wuchs aber auf der Kanalinsel Guernsey auf. Sie arbeitete als Kuratorin der Tate Liverpool und der Tate Britain. Ihr erster Roman *The Book of Lies* stand auf der Longlist des Guardian First Book Award. Horlock lebt mit ihrer Familie in London.